The Ritual

김준녕 作

The Ritual
지워진 이름들

김준녕 作

TXTY

[   ]이 보이는 것보다 가까이 있음.

'**사이드미러**'는 우리 모두가 목격했지만
너무 쉽게 잊히곤 하는 여러 사회적 문제를
가장 가까이에서, 더욱 자세히 바라보기 위한
텍스티의 시사 소설 시리즈입니다.
우리가 알지 못하는, 혹은 알면서도 눈 감았던 진실이
'**보이는 것보다 더 가까이 있음**'에 주의하시길 바랍니다.

목차

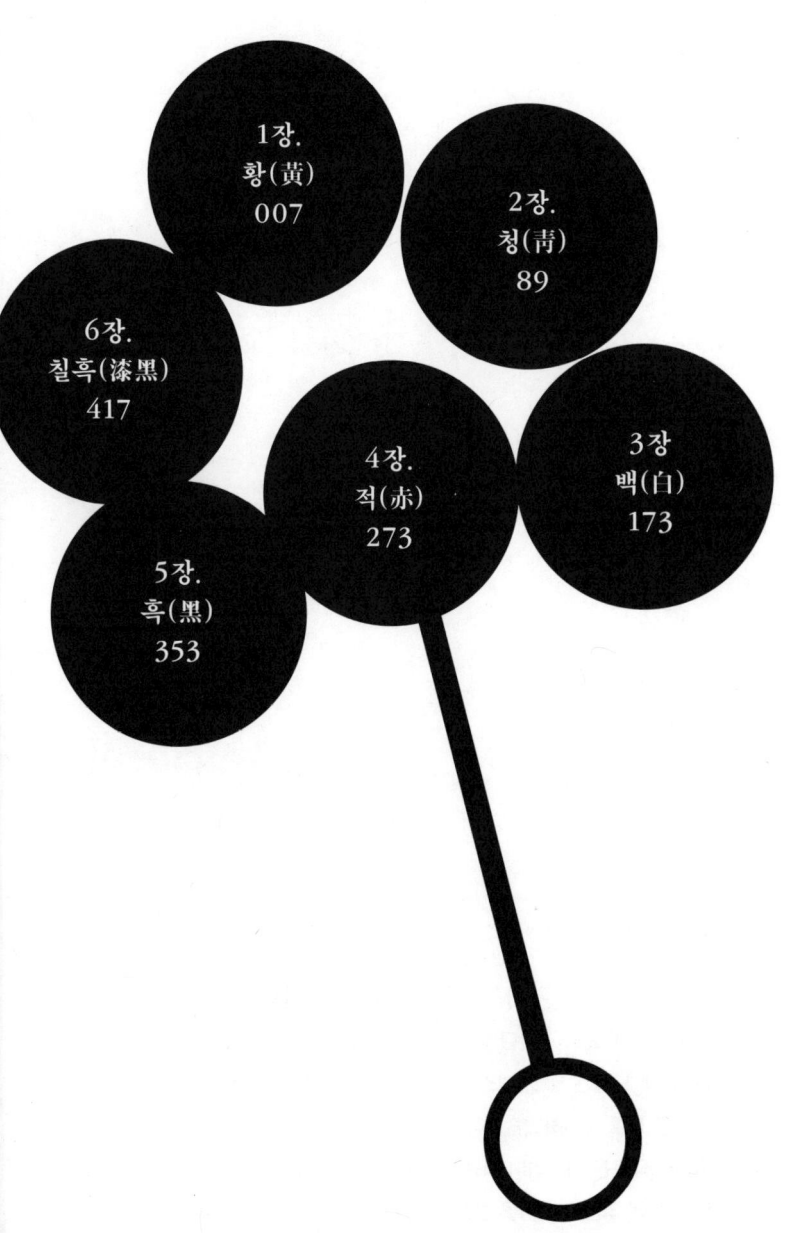

1장.
황(黃)
007

2장.
청(青)
89

6장.
칠흑(漆黑)
417

4장.
적(赤)
273

3장
백(白)
173

5장.
흑(黑)
353

일러두기

하나. 모든 표기는 출판사 편집 매뉴얼의 교정 규칙에 따르되, 작가의 의도에 따라 필요하다 판단될 경우 절충하여 표기하였습니다.
둘. 발행 도서는 『』로, 텍스트 작품 제목은 「」로, 간행물은 《》로, 그 외 저작물은 〈〉로 표기하였습니다.
셋. 본 작품은 픽션이며 작품에 등장하는 인물, 단체, 기업, 사건 등은 모두 창작에 의한 허구임을 밝힙니다.

1장.
황(黃)

01. 1998

민경은 와인을 따라 놓고도 오래도록 마시지 못했다. 와인 향이 물안개처럼 테이블 위를 뒤덮는 동안 그녀는 오직 자신의 검은 눈동자만을 움직일 뿐이었다. 눈만 살아 있는 목각 인형 같았다. 그녀의 시선은 붉은 와인을 거쳐 흰 접시 위 정갈하게 담겨 있는 반찬들에 잠시 머물렀다. 곰취부터 시작해 호박잎, 취나물, 고사리까지. 모두 미국에서도 자라는 것들이었지만 한국에서 난 것에 비해 워낙 억세서 먹기 어려운 것들이었다. 민경은 부엌 한 켠에 놓여 있는 박스들을 다시 보았다. 박스 상단에는 태극기가 그려져 있었다.

"정신 차려."

한이 혼잣말을 하며 자기 관자놀이를 주먹으로 지그시 눌렀다. 엘피판에서 흘러나오는 이글스[1]의 〈Hotel California〉

---

[1] 1970년대 미국을 대표하는 컨트리 록 밴드로, 〈Hotel California〉 등으로 세계적인 성공을 거두었다.

는 포식자가 숨어 있는 수풀이 바람에 흔들리며 내는 소리 같았다. 한의 목소리는 기타 리프에 미묘하게 어긋난 박자로 들렸다. 와인 냉장고 앞에 선 그의 날카로운 시선이 위에서 아래로, 좌에서 우로 와인들을 훑었다.

와인을 꺼내 드는 한의 몸짓에서는 군더더기라고는 찾아볼 수 없었다. 한은 능숙하게 오프너로 와인을 열고 민경의 잔에 천천히 와인을 따랐다. 한이 따른 와인이 소용돌이치며 이미 민경의 잔을 채우고 있던 와인과 한데 뒤섞였다. 서로 다른 피가 섞이는 것 같았다.

"이렇게 마셔 봐."

한의 얼굴에는 확신이 가득 차 있었다. 민경은 식탁 위에 놓여 있는 두 와인병을 번갈아 보았다. 병에 똑같은 라벨이 붙어 있는 것으로 보아 같은 지역, 같은 회사에서 만든 와인인 것 같았다. 자세히 보니 둘의 생산 연도만이 달랐다. 각각 1982년산, 1979년산 와인이었다. 라벨에는 십자가를 거꾸로 들고 있는 목사님의 얼굴이 그려져 있었다. 민경은 MTV에서 본 악마 분장을 한 밴드들을 떠올리며 팝 록이 유행인 요즘 시대에 어울리는 라벨이라 생각했다. 한이 보채듯이 물었다.

"어때?"

민경이 조심스럽게 잔을 들고서 소리 내어 한 모금 마셨다. 한은 몸을 앞으로 기울이고는 민경의 반응을 살폈다. 민경이 알 수 없는 표정을 지으며 말했다.

"모르겠어."

그러자 한은 다급하게 주변을 살피기 시작했다. 서랍을 열고, 찬장을 뒤적거렸다. 민경은 조심스럽게 젓가락을 집어 들었다.

"이제 먹으면 안 돼?"

민경은 온종일 아무것도 먹지 못한 상태였다. 한은 민경의 물음에 대답하지 않고 방에 들어가더니 무언가를 챙겨 왔다. 비커와 스포이트였다. 민경은 대답 없는 한의 반응에 다시 젓가락을 테이블에 내려놓은 후 다시 한번 물었다.

"그건 왜?"

한은 냉장고에서 생수를 여러 병 꺼내 비커에다 따르고는 스포이트를 반복해서 씻어 냈다. 이 과정을 몇 번이나 반복하고 나서야 한은 민경의 와인 잔에다 스포이트를 가져다 대고는 물을 한 방울씩 아주 천천히 떨어뜨렸다.

"겉보기에 큰 변화는 없어 보이겠지. 색도 없는 데다, 냄새도 나지 않으니까. 그런데 이 아무것도 아닌 것 같은 하나가 전부를 바꿔."

물에 와인을 한 방울 떨어뜨리는 것과는 다른 광경이었다. 그것이 물이라는 거대한 집단에 와인이 침입하여 정복하는 듯한 느낌이었다면, 그 반대는 와인이 피라냐 떼처럼 물방울을 뜯어 삼키는 듯했다. 한은 민경에게 와인 잔을 건넸다.

"자. 이렇게 마셔 봐. 젓지 말고."

민경은 조심스럽게 와인 잔을 들어 올려 입술에 가져다 댔다. 전과는 다르게 풍미가 배로 살아난 듯한 느낌이었다. 민경은 와인을 연달아 삼키더니 상기된 표정으로 한에게 물었다.

"이런 건 어떻게 안 거야?"

"고향에서 배웠지."

민경은 한이 고향에 대해 말할 때 짓는 표정을 오랫동안 바라보았다. 기묘한 표정이었다. 추억에 빠진 것도 아닌, 트라우마 속을 헤매는 것도 아닌.

민경은 한에게 고향에 관해 질문하지 않았다. 언제나 그는 '지천에 광대버섯들이 가득한 것만이 장점인 시골'이라고만 대답할 뿐이었으니까. 그녀는 한의 고향에 대해 여행객처럼 아주 적은 양의 정보만을 알고 있었다.

그곳은 미국 중북부에 위치해 있으며 스티븐 킹 소설에 나올 법한, 말 그대로 시골이다. 마을 사람들 대부분이 농사를 지으며 살아가는 곳이고 관광 상품이라고는 드넓은 옥수수밭과 더불어 야산에 가까운 벌판이 전부인데, 올드카의 녹슨 글러브 박스에 발견될 법한 낡은 여행 책자 한 귀퉁이에 '남북전쟁 당시 남부군 소속의 한 장군이 열한 명으로 북부군 스물셋을 몰아낸 전투가 벌어진 장소'라고 적힌 것이 그 마을에 관한 옛 기록의 전부였다. 한이 말했다.

"얼른 먹어. 다 식었겠다."

민경은 그제야 젓가락을 집어 들고는 음식을 먹기 시작했다. 한이 물었다.

"직접 한 건데, 어때? 한국 사람들도 좋아할까?"

민경은 고개를 끄덕이고는 음식들을 꼭꼭 씹어 삼켰다. 그러나 맛이 느껴지지는 않았다. 혀가 뻣뻣하게 굳어 가는 듯했다. 민경은 마치 한의 집 일부가 되어 버린 듯한 기분이 들었다. 새하얀 대리석과 새까만 천장 사이에 놓여 있는 아일랜드 식탁을 비롯해 수도꼭지 하나까지도 자로 재단한 듯 곡선이라고는 찾아볼 수가 없었다. 거기다 한은 음식에 손도 대지 않고 있었다. 애초에 수저도 민경이 들고 있는 한 쌍뿐이었다. 숨 막히는 분위기에 목이 막혀 왔다. 민경은 조심스럽게 와인을 한 모금 삼켰다.

"넌 안 먹어?"

"괜찮아. 너 많이 먹어."

민경이 어딘가 모르게 불편한 미소를 짓자, 한은 민경의 잔에 와인을 더 따르고는 주머니에서 무언가를 꺼냈다. 봉투였다. 민경은 젓가락을 내려놓고 봉투를 집어 들었다. 봉투 안에는 서류 한 장이 들어 있었다. 부동산 관련 서류였는데, 익숙한 주소와 이름이 한글로 적혀 있었다. 민경이 한에게 물었다.

"이거 우리 부모님 한국 집 주소잖아."

민경은 다시 한번 서류를 살폈다. 소유자 이름에 '앤드루 박 주니어'라 적혀 있었다.

"그런데 소유자가 왜 너야?"

"내가 샀어."

민경은 놀라 되물었다.

"뭐?"

"그때 부모님 집 경매로 넘어갈 것 같다고 걱정했잖아."

민경의 표정은 밝지 못했다. 자존심 때문만은 아니었다. 한은 민경의 손을 붙잡고 말했다.

"걱정하지 마. 내가 가지겠다는 게 아니니까."

"그럼……."

한은 와인을 한 모금 삼켰다.

"우리 결혼식만 끝나면 다시 아버님께 돌려드릴 거야."

"그게 아니라……."

한은 자리에서 일어나더니 민경에게 다가갔다. 그가 민경의 얼굴을 어루만졌다.

"미안해할 필요 없어. 내가 지금껏 열심히 살아온 건 전부 너를 만나기 위해서였으니까."

달콤한 말들이 둘 사이를 오갔고, 자연스럽게 그들은 침실로 가서 사랑을 나누기 시작했다. 둘은 필연적으로 서로가 행복할 것이라 생각했다. 그러나 까만 천장에 비치는 둘의 얼굴에서 미소는 찾아볼 수 없었다. 민경은 한의 등 중앙에 위치한 흉터를 어루만지며 느껴지는 불안 때문에 한에게 집중할 수 없었고, 한은 천장을 향해 눈을 치켜뜨고는 무언가를 중얼거렸다. 허옇게 얼굴이 질린 것이 과거 고향의 호수 한가운데서 떠오른 시체의 모습과 닮아 있었다. 민경은 그런 한의 모습을 보고는 꼭 기도를 올리는 순교자 같다고 생각했다.

◇◇◇◇◇

뉴욕 브로드웨이 196번가 쿱 타워에 위치한 레스토랑 내부는 온갖 종류의 인간 군상들로 가득했다. 금실이 좋아 보이는 백인 부부는 코카인 중독자처럼 코를 쉴 새 없이 훌쩍이고 있었고, 그 옆 자리에 앉아 있던 노인은 젊은 멕시코 남자의 품에 안겨 불륜을 사랑으로 포장하여 욕망을 거리낌 없이 드러냈다. 그 와중에 젊은 멕시코 남자의 시선은 무대 근처로 향하고 있었는데, 그곳에는 올림머리를 한 복고풍 스타일의 여자들이 여럿 앉아 있었다. 그들은 치장하고 있던 반지나 목걸이 등을 식탁 위로 들어 보이며 타블로이드에 실려 있는 연예인들의 추잡한 소문에 대해서 수다를 떨었다.

그중 단연 시선을 끄는 이들은 한의 동료인 폴과 칼이었다. 폴은 스테이크를 네 접시째 해치우고 있었고, 칼은 와인을 세 병째 마시고 있었다. 사람들은 폴이 접시를 내려놓거나, 칼이 와인병을 비울 때마다 놀란 시선으로 그들을 바라보았다. 웨이터들이 분주하게 둘 사이를 뛰어다녔다. 겉보기엔 둘 모두 머저리 같아 보였지만, 실은 뉴욕 명문 사립고를 거쳐 아이비리그를 조기 졸업한 뒤 월가에 뛰어든 일명 '파이낸셜 타이탄'들이었다.

아이러니한 점은 레스토랑에 있던 손님들 모두가 독실한 크리스천이라는 것이었다. 다음 날, 해가 뜨면 교회에 가서 목사의 설교에 맞춰 기도하고 간증할 예정이었다. 몇몇은 자발적으로 순결 서약을 하기도 했으나 그들의 은빛 순결 반지는 모두 서랍 한구석에 처박혀 있을 뿐이었다. 색욕과 물욕 그리고 식욕이 어지럽게 뒤엉켜 있는 광경에 레스토랑 안이 지옥으로 보일 지경이었음에도 오직 한 사람만이 지나치게 곧은 자세로 앉아 주변 분위기를 환기시키고 있었다.

"만물의 마지막이 가까왔으니[2]……"

한이었다. 그는 마치 한 마리의 독수리 같았다.

---

[2] 베드로전서 4장 7절(개역한글판).

"……정신을 차리고 근신하여 기도하라……."

그는 단 한 번의 칼질로 적당량의 고기만을 잘라 소스를 입가에 묻히지 않고 그대로 소리 나지 않게 씹어 삼켰다.

완벽에 가까운 인간.

민경의 주변인들은 한을 그렇게 불렀다. 일상이 된 야근과 파티에도 늘어지지 않는 탄탄한 몸, 잘생긴 얼굴, 각종 사교 행사에서 발휘되는 적당한 유머 감각, 인종의 벽을 뛰어넘어 직장에서 인정받는 능력과 그로부터 비롯된 엄청난 재산까지.

"자네는, 자네 나라의 역사적인 현장에 있는 거라네."

침묵을 지키고 있던 데이브는 포크로 한을 겨누었다. 포크는 재즈 피아니스트의 현란한 솔로 연주에도 박자를 타지 않고 정확히 한을 겨냥하고 있었다. 한은 시선을 돌리지 않고 데이브의 포크를 똑바로 응시했다. 데이브가 한에게 물었다.

"그래서, 어떤가? 역사의 중심점에 있는 소감이?"

데이브의 포크에서 핏물이 뚝뚝 떨어졌다. 그가 한을 가만히 바라보았다. 굶주린 맹수의 눈이었다. 단 한 번 그 같은 눈을 본 적이 있었다. 대공황 때 가족을 이끌고 이탈리아에서 미국으로 넘어와 현재 그들이 몸담고 있는 투자사를 설립한 데이브, 자기 할아버지의 눈과 같았다. 한이 미소와 함께 답했다.

"그저 모든 것에 감사할 따름입니다."

데이브는 한을 향해 웃어 보이며 스테이크를 입에 쑤셔 넣었다. 한은 와인을 살짝 들이키고는 미소를 지었다. 그러나

온전한 미소는 아니었다. 어딘가 얼이 빠진 것 같았다. 폴이 양고기를 썰며 옆에서 데이브의 말을 거들었다. 칼로 고기를 썰 때마다 팔뚝에 매달린 살이 덜렁거렸다.

"대단해. 여섯 달 전만 해도 왜 그렇게 한국 기업들의 부채 관련 정보를 찾는가 했지. 그땐 자기 나라로 돌아갈 준비라도 하는 줄 알았어."

그 옆에서 칼이 와인 잔을 흔들며 말을 이었다.

"난 한이 자기 나라를 너무 사랑하는 줄 알았다니까. 부도난 한국 기업들 주식을 그렇게 쓸어 담다니."

데이브가 한에게 눈치를 주며 대화에 끼어들었다.

"그 신의 전사들인가? 거기는 대체 뭐 하는 곳이야? 어떻게 하원 의장도 모르는 한국 국유 기업 정보를 알고 있어?"

쏟아지는 질문 속에서도 한은 여전히 정체 모를 미소만 짓고 있었다. 칼이 와인을 맥주처럼 벌컥벌컥 들이켰다. 그 모습을 본 폴이 칼에게 소리쳤다.

"정신 나간 놈. 제가 뭘 처마시는지도 모르고 저걸 한 방에 때려 넣다니."

칼도 밀리지 않았다.

"그럼 넌? 너 때문에 지금 뉴욕주에선 염소 고기가 양고기로 팔린다더라."

"뭐? 내가 먹는 게 염소 고기야?"

"멍청아. 네가 여기 양고기를 다 처먹어서 그렇다는 거지."

데이브가 둘을 말렸다.

"괜찮아. 원하는 대로 먹고 마시자고."

데이브의 말에 폴은 양고기를 두 접시나 더 주문했고, 내 친김에 칼은 와인을 한 병 더 주문했다. 데이브는 테이블 위로 넘나드는 음식들을 보며 셈을 해보았다. 이번 거래로 한은 회사에 이런 레스토랑 열 개는 한번에 열 수 있을 정도의 이익을 가져다주었다.

그러나 마냥 기쁘지는 않았다. 한국의 정치 스캔들에 한이 연루되었다는 소문이 돌고 있었기 때문이었다. 물론, 그 소문이 한에 대한 질투와 동시에 무시로부터 비롯된 것임을 데이브는 알고 있었다. 비리나 부패가 아니라면 동양인이 그런 막대한 성과를 낼 리가 없다고 다들 생각했으니까. 데이브도 한이 성과를 내기 전까지는 그렇게 믿었다. 그럼에도 데이브는 은근슬쩍 한을 떠보았다.

"어떻게 알았지? 한국에 정보원이라도 있는 건가?"

한은 또다시 웃어 보일 뿐이었다. 폴이 입에 고기를 한가득 넣은 상태로 말했다.

"어디 길가에서 영혼이라도 판 거 아니야? 로버트 존슨처럼."

칼이 잔을 비우면서 되물었다.

"로버트 존슨?"

"그 왜, 재즈 기타리스트 있잖아. 사거리에서 영혼 팔아서 유명세 얻은 후 한순간에 사라졌다는."

칼이 와인에 물든 검은 이를 드러내며 말했다.

"그럴 수도 있지. 아니면 동양의 저주라도……."

그 순간, 한은 소리를 내며 웃었다. 시끌벅적한 레스토랑 안에서 한의 웃음소리는 어딘가 이질적이었다. 테이블을 치면서 필사적으로 웃음을 내뱉으려 하는 것만 같았다. 파장이 일듯이 근처의 테이블부터 차례로 이상한 낌새를 느끼고는 대화를 멈추고 한을 힐끔 바라보았다. 폭탄이라도 떨어진 것만 같았다.

그러다 눈치를 보던 칼이 큰 소리로 한을 따라 웃었고, 폴 역시도 장단을 맞추어 우스꽝스럽게 웃었다. 그제야 다른 테이블에 있던 사람들도 안심한 듯 다시 자신들의 템포를 되찾았다. 데이브는 나이프를 내려놓고는 한을 향해 몸을 숙였다.

"자네 괜찮은가?"

한은 웃음을 잃지 않았다. 기침을 하면서 눈물을 손수건으로 닦아 냈다.

"흐음, 당연합니다. 흠."

"자네 나라가……."

데이브의 말을 한이 잘랐다.

"애, 애초에 전 제, 제, 제 나라를 떠난 적이 없습니다."

테이블 위로 침묵이 몰려왔다. 데이브는 한을 바라보았다. 그에게 있어 한의 피부색만큼이나 거슬리는 것은 가끔 보이는 그 엿같은 발작이었다. 데이터로 보았을 때 한은 완벽한 직원이었다. 사고 한 번 치지 않았고, 실적은 늘 준수했으며, 외모나 생활 습관 역시 흠잡을 데가 없었다. 그러나 방금 전 같은 불편한 상황이 벌어질 때마다 데이브는 자신도 모르게 의자를 슬쩍 옆으로 움직였다. 스산함을 느꼈기 때문이다. 칼이 말한 '동방의 저주'를 주변인들에게 거는 것 같았다.

테이블 위 침묵은 웨이터가 다가와서 칼의 잔을 채워 주고 나서야 깨졌다. 칼이 콧방귀를 뀌었다.

"애초에 그……"

단어가 잘 기억 나지 않는지 칼이 인상을 찡그렸다. 옆에서 폴이 외쳤다.

"한국. 이 멍청아."

"그래, 한국은 우리에게 고마워해야지요."

"당연하지."

데이브가 맞장구를 쳤다. 신이 난 칼이 또다시 잔을 완전히 비우고는 소리쳤다.

"부실한 기업들부터 방탕한 국민성까지……. 썩은 부분을 도려내 줬으니까요. 웨이터!"

칼이 소리쳤다. 자기 자리로 돌아가던 웨이터가 급히 와인병을 들고 달려오다 카펫에 발이 걸려 넘어졌다. 바닥에 부딪힌 병이 깨지면서 와인이 한의 셔츠에 튀었다. 폴이 테이블에 앉은 상태로 외쳤다.

"정신 나간 놈!"

웨이터는 한에게 기어가다시피 다가가 고개를 숙였다. 한은 웨이터를 바라보았다.

"죄송합니다. 정말 죄송합니다……."

한은 손을 뻗어 웨이터의 가슴팍에 매달린 이름표를 들어보았다. 'Jinsoo Kim'이라고 적혀 있었다. 칼이 웨이터에게 말했다.

"와인 비용은 물론이고, 세탁 비용도 청구할 거니까. 각오……."

한이 손을 들어 올려 칼의 입을 막았다. 칼은 이해할 수 없다는 눈짓으로 그를 바라보았지만 나서지는 않았다. 한의 행동에는 늘 숨겨진 의도가 있었다.

"잠시만."

한은 웨이터의 뒷덜미를 잡더니 귀에다 무언가를 속삭였다. 한국어였기 때문에 데이브는 물론, 폴과 칼도 한의 말을 알아듣지 못했다. 웨이터의 표정은 이상했다. 그는 눈물을 글썽이다 사색이 되었고, 이내 표정이 풀어지다 못해 찌그러졌다. 그러나 감정이 행동으로 이어지지는 않았다. 한이 들이민 현금 뭉치 때문이었다. 웨이터의 눈길이 파르르 떨렸다. 끝내 그는 한을 향해 고개를 숙이고는 한이 건넨 팁을 받아 챙겼다. 웨이터가 사라지자 폴이 한에게 물었다.

"웨이터한테 무슨 말을 한 거야?"

한은 폴에게 미소를 지어 보였다.

"동방의 저주."

폴에 이어 칼 그리고 데이브까지 한의 답변을 듣고는 큰 소리로 웃었다. 이목이 그들에게로 집중되었으나, 이번에는 한이 웃지 않았다. 한은 자신을 노려보고 있는 동양인 웨이터와 눈을 마주치더니 고개를 살짝 끄덕였다.

얼마 지나지 않아 가게 뒷문이 열리더니 동양인 웨이터가 튀어나왔다. 그는 한이 건넨 현금 뭉치를 강하게 쥐었다. 손이 부들부들 떨리고 있었다. 한이 내뱉은 말들을 떠올렸다.

'천한 것. 너 같은 놈들 때문에 우리가 욕먹는 거야. 웃어.

나까지 쪽팔리게 하지 말고.'

그는 현금 뭉치를 바닥에 던지려다 말았다. 그러기엔 너무나도 큰 액수였다.

◇◇◇◇◇

민경은 오래도록 한의 집 안으로 들어가지 못했다. 거대한 담벼락 같은 건물의 모습 때문도, 로비에서 본 경비원들의 경계 섞인 몸짓 때문도 아니었다. 그녀는 오래전에 끊은 담배 연기 대신 입김을 뱉어 내며 잠깐의 시간을 홀로 보냈다. 5번가 1049번지 앞을 지나치는 차들이 수백 대, 수천 대가 되더라도 결심이 서지는 않을 것이라는 사실을 알고 있었다. 이제는 한에게 답을 해 주어야 할 때였다.

민경은 이틀 전을 떠올렸다. 뮤지컬 〈Fosse〉를 보고서 한과 집으로 돌아오는 길이었다. 과연 〈Fosse〉가 토니상을 받을 수 있을지 없을지 토론하던 와중에 갑자기 타이어에 펑크가 났다며 한은 갓길에 차를 세웠다. 그가 분주하게 움직이는 사이, 민경은 하늘을 올려다보았다. 곧 비가 세차게 내릴 것처럼 하늘에는 먹구름이 가득했다. 주변을 살피던 민경은 불안감에 한에게 괜찮냐 물었지만, 타이어를 살피던 한의 표정은 좋지 못했다.

"문제가 생겼어. 나 대신 트렁크로 가 줘."

민경은 차에서 내려 트렁크로 향했다. 드레스에 박힌 비즈가 도로에 끌리며 기분 나쁜 소리를 냈다. 한이 민경에게 외쳤다.

"트렁크 좀 열어 봐."

민경은 조심스럽게 트렁크를 열어젖혔다. 그러자 기다렸다는 듯이 갖가지 색깔의 풍선이 튀어나와 민경은 물론이고 주변에 있던 행인들까지 놀라게 했다. 트렁크 중심부에는 장미꽃 다발들과 함께 하얀 생크림케이크가 놓여 있었다. 생크림케이크 위에는 '*결온해 줘*'라는, 이가 나간 한글이 레터링되어 있었다. 모나지 않고 바른 것이 한의 글씨체였다. 민경이 고개를 돌리자, 자신을 향해 무릎을 꿇고 있는 한이 보였다. 그의 손에는 다이아몬드 반지가 들려 있었다. 어느덧 주변에 사람들이 모여들었다. 그들은 둘을 향해 박수를 치고 휘파람을 불었다. 한이 상기된 얼굴로 말했다.

"우리, 결혼하자."

주변을 한 번 둘러본 민경은 한의 손에 들린 반지를 받아들었다. 환호성이 들려왔다. 한은 민경에게 키스하려 했으나 그녀는 문득 한 발 뒤로 물러서더니 한국말로 말했다.

"*잠시 생각할 시간을 줘.*"

◇◇◇◇

오랫동안 민경은 핸드폰을 붙잡고 있었다. 수화기 너머에서 목소리가 들려왔다.

"그래서 결혼을 고민하고 있다고? 네 느낌 때문에?"

민경의 오랜 친구인 희진이 말했다. 그녀는 학생 때 한인교회에서 만나 지금까지 연락을 하고 지내는 몇 안 되는 친구였다. 희진은 한에 대한 것들을 구구절절 늘어놓았다. 자산, 능력, 외모와 기타 등등. 미국 한인 사회에서 한의 등장은 영웅 출현에 비견되면서 후배들이 그를 보며 꿈을 키워 가고 있다고.

민경은 한을 사랑했다. 이는 부정할 수 없는 사실이었다. 외면에 이끌리지 않았다고 말하면 거짓말이겠으나, 그녀는 한이 설령 돈이 없다고 하더라도, 혹은 동화 속 왕자처럼 잘생긴 얼굴과 탄탄한 몸을 하루아침에 잃어버린다고 하더라도 그의 곁에 있으려 했다.

오히려 민경은 한이 조금은 평범한 인간이기를 바랐다. 그녀가 매번 느끼는 왠지 모를 위화감은 아마도 그의 외적인 면에서 비롯된 것일 테니까. 한과 함께 모임에 참석하거나 그의 지인을 만날 때마다 받는 시선들을 견딜 수가 없었다. 미국에서 태어나고 자란 그들은 유학생인 민경에게 출신 대학, 직장, 부모님의 직업 등을 물어 보고는 자기들끼리 가난한 나라에서 와서 이 정도면 성공한 것이라며 은근슬쩍 그녀를 까 내렸다. 민경은 손톱을 깨물었다.

"그래도……."

저토록 확신에 차서 말하는 희진에게 민경은 자신의 생각을 쉬이 말할 수 없었다. 더군다나 민경은 보이지 않는 어떤 촉에 의해 자신이 좌우되고 있는 것을 알고 있었으니. 희진이 콧방귀를 뀌었다.

"그래도는 무슨. 한 같은 사람이 어디 있는 줄 알아? 병 때문에 그런 거야? 의사들이 문제없다고 했다며?"

민경은 대답하지 않았다. 희진은 한숨을 내쉬었다.

"내가 언제 처음 결혼을 후회했는지 알아?"

민경은 그에 대한 대답을 알고 있었다. 한과의 관계에서 문제가 있을 때마다, 그걸 민경이 희진에게 말할 때마다 그녀는 누누이 같은 대답을 했으니까.

"한을 교회에서 처음 봤을 때."

불행한 결혼 생활들. 남자들은 다 똑같으며 결국 다른 점은 나에게 얼마의 돈을 줄 수 있느냐만이 남는다는 것. 희진을 비롯해 수많은 기혼 친구들이 가진 행복의 기준은 어디에, 얼마나 큰 집에, 돈 걱정 없이 살 수 있는 지로 비교적 명확하게 나눠져 있었다. 민경이 아무런 대답도 하지 못하고 있자, 희진이 말했다.

"너, 한 만나기 전을 떠올려 봐."

◇◇◇◇◇

민경이 미국에 건너와 처음 도착한 곳은 아주 작은 골방이었다. 명목상 홈스테이였으나 어디까지나 객식구였고 민경은 함께 살게 된 가족들의 눈치를 보며 적게 먹고, 많이 움직였다. 그들은 빨래방을 운영하고 있었는데, 민경은 학교에 다녀오자마자 수많은 빨래가 담긴 카트를 밀고, 빨래를 세탁기에 넣고 가동하며 늦은 밤까지 빨래를 갰다. 돈을 받지 못했으나 먹여 주고 재워 주니 당연하다고 생각했다.

그 와중에도 민경은 공부를 놓지 않았다. 부모님이 매달 보내 주는 돈으로 책과 볼펜 그리고 귀마개를 샀다. 학교 쉬는 시간에도 민경은 귀마개를 꽂고는 아이들과 소통을 차단한 채 공부에 매달렸다. 파티나 동아리, 심지어는 친구 하나 만들지 않고서 나머지 시간을 오직 공부에만 쏟았다.

문제는 아이들이 민경을 가만 놔두지 않았다는 점이었다. 그들은 처음 만난 동양인 아이에게 호기심으로 포장한 관심을 보였다가도, 민경이 자신들과 어울리지도 않는 데다 모든 과목에서 높은 성적을 받자 그녀를 어긋난 존재로 규정하고 괴롭히기 시작했다. 복도를 지나가는데 이유 없이 밀치고, 점심 도시락에 물을 뿌렸다. 그러나 아이들이 간과한 사실이 하나 있었다. 민경이 예전 학교에서 꿀벌(Honeybee)이라 불렸다는 것이다.

"미친년!"

비명과 함께 백인 여자아이가 식당 바닥을 나뒹굴었다. 그녀는 민경의 얼굴을 향해 주먹질을 했으나 민경은 여자아이의 팔뚝을 물고는 놓아주지 않았다. 꿀벌이란 별명에는 단순히 피부색에 대한 조롱만 섞여 있는 것이 아니었다. 그 같은 별명이 민경에게 붙은 이유는 그녀가 꿀벌처럼 자신의 내장이 빠져 죽는 한이 있어도 적을 향한 공격을 멈추지 않았기 때문이었다. 한 번, 두 번, 세 번 괴롭힘이 이어질 때마다 민경의 얼굴은 피로 물들었지만 적의 몸에도 선명하게 그녀의 잇자국이 남았다.

보복이 없지는 않았으나 괴롭힘의 빈도는 확실히 줄어 갔다. 포식자들은 사냥을 하는 데 위험을 감수하려 하지 않았다. 사방에 사냥감이 풍부했기 때문이었다. 개혁, 개방이라는 세계화의 물결에 아시아계 아이들이 그야말로 미국으로 쏟아져 들어오려 하는 중이었다.

아이들은 금세 괴롭힘에 반항하지 않는 다른 아이들을 찾아내 괴롭히기 시작했다. 중국계, 인도계, 베트남계 등 상대적으로 소수인 그들은 머리채를 붙잡힌 채 학교 이곳저곳으로 끌려다니며 불법 체류자, 마약 밀매상, 미국의 암 덩어리라는 말과 함께 침을 맞고, 바닥에 내쳐졌다.

그들은 민경을 향해 도와 달라 손을 뻗었다. 민경이 그녀가 자기 자신을 위해 그랬듯이 자신들을 위해서도 이빨을 드러내 주기를 바랐다. 유일하게 다른 아이들의 괴롭힘에 용기 있게 맞선 사람이 바로 민경이었으니까. 과거 민경에게 물린 적 있던 여자아이가 민경에게 삿대질하며 외쳤다.

"안 꺼져?"

민경이 여자아이를 노려보자, 아이는 잇자국이 남아 있는 팔뚝을 감싸 쥐었다. 금방이라도 싸움이 날 것만 같았다. 아이들은 서로 눈치를 보며 주먹을 쥐었다. 그러나 예상과 달리 민경은 무표정하게 그대로 현장을 지나쳤다. 근근이 불길이 일렁이던 초가 완전히 꺼져 버린 순간이었다. 원망 섞인 외침과 기세등등한 욕설이 민경의 등 뒤로 몰려왔다.

민경은 속으로 되뇌었다. 지금 걸음을 멈추는 순간, 영원히 제자리걸음을 하게 될 것이라고. 저들의 손을 붙잡으면 발목에 벽돌이 묶인 조직의 배반자처럼 바닥으로 침전해 버리고 말 것이라고.

이 지옥 같은 삶에서 민경은 어떻게든 벗어나려 했다. 맨

손으로 이 기회의 땅에 도착해 마트, 세탁소, 세차장 등 어엿한 사장이 된 주변 한인들을 보며 민경 역시 이 땅에서 성공하고자 마음먹었다. 그러기 위해서는 냉정해야 했다. 죽어 가는 아이가 집에 있다며 매대 물건을 도둑질하다 걸린 이를 경찰에 넘겨야 했고, 추위에 몸을 떠는 노숙자를 한밤중에 쫓아내야 했다. 총을 들고 상점 지붕 위에 모여든 사람들처럼 내 것을 챙겨야 했다. 사회를 완전히 무너뜨리지 못할 것이라면 사회에 올라서야 한다는 것이 민경의 생각이었다.

◇◇◇◇◇

고등학교 졸업과 동시에 민경은 네 군데의 대학교에 합격했다. 합격 통보를 받은 그 순간, 민경은 트렁크를 펴 놓고는 짐을 모조리 때려 넣었다. 몇 없는 옷가지에, 구멍이 난 신발들을 쑤셔 넣어도 트렁크의 반절조차 챙기지 못했다. 챙길 것보다 버릴 것이 더 많았다. 나사가 빠져 오른쪽으로 크게 기운 책장에는 표지가 닳은 공책들이 줄지어 서 있었다. 쓰고 지우기를 수십 번 넘게 반복한 탓에 종이를 쥔 반대편 손가락의 지문이 비쳐 보일 정도였다.

민경의 서랍 안에는 손가락보다 짧아진 연필부터 잔뜩 때 탄 지우개와 더불어 둘둘 말린 헝겊이 있었다. 민경은 조심스럽게 헝겊을 펴 보았다. 주황색 부적과 염주 한 다발 그리고 누군가의 머리카락이 한 움큼 든 붉은색 주머니가 보였다. 민경은 부모님의 얼굴을 떠올렸다.

'절대 놓고 다니지 마.'

당부에 당부를 거듭하며 침이 얼굴에 몇 번이나 튀기는 바람에 눈을 뜨기가 힘들 정도였다. 누구 머리카락이냐는 민경의 물음에 그녀의 어머니는 황급히 자기 머리카락이라며 엄마 생각이 날 때면 꼭 쥐고 다니라 말을 돌렸다.

그러나 민경은 그것들을 모조리 쓰레기봉투에 넣어 버렸다. 어머니가 민경의 손에 들려 준 그것들은 세탁소 아주머니의 폭력이나 학교 아이들의 괴롭힘으로부터 민경을 보호하지 못했다. 민경은 오롯이 민경 자신의 힘으로 역경들을 넘어왔다고 믿었다.

방아쇠가 당겨지듯 민경은 닥치는 대로 한국에서 가져온 것들을 쓰레기봉투에 쑤셔 넣기 시작했다. 과거라 딱지가 붙은 모든 것들에 가난이 덕지덕지 묻어 있어 지긋지긋했고, 진절머리가 났다. 마음 같아서는 한국에서 난 것들을, 심지어는 민경 자신의 몸과 기억마저도 내다 버리고 싶었다. 저녁이 되어서야 민경은 탈피한 연체동물처럼 지난날의 흔적들을 말끔히 치울 수 있었다.

트렁크를 손에 쥔 민경은 빨래를 운반하라는 주인집 아주머니의 외침을 무시하고서 몰래 세탁물 중 하나를 집어 들었다. 흰 블레이저였다. 오랫동안 세탁 고리에 걸려 있는 것으로 보아 세탁물 주인이 교도소에 수감되었거나 약 과다 복용으로 죽었을 것이라 생각했다. 흰 블레이저를 입는 사람 중에 제정신인 사람은 없을 테니까.

대부분의 옷을 내다 버린 민경은 흰 블레이저를 어깨 위에 걸치고 그 숨 막히는 집을 벗어났다. 고맙다는 말도, 감사하다는 고갯짓도 전혀 하지 않았다. 어둠 속에서 주인집 아주머니의 목소리가 카랑카랑하게 들려왔다.

"저 키워 준 은혜도 모르는 년!"

민경은 버스를 타고 또 타며 꼬박 하루를 보냈고, 다음 날 새벽녘이 되어서야 뉴욕에 도착했다. 그녀는 타임스퀘어 한가운데 서서 처음으로 서럽게 울었다. 비행기를 타고 이곳으로 날아온 첫날을 제외하고는 단 한 번도 울지 않겠다고 다짐했던 그녀였다. 뉴욕은 민경에게 꿈의 도시로 다가왔다. 찬란한 네온사인 불빛과 거대한 마천루 무리들이 민경에게 원하는 모든 것들을 이뤄 주겠다고 말하는 것 같았다. 그러나 가난은 그녀를 쉽게 놓아주지 않았다.

◇◇◇◇◇

살인적인 뉴욕 물가와 전공 서적 위로 쌓이는 학비 고지서가 민경을 움직이게 했다. 수업을 듣는 시간을 제외하고, 새벽녘까지 음식점 서빙부터 그토록 피하려 했던 세탁소 아르바이트까지 가리지 않고 일했다. 생활비를 아끼기 위해 하루 한 끼는 늘 식당에서 만들다 만 햄버거로 때웠고, 과로로 고열에 시달리다 길에서 쓰러졌을 때는 구급차 다가오는 소리에 범죄자처럼 현장을 빠져나와야 했다. 병원비 때문이었다.

주말이라고 쉴 수는 없었다. 민경은 한인 교회에 나가 찬송가를 부르고, 앞줄에 앉아 눈물을 쥐어짜 내며 기도를 따라 했다. 뉴욕에서 구하기 힘든 한식을 먹을 수 있다는 점도 그녀를 끌어들였지만 교회에 나가라는 어머니의 보챔을 마냥 무시할 수는 없다고 생각했기 때문이었다. 우연의 일치인지는 모르지만 교회에 다니기 시작한 후로 민경은 크게 아픈 적이 없었다.

사실 교회는 신을 믿느냐와는 별개로, 민경과 같은 한인 이민자들이 유일하게 소속감을 느낄 수 있는 장소였다. 학교에서는 멸시를, 일터에서는 차별을, 거리에서는 위협을 받는 그들에게 교회는 피난처였다. 마치 로마 시대 박해를 피해 몰려들었던 초기 그리스도인들처럼 이들은 평일에 받은 상처를 숨기고서 주말마다 교회에 모였다.

어떤 이들은 민경에게 아시아계 커뮤니티를 찾아보라 조언했지만, 민경에게 그건 다른 이야기였다. 중국인이든 일본인이든, 한데 묶여 '아시아인'으로 불리는 자리에서 그녀는 그들의 나라가 자신의 모국에 한 짓들을 쉬이 입 밖에 낼 수 없었다. 그것은 먼 타국으로 이민을 왔다고 해서 끊어지는 얕은 고리가 아니었다.

물론 한인 교회가 모든 한인을 품는 아가페적 공동체였던 것은 아니었다. 그들 또한 자신들이 대다수의 한인들에게 마지막 남은 피난처라는 사실을 잘 알고 있었다. 그들에게 미국 한인들은 둘로 나뉘었다. 교회 사람이거나 교회 사람이 아니거나. 종교와 공동체라는 이름으로 거행된 사랑은 역사적으로 경계 너머에 대한 증오와 미움으로 드러나기 마련이었다. 1991년, '정의'라는 이름으로 감행된 중동 침공을 교회에서 정당화하는 모습을 보며, 민경은 더욱 더 교회 행사에 빠지지 않고 참석했다. 눈 밖에 나지 않기 위해서였다.

그 덕에 민경은 기회를 얻었다. 그녀의 담당 교수는 겉으로는 민경에게 친절했지만, 속으로는 민경을 그저 '아시아인 학생' 정도로 취급하고 별다른 관심을 두지 않았다. 하지만 우연히 교회의 장로와 담당 교수가 같은 볼링 클럽 회원이라는 사실을 알게 되었고, 민경은 일부러 시간을 내어 볼링 클럽을 찾아가는 등 그 인연을 조심스레 활용했다. 교수의 사무실을 정리하고, 주차장에서 차를 세차하며 눈도장을 찍었다.

노력이 통한 것일까? 졸업 기간이 다가오자 민경은 담당 교수님의 도움으로 한 디자인 회사에 인턴으로 합격했다. 합격 메일을 받고는 자리에서 소리를 지르며 기뻐했다. 드디어 지독한 벼룩 생활을 끝낼 수 있었다. 한국에, 아니, 자신을 계속해서 괴롭히던 방울 소리와 음산한 목소리들에게 돌아가야 할지도 모른다는 두려움에서 또다시 벗어날 수 있었다.

그날 바로 민경은 한식당으로 달려가 먹고 싶은 음식을 모두 주문했다. 한 달 식비에 해당하는 금액이었으나 상관하지 않았다. 식당 앞을 지나치며 입맛만 다신 지 수년째였다. 민경은 김치찌개, 계란말이 등등의 음식이 나오는 즉시 크게 한 술 떠서 속에 욱여넣었다. 익숙한 음식 맛에 자신도 모르게 눈가가 벌겋게 부어올랐다.

"엄마……."

민경은 더는 고생하지 않아도 된다고 생각했다. 시궁창 같은 생활의 밑바닥을 지나왔고 진정으로 '아메리칸드림'을 향해 나아가고 있다고 믿었다.

그때의 기억 때문인 걸까? 민경은 누군가에게 의지하지 않고 자신의 힘으로 모든 역경을 헤쳐 나갈 수 있다고 믿었고, 또 그러고 싶어 했다. 적어도 한을 만나기 전까지는 그랬다.

민경이 프러포즈를 거절한 이후 이틀 동안 한에게 연락은 없었다. 잠시 고민하던 민경은 결심한 듯 한의 집 문을 두들겼다. 그러나 인기척은 느껴지지 않았다. 평소의 분위기와는 달랐다. 민경이 불안한 마음에 문고리를 돌리자, 문이 그대로 열렸다. 민경은 집 안을 향해 한의 이름을 불렀다.

"한……."

되돌아오지 않는 반응에 불안감이 엄습했다. 민경은 큰 소리로 한을 부를 수가 없었다. 혹시나 강도가 든 것이라면? 적대적 인수 합병을 주도하는 한의 직업 특성상 그를 노리는 적들이 알게 모르게 많았다.

언젠가 민경은 한이 전화로 누군가와 싸우는 모습을 본 적이 있었다. 그날 한은 화장실에서 거친 욕설과 함께 고함을 질렀다.

'우리 가족을 위한 겁니다.'

그것은 민경이 처음 본 한의 모습이었다. 특이한 점이라면 한국어를 섞어 가며 욕을 했다는 점이었다. 화장실에서 나온 한은 평소와 같은 온화한 미소를 보이며 민경에게 아무 일도 아니라고 말했었다.

그날 보았던 한의 화난 모습이 민경의 발목을 붙잡는 것만 같았다. 민경은 차마 집 안에 들어가지 못하고 현관에 서서 나지막하게 말했다.

"왜 이래? 나 무서워, 그만해."

돌아오는 대답은 없었다. 민경은 조심스럽게 한의 집 내부를 훑기 시작했다. 화장실과 거실, 부엌과 침실을 제외하고는 한 번도 다른 공간을 둘러본 적이 없었다. 한은 민경의 행동 반경을 그 네 공간으로 제약했다. 민경이 방에 관심을 두려 하면 값비싼 음식으로, 혹은 화려한 뉴욕의 볼거리로 민경의 시선을 돌리려 했다. 그럼에도 민경이 그 안으로 들어가려 하면, 그는 사람 좋은 얼굴로 자신의 결벽증에 관해 말하면서 이곳들만은 자신만의 공간으로 두어 달라고 했다.

한의 방들은 낯설었다. 연애를 하며 한의 집에 동거하다시피 살아왔건만, 본 적 없는 물건들과 그것들이 만들어 내는 기묘한 분위기에 민경은 자신도 모르게 잔뜩 주의를 기울이고 있었다. 그녀는 천천히 문고리를 돌려 보았다. 마치 잠든 연인의 살가죽을 벗기는 것만 같았다.

첫 번째 방은 드레스 룸이었다. 잘 다려진 하얀 와이셔츠들이 한쪽 면을 장식하고 있었다. 셔츠 목덜미와 소매에도 얼룩 하나 보이지 않았다. 그 옆에는 테일러 숍에서 달에 한 번씩 맞춘 정장과 구두들로 가득했다. 그 옆에는 베르사체, 아르마니 등 명품들이 늘어져 있었다. 물건이 놓여 있던 선반을 조심스럽게 검지로 쓸어 보았다. 먼지 하나 묻어 나오지 않았다. 이전 식사 자리에서 보았던 비커와 스포이트도 한쪽 구석에 전시되어 있었다.

두 번째 방은 예술 작품들로 가득했다. 회화부터 장식품들까지. 중심부에는 검은 돌이 하얀 천에 감싸인 채로 유리 케이스 안에 보관되어 있었다. 묘하게 시선을 끄는 매력에 민경은 자기도 모르게 오랫동안 그 주변을 배회했다. 이어서 단연 민경의 눈길을 끈 것은 방의 끝부분에 위치한 완성되기 직전의 그림이었다. 민경은 유리 케이스에 든 검은 돌을 지나쳐 그림을 향해 다가갔다.

　한이 따라 그리고 있는 그림은 네덜란드의 화가 히에로니무스가 인간의 쾌락을 주제로 그린 〈세속적인 쾌락의 동산〉 중에서도 작품의 오른쪽 패널 부분인 〈지옥〉이었다. 민경은 작품을 자세히 들여다보았다. 난해하다는 작품의 유명세에 걸맞게 독특한 색감과 어딘가 일그러져 있는 존재들이 그림 곳곳을 채우고 있었다. 민경은 옆에 놓여 있는 1대1 크기의 모사품과 한이 그린 것을 비교해 보았다.

　한의 그림은 원작과 달리 고통받는 인물들의 인종이 더욱 다양했다. 백인, 흑인 그리고 동양인들이 곳곳에 보였다. 특히나 하얀 수염을 길게 늘어뜨린 한 늙은 동양인이 눈길을 끌었다. 그는 그림 여러 곳에서 배가 갈라지고, 상처에 끓는 물이 부어지는 등 가장 심한 고문을 받고 있었다. 더욱 소름 돋는 것은 그가 웃고 있다는 점이었다. 또 배경은 어떻고. 다소 어둡게 지옥을 묘사한 원작과는 다르게 한의 작품 속 색감은 푸르렀다. 과거 민경이 떠나온 한국의 여름 풍경처럼 보이기도 했다.

　민경은 자기도 모르게 손을 뻗어 조심스럽게 작품을 위에서 아래로 쓸어내렸다. 작품 하단에 자연스럽게 시선이 멈췄다. 십자가를 들고 선 한 아이를 보았다. 아이는 십자가를 빼앗기지 않으려는 듯 십자가를 붙잡고 악마와 줄다리기를 하고 있었다. 원작에는 존재하지 않는 인물이었다.

"……미안……."

민경은 화들짝 놀라 소리가 들리는 곳으로 달려갔다. 한을 찾기 위해 얼마나 많은 문을 열어젖혔는지 모른다. 소리를 향해 다가갈수록 무언가 규칙적으로 바닥과 부딪히며 진동을 만들어 냈고, 주기는 점차 빨라지고 있었다. 마지막 문을 열었을 때 민경의 얼굴은 눈물로 범벅이었다.

"한!"

한은 침실 바닥에 머리를 박으면서 발작을 일으키고 있었다. 입은 하얀 거품으로 뒤덮인 채였다. 그의 머리는 부술 듯이 바닥을 두들겨 댔다. 민경은 재빨리 한의 머리를 받치고는 입에 손가락을 넣어 이물질들을 빼냈다. 한은 알 수 없는 말들을 중얼거렸다.

"……죄가…… 많아……."

민경은 한의 머리에 베개를 받치고 거실 서랍으로 달려가 약통을 꺼내고는 물을 한 컵 떴다. 익숙한 몸짓이었다. 민경은 능숙하게 한에게 약을 먹이고는 머리를 쓰다듬었다. 그러자 한의 중얼거림이 서서히 잦아들더니 이내 발작이 멈췄다.

'기적이야.'

내일 한이 눈을 뜨면 민경에게 그리 말할 것이었다. 수십만 달러의 연봉을 받는 미국 최고의 의사들 역시도 한의 발작

원인을 알 수 없다며 고개를 저었으나 민경의 손길 한 번에 한의 발작 증세는 급격하게 줄어들었다. 기적이라고 말할 수밖에 없었다.

민경은 안심한 듯 숨을 돌렸다. 그녀의 얼굴에서 긴장감은 사라진 지 오래였다. 대신, 그 자리에 알게 모르게 미소가 떠올랐다. 이 순간은 그녀가 한보다 우위에 설 수 있는 유일한 시간이면서, 동시에 민경이 한을 떠날 수 없는 또다른 이유였다.

한에게는 민경이 필요했다. 그는 결혼을 해야만 한다는 사회적 압력이나 동정심 혹은 정이라는 지극히 단순한 이유로 민경을 선택한 것이 아니었다. 그녀는 한에게 있어 그 무엇으로도 대체될 수 없는 존재였다. 얼마나 많은 결혼이 기울어진 각자의 배경 때문에 침몰했을까?

민경은 한의 머리를 쓰다듬으며 결정을 내리지 못했던 좀 전까지의 자신을 그만 버리기로 했다. 그녀는 누구보다도 자신이 그의 곁에 머물러야 한다고, 자신이 아니면 안 된다고 되뇌었다.

반면, 한은 풀린 눈으로 한곳을 응시했다. 벽면에 매달려 있던 십자가였다. 십자가는 다소 특이한 모양새였다. 십자가를 자세히 살펴보면 분열하는 세포처럼 수십 개의 작은 십자가들이 한데 모여 십자가 형상을 만들어 내고 있었다. 한의 의식이 흐려질수록 만화경을 보는 것처럼 십자가들이 각자 여러 방향으로 돌기 시작했다. 한이 누군가의 이름을 중얼거렸다.

"……준……."

그것은 민경이 단 한 번도 들어 본 적 없는 이름이었다.

02. 1979

올 아메리칸 패밀리.

TV만 틀면 2대8 가르마를 한 백인 남성이 자신감 넘치는 얼굴을 하고서 집으로 향한다. 자동차는 굉음을 내며 고속도로를 힘 있게 나아간다. 이어서 다락이 있는 2층짜리 목조 주택이 보이고, 리트리버 한 마리와 함께 어린아이 둘이 달려 나온다. 아들 하나, 딸 하나. 차고에 주차를 마친 백인 남자는 그들에게 키스하고는 마지막으로 금발의 아내를 향해 웃어 보인다. 쿠키 냄새가 난다며 코를 킁킁거린 남자는 담배를 입에 문다. 잔디밭에서 아이들이 뛰노는 화면 위로 '포드 자동차' 로고와 함께 지금 당장 차를 구매하라는 문구가 나온다. 그때는 뜬금없다고 생각했지만 지금은 아니다. 그 광고는 우리 가족에게 일종의 지침서였다.

"한!"

나는 고개를 들어 올렸다. 내 아버지는 광고 속 백인 남자처럼 캐딜락을 끌고서 집으로 돌아왔다. 그러나 '잘 지냈니?'라는 인사말이나 나와 어머니를 향한 키스는 없었다. 물론 담배를 피우지도 않았다. 아버지는 식탁에 홀로 앉아 말없이 어머니가 차린 음식을 먹은 후 1인용 소파에서 잠이 들기 직전까지 TV에 집중할 뿐이었다.

"리모콘 어디 있어?"

아버지는 나를 도끼눈으로 바라보았다. 나는 1인용 소파 팔걸이에 놓여 있던 리모컨을 주워 아버지에게 건넸다. 미국 가정의 절반이 컬러 TV를 소유했을 때, 엔젤타운의 거의 모든 가정은 그 나머지 절반에 속했다. TV 없는 시골에서 밤에 할 일이라고는 없었다. 어른들은 일찍 잠에 들거나 술에 취한 채로 30분 거리의 사창가에서 섹스를 했고, 아이들은 몰래 보이지 않는 곳에서 그것들을 했다. 그러나 우리 집에는 TV가 있었다. 어머니가 다림질을 하며 라디오 드라마를 들을 때 아버지는 소파에 앉아 TV를 보았다.

채널을 넘기면 존 웨인[3]이 연기한 총잡이가 권총으로 인디언들을 쏴 죽이고 있었다. 도끼를 치켜든 그들은 이렇다 할 반응 없이 바닥에 쓰러졌다. 그들의 피가 황무지를 적셨다.

"제대로 먹여 줬군."

아버지는 무표정으로 소리 내어 웃었다. 성대모사라도 한 것만 같았다. 반면에 나는 존 웨인의 연기보다도 죽은 인디언들의 얼굴에 눈이 갔다. 내가 보았던 인디언들의 얼굴과는 달

---

[3] 서부극과 전쟁 영화로 명성을 얻은 미국의 배우로, '더 듀크(The Duke)'라는 별명으로 알려져 있다.

랐다. 그들을 지칭하는 '홍인(Red skins)'이라는 말과 달리 그들의 피부는 붉지 않았다. 죽은 인디언들의 얼굴에 붉은 것이라고는 자기 몸 안에서 뿜어져 나온 피뿐이었다.

"난 원래 경찰이 되고 싶었단다."

아버지의 눈빛이 이글거렸다. 마치 클린트 이스트우드의 눈썹처럼.

"모두 다 감옥에 처넣고 싶었지. 인종을 가리지 않고 말이야."

나는 아버지의 주정이 듣기 싫어 방으로 들어가려 했다. 아버지가 외쳤다.

"넌 네가 원하는 대로 살 수 있을 것 같아?"

내 눈은 아버지의 손에 들려 있는 아메리칸 버번으로 향했다. 할아버지는 술을 마시면 꼭 죽은 사람들의 영혼을 몸 속에 넣는 것 같다고 말했다. 스카치위스키에는 아일랜드인들의 영혼, 사케에는 조선인들의 영혼, 아메리카 버번에는 흑인 노예들의 영혼. 그렇다고 그가 그들에 대한 어떤 연민의 감정을 느낀 것은 아니었다. 버번만을 보더라도 끝없이 늘어선 콘 벨트와 그것을 경작하기 위해 동원되었던 노예들, 옥수수를 운반하기 위해 철도 건설에 동원된 부랑자들이나 하층민들이 떠오른다며 술맛이 떨어진다고 했으니까. 술에 취한 아버지가 나를 향해 삿대질을 하기 시작했다.

"네가 누구 아들인데? 누구 손자인데?"

2층 끝자락에 위치한 방으로 들어가서도, 두꺼운 솜 이불을 머리 끝까지 덮어도, 아버지의 주정은 창문을 쳐 대는 바람처럼 계속해서 들려왔다. 분명 이곳, 엔젤타운에 오기 전까지 아버지는 단 한 번도 그런 말을 한 적이 없었다. 나는 침대에 웅크리고 앉아 창문 너머로 밤바람에 흔들리는 옥수수밭을 보았다. 처음 엔젤타운에 도착했을 때가 떠올랐다.

◇◇◇◇◇

 내 고향, 엔젤타운에 관한 최초의 기억은 푸르른 옥수수밭이었다. 아버지의 핑크 캐딜락이 아무리 굉음을 내며 도로를 내달려도 밭의 끝은 좀처럼 보이지 않았다. 드높게 솟은 옥수숫대들이 바람을 타고 일렁일 때마다, 햇빛이 잎 사이를 스치며 파도처럼 번졌다. 멀리서 보면 바다 같았다. 고요하고 평온해 보였지만, 그 키 큰 풀들 사이에 무엇이 숨어 있고 어떤 일이 벌어지고 있는지는 아무도 알 수 없었다. 그곳은 풍경이자 경계였고, 침묵하는 벽 같은 장소였다.
 두 번째로 떠오르는 기억은 사람들의 시선이다. 밭에서 일을 하던 이들은 아버지의 핑크 캐딜락을 유심히 바라보았다. 아버지는 창문을 내리고 그들을 향해 손을 흔들어 보였으나 그들은 햇볕에 그을린 얼굴을 찡그린 채로 반응하지 않았다. 그 모습들이 옥수수밭 한가운데에 우뚝 서 있던 허수아비처럼 보이기도 했다.
 차에서 내리기 직전, 우리 가족에게 쏟아지는 그들의 시선에 나는 두려움을 느꼈다. 우리가 이사할 집 마당으로 모여든 그들은 자기 옷에 묻은 흙도 털지 않은 채 우리를 노려보고 있었다. 이감된 죄수가 된 기분이었다. 끝이 없는 옥수수밭과 사람들의 시선, 그리고 몰려오는 더위. 뉴욕보다도 더 넓고 사람이 적은 곳으로 왔음에도 불구하고 감옥에 갇힌 것 같은 답답함을 느꼈다.

"한, 웃거라."

아버지가 룸 미러로 나를 쏘아보고 있었다. 나는 손으로 입꼬리를 올려 보이며 억지로 웃으려 애썼으나 그러지 못했다. 아버지가 주차를 마치고 핸들 아래로 고개를 숙여 낮게 읊조렸다.

"그 개같은 새끼만 아니었어도."

1978년, 아버지가 뉴저지에 있는 돼지 농장을 관리하던 때, 그곳에서 일하던 인부가 헛간에서 목을 매달아 죽었다. 그는 중국에서 건너온 불법 이민자로, 헛간 벽에 장장 18시간이 넘는 강제 노동을 시킨 아버지를 고발하는 내용을 남겼다. 내용이 중국어로 적혀 있었다는 점이 그나마 다행이었다. 경찰은 아버지의 엉터리 통역만을 듣고는 사건을 종결하고 말았으니까.

하지만 그 일로 아버지는 할아버지의 눈 밖에 나고 말았다. 본가에 다녀오겠다며 집을 나선 그날 밤 아버지는 부동산과 이삿짐 업체에 연락해서 엔젤타운으로 이사할 계획을 일방적으로 정해 어머니와 내게 통보했다. 어머니와 나는 아무 말도 하지 않았다. 아버지의 말씀은 곧 할아버지의 말씀이었고, 그것은 우리에게 황금률, 곧 따라야 할 명령이었다.

이사 소식을 들은 직후 어머니는 곧장 교회와 부인회에 달려가 이사를 알렸고, 부지런히 짐을 싸기 시작했다. 나도 학교에 가서 아이들에게 작별 인사를 했다. 어디로 가냐는 질문에 '엔젤타운'이라고 대답했으나 아무도 그곳이 어딘지 알지 못했다. "중국으로 돌아가느냐?"라는 말이 아이들과 나눈 마지막 말이었다. 아버지는 집을 가리키며 말했다.

"어때, 뉴욕 집보다 좋지?"

이사하게 될 집에 대한 아버지의 설명은 간결했다. 엔젤타운에서 가장 크고, 비싸다는 것. 이외의 설명은 필요 없다는 듯 덧붙이지 않았다. 하지만 집을 보며 나는 아버지가 너무 많은 부분을 생략해 버렸다고 생각했다.

집은 엔젤타운에서도 가장 높은 지대에 위치해 있는 데다, 앞마당에는 배롱나무 하나가 연분홍의 꽃을 피운 채로 울창하게 자라 있었고, 독일식으로 지어진 저택은 아버지의 설명대로 뉴욕의 집보다 훨씬 더 넓고 고풍스러웠다. 그러나 어머니는 울상을 지으며 혼잣말을 뱉었다.

"미친 독일 영주라도 튀어나올 것 같아."

중개업자는 20세기 남부 귀족들이 살던 집이라 소개했다. 남북 전쟁 당시 이곳만은 단 한 번도 점령당한 적이 없었다는 말도 덧붙였다. 그래서인지 상태가 지나치게 온전했다. 마치 안데르센 동화 속 귀족의 저택처럼.

"흠, 아아……"

아버지가 목을 풀고는 차에서 내려 사람들에게 "안녕하세요" 하고 인사했지만, 그들은 여전히 우리를 경계하고 있었다. 그중에서도 '미친 베티'라 불리는 머리를 풀어 헤친 여자가 우리를 향해 손가락질하며 외쳤다.

"사탄이다!"

아버지는 베티의 외침이 들리지 않는 척 연기하며 마을 사람들을 향한 미소를 끝내 잃지 않았다. 그들도 미친 베티가 그 자리에 없다고 여기는 듯이 그녀를 가만히 내버려두었다. 마을 사람들은 우리가 집 근처에 차를 대는 것을 보고 나서야 흩어졌다.

"안녕하세요."

문가에 보안관 척이 서 있었다. 그는 주머니에 손을 넣고서 우리 가족을 이리저리 살폈다. 취조라도 당하는 것 같았다.

"무슨 일이시죠?"

아버지의 물음에 척은 잠시 우리를 물끄러미 바라보더니 말했다.

"앤드루."

그는 우리가 누구인지 이미 알고 있었다. 좁디 좁은 이 마을에 비밀이란 없었다. 그의 시선이 우리 가족 구석구석을 향했다.

"우리 마을은 총기 소지를 그다지 반기지 않습니다."

아버지는 당황하지 않고 넉살 좋게 미소를 지어 보였다.

"아실지도 모르지만 우린 총기가 없습니다. 뉴욕에서 왔거든요."

"그래서요?"

뻣뻣한 척의 태도에 아버지의 눈썹이 일그러졌다.

"다만, 수정 헌법상에……"

그러나 척은 아버지의 말을 무참히 잘랐다.

"안 됩니다. 혹시라도 가지고 계시다면 처분해 주세요. 총기는 원칙적으로 교회에 모두 보관하고 있습니다."

나는 고개를 돌려 척의 검지가 가리키는 곳을 바라보았다. 그곳에는 으레 보일 법한 십자가도, 첨탑도 없이 커다란 쇳덩어리 하나가 놓여 있었다. 척은 그 말을 끝으로 경찰차를 타고서 자리를 떠났고, 아버지는 떠난 척의 뒷모습을 가만히 바라볼 뿐이었다.

척이 완전히 떠난 후 아버지는 어머니와 나를 집 안으로 이끌며 새 집에 들인 비용을 나열하기 시작했다. 모두가 들으라는 듯이 쩌렁쩌렁한 목소리로. 가구부터 식기, 카펫까지 모두 새것으로 교체했고, 인테리어 비용만 해도 1만 달러를 넘겼다고 했다. 말이 마치기 무섭게 인테리어 공사 책임자가 아버지를 찾았고, 어머니는 가구를 옮기는 인부들에게 달려가 조심하라며 소리를 질렀다. 나는 수확되지 못한 호박처럼 방치된 채 집 안을 돌아다녔다.

내 방은 2층 구석에 있었다. 작고 아담한 방은 아니었다. 오히려 지나치게 컸다. 침대와 책상, 의자를 비롯한 가구는 물론이고 책과 각종 야구용품, 농구화, 보드게임들까지 놓여 있었지만 이상하게도 텅 비어 보였다. 창문으로 다가갔다. 집이 언덕 꼭대기에 위치했기에 방 창문에서 엔젤타운을 내려다볼 수 있었다. 끝없이 펼쳐진 옥수수밭에 둘러싸여 집들이 드문드문 거리를 벌리고서 자리 잡고 있었다. 그 모습이 보기 싫어 커튼을 치고 방을 빠져나왔다.

나는 집 밖으로 나와 뒷마당에 있는 수영장 앞에 멈췄다. 수영장은 울타리 덕분에 마을 사람들의 시선이 바로 닿지는 않았다. 바람에 물보라가 이는 것을 보며 차라리 물에 빠져 버리고 싶은 충동을 느꼈다. 멍한 기분이 드는 게 물속에 머리를 넣고 있는 것만 같았다. 아버지의 중얼거림, 인부들의 망치질 소리, 그에 대조되는 미친 듯이 정적인 마을 분위기, 그리고 우리를 바라보는 시선들이 서서히 내 목을 조르고 있었다.

준.

순간 속삭이는 듯한 소리에 화들짝 놀랐다. 소 머리가 카우보이의 올가미에 젖혀지는 것처럼 그 한마디에 내 몸은 소리가 들리는 곳으로 움직였다. 울타리의 벌어진 틈 사이로 한 동양인 아이의 모습이 보였다. 그리 멀지 않은 곳이었다.

누군가에게는 까만 머리로 보이겠지만 햇볕에 비치면 옅은 갈색으로 보이며, 나보다 키가 작고, 희지도 검지도, 그렇다고 노랗지도 않은 피부색에 작지 않은 눈까지. 그는 내게 일종의 징표였다. 우리는 '동양인'이나 '칭키'라는 하나의 언어로 정의되지 않았다. 그가 입을 열었다.

네 이름은 뭐야?

음성이 닿을 거리가 아니었음에도 그는 내게 말을 걸고 있었다. 이글거리는 아지랑이 너머 깊이를 알 수 없는 눈동자 속에서 내 모습은 일그러졌다. "한." 내가 대답했지만 그는 만족스럽지 않은 듯 나를 노려보고 있었다.

그때 알 수 없는 힘에 밀려 나는 그대로 수영장으로 내딛

져졌다. 풍덩. 물속에서는 인부들의 외침도, 둔탁한 망치 소리도, 저 멀리서 외쳐 대는 미친 베티의 '사탄'이라는 소리도 들리지 않았다. 투명한 물속에서 바라본 엔젤타운의 햇살은 싱그러웠다.

딸랑-

숨이 막혀 오는 와중에 방울 소리가 들려왔다. 초인종 소리나 교회의 종소리와는 그 종류가 달랐다. 작은 방울들을 여럿 묶어 놓은 듯한 소리였다. 나는 반사적으로 소리가 들리는 곳으로 고개를 돌렸다. 그런데 소리는 마치 산토끼처럼 이리저리 날뛰기 시작하더니 이내 귀청이 찢어질 정도로 사방을 울려 댔다. 귀를 막았지만 소리는 전혀 사라지지 않았다.

갑자기 강한 물살과 함께 물보라가 중심부에서 피어올랐다. 나는 몸을 가누지 못하고 수영장 바닥 아래로 내동댕이쳐졌다. 동시에 페인트 통이 수영장에 떨어지더니 흰 페인트가 흘러나왔다. 얇은 흰 페인트 장막이 수영장을 서서히 덮어 가고 있을 때 갑자기 커다란 물체 하나가 물에 빠졌다. 사람이었다. 그의 머리에서는 붉은 액체가 뿜어져 나오고 있었다. 흰 페인트와 붉은 액체, 둘은 한데 섞이지 못하고 물에 각기 퍼져 나가며 경계를 만들었다.

"한!"

나를 부르는 어머니의 목소리였다. 그 목소리에 정신을 차린 나는 바닥을 박차고 수면으로 올라갔다. 얼굴을 물속에 박은 상태로 수면에 둥둥 떠 있는 인부의 뒤통수를 보았다. 허겁지겁 어머니의 손을 잡고는 수영장 밖으로 빠져나갔다. 어머니는 내 젖은 머리를 어루만지며 나를 살피고 있었고, 아버지는 굳은 표정으로 수영장을 내려다보고 있었다. 여전히 피와 흰 페인트는 한데 섞이지 못했다. 어머니가 몸을 벌벌 떨며 외쳤다.

"하나님께서 내린 벌이야."

나는 어머니의 어깨 너머로 시선을 계속해서 던지다 정신을 잃었다.

네 진짜 이름이 뭐야?

동양인 아이가 계속해서 나를 노려보고 있었다.

03

과거 내 이름은 박한영이었다.

성은 박이고, 이름은 넓고 클 한(澣)에 길 영(永)을 쓴, 박한영. 그러나 이곳 미국 사람들은 멋대로 몇 번 내 이름을 발음하며 혀를 굴리더니 끝내 '한'이라 불렀다. 의사도, 친구들도, 선생도, 심지어는 사람들이 그렇게 부르는 걸 알게 된 부모님조차도.

아무리 사립 학교라 하더라도 선생은 학생 한 명, 한 명에게 모두 신경을 쏟을 수가 없었다. 피터, 존 등 익숙한 이름과 피부색의 아이들에게 선생은 무의식적으로 몸을 기울였다. 이름이라도 쉬워야 했다. "아이들이 내 앞에서 눈을 찢으며 놀렸다"는 내 말에 선생이 그저 장난이라며 넘어가려 했을 때도 말이다. 이름이 '박한영'이었더라면 애초에 나의 존재조차도 알지 못했겠지.

아이들도 마찬가지였다. 쉬운 이름을 자주 불렀고, 자주 불려야 그나마 함께 놀 수 있었다. 나는 그들에게 맞서지 않았다. 그들이 아무리 눈을 찢고, 소문대로 성기가 정말 작은지를 확인하겠다며 내 바지를 벗겼다고 하더라도 말이다.

나는 어떻게든 그들과 함께하려 했다. 여기에는 두 가지 커다란 생각들이 작용했다. 하나는 약육강식. 과학 시간에 성서를 꺼내 들던 선생들까지 입이 닳도록 말하던 이야기였다. 그들은 내게 동방에 있는 나라들을 비롯해 지구상 많은 나라들이 미개하고 약하니 당연히 그렇게 사는 것이 맞다고 말했고, 이는 몸집이 큰 친구들이 몸집이 작은 나를 괴롭혀도 된다는 식의 분위기로 이어졌다.

또 다른 하나는 대세에 순응하는 것. 이는 증조할아버지 때부터 학습된 우리 가족의 생존법이었다. 나의 증조부는 대한민국 경상북도 경주시 출신으로 그 시절에는 '마름'이라 불렸다. 그는 일본 제국이 조선을 식민지로 병합했을 때 바닥에 주저앉아 울거나 몸을 숨기지 않고 곧바로 경찰서로 달려가 어깨 너머로 배운 일본어 실력을 보였다고 했다. 그는 자신에게 뒤따라온 비난을 신경 쓰지 않았다. 당시 어린아이였던 할아버지에게 증조부는 자신을 향한 뒷말들에 대해 '정신력이 약해 빠진 것들'의 푸념이라 말했을 정도니까.

시간이 지나 청년이 된 할아버지는 2차 세계 대전이 터졌을 당시, 조선인들을 징집하는 데 앞장서면서 일본 헌병들에게 마을 곳곳에 동네 청년들이 숨은 곳을 알려 주었고, 그 대신 하사금을 받아 챙겼다.

"똥물에 튀겨 죽일 놈."

한국인이 보기에는 복잡하고 긴 미국인들의 이름처럼 할아버지의 이름 뒤에는 반드시 그런 수식어가 따라붙었다. 그러나 할아버지는 살아남았다. 일본 제국이 패망한 직후에 할아버지는 증조부와 마찬가지로 남들처럼 나라가 망했다며 울지 않고, 그날 밤 가지고 있던 모든 재산을 처분하고는 어떻게든 승전국으로 가야 한다고 말하며 가족들을 이끌고 중국과 필리핀을 거쳐 미국 하와이로 향했다.

이후 한반도에서 전쟁이 났을 때는 '그놈들 잘 죽는다'며 웃었던 사람이었다. 하와이에는 일본인과 조선인들이 많았다. 조선인들은 대부분 육체 노동자로 일하고 있었으며 할아버지는 고국으로 돌아가게 해 주겠다면서 그들에게 거짓으로 돈을 받아 챙기고는 몰래 미국 본토로 향했다. 할아버지는 아버지에게 말했다.

"멍청한 것들. 그러니 저리 살지."

할아버지는 미국에 자리 잡은 일본인 밑으로 들어가 본래 특기를 살려 토지 회사의 관리자가 되었다. 언어에 나름 소질이 있던 할아버지는 한국이나 중국에서 건너온 이민자들에게 백인들의 농지를 빌려주고는 많은 돈을 벌어들였다.

나는 할아버지에게 뺨을 맞던 한국인을 기억한다. 그는 장정들에게 구둣발로 몇 번을 차이고도 무릎을 꿇고는 한 번만 살려 달라면서 할아버지를 향해 싹싹 빌었다. 할아버지의 뒤로는 차 안에서 손가락에 침을 묻혀 서류를 넘기던 일본인들과 쭉 뻗은 사과나무를 보며 기지개를 켜던 백인 둘이 보였다. 그들은 할아버지의 토지 회사를 소유한 실질적인 주주들로, 전년도와 비교해서 사과 수확량이 낮아졌다는 이유로 농장을 방문했다. 신문을 들이밀며 100년 만에 찾아온 가뭄 때문이라고 한국인 남자가 말해도 할아버지는 막무가내였다.

"나으리!"

한 번도 들어 본 적 없는 한국말들이 들려왔다. 이는 영어의 'Sir'와는 다른, 아주 밑바닥부터 시작된 굴종의 언어라고 아버지가 말했었다. 할아버지가 지팡이를 들어 그를 때리려 할 때면 백인들이 헛기침을 했다. 남자의 뒤에는 어린아이들이 있었다. 나처럼 키가 작고, 눈이 찢어진 동양인 아이들이었다. 그들은 표정 없이 태어난 듯 눈살을 찌푸리지도, 얼굴을 찡그리지도 않았다. 그저 지켜볼 뿐이었다. 할아버지는 소금을 뿌리듯 주머니에서 사탕을 꺼내 바닥에 뿌리며 말했다.

"저리 가거라!"

아이들은 바닥에 널브러진 한국인 남자를 슬쩍 바라보았다. 그러다 그가 고개를 끄덕이자 사탕을 한 움큼 움켜쥐고는 총소리에 놀란 여우처럼 저만치 달아났다. 백인 중 하나가 말했다.

"너무 그러지 마요."

정작 그의 말투는 자신이 내뱉은 말과 다르게 그다지 폭행을 상관하지 않는다는 듯이 능글맞았다. 할아버지는 미국인들, 특히나 백인들에게 친절했다. 백인들이 자신을 향해 눈을 찢거나 욕설을 해도 눈살 하나 찌푸리지 않았다. 할아버지는 그들을 향해 90도로 고개를 숙였고, 나 역시 백인들을 향해 허리를 굽혀 인사했다. 그러면 그들은 미소를 지으며 내게 다가와 잘 익은 사과를 하나 건넸다.

"꼭 할아버지처럼 되거라."

이미 나를 비롯한 우리 가족은 그들의 말대로 살고 있었다. 문명의 혜택을 받지 못한 가난한 변방에서 태어나 미국에 정착하여 높은 직책을 가진 할아버지는 아버지를 비롯한 우리 집안 사람들이 따라야 할 일종의 규범이었다.

백인 어깨 너머로는 충혈된 눈을 한 중년 여성이 날 바라보고 있었다. 그 눈빛은 '나는 사람이다 (I am a man)[4]'라고 적힌 현수막을 들고서 가두시위를 하던 흑인들의 것과 같았다. 그들의 눈에는 증오와 분노가 함께 담겨 있었다.

"속지 말거라."

할아버지가 나를 내려다보고 있었다. 흰자위가 거의 보이지 않도록 눈을 가늘게 뜨고 있어 그런지 눈빛에는 날이 서 있는 듯했다. 할아버지는 내 어깨에 손을 올리고는 말했다.

"저리 작고 멍청해 보여도 틈만 보이면 네 등에 칼을 꽂으려 할 거다."

그날 나는 느꼈다. 할아버지는 조선인들을 내려다보는 동시에 두려워하고 있었다. 그의 미세하게 떨리는 손길을 통해 알 수 있었다. 아무리 고개를 꼿꼿이 들고서 미개하다고, 어리석다고 말하며 발길질을 하고 혁대를 휘둘러도 그때마다 켜켜이 쌓여 가는 죄의식을 무너뜨리지는 못했다. 그는 자신이 그간 벌여 놓은 많은 일들이 돌고 돌아 언젠가는 자신에게 되돌아올

---

[4] 1968년 멤피스에서 두 명의 흑인 청소부가 쓰레기 수거 트럭에서 사망한 사건 이후, 유가족에게 어떤 보상도 하지 않은 정부를 상대로 미화원들의 파업을 동반한 인권 운동 때 쓰였던 문구.

것을 걱정했다. 그것이 설령 자신이 죽은 뒤라 해도 말이다.

◇◇◇◇◇

"무슨 일 있니?"

깜짝 놀라 뒤돌아보니 어머니가 내 어깨를 붙잡고 있었다. 어머니의 눈빛에서는 걱정이 한 아름 느껴졌다. 그제야 정신이 들었다. 주변을 둘러보았으나 방울 소리는 들리지 않았고, 동양인 아이도 보이지 않았다.

대신 어머니 어깨 너머로 웅장한 철골 구조물이 보였다. 그것은 숲 한가운데 덩그러니 놓여 있었는데, 얼핏 보아서는 쿠바 미사일 위기[5] 당시 급히 만들어진 방공호처럼 보이기도 했다. 그러나 하늘을 향해 우뚝 솟은 수십 개의 철제 십자가들, 정확히는 저마다 형태와 크기가 조금씩 다른 그것들만이 그 거대한 철벽 안쪽이 교회라는 사실을 우직하게 말해 주고 있었다. 아버지가 비아냥거리는 말투로 내게 물었다.

"그때 그 사고 때문에 아직도 그러냐?"

수영장에서 발생한 낙상 사고는 훌륭하게 해결됐다. 어디까지나 아버지의 기준에서였다. 인테리어 공사 책임자는 에이본이 근무 도중 약을 해서 낙상 사고가 일어난 것이라고 아버지에게 설명했다. 그러나 에이본의 동료들은 에이본이 가정 폭력으로 보호 관찰 중이라는 사실을 빌미로 어빈이 에이본에게 가혹한 노동을 강요했다며 아버지에게 선처를 부탁했

---

[5] 1962년, 쿠바에 배치된 핵미사일을 둘러싼 미국과 소련의 갈등으로 냉전 시대 최대 위기로 꼽는 사건이다.

다. 그러나 아버지는 단호하게 손을 내저었다.

"나는 상관 안 합니다. 지금 나한테는 내 아들의 심리 치료가 훨씬 더 중요하단 말입니다."

거짓말이었다. 아버지는 사건 이후 나를 그 어떤 정신 병원에도 데려가지 않았다. 아버지에게 정신과란 그야말로 구속복을 입고서 몸을 버둥거리는 사회적 패배자들이 가는 곳이었으니까. 내가 동양인 아이나 방울 소리에 대해 말하지 못한 것도 그런 인식의 연장선상에 있었다. 아버지에게 말 그대로 버려질까 두려웠기 때문이다.

에이본이 누구에게 가혹한 노동을 강요받았는지는 아버지에게 전혀 중요하지 않았다. 사건을 조사하러 와야 했던 보안관 척은 집에 나타나지도 않았다. 그는 아버지에게 전화를 걸더니 엔젤타운 로타리 클럽 가입비를 두고 은근하게 압박하면서 시시껄렁한 농담을 주고받을 뿐이었다.

아버지는 인테리어 회사에 공사 대금을 환불받은 것은 물론, 수영장 원상 복구 비용과 더불어 내 정신적 위자료까지 받아 내고 나서야 더는 그 사건에 대해 언급하지 않았다. 어머니가 아버지를 한 번 쏘아보더니 땀으로 흠뻑 젖은 내 얼굴을 어루만졌다.

"얼굴빛이 안 좋아. 교회에 갈 수 있겠어?"

"괜찮아요."

어머니는 교회를 바라보며 두 손을 모으더니 기도했다.

"하나님, 저희 가족을 보살펴 주세요……."

아버지는 교회 주변을 한 바퀴 슥 둘러보고 오더니 말했다.

"들어가자."

아버지는 말씀과 달리 교회 문 앞에 서서 잠시 귀를 기울였다. 문 너머에서는 어떤 인기척도 느껴지지 않았다. 잠시 후 아버지는 문고리를 잡고 조심스럽게 교회 문을 열어젖혔다. 틈으로 조금씩 목소리가 새어 나오는 듯했다.

"인간들을 위해 십자가에 매달리셨음에……"

문이 크게 젖혀진 순간 정적이 찾아왔다. 교회 내부는 어둑했다. 암막 커튼이라도 쳐져 있는 듯한 느낌이었다. 아버지가 먼저 교회 안으로 발을 내딛었다. 그의 몸 절반이 어둠 속으로 들어섰다. 나는 들어가기를 주저했다. 악취도 비명도 없었건만 맹수의 아가리로 들어가는 듯한 느낌을 받았다.

이윽고, 아버지의 손만이 어둠 속에서 내게 향했다. 얼굴은 보이지 않고 손만 허공에 떠 있는 것 같았다. 손짓은 어떻게 보느냐에 따라 안으로 들어오라는 뜻으로도, 혹은 멀리 도망치라는 뜻으로도 읽혔다.

"들어오세요."

목사님의 음성과 함께 손은 사라졌다. 어느새 내 발걸음은 어둠 속으로 향하고 있었다. 목소리에서는 알 수 없는 강력한 힘이 느껴졌다. 나도 모르게 혼잣말을 했다.

"준."

수영장에서 보았던 동양인 남자아이의 얼굴이 문득 떠올랐다. 분명 순간의 기억이었는데도, 그에 관해 생각하면 할수록 인상은 또렷해져 갔다. 햇빛에 그을린 얼굴과 움푹 파인 볼, 그리고 석탄보다도 까만 눈동자가 보였다. 그것은 이내 눈동자만 남고, 검은 형체로 뭉치기 시작했다. 그의 안광이 내 가슴을 강하게 미는 듯했다. 검은 형체가 내게 말했다.

돌아가.

이상하게도 들려온 말과 다르게 교회 안을 향해 강하게 빨려 들어가는 듯한 느낌을 받았다.

"적응하기 힘든가 보구나."

고개를 돌려 보니 아버지가 내 뒤편에 서서 어깨를 붙잡고 있었다. 나는 아버지의 얼굴을 가만히 들여다보았다. 익숙지 않은 미소였다. 앞을 바라보니 어둠은 사라져 있었고 대신 사람들의 시선이 그 틈을 채우고 있었다. 아버지는 그들 앞에서 사랑이 가득한 아버지였다. 그가 내게 속삭였다.

"정신 차려. 사람들이 우릴 이상하게 보잖니."

나는 조심스럽게 고개를 끄덕였다. 교회 내부에는 마을 사람들이 많았다. 일상적인 옷에 일상적인 표정들, 그리고 일상적인 시선들이었다. 오드 아이인 남자아이도 보였다. 그는 나를 보며 입모양으로 '푸 만추(Fu manchu)[6]'라 했다. 나는 중국 청나라 의상도 입지 않은 데다, 가늘고 긴 수염도 없었는데 말이다.

"패트릭."

옆에 앉아 있던 검정 옷차림의 백인 여자가 아이의 이름을 부르자, 그제야 아이는 연단을 향해 고개를 돌렸다.

"오셨군요."

---

[6] 1912년에 색스 로머가 만들어 낸 가상의 중국계 악당 캐릭터. 서구 문화에서 동양인을 음모와 위협의 상징으로 그린 대표적인 예이다.

목사님의 말씀과 함께 마을 사람들의 시선이 동시에 한데로 모였다. 그들은 두 손을 가지런히 가슴 근처에 모은 상태로 무표정하게 정면을 바라보고 있었다.

"앉으시죠."

유일하게 목사님의 말씀을 따르지 않는 이는 미친 베티였다. 그녀는 교회 맨 뒤편에 서서는 소나무 껍질처럼 갈라진 손등을 벽에다 긁으면서 무언가를 중얼거리고 있었다.

"죄, 칼, 불……."

나는 교회 내부를 둘러보았다. 교회는 마치 지하에 있는 것 같았다. 곳곳에서 곰팡내가 났고, 천장 가까이에만 드문드문 뚫린 유리창을 통해 들어온 빛은 어른들의 손도 닿지 못할 높이의 벽면에만 걸려 있었다. 그 아래, 교회의 바닥은 어둠 속에 잠겨 있었다. 목사님께서 연단을 향해 손짓했다.

"이리 오시죠."

목사님의 인도에 따라 우리 가족은 연단 근처에 자리를 잡았다. 목사님께서 우리를 향해 눈짓했다. 아버지와 어머니는 익숙하게 두 손을 모았고, 나도 부모님을 따라서 자리에 앉아 엉거주춤 기도 자세를 취했다. 목사님께서 우리 앞에 서서 외쳤다.

"그분은 모든 것을 알고 계십니다. 그는 이 가족이 안식처에 올 것을 알고 있었습니다. 그는 제게 세 권의 성서와 세 알의 밀알, 세 잔의 포도주를 준비하라 했습니다."

"아멘."

일제히 사람들이 외쳤다. 교회 내부에 울려 퍼지는 목소리는 겹겹이 쌓여 마치 성가처럼 느껴졌다. 미친 베티의 목소리가 반 박자 늦게 내부를 울렸다. 목사님께서 우리 앞에 각각 성서 한 권과 밀알 한 알, 그리고 와인 한 잔을 내려놓았다. 어딘가에서 피비린내가 나는 것만 같았다. 아버지를 향해 곁눈질을 했으나, 그는 이미 결정을 내린 듯이 무표정했다.

"찬송합니다. 이 가족들이 벌판을 헤매지 않고 우리의 곁에 올 수 있게 해 주어 감사합니다."

목사님께서 우리에게 눈짓했다. 아버지는 곧바로 잔을 비우고는 밀알을 입안에 털어 넣었다. 그의 입 주변이 와인 때문인지 붉었다. 나는 와인을 마시지 않고 가만히 잔을 바라보고만 있었다. 교회를 그렇게 다녔지만 이런 의식을 치룬 적이 없었다. 아버지는 나를 보더니 제사 때 마셨던 음복이라 생각하라 했다. 빤히 느껴지는 시선에 나는 알약을 먹듯이 밀알을 입에 넣고는 와인을 한 모금 삼켰다.

"아멘."

나는 십자가를 올려다보았다. 그때 나는 그분이 모든 것을 알고 있다는 사실을 알아야 했다. 인간이 절대 이해할 수 없는 거대한 계획 속에 우리는 놓여 있었다.

04

예배가 끝나자마자 사람들은 살충제를 맞은 바퀴벌레들처럼 빠르게 흩어졌다. 아버지는 수첩을 강하게 쥐었다가 주머니에 쑤셔 넣었다. 수첩에다 적어 놓은 온갖 인사말들이 모두 무용지물이 됐기 때문이었다.

"교회가 하나라 다행이군."

주위를 둘러보던 아버지는 교회를 바라보며 뇌까렸다. 만약 마을에 교회가 두 개 혹은 그보다 더 많이 있었더라면 헌금이 그만큼 더 많이 나갔을 거라 했다.

아버지에게 교회는 컨트리클럽, 혹은 살롱과 같은 커뮤니티 장소와 크게 다르지 않았다. 이곳에서 토지와 토지에서 생산된 농산물들을 관리하기 위해서는 필연적으로 그 위에 살고 그것을 먹는 사람들에 관해 알아야 했다. 자연스럽게 아버지의 눈길은 마을 사람들을 몇 대째에 걸쳐 모으고 길러 내고 있는 교회에 이르렀다. 아버지의 눈치를 살피던 어머니가 말했다.

"아니, 소름이 끼치더라니까요."

이어서 그 전쟁터 같은 이상한 교회 건물과 두서없이 천장에 자리를 잡고 있는 십자가들은 무엇이냐고 불만을 털어놓았다. 그러나 무엇보다 그녀의 마음에 들지 않은 부분은 마을 사람들의 시선이었다. 어머니는 겁에 질린 표정으로 말했다.

"우리를 잡아먹으려 하는 것 같았어."

어머니가 자신의 의견에 동조라도 해 달라는 듯 애원하는 눈빛으로 내게 물었다.

"한, 넌 어땠니?"

말들이 둥둥 머릿속을 떠다녔다. 아버지에게 뭐라 말을 해야 할까? 패트릭의 오드 아이와 함께 미친 베티의 얼굴이 떠오르다 이내 수영장 울타리 틈 사이로 보았던 동양인 아이의 얼굴을 기억해 냈다. 불안감이 신발에 숨어든 불개미처럼 온몸을 기어다니는 듯했다. 나는 조심스럽게 아버지에게 물었다.

"주변에 다른 교회는 없어요?"

아버지는 어머니와 나를 향해 장황하게 설명을 늘어놓았다. 엔젤타운의 교회는 청교도 박해 당시 북부 스코틀랜드에서 건너와 이곳에 정착한 나름 뿌리 깊은 역사를 가졌으며, 교회 건축 양식도 박해를 피하기 위해 지하에서 지상을 올려다보며 기도하던 문화를 그대로 살려 조성한 것이라 했다. 그러나 정작 마을 사람들의 시선에 대해서 아버지는 아무런 설명을 하지 못했다. 어머니와 내가 큰 반응을 보이지 않자 그는 분노에 가득 찬 목소리로 말했다.

"여긴 전부 저 교회 중심으로 돌아가. 사업이든, 교육이든, 우리가 먹고 마시는 것도 말이야. 교회가 이 마을 모든 것의 중심이야."

아버지는 나를 빤히 바라보았다. 마치 내게 동의를 구하는 듯했다. 뭐라 말을 해야 할지 몰라, 어정쩡하게 입을 열었다.

"네, 알겠……"

"그만."

아버지가 소리쳤다. 어머니와 나는 입을 다물었다. 아버지는 알아듣기 힘든 한국말을 혼자 중얼거리다가 품에서 약통을 꺼내 신경 안정제 한 알을 씹어 삼켰다. 약효가 발휘되기 전까지 우리는 태엽이 모두 돌아간 인형처럼 멈춰 있어야 했다. 아버지가 힘겹게 말을 이었다.

"내가 알아서 하마. 여긴 거쳐 가는 곳이니까……."

아버지는 진정이 되지 않는지 욕설과 함께 주머니에서 위스키 통을 꺼내 들었다. 그는 술을 한 번 길게 들이켰으나 화를 가라앉히지는 못했다. 씩씩거리던 아버지는 내게 손가락질하며 말했다.

"학교는 빠져도 교회는 절대 빠지지 마라."

그 말을 끝으로 아버지가 차를 향해 걸어갔다. 나는 잠잠해진 교회 주변을 둘러보았다. 십자가 위로 시선이 닿았지만 아까 내 발목을 붙잡던 목소리는 들리지 않았다. 다시는 목소리를 듣지 않게 해 달라 기도했으나 기도는 이뤄지지 않았다. 벌을 받는 것 같았다.

◇◇◇◇◇

집으로 들어가려 하던 찰나, 마당 한구석에 쌓여 있는 물건들이 눈에 들어왔다. 처음에는 쓰레기인가 싶었다. 곧 부서질 듯 금이 가고, 헤진 물건들이 가득했다. 그것들은 마치 난파된 유조선에서 흘러나온 기름때처럼 정돈된 우리 집 마당을 침범하고 있었다. 물건들을 따라가자 그 끝에 쓰러져 가는 집이 보였다.

"셋 세면 들어."

한국말이었다. 목소리는 쓰러져 가는 건물 안쪽에서 들려오고 있었다. 슬쩍 고개를 빼어 보니 동양인 둘이 건물 안에서 가구를 옮기고 있었다. 그 순간, 2층 창문에서 인기척이 느껴졌다. 위를 올려다보는 순간 놀라 몸이 굳었다. 수영장에서 봤던 그 동양인 아이였다. 나도 모르게 혼잣말을 뱉었다.

"준……."

지금까지 겪은 기묘한 순간들은 단순한 꿈처럼 지나갈 무언가라 생각했었다. 꿈이 현실을 뚫고 나온 느낌이었다. 혼란은 금방 두려움으로 변했다. 준은 생기 없는 눈빛에 굳은 표정을 짓고 있었다. 흙을 구워 만든 토기 인형 같았다.

"사장님!"

가구를 옮기던 남자가 고개를 숙이며 그 집에서 튀어나왔다. 준과 얼굴이 꼭 닮은 사람이었다. 그를 향해 반갑다며 나지막하게 읊조린 아버지는, 얼굴은 웃고 있었으나 손에는 잔뜩 힘을 주고 있었다. 아버지가 주변을 둘러보더니 남자에게 말했다.

"얼른 돌아가서 이사부터 마치게."

아버지의 명령에 동양인 남자는 허리를 90도로 숙이고는 다시금 쓰러져 가는 건물로 들어갔다.

쥐 같은 인간.

내 아버지가 내린 동양인 남자, 그러니까 준의 아버지인 정에 대한 평가는 그랬다. 인간인 아버지의 관점에서 쥐는 더럽고, 인간의 것을 강탈하는 비겁한 동물이었다. 정은 새벽부터 밤까지 농장과 관련된 허드렛일을 도맡아 하고 있었지만, 아버지는 정의 월급날만 되면 그를 못마땅해하며 말했다.

"도둑질에 근면이라는 미덕은 없지."

이 먼 타지에서 먹여 주고, 재워 주고, 입혀 주고 있다며 아버지는 그를 도둑이라 했다. 정은 아버지가 시키는 일이라면 무엇이든 했다. 운전부터 잔디를 깎는 가사 노동까지 말이다. 영어도 잘하지 못하는 그는 언제든지 대체될 수 있었다. 영 마음에 들지 않으면 경찰에 불법 체류자로 신고해 버리면 그만이었다. 정은 자기 처지를 아는지 우리 앞에서 늘 고개를 숙이고 있었다.

정은 새벽마다 아버지의 차를 운전하여 농장에 출근했고, 준의 어머니인 희는 어머니의 집안일을 대신했다. 그들은 내 심부름까지 대신해 주었다. 하인으로 고용된 것도 아니었는데, 집사처럼 내 앞에서 어쩔 줄 몰라 하며 고개를 조아렸다. 어떨 때는 '도련님'이라 불러 부끄러움에 못 들은 척하느라 애를 먹었다. 반면에 아버지는 정이 마른 수건으로 차를 닦고 있는 모습을 보며 이렇게 말했다.

"천한 것."

예전에 할아버지에게 들었던 말이었다. 한국에 관한 것을 지독하게 싫어하던 아버지는 준의 가족들에 관해 욕을 할 때는 꼭 한국말을 썼다. 아버지는 종종 2층 창가에 서서 옆집을 내려다보며 혀를 찼다.

"기생충들 같군······."

준이 살고 있던 집은 버려진 집이었다. 우리 집과 마당을 일부 공유하기는 했으나 시간이 다르게 흐른 것처럼 보였다. 앙상하게 드러난 벽은 근육 없는 뼈처럼 단열재라고는 없었고, 천장은 이 빠진 노인의 잇몸처럼 군데군데 무너져 있었다. 서부 개척 시대에 지어진 것 같은 그곳은 잭을 비롯한 한갓진 아이들이 오가는 일종의 은신처이자, 때론 사냥꾼이나 당시 무분별하게 살포됐던 살충제인 DDT에 쫓기던 동물들의 보금자리이기도 했다. 과거 나는 아버지에게 그곳을 가리키며 물은 적이 있었다.

"저긴 안 허무나요?"

아버지는 창문에다 얼굴을 대고는 인상을 지어 보였다. 수영장에서 반사된 빛들이 아버지의 얼굴에 어른거렸다.

"모든 건 쓸모가 있단다."

아버지는 언제 어디서든 자신의 쓸모를 증명해야 했다. 어렸을 적에는 공부 성적으로, 성인이 되어서는 직업으로, 내가 태어난 뒤로는 돈으로 말이다. 아버지는 무엇 하나 허투루

돈을 쓰는 법이 없었다. 핑크 캐딜락 역시 사람들에게 무시를 당하지 않기 위해 구입한 것이었다. 허세나 사치로 보일지도 모르겠으나, 사람들은 좋은 차나 집, 명품 슈트와 시계가 없는 동양인과는 일을 하려 하지 않았다.

그런 아버지가 직접 이용하기 위해 쓰러진 건물을 철거하지 않은 것은 아니었다. 어느 날 그는 인부 둘을 데리고 가더니, 판자와 벽지로 무너져 내린 부분을 대충 덮고는 곳곳에 회칠을 했다. 처음에는 그런 집을 수리해서 어디다 쓰려는지 의문이 들었으나, 금방 아버지의 행동이 이해가 갔다. 준의 가족이 왔기 때문이었다. 예상과 달리 준의 가족은 자신들의 집을 보자마자 미소를 지었다. 1970년대 한국의 판잣집과 비교하면 그야말로 궁전 같은 곳이었으니까. 아버지가 그들에게 말했다.

"주변 주택 가격이 2만 3천 달러인데, 특별히……"

아버지는 빠르게 가족의 눈빛을 살폈다. 아버지의 한 마디에 그들의 인생이 출렁거렸다.

"1만 8,000 아니 7,000달러로 해 주지."

준의 아버지인 정이 아버지의 손을 붙잡고는 고개를 조아렸다.

"감사합니다. 사장님. 정말 감사합니다."

어눌한 영어 발음이었다. 뜻을 모르고 들으면 한국말 같기도 했다. 집으로 돌아온 아버지의 표정은 좋지 못했다. 사실상 세금에 관리비만 나가던 애물단지인 집을 그들에게 막대한 가격에 팔아넘겼는데도. 아버지가 말했다.

"멍청한 놈들."

같은 동양인이라 그랬던 것일까? 자격지심이었을지도 모른다. 아무리 일을 잘해도, 돈을 많이 벌어도, 혹은 성실하게 생활하더라도 사회에는 넘을 수 없는 벽이 있었으니까. 아버지는 소파를 창문 근처로 끌고 가더니 자리에 앉아서 그들을 관찰하기 시작했다. 그들의 행동 하나하나가 우리들의 평판을 좌우했다. 돈이 아무리 많아도 사람들은 우리를 '노랑(Yellow)'이라는 색의 범주로 묶어 이야기했으니까. 아버지의 눈에 준의 가족들은 개미였다.

◇◇◇◇◇

그들은 한순간도 멈추지 않고 계속해서 움직였다. 정은 일이 끝나면 받는 현금으로 잡화점에 들러 용품들을 하나씩 샀다. 하루는 망치와 못을, 또 하루는 널빤지를 사는 식으로. 준의 부모님은 매순간 조금씩 그리고 정성을 들여 집을 뜯어고치기 시작했다.

거실 창문이 아니라 2층의 내 방 창문으로, 장소만 달랐을 뿐 나 역시도 아버지처럼 그들을 유심히 지켜보았다. 그때는 아버지와 다른 시선으로 그들을 바라보고 있다고 생각했다. 멸시보다는 호기심으로. 나와 같은 피부색을 가지고 있고 같은 말을 하는 이들을 보았기 때문만은 아니었다. 이사를 오기 전에는 더욱 많은 동양인 아이들을 보기도 했으니까. 나의 시선은 오롯이 한 사람, 준에게만 향하고 있었다.

언젠가는 그들이 마당에 있는 잡초를 뽑길래 잔디를 심는 가 싶었다. 그런데 갑자기 곡괭이를 들고 나와 땅을 헤집기 시작하더니 다음날 어느새 마당에 작은 텃밭이 만들어져 있었다. 희는 머리에 하얀 손수건을 두르고서 씨앗 봉지를 꺼내 들었다. 그리고는 봉지에서 씨앗을 꺼내 고랑에다 조심스럽게 올려 두고는 그 위에 흙을 덮었다. 그러면 물조리개를 든 준이 나타났다. 나는 고개를 앞으로 빼고는 그들을 더욱 주시했다.

준이 밭에 물을 뿌리려 할 때, 희가 그의 이마에 입을 맞추더니 들어가라는 듯 2층을 손가락으로 가리켰다. 준의 방이 있는 곳이었다. 준은 미소를 짓더니 희와 잠시 실랑이를 벌이다 2층으로 돌아갔다. 그때 멀리서 한 여자가 걸어오고 있었다. 목공소 직원인 코트니로, 손에 각종 자재들이 들려 있는 것으로 보아 정이 미리 주문한 물품들을 배달하는 것 같았다.

"안녕하세요."

희가 코트니에게 인사를 건넸다. 그러나 코트니는 물품들을 던지듯이 바닥에 내려놓고는 빤히 그녀를 쳐다보기만 했다. 무언가 마음에 들지 않는 듯 날이 서 있는 표정이었다. 마을 사람들은 차마 우리 가족에게 하지 못했던 것들을 준의 가족들에게 했고 그럴 때면 우리 집과 준의 집을 번갈아 보며 뇌까렸다. 코트니가 말했다.

"마당에서 뭐 하는 거예요?"

희는 코트니를 보고는 놀라 장갑을 벗고 더듬더듬 말하기 시작했다.

"나, 한국에서, 왔습니다."

희는 '나'라고 말할 때마다 가슴을 두들겼다. 희의 영어 실력은 정보다는 나았으나 결코 능숙하다 말할 수는 없었다. 그녀는 모르는 단어가 들릴 때면 미소를 짓고는 상대에게 조심스럽게 그 의미를 물었고, 그 때문에 '스마일 희'라는 별명을 얻었다. 그러나 사람들은 무표정한 정보다 웃는 희를 더욱 만만하게 대했다. 코트니가 버럭 소리를 질렀다.

"지금 가난한 나라에서 왔다고 티 내는 거예요?"

코트니의 날 선 말에도 희는 미소를 유지했다.

"영어 잘 못 합니다."

희의 발음은 정직했으며, 귀가 들리지 않는 사람이라 해도 알아들을 수 있을 만큼 입을 크게 벌렸다. 그런데 코트니가 갑자기 희를 향해 삿대질을 하더니 외쳤다.

"영어를 해. 영어로 말하라고."

"나, 영어 하고 있습니다."

희가 미소를 짓고 가슴을 두들기며 말해도 코트니는 막무가내였다. 그녀는 사지가 결박된 돼지처럼 소리를 버럭 질렀다.

"니네 나라로 꺼져! 꺼지라고!"

그때였다. 희의 시선이 한쪽으로 솟구쳤다. 내 시선도 그녀의 시선을 따라 움직였다. 시선이 멈춘 곳은 2층 준의 방이었다. 책상 앞에 앉아 있던 준의 모습이 이상했다. 처음에는 글을 쓰는가 싶다가 그림을 그리는 것처럼 손목을 꺾었고, 이내 낙서를 하듯이 손을 빠르게 움직였다. 입에 게거품을 문 준은 이내 몸을 꺾기 시작했다. 기이한 광경이었다. 갑자기 준이 고개를 탁 들더니 한 곳을 응시했다. 내가 있는 곳이었다. 순간, 나도 모르게 숨이 쉬어지지 않았다.

"준!"

나는 희가 방문을 열고 준에게 다가간 후에야 창문가에서 벗어날 수 있었다. 이불 속으로 황급히 들어가서 거친 숨을 몰아쉬었다. 내가 본 것이 무엇인지 도저히 알 수 없었다. 나는 책상 위에 손을 뻗어 성경을 집어 들고는 기도하기 시작했다. 내 일평생 가장 간절한 기도였다.

"하나님, 저를 굽어 살피시고……."

◇◇◇◇◇

그날의 경험 때문인지 나는 한동안 준에게 가까이 다가가지 못했다. 겉으로 볼 때 준은 평범한 아이였다. 조용하고 가난한 아이. 큰 문제를 일으키지도, 그렇다고 주목받는 능력을 가지지도 않은 그런 아이. 그러나 엔젤타운에서는 동양인이라는 것 하나만으로 무언가 다른 사람 취급을 받았다. 운명은 우리를 가만히 내버려 두지 않았다.

여느 날처럼 교실 안은 부산스러웠다. 먼지 낀 창밖으로 옥수수밭이 끝도 없이 펼쳐지고, 부서진 선풍기는 박제당한 사슴의 대가리처럼 벽에 매달려 있었다. 수업 시작을 알리는 종이 쳤음에도 몇몇 아이들은 날파리처럼 교실 안을 돌아다니고 있었고, 또 몇몇은 책상 위에 걸터앉은 채로 선생님 몰래 가져온 남성용 잡지를 펼쳐 보며 히히덕거리고 있었다.

"집중."

담임 선생님의 말소리가 들렸고 쇳가루에 자석이라도 가져다 댄 것처럼 아이들은 빠르게 제자리를 찾아가 앉았다. 사관 학교가 아닌 이상 뉴욕에서는 찾아보기 힘든 풍경이었다. 선생님이 지나간 자리에는 늘 박하 향이 따라다녔다. 선생님은 교과서와 함께 성경을 들고서 늘 기도와 함께 수업을 시작했다. 그러나 그날은 짧은 기도를 마치고는 한 아이를 소개했다.

"오늘 새로운 친구가 왔다."

문이 열리고 아이 하나가 걸어 들어왔다. 책가방을 멘 준이었다. 까만 머리에 까만 눈. 교실이라는 풍경화에 신문지를 오려 붙인 것처럼 어울리지 않는 풍경이었다. 나도 모르게 얼굴을 가리고는 고개를 숙였다. 나 역시 다른 아이들에게 그처럼 보일까 걱정이 됐기 때문이다.

"안녕."

처음 듣는 준의 목소리였음에도 익숙했다. 준이 손을 흔들었으나 누구 하나 반응해 주는 아이는 없었다. 준은 말을 더듬거리면서 자기소개를 했다.

"내 이름은 준이야."

발음은 내 할아버지의 것과 비슷했으나 준의 입에서는 '조선인', '열등한 민족' 등과 같은 단어들이 나오지는 않았다. 나와 준, 둘 사이를 간신히 나누고 있던 벽이 무너지는 듯한 느낌이었다. 물감이 물에 닿았고, 한데 뒤섞이는 듯했다. 다시는 준을 알기 전으로 돌아갈 수 없으리라, 라고 그때의 나는 생각했다.

무언가 내 뒤통수를 쳤고, 지우개 덩어리 하나가 내 책상에 떨어지는 것을 보았다. 지우개 덩어리가 날아온 방향으로 고개를 돌려 보니 잭이 나를 바라보고 있었다. 잭이 소리를 내지 않고 입 모양으로 말했다.

'왜? 친구 와서 반갑냐?'

잭 주변에 자리한 존이나 피트 같은 아이들은 금방이라도 욕설을 내뱉을 것처럼 입술을 오물거리고 있었다. 이미 그들의 머릿속에는 어떻게 준을 괴롭힐 것인지 온갖 방법들이 떠오르는 것 같았다. 아이들의 차가운 반응에 떨떠름하게 웃던 준은 주머니에서 메모지를 하나 꺼냈다. 가만 보니 영어 발음을 들리는 대로 메모지에 적어 놓은 모양이었다.

"만나서 반가워. 내 이름은 준이야. 나는 한국에서 왔어. 영어가 부족해서 잘 알아듣지 못할 수도 있어……."

뒤에도 문장들이 더 있었지만 준은 읽지 않았다. 박수 갈채는커녕 금방이라도 잡아먹을 듯 아이들이 그를 바라보고 있었기 때문이다. 처음 내가 이 마을에 왔을 때보다도 그 정도가 아주 심했다. 준은 메모지를 보다가 그대로 주머니에 구겨 넣었다. 선생님이 준에게 물었다.

"중국에서 왔다고?"

준은 선생님의 물음에 달리 반응하지 않았다. 알아듣지 못한 것 같았다. 선생님은 내게 눈짓했다. 내가 대신해서 말했다.

"한국이요."

모르는 이들이 대부분이었다. 선생님도 마찬가지였다.

"그 북한, 김일성?"

북한이라는 나라 자체도 아이들은 알지 못했다. 아이들의 반응이 없자 선생님은 입맛을 다시며 맨 왼편 빈자리를 가리켰다.

"가서 앉아."

준은 선생님을 빤히 바라보았다. 말을 알아듣지 못한 것 같았다.

"나, 영어, 잘 못 해요."

준의 더듬거리는 발음에 아이들은 웃었고, 선생님이 준의 등을 떠밀었다. 그의 눈이 빠르게 주변을 더듬었다. 아이들은 입 모양으로 준에게 말했다. '옐로우 몽키', '칭키', '칭챙총' 등과 같은 말들을 하며 저들끼리 고개를 숙이고 웃어 댔고, 일부는 혀를 비쭉 내밀고서 준의 발음을 따라 했다. 준은 무표정했다. 그러다 잭이 발을 슬쩍 내밀었고, 준은 그대로 발에 걸려 넘어졌다. 또다시 웃음이 터졌다. 선생님이 소리쳤다.

"장난 그만!"

나는 무슨 일이 벌어질까 두려웠다. 방울 소리와 나를 바라보던 그 눈빛에서는 알 수 없는 힘이 느껴지고 있었다. 그러나 내 두려움을 비웃듯이 그 어떤 일도 일어나지 않았다. 심지어 준은 울지조차 않고 무표정하게 자리에서 일어나더니 다시 자기 자리를 향해 걸었다.

그 모습에 잭은 도끼눈을 떴고, 폴은 잭의 눈치를 살폈으며, 피트는 주먹을 감아 쥐었다. 준은 내게 눈길조차 주지 않았다. 그저 자리에 앉아 교과서를 펴고서 앞을 볼 뿐이었다. 수업 시간이 끝날 때까지 나는 한동안 준의 뒷모습을 바라보았다.

준이 나를 붙잡고서 어딘가로 강하게 끌고 가는 것을 느꼈다. 발을 잘못 디뎌 지붕에서 떨어진 인부처럼 준은 나를 비롯해 마을 사람들을 지옥으로 고꾸라지게 할 천사 혹은 천국에서 끌어내릴 악마였다. 누군가는 말할 섯이다. 만약 그때 준이 굴복했더라면, 고개를 숙이고 가지고 있는 것을 내놓으며 그들의 규칙을 따랐더라면 그런 일들이 벌어지지 않았을지도 모른다고.

내 마음의 목소리는 아니라고 말한다. 그들은 우리가 이 땅 위에 얼마나 오래 살든 피부에 박힌 가시처럼 이질적인 존재로 생각할 뿐이니까. 과거에도, 오늘날에도, 미래에도. 준을 만나기 전부터 내 목적지는 이미 정해져 있었다. 그렇게 오래도록 준의 뒷모습을 바라보았음에도 그가 고개를 돌려 나를 바라보는 순간, 나도 모르게 준에게서 고개를 돌렸다.

05

아이들만 바글거리던 교회를 생각할 때면 아기 천사들이 뛰노는 천국의 단면도, 모든 이들이 주님께 구원을 애걸하는 심판의 날도 아닌, 전쟁 영화에서 보았던 신병 양성소가 떠올랐다. 교회 예배당에 모여 있던 아이들은 자신들을 '신의 전사들'이라 불렀다. 엔젤타운에 이사 온 지 정확히 3주 차가 되었던 주일에 우리 가족은 교회에 갔다. 그날의 예배는 다른 날과는 또 달랐다. 예배가 끝난 후 고학년인 래리가 나를 향해 다가왔다.

"너도 이제 예배 끝나고 남아."

옆에 있던 아버지가 무슨 일이냐 묻자, 그는 시종처럼 아버지를 향해 두 손을 모으고는 목사님께서 주관하는 아이들 모임이 있다 말하며 '성경 학교'의 일종이라 설명을 덧붙였다. 아버지는 그의 예의 바른 모습을 보고는 흔쾌히 내게 다녀와도 된다고 말했다.

나는 뉴욕에서 보냈던 여름 성경 학교를 떠올렸다. 크게 다르지 않을 것이다. 무리 지은 아이들에게 목사님께서는 성경에 관한 내용을 어린이 연극 수준으로 이야기하며 하나님의 말씀에 따라 음주와 흡연을 해선 안 되고, 무엇보다 가장 중요한 순결을 지켜야 한다고 말할 것이다. 그러고는 컵케이크나 쿠키 따위를 손에 들려 주고 돌려보내겠지. 아버지는 래리의 설명을 듣고는 군말 없이 어머니와 함께 집으로 돌아갔다.

그러나 그날 오후 교회에서 아이들의 조잘거림은 들려오지 않았다. 다들 입을 다물고는 앞사람 뒤통수를 바라보고 있었다. 가끔 그렇지 못한 아이들이 튀어나왔다. 그럴 때면 래리 같은 고학년 아이들이 나타나 군인 교관들처럼 연단 앞에 서서는 그들에게 '앉아'라고 협박조로 말했다. 말을 듣지 않으면 다가가서는 강하게 어깨를 짓눌렀다. 아이들은 겁에 질린 채 조각상처럼 가만히 앉아만 있었다. 목사님께서 그 광경을 보고 슬며시 미소를 지으며 말했다.

"과거 제가 LA에 있을 때였습니다. 전도를 하고 있었는데 그날따라 길에 한 사람도 보이지 않더군요. 결국 아무에게도 복음을 전하지 못하고, 늦은 밤 쓰레기 더미 사이에서 하나님께 사죄의 기도를 올리고 있었습니다. 그런데 멀리서 빠르게 저를 향해 다가오는 한 사람이 보이더군요."

목사님께서 자기 허리춤 정도에 손바닥을 올렸다.

"키가 이만한 사람이었습니다. 처음에는 아이라 생각했는데, 가까이 다가가 보니 일본인(Japs)이더군요. 발음을 듣고 구별할 수 있었습니다."

그가 가슴을 치자, 둥둥거리며 북 치는 것 같은 소리가 났다.

"늘어진 R 발음이 제 속을 뒤집어 놨거든요. 저는 그에게 다가갔습니다."

말들이 총구처럼 나를 겨누고 있는 것 같아 자리를 피하고 싶었으나, 한 발자국 떨어진 곳에서 래리의 눈빛이 훨씬 더 직접적으로 내 목덜미를 겨누고 있었다. 목사님께서 외치셨다.

"어딜 그리 급히 가냐고 묻자, 일본인은 대답하지 않으려는 듯 발걸음을 슬슬 옮기기 시작했습니다. 속에서 불길이 치솟았습니다. 저자가 바로 나의 적이구나. 내가 그에게 가까이 다가가 멱살을 잡아채니 그제야 그가 말했습니다. '식료품을 가지러 간다'고요. 나는 그에게 물었습니다. 하나님을 믿으시냐고요."

달아나고 싶었다. 불길한 느낌에 자리에서 일어나 문을 열고서 들판을 가로지르고 싶었다. 옥수수밭으로 달려가면 아무도 찾을 수 없을 것이라 생각했다. 그러나 내 충동은 머릿속에 머물 뿐이었다. 래리가 내 앞에 섰다. 목사님께서 미소를 지으며 몸짓을 크게 하셨다.

"그러자 그는 웃으면서 내게 말했습니다. 자신도 하나님을 믿는다고요."

목사님께서 입술에 주먹을 가져다 대고는 기침을 참는 것 같은 행동을 하셨다.

"믿을 수 없었습니다. 제가 전쟁터에서 만났던 일본인들은 모두 천국으로 가지 못했거든요. 확인하고 싶었습니다. 저는 증거를 찾고 싶었습니다."

말이 빨라지며 그의 입술 틈에서 침과 함께 웃음이 튀어나왔다.

"그래서 나는 그 짐승을 제압하고는 옷을 모조리 벗기려 했습니다."

그러고는 자기 팔을 걷어 보였다. 거대한 켈로이드[7]가 보였다. 지네 한 마리가 꿈틀거리며 지나가고 있는 것 같았다. 목사님과 눈이 마주치자마자 나는 화들짝 놀라 다시 고개를 숙였다.

"고개 들어."

고개를 들어 올리니 래리가 나를 내려다보고 있었다. 그가 연단을 향해 고갯짓을 했다. 목사님께서 켈로이드를 가리키며 피를 토하듯이 설교를 이어 가셨다.

"그때 생긴 상처입니다. 그 사탄이 저를 공격했습니다. 그러나 저는 침착하게 그를 제압하고는……"

나도 모르게 고개를 숙이고 귀를 막았다. 그런데 누군가 내 팔을 뒤로 잡아챘다. 래리와 폴이었다. 나는 꼼짝없이 귀를 열고 고개를 들어 올린 채로 목사님의 말을 들어야 했다. 헐떡이는 숨, 의식 없음, 스파이와 같은 단어들이 파편적으로 들려왔다. 목사님께서 주먹을 들어 올리셨다.

"주님을 믿지 않는 것들은 짐승이지만, 주님을 욕보이는 것들은 사탄입니다."

목사님께서 우리 하나하나를 검지로 가리키셨다.

---

7) 피부의 결합 조직이 이상 증식하여 단단하게 융기한 것. 대개 붉은빛의 판이나 결절 꼴로 나타난다.

"여러분들은 모두가 신의 전사들입니다. 이단에 맞서서 하나님을 지킵시다."

◇◇◇◇◇

그러나 우리 가족이 신실한 기독교도인 것은 아니었다. 교회에서 '우상을 숭배하지 말라', '내가 아닌 다른 신을 믿지 말라'와 같은 말들이 들려올 때마다 나는 죄의식을 느꼈으니까. 어찌 보면 엔젤타운에 이사 오기 전까지 우리는 교회의 정반대 편에 서 있었다.

우리는 교회가 아닌 곳에서 십자가가 아닌 알아볼 수 없는 글씨가 가득 적혀 있는 종이 판넬을 향해 절을 해 왔다. 내 친척들과 관련된 기억은 모두 할아버지 집에서 벌어진 제사와 관련이 되어 있었다.

두 달에 한 번, 6개월에 한 번씩 더, 1년에 총 여덟 번, 아버지의 형제자매들이 할아버지 집에 모여들었다. 할아버지가 가진 재력에 비해 작고 초라한 랜치 하우스[8]였다. 청교도식 절약 정신에 유교의 중용 정신이 합쳐진 결과물이었다. 할아버지는 배신하지 않는 것은 돈뿐이라며 모든 소비를 죄악시하고 화장실 휴지도 마음대로 쓰지 못하게 할 정도로 깐깐하게 굴었다. 집도 증조 할아버지께 물려받은 이후 당신이 돌아가실 때까지 처분하지 않았다.

어디에서 무슨 일을 하고 있든 간에 제사 때만은 모든 가

---

8) 19세기 후반~ 20세기 초 미국에서 노동자 계층을 위해 지어진 작고 단순한 구조의 주택으로, 빠르고 저렴한 건축이 특징이다.

족 구성원들이 참석해야 했다. 이웃 주민들에게는 평상적인 가족 모임을 하는 것처럼 보였을 것이다. 모두들 일상복 차림에 손에는 할아버지께 드릴 각종 선물들이 가득했으니까. 그러나 집 안으로 들어서면 분위기가 달라졌다. 문이 닫히는 순간, 미소는 무표정으로 바뀌었다. 친척들을 마주해도 서로 목례만 할 뿐, 따로 말을 나누지는 않았다. 모두가 말을 잃어버린 사람들 같았다.

어머니를 비롯한 큰어머니, 작은어머니는 집 안 복도에서부터 남자들과 갈라져 일제히 부엌으로 갔다. 나는 아버지 손에 이끌려 작은방으로 향했다. 작은방 옷걸이에는 옷들이 가득했다. 뱀들이 허물을 벗어 놓은 것만 같았다. 아버지는 가방에서 어린이용 정장을 꺼내 내게 건넸다. 정장에 색이라고는 검정과 하양뿐이었다. 아버지는 능숙하게 정장으로 갈아입고 말없이 먼저 방 밖으로 나섰다. 나는 낑낑거리며 셔츠를 입고 구두를 신은 후 아버지를 뒤따라 거실로 나섰다.

거실에 가면 친척들이 모여 있었다. 그들은 모두 남성들로 여성은 한 명도 없었다. 사촌 누나도 큰어머니를 따라 부엌으로 간 모양이었다. 이미 제사를 지낼 준비가 끝난 상태였다. 넓게 펼쳐진 병풍 앞에는 매끈하게 옻칠이 된 상이 놓여 있었고, 그 위에는 사과, 배, 대추, 감 등의 과일들이 놓여 있었다. 그 아래에서 피어오른 향이 과일들의 단내를 뒤덮었다. 병풍 앞에 무릎을 꿇고 있던 할아버지는 아버지와 내가 자리에 있는 것을 확인하고는 헛기침과 함께 오랫동안 가족들이 지켜온 침묵을 깼다.

"시작하지."

그 말에 친척들은 뿔뿔이 흩어지며 커튼을 치기 시작했다. 단 한 줄기의 빛도 들이지 않겠다는 듯이 이중, 삼중으로 문을 닫고는 끈으로 꽉 붙들어 맸다. 집은 금세 그믐날 가로등 없는 산속처럼 깜깜해졌다. 어둠 속에서 성냥 긁는 소리와 함께 불씨가 튀어 오르더니 금방 작은 카바이드등[9]에 불이 붙었다. 증조부가 조선에서 가져온 물건 중 하나였으나 때나 얼룩은 보이지 않았다. 등에서 불이 날뛰며 할아버지의 손에 들린 제문을 비추었다. 할아버지는 숨을 크게 들이마시고는 제문을 읽기 시작했다.

"유세차계축삼복지후팔월……"

낭송은 오래도록 이어졌다. 끊어질 것처럼 늘어지다가도 다시금 이어지는 낭송을 들을 때면 이상하게도 오줌이 마려웠다. 발가락을 베베 꼬며 버티다 보니 할아버지가 낭송을 끝내고 술잔에다 술을 채우고 있었다. 할아버지는 향 위로 술잔을 세 번 돌린 후 그것을 다시 상 위에 올려 놓고 절을 두 번 했다. 이 같은 과정은 반복되었다. 이어서 큰아버지, 둘째 큰아버지 순으로 앞으로 나가 술을 따르고 절을 했다.

마침내 아버지 차례가 되었다. 아버지는 몸이 잠시 굳은 것만 같았다. 가만히 자리에 서서는 앞으로 나아가지 않았다. 친척들의 시선이 아버지의 등으로 향했다. 나는 숨이 멎을 것 같은 적막감에 어쩔 줄을 몰랐다. 할아버지가 헛기침을 하자,

---

9) 탄화 칼슘과 물이 반응해 발생하는 아세틸렌 가스를 연료로 사용하는 조명 기구. 주로 광산, 동굴 탐험 등에서 사용된다.

아버지는 그제야 앞으로 나가 술잔에 술을 따르고는 제사상 위에 술잔을 올려 두었다. 그런 후에는 꼭 가시덩굴 위에 선 것처럼 하얗게 질린 얼굴로 몸을 떨며 절했다. 다시 내 옆으로 돌아온 아버지는 간신히 들릴 만큼 작은 목소리로 혼잣말을 했다.

"하나님의 나라에서 그의 눈을 가리고, 귀를 막으니……"

할아버지가 병풍에 붙어 있던 지방[10]을 불태우는 것과 함께 제사는 끝이 났다. 큰아버지와 작은아버지가 상을 살짝 뒤로 물리자 할아버지는 헛기침을 하더니 큰어머니에게 두툼한 봉투를 건넸다.

"고생했다."

그러고는 자리를 뜨셨다. 큰어머니는 봉투에서 지폐를 손에 집히는 대로 꺼내 작은어머니와 어머니에게 나눠 주었다. 상 위의 음식들은 빠르게 부엌으로 향했고, 검은 빛깔의 상과 병풍은 그 크기에 맞는 천에 싸여 지하 창고로 내려갔다. 이윽고 커튼을 걷자, 아무 일도 없었다는 듯이 햇살이 쏟아지는 포근한 미국식 랜치 하우스가 되었다.

방금 전과는 전혀 다른 상반된 분위기였다. 제사를 지냈었다는 사실조차 꿈처럼 다가올 정도였다. 코끝에 맴도는 향 내음만이 계속해서 장면들을 상기시킬 뿐이었다. 그런데 병풍이 있던 자리에 사진 한 장이 놓여 있었다. 본 적 있는 얼굴이었다. 나를 노려보던 눈빛, 전에 할아버지에게 뺨을 맞던 한국인이었다. 아버지는 황급히 사진을 집어 들더니 갈기갈기

---

10) 종잇조각에 지방문을 써서 만든 제사용 신주.

찢어서 쓰레기통에 넣고는 혼잣말을 했다.

"*죽은 놈이 뭐가 두려워서 무슨 제사까지…….*"

우리는 제삿밥을 먹지 않고 집을 나섰다. 밥을 먹고 가라는 큰어머니의 말에도 아버지는 일이 많이 밀려 있는 데다 내가 공부해야 할 것이 많다며 둘러댔다. 나와 어머니는 떠밀리듯이 차에 올라탔다. 아버지는 차에 타자마자 우리에게 말했다.

"아버지 돌아가시면 이 짓도 그만하자."

어머니가 눈을 크게 떴다.

"아버님께서 다른 건 몰라도 제사는……"

아버지가 차에 시동을 걸었다. 나는 할아버지의 집을 보았다. 친척들이 창문에 붙어 우리를 내려다보고 있었다. 떠나지 말라 말하는 것 같았다. 그러나 피부색이나 표정, 생김새가 같다고 해서 우리가 같은 사람인 것은 아니었다. 아버지가 말했다.

"나 처음 교회에 데려간 사람이 아버지야. 예배에 절대 빠지지 말라고 한 건 아버지라고."

어머니는 주저하는 듯 보였다.

"그래도, 혹시나……"

아버지는 이를 강하게 물며 룸 미러를 보았다. 룸 미러에는 멀어져 가는 할아버지의 집이 보였다.

"저들은 지옥에 갈 거야."

아버지는 마치 지옥에서 달아나려는 듯 엑셀을 강하게 밟았다. 그러나 그럴수록 나를 비롯해 우리 가족이 지옥으로 끌려가고 있는 듯한 느낌이 들었다. 할아버지가 돌아가신 후 아버지는 제사에 참여하지 않았다.

06. 1998

취업에 성공하고도 삶은 민경을 가만히 내버려 두지 않았다. 마치 불행이란 구렁텅이가 민경을 갈망하듯, 사건은 출근한 지 3개월이 지난 여느 때와 같은 아침에 벌어졌다. 민경은 잠에서 깨 스트레칭을 하고 샤워를 한 후 출근했고, 커피를 한 잔 사서 엘리베이터에 올라탔다. 마주친 어맨다와 간단한 안부 인사를 나눴다. 딱히 나눌 이야기도 없었지만 그들은 그날의 날씨에 대해 말하거나 사무실 종이가 떨어졌다는 이야기를 나누며 억지 미소를 보였다.

엘리베이터가 멈추고 민경은 문이 열리자마자 쏜살같이 빠져나가 책상 앞에 앉았다. 그제야 그녀는 무표정해질 수 있었다. 누군가는 파티션이 답답하다며 치워 버리자고 하지만 민경은 제발 그러지 않았으면 했다. 처음 합격했을 때의 간절함이 사라지는 데는 3개월이 채 걸리지 않았다. 놀랍도록 무능한 상사와 비효율적인 시스템, 그리고 그로부터 반복되는 업무에 민경은 빠르게 적응했다. 밤을 새운 프로젝트들이 연달아 무산되는 것을 보며 남몰래 2년이나 3년 후에 이직할 회사들의 연봉이나 복지를 살피기 시작할 무렵이었다. 컴퓨터를 켜니 메시지가 와 있었다.

'친애하는 민경, 그간 당신이 회사에 보여 준……'

민경의 호흡이 가빠졌다. 어맨다가 보낸 이메일이었다. 특정 단어에만 눈이 갔다.

'당신을 해고하게 되었습니다.'

모든 일처리는 빠르게 진행됐다. 경비원들이 찾아와 민경에게 박스를 내밀더니 물건을 담으라 했다. 민경은 어맨다의 자리로 달려갔으나 회의에 들어갔기에 만날 수 없다는 말을 들을 뿐이었다. 동료들을 찾아다녔다. 그러나 민경을 마주한 그들은 그녀를 위로하면서도 힘내라며, 다른 곳에 취직할 수 있을 것이란 영양가 없는 말들을 하고는 어디론가 사라져 버렸다.

자리로 돌아와 어맨다에게 메신저로 해고 이유를 물으려 했다. 회사 재정에 문제가 있는 것인지? 아니면 근무 태도와 퍼포먼스에 문제가 있는 것인지? 그것도 아니라면 동료들과의 관계? 그러나 이미 컴퓨터는 회수된 상태였다. 경비원들은 민경에게 위협적으로 다가왔고, 민경은 박스에 물건들을 쓰레기 담듯이 쏟아 넣고는 회사 정문을 나섰다.

현기증에 무너질 것만 같았다. 혼자는 아니었다. 약 열 발자국쯤 걸었을 때 민경처럼 멍하니 회사 로고가 박혀 있는 박스를 들고 있는 한 여자가 보였다. 두 사람의 공통점은 간단

했다. 바로 동양인에, 여성이라는 점. 여자가 고개를 민경 쪽으로 돌리는 순간, 민경은 빠르게 발걸음을 옮겼다. 눈을 마주치고 싶지 않았기 때문이다.

비참해지지 않기 위해서였다. 바꿀 수 없는 것에 집착할수록 무력감만 깊어질 뿐이었다. 민경을 비롯한 유학생 출신의 아시아계 친구들 대부분은 바꿀 수 있는 것에만 정신을 집중해야 했다. 다리를 붙잡힌 게가 결국 스스로 다리를 잘라 내고 도망치는 것처럼. 그렇지 않으면 이 사회에서 살아남을 수 없었다.

사택을 나온 민경은 친구 집을 전전하며 수백 군데에 이력서를 넣었다. 서류에서는 합격을 해도 전화를 하고 나면, 면접을 보고 나서는 따로 연락이 없었다. 갑작스레 울린 전화도 민경이 바라던 것과는 정반대의 내용이었다.

"민경아. 아버지가……"

불행한 일은 한꺼번에 몰려오기 마련이었다. 아버지가 석 달 전에 뺑소니를 당했다는 소식이었다. 어머니는 이 사실을 숨기고 숨기다 곪아 터진 종기처럼 병원비를 감당할 수 없게 되자 민경에게 도움을 청한 것이었다.

민경은 급한 대로 친구들에게 돈을 빌리려 했으나 다들 난처해하며 금방 전화를 끊으려 했다. 배신감을 느낄 겨를이 없었다. 아버지는 지구 반대편에서 죽어 가고 있었고, 민경에게는 당장 이틀 후를 살아갈 생활비도 없었으니까.

밤새 전화기를 붙잡고 있던 민경은 조심스럽게 성경을 펼쳐 들고 한 장씩 가만히 넘기다 한 지점에서 멈췄다. 민경은 혼잣말을 했다.

"보라, 내가 새 일을 행하리니 이제 나타낼 것이라…….[11]"

명함 한 장이 책장 사이에 끼여 있었다. 각진 모서리가 금방이라도 민경의 손가락을 벨 것처럼 날카로웠다. 민경은 명함을 가만히 응시하다가 무표정하게 전화를 걸었다. 통화 연결음이 길게 이어졌다. 마음속에서는 끊어야 한다는 충동이 빠르게 일고 있었다. 고민하던 민경이 수화기를 내려 놓으려 할 때 목소리가 들려왔다.

"전화해 줬군요."

한이었다. 민경은 수화기를 다시 들고는 말했다.

"저기……."

말꼬리가 길게 늘어졌다. 보챔보다도 한의 침묵이 민경의 말꼬리를 잘랐다.

"도움 필요한 일 있으면 말해 달라고 했죠? 저, 돈이 필요해요."

수화기 너머에서는 반응이 없었다. 민경은 조심스럽게 말을 이었다.

"언제 갚을지는 말씀드릴 수가 없어요. 대신, 돈이 생기면 가장 먼저 갚을게요."

한은 침묵을 이어 갔다. 민경은 답답한 마음에 욕이라도 퍼붓고 싶은 심정이었다. 그러나 눈을 질끈 감고는 쏟아지는 구토를 참아내듯이 말들을 뱉었다.

"아버지가……. 편찮으셔서 그래요……."

---

11) 이사야 43장 19절(개역한글판).

민경은 애가 닳았다. 전화기를 뽑아 들고 싶은 충동이 고개를 쳐들 즈음 한이 말했다.
"우선 만나죠."
민경은 전화를 끊고는 벽에 기대 한참 동안 숨을 몰아쉬었다. 단편적으로 한을 처음 만났던 순간들이, 충혈된 눈으로 차 안에서 흐느끼던 그의 모습이 계속해서 떠올랐기 때문이었다.

2장.
청(青)

01. 1979

"은혜도 모르는 놈들."

엔젤타운 어른들은 외국에서 벌어진 반미 시위에 대한 소식을 들었을 때 그리 말했다. 로버트가 소리쳤다.

"우리 피와 세금으로 지금껏 살아가고 있는 놈들이……."

수 년째 이어지고 있는, 어찌 보면 지난한 이야기들로 엔젤타운은 시간이라는 수레바퀴의 뒤편에 자리한 듯 보였다.

"공산주의자들이 우리 정부를 손에 쥐고 흔들고 있어."

로버트가 신문을 읽어 내릴 때마다 다들 불쾌해하면서 술집 바닥에 가래침을 돋우어 뱉었다. 그러나 이들에게는 시대를 변화시킬 힘도 의지도 없었다. 그저 차우셰스쿠[12]와 악수를 하고 있는 지미 카터[13]를 보면서 맥주를 홀짝이며 욕설을

---

12) 공산당 출신의 루마니아 최고 권력자로 1965년부터 1989년까지 철권통치를 하였으며 1974년에 루마니아 초대 대통령 자리에 올랐다.

13) 1977년부터 1981년까지 재임한 미국 제39대 대통령이다.

섞어 소리치거나 마을의 하나뿐인 교회에 모여 고개를 숙이고 기도하며 소리가 나지 않게 혀를 차는 게 전부였다.

그 틈에는 내 아버지도 함께였다. 과거부터 아버지는 베트남전 반대 피켓을 들고 다니는 이들과 히치하이킹을 시도하는 히피들을 볼 때마다 사회를 좀먹는다며 치를 떨었다. 아버지에게는 마을 사람들과 유일하게 가까워질 수 있는 순간들이기도 했다.

엔젤타운은 변화의 물결로부터 멀리 떨어져 있었다. 옥수수밭이라는 거대한 바다에 둘러싸여서 말이다. 땀을 흘리며 일하는 농부들, 아이를 돌보고 저녁을 준비하는 아내들도 교회 종이 울리면 모두가 두 손을 모으고 기도를 올렸다. 멀리서 보았을 때 엔젤타운은 지극히 평화롭고 아늑한, 향수 가득한 공간이었다.

그러나 가까이에서 봤을 때는 전쟁터였다. 평화로운 풍경 속 살을 베는 식물들, 먹고 먹히는 동물들, 술에 취한 가장에게 매 맞는 아내와 아이들, 은행과 기업에 착취당하는 농부들, 그들은 절망을 삼켜 내며 하루를 가까스로 버티고 있었다. 그들의 평화는 보이지 않는 이들을 향한 폭력으로 지탱되었다.

본능적으로 아이들을 비롯해 젊은 세대들은 기성세대들의 규칙에 의문을 품었으며, 이 답답한 감옥 같은 마을에서 벗어나고자 했다. 문제는 기성세대들은 변화를 원하지 않는다는 것이었다. 부자가 늘 부자이기를, 석탄 광부들은 사람들이 늘 석탄을 쓰기를, 성직자들은 사람들의 믿음이 변치 않기를 바라듯이 말이다. 이들은 규칙과 배제라는 도구들을 이용하여 젊은이들의 시선을 변화로부터 돌리려 했다. 그러기 위해서는 그들 사이를 갈라 놓고 싸움을 붙여야 했다.

쉬운 방법이 하나 있었다. 그 방법은 수백만 달러의 돈을 쓸 필요도, 사람들 앞에서 목이 터져라 연설을 할 필요도 없었다. 단지 사람들 사이에 단 한 줄의 선을 긋기만 하면 됐다. 눈에 선명하게 보이는 것이 가장 효과적이었다. 흑과 백, 남성과 여성 등. 사람들은 무리를 나누고, 시비를 걸고, 싸우고, 상대가 무너지면 고문했다. 이유야 만들어 내면 그만이었다. 키가 작아서, 살이 쪄서, 피부색이 검어서, 노래서, 여자라서, 남자라서, 눈이 찢어져서, 성기가 길어서, 짧아서. 일명 '평균'의 사람들이 모든 것을 정했다.

나는 영화 속 카우보이들이 말하는 개척자의 정의를 믿지 않았다. 야만의 정의는 피와 함께했으며, 기준에 들지 않는 것들은 먹을 수 있으면 사냥감이었고, 먹을 수 없다면 장난감에 불과했으니까. 무수히 많은 폭력 속에서 나는 그 사실을 체화했다.

다행히 적어도 나는 엔젤타운에서 물리적으로 심하게 차별을 받지는 않았다. 학교에서 선생들은 개인 경호원 수준으로 내 주변을 살폈고, 교장은 하루에 한 번 교실을 직접 찾아와 문제아라 낙인 찍힌 잭, 피트, 존을 불러다 말썽을 일으키지 말라면서 주의를 주었으니까.

아버지가 학교에 발전 기금을 잔뜩 쏟아부은 덕분이었다. 뉴욕에서 냈던 것의 절반도 되지 않았지만 이런 시골 학교에서 아버지의 기부액은 단연 압도적이었다. 아이들에게 주의를 준 교장은 뒤돌아 내게 몰래 눈짓을 했다. 엔젤타운에 온 지 2주째, 학교에 전학 온 지는 일주일째에 한 아이가 내게 다가왔다. 피트였다.

"집에 가지 말고 따라와."

피트 어깨 너머로 잭과 존이 보였다. 그들은 늑대처럼 떼를 지어 우르르 몰려다니며 약한 아이들을 골라 괴롭혔다. 나는 나를 향해 묘하게 미소를 짓고 있는 잭을 보며 선생과 교장에게 말할까 잠시 고민했다. 온갖 좋지 못한 상상들이 솟구쳤다. 뉴욕에서 있었던 괴롭힘이 이곳에서는 얼마나 뒤틀린 채로 일어날 것인가 싶었다.

그러나 매번 부모님과 선생들의 품에서 웅크리고 있을 수만은 없었다. 이들과 친해지지 못한다면 후에 어른이 되어서는 백인들 중 누구와도 친해질 수 없을 것이었다. 주류를 따라야 한다는 할아버지의 말씀이 떠오르기도 했으나 다른 이유보다도 외로움이 가장 컸다.

아무리 좋아하는 야구용품과 운동화로 방 안이 가득 차 있다고 해도 내 방은 텅 빈 것처럼 공허했다. 사방으로 벽을 두들기며 반응이 있을까 기다렸으나 어지러운 TV 속 말소리만 들려올 뿐이었다. 나는 은퇴한 노인들처럼 창문가에 앉아 하염없이 마을 곳곳을 쏘다니는 아이들을 보았다. 나뭇가지 하나만 들고도 그들은 휘두르고, 뛰어넘고, 그 아래로 기어가는 등 재밌게 놀았다. 웃음이 끊이지 않았다. 거기다.

"야, 너 벙어리야?"

잭이 비아냥거리며 준의 앞에 서 있었다. 준은 잭을 빤히 노려볼 뿐이었다. 코웃음을 친 잭은 준을 노려보다가 교과서를 낚아채 바닥에 던져 버렸고, 폴이 곧장 교과서를 밟아댔다. 피 냄새에 몰려든 백상아리들 같았다. 피트가 나와 준을 번갈아 보며 물었다.

"반응이 왜 그래? 따라올 거지?"

나는 군말 없이 피트를 따라가기로 했다. 준처럼 되고 싶지 않았기 때문이었다.

◇◇◇◇◇

피트가 향한 곳은 숲속이었다. 아이들은 마크 트웨인[14] 소설 속 아이들처럼 돌이나 잘린 나무 밑동을 의자 삼아 앉아 있었고, 차양막으로 쓰기 위해 나무에 아슬하게 걸쳐 둔 타르 종이 발린 닭장 지붕은 금방이라도 무너질 것 같았다.

대부분 아이들은 나에게 무관심했다. 그들은 하늘을 보고서 멍을 때리거나, 학교 도서관에서 빌려 온 소설책을 읽었고, 몇몇은 머리를 맞대고는 고개를 숙이고 있었다. 자세히 보니 고개를 숙인 아이들은 개미 떼를 손가락으로 짓이기는 중이었다. 소수의 아이들만이 창백한 시선으로 나를 바라보고 있었다. 피트가 내게 물었다.

"네 나라는 이런 곳이었지?"

고개를 저었다.

---

14) 『톰 소여의 모험』과 『허클베리 핀의 모험』으로 유명한 미국 작가.

"아니."

나는 주변을 둘러보았다. 침엽수가 우거져 있어 그런지 낮임에도 어둑했고, 송진 냄새가 가득했다.

"여긴, 평화로워. 내가 있던 곳과는 다르게. 뉴욕에서는……."

"그만."

피트의 얼굴이 사정없이 구겨지더니 주먹으로 내 등을 밀었다.

"움직여."

숲 안쪽에서 연기가 피어오르고 있었다. 연기를 향해 다가가자 나뭇가지를 잘라 얼기설기 엮어 만든 임시 거처가 나타났다. 거처는 1920년대 영화에서 볼 법한 인디언의 움막 같았다. 거처의 내부는 이른 아침의 뉴욕처럼 연기가 자욱했다. 금방이라도 매캐한 연기 속에서 인디언들이 원형에 가까운 춤사위를 보이며 튀어나올 것만 같았다.

"들어가."

익숙한 목소리였다. 뒤돌아보니 잭이 서 있었다. 그는 주머니칼을 현란하게 휘두르며 내 주변을 맴돌았다. 두려움에 나도 모르게 뒷걸음을 쳤으나 누군가 내 등을 밀었다. 다시 뒤돌아보니 피트가 나를 내려다보며 서 있었다. 잭은 나이프를 가로로 가르며 말했다.

"여기 있는 애들 전부 했던 거야. 그러니까 너도 들어가."

어느덧 숲에 모여 있던 모든 아이들이 일제히 나를 바라보았다. 그들은 내가 자신들의 일원이 될 수 있을지 없을지를 판단하는 듯했다.

"이건 왜 하는 거야?"

내 물음에 잭이 침을 내 발치에 뱉고는 말했다.

"왜? 싫어?"

나는 마음을 바로잡았다. 이들에게 이유는 중요하지 않았다. 단지 이 동양인 아이가 자신들과 비슷한지 아닌지가 중요할 뿐이었다. 나는 잭을 바라보며 고개를 끄덕였다.

"알았어."

잭이 호텔 벨보이처럼 웃으면서 나를 임시 거처 속으로 안내했다.

"진작 그렇게 나와야지."

조심스럽게 거처를 향해 한 발자국 내딛었다. 연기를 향해 가까이 다가갈수록 눈이 뻑뻑해졌고, 숨을 쉬기가 어려웠다. 콜록. 폐가 타오르는 느낌이었다. 이윽고 연기 속에 들어섰을 때 잭의 목소리가 들려왔다.

"체로키족이라고 알아? 그 인디언 놈들이 이렇게 연기를 피워 놓고 죽은 영혼과 대화를 했대."

눈물이 줄줄 흘러 앞이 제대로 보이지 않았다. 어디 한군데라도 잘못 밟으면 거처가 폭삭 무너질 것만 같은 불안감에 나는 발을 내밀고서 더듬거렸다.

"언제까지 있어야 해?"

나는 밖을 향해 외쳤다. 대답은 돌아오지 않았다. 임시 거처 한쪽에는 타다 남은 재들과 지난해 떨어진 낙엽들이 뒤섞여 있었고, 다른 한쪽에는 꺼져 가는 모닥불이 보였다.

"어때? 보여?"

들려온 목소리는 잭의 것이 아니었다. 갑자기 연기 속에서 어떤 존재가 튀어나왔다. 마치 수풀에 둘러싸여 있는 듯한 거대한 형체였다. 그것은 위협적으로 나를 향해 다가오고 있었다. 나는 뒷걸음치며 밖으로 빠져나가기 위해 필사적으로 몸을 움직였다. 그런데 불쑥 어떤 손이 거처 안으로 들어와서는 내 가슴팍을 잡아챘다.

"멍청한 놈!"

피트의 웃음소리가 들려왔다. 그는 자기 몸을 거처 밖에 둔 채로 손만 안으로 뻗어 나를 임시 거처에서 빠져나오지 못하게 막고 있었다. 나는 멱살이 잡힌 채로 뒤를 돌아보았다. 형체는 하나가 아니었다. 그 뒤로 검은 형체가 또 하나 서 있었다. 먼저 것보다 몸집도 크고, 더욱 음산한 모양새였다.

앞서 나타난 거대한 형체가 먼저 나를 향해 다가왔다. 두려움에 눈을 질끈 감았다. 그 순간, 웃음소리와 함께 내 멱살을 잡고 있던 피트의 손에서 힘이 풀리는 것이 느껴졌다. 나는 다급하게 손을 뿌리치고는 거처에서 빠져나와 바닥에 그대로 쓰러졌다. 이마를 땅에 박고는 허겁지겁 숨을 몰아쉬었다. 눈물이 계속해서 쏟아졌고 기침이 나왔다. 그런데 그때 연기 속에서 거대한 형체가 나를 향해 다가왔다. 나는 놀라 소리를 지르며 허겁지겁 달아나려 했다. 피트가 한 손으로는 내 셔츠 깃을 잡아 들어 올리고, 다른 한 손으로 내 턱을 잡아 정면을 보게 하며 말했다.

"야, 잘 봐."

고개를 돌리려 해도 피트의 손아귀 힘이 강했다. 심장이 터질 것같이 뛰었다. 단순한 두려움이 아니라 알러지 같은 강력한 거부 반응이라 봐도 무방했다. 그런데 멈춰 선 거대한 형체의 모습은 뭔가 이상했다. 몸체가 들썩거리더니 형체를 둘러싸고 있던 껍데기가 휙 벗겨졌다.

"너도 이제 우리 일원이야."

그 속에는 잭이 서 있었다. 피트가 나를 던지듯이 풀어 주고는 소리 내어 웃기 시작했다. 아이들은 나를 보며 배를 부여잡고서 웃고 있었고, 잭은 충혈된 눈으로 웃음 섞인 기침을 하며 나를 비웃었다.

어지러운 웃음소리를 들으며 나는 바닥에 널브러진 껍데기를 보았다. 잎이 매달린 나뭇가지들을 모아 엮은 일종의 인형 탈이었다. 잭은 내가 거처 안에서 했던 행동을 우스꽝스럽게 따라했다. 아이들은 잭의 작은 몸짓 하나에도 크게 웃었다. 잭이 웃음기를 머금은 말투로 물었다.

"안 웃겨?"

그 말에 나는 뇌 속에 숨겨 놓은 버튼이라도 눌린 것처럼 잭을 따라 웃었다. 생존을 위한 본능이었을까? 내 할아버지와 아버지로부터 학습된 행동이었을까? 나는 내 웃음소리가 아이들의 웃음소리에 완전히 섞이고, 피트가 내 어깨를 두드리고, 잭의 입꼬리가 서서히 내려갈 즈음, 연기를 향해 외쳤다.

"너도 나와."

잭의 표정이 빠르게 굳어졌다. 잭은 연기가 피어오르는 거처와 나를 번갈아 보며 말했다.

"뭐?"

"저기에 분명……"

그때 크게 바람이 일더니 거처에 갇혀 있던 연기가 일순간에 사라졌다. 나는 그 자리에 얼어붙고 말았다. 분명 잭이 연기한 거대한 형체 말고도 한 사람이 더 연기 속에 있었다. 그러나 거처 속에는 사람은 없고 타다 만 재만이 흩날릴 뿐이었다.

"저기에 뭐?"

잭이 나를 이상하게 바라보았다. 나는 황급히 그의 눈빛을 피하며 고개를 저었다.

"아무것도 아니야."

다행히 잭은 대수롭지 않게 고갯짓을 하며 아이들에게 마을로 가자고 했다. 아이들을 따라가면서도 계속해서 거처로 시선이 향하는 것을 막을 수는 없었다. 분명 검은 형체가 하나 더 있었기 때문이다.

02

폴이 5센트만 한 크기의 돌을 집어 들고는 와인드업 자세를 취했다. 어디서 본 건 있는지 루이스 티안트[15]처럼 몸을 굽히고는 손목을 움직여 냇가를 향해 돌을 던졌다. 그러나 어정쩡한 자세 때문인지, 아니면 그의 튀어나온 뱃살 때문인지 돌은 개구리 근처에도 가지 못하고 중구난방 튀며 멀리 날아갔다. 첨벙거리는 소리도, 물에 떨어진 돌이 만든 파문도 금세 사라져 버렸다. 폴이 입술을 깨물며 혼잣말을 중얼거렸다.

"씨발……."

개구리는 인도의 고행자처럼 미동도 없이 귀가 따가울 정도로 울음소리를 냈다. 이 소리들은 물소리, 매미 소리, 그리고 바람에 흔들리는 풀잎 소리와 한데 화음을 쌓아 내며 엔젤타운의 여름 풍경을 더욱 짙게 했다.

폴은 쥐었던 돌을 내던지고는 그 자리에 퍼져 앉았다. 더

---

15) 클리블랜드 인디언스에서 데뷔한 전 메이저리그 투수.

위를 먹은 돼지처럼 숨을 크게 내쉬었다가 들이마시기를 반복했다. 폴 주변에는 아이들이 따개비처럼 다닥다닥 붙어 모여 앉아 있었다. 그들은 멍하게 하늘이나 숲을 바라보거나 책을 읽었다. 누군가는 강에 손을 넣어 가재를 잡아 이유 없이 짓이기며 놀거나, 담배를 피우며 그 재를 개미에게 뿌리기도 했다.

편편한 돌 위에 눕다시피 앉아 있던 잭은 신경질적으로 만화 잡지를 넘겼다. 슈퍼맨이 최면술사 메디니[16]를 때려잡는 내용이었다. 많고 많은 책들 중에 왜 하필 그런 책을 고른 것인지 나는 알지 못했다. 잭은 집중이 되지 않는지 잡지를 통째로 모닥불 위에 던져 넣었다.

"거지같이 재미없네."

잡지가 오그라들면서 캐릭터들의 얼굴이 기괴하게 늘어지고 쪼그라들며 변형됐다. 그러나 여전히 슈퍼맨은 적을 때리고 있었고, 적은 슈퍼맨에게 맞고 있었다. 잡지를 모두 태운 모닥불이 완전히 수그러들면서 쉴 새 없이 연기를 뿜어냈다. 잭은 자리에서 벌떡 일어나 폴에게 다가가며 말했다.

"비켜 봐."

폴은 비켜 주지 않으려 했으나 잭은 막무가내였다. 친구 사이였음에도 서열은 분명했다. 폴은 잭의 비릿한 미소 한 번에 입술을 툭 내밀고는 한 바퀴 굴러 자리를 내어 주었다.

"잘 봐."

잭은 돌을 집어 들었다. 그러고는 서부 총잡이들처럼 돌을

---

16) 1940년대 발행된 《액션 코믹스》 제 25호에 수록된 아시아계 최면술사 빌런.

가만히 바라보았다. 나도 모르게 침을 삼켰다. 이윽고 잭은 밥 깁슨[17]을 따라하듯 팔을 높게 치켜 들고 돌을 던졌다. 돌은 폴이 던진 것보다는 개구리 가까이에 떨어졌으나, 마찬가지로 개구리를 맞추지는 못했다.

이번에 개구리는 반응했다. 어기적어기적 몸을 움직여 잭을 바라보고는 그를 놀리듯 턱을 크게 부풀렸다. 겁이 났다. 넓은 옥수수밭에 사는 황소개구리라 그런지 성인 남자 손바닥보다도 몸집이 컸고, 울음소리는 교회까지 들릴 정도로 시끄러웠으니까. 황소개구리를 본 잭은 욕설을 짧게 내뱉고는 허리를 숙여 다시 돌을 주우려 하다가 그대로 자리에 주저앉았다. 그리고는 하늘을 올려다보며 중얼거렸다.

"재미없어."

아이들에게 엔젤타운은 말 그대로 천국이었다. 당장 내일 먹고살기 위해 일을 할 필요도 없었고, 전쟁이나 기아는 어른들의 입을 통해 이야기로만 전해져 올 뿐이었으니까. 그렇게 전달된 이야기들도 온전한 상태는 아니었다. 어른들은 대개 술에 취해 혀가 꼬인 상태에서 극히 일부의 사실에다 자신의 과오가 드러나지 않게끔 살을 덧붙여 진실을 왜곡했기 때문이었다. 이를테면 자신이 적군 몇 명을 죽였는지를 말했지, 자신의 전우가 몇 명이 죽었는지는 말하지 않는 식이었다.

동심을 지키려는 어른들 나름의 마음이었겠으나 시대는 그것을 허락하지 않았다. 만약 라디오 속 수많은 이야기들과 상점 TV 속에서 방송되는 LA와 뉴욕의 전경을 보고 듣지 않

---

17) 세인트루이스 카디널스로 데뷔한 전 메이저리그 투수.

았더라면, 록 스타들의 노래를 듣지 않고 그들의 삶을 몰랐더라면, 당시의 많은 엔젤타운 아이들은 그들의 부모처럼 삶의 한 순간일 뿐인 반항기를 보낸 후 결혼하여 아이를 낳고, 아침부터 밤까지 일을 하고, 주일이면 교회에 가고, 어느 순간 병에 걸리거나 노화로 병원 신세를 지다가 죽음을 맞이했을 것이다.

그러나 외부 세계의 자극은 우리 가족의 등장과 함께 무참히 엔젤타운을 침범했다. 우리 가족이 타고 온 차와 들고 온 TV, 결정적으로는 농산물을 운반하기 위해 낸 도로로 도시의 것들이 쏟아져 들어왔기 때문이다. 아이들은 그러한 자극들로 인해 순간적으로는 즐거움을 느꼈으나, 얼마 지나지 않아 자신들이 얼마나 '지루한' 시골 마을에 살고 있는지를 알게 되며 저주에 걸리고 말았다. 이른바 '권태의 저주'였다.

지옥에 고통이 있다면 천국에는 권태가 있었다. 이 권태라는 것은 아이러니하게도 생명에 위협이 되지는 않았기에 우리들의 목을 엷게 쥐고 서서히 질식시키고 있었다. 아이들은 차라리 화를 내고, 맞설 수 있는 대상이 명확하게 있었으면 했다. 끓어오르는 피를 어디에다 쏟아야 할지 갈피가 잡히지 않았다.

엔젤타운에서 할 수 있는 탈선이나 일탈은 기껏해야 부모님 몰래 찬장을 뒤져 담배를 피우거나 술을 마시는 것이 전부였다. 아이들이 나를 자신들의 무리에 넣어 준 것도 사실은 잠시나마 권태를 죽이기 위해서였다. 그들은 나를 경계하는 것과 동시에 궁금해했다. 내게 온갖 것들을 물었다. '개를 먹느냐?', '뱀을 먹느냐?', '그럼 사람은?' 무례한 질문들이 대부분이었으나 나는 아이들의 진지한 표정 너머로 호기심을 느끼기도 했다. 이를테면, 하나님을 믿지 않는 상태에서 산다는 것은 어떠한 느낌인지와 같은 질문을 할 때 말이다.

그들은 태어나기도 전부터 교회의 그늘 아래에서 자라났다. 각 정부의 법률과 규칙보다도 엄격하게 마을 전반을 뒤덮고 있는 교회의 도덕률에서 그들은 단 한 번도 자유로운 적이 없었다. 탕아는 종종 등장했으나 그들 역시도 그늘에서 벗어나려 할 때마다 가족과 친구들의 멸시와 단절을 겪으며 사지가 결박된 죄수처럼 힘줄이 끊어지는 듯한 고통을 경험했다. 심지어 벗어난다고 해도 그 후유증에서만큼은 평생 벗어날 수가 없었다. 생각을 하지 않고 생각에 대해 생각하려는 것처럼 이는 불가능에 가까웠다.

냇가에 침묵이 이어지자 이번에는 또 어떤 물음이 내게 이어질까 두려웠다. 눈치만 보고 있는데 피트가 나를 가리키며 잭에게 말했다.

"잭, 이 새끼 아빠가 뭐 타고 다니는 줄 알아?"

잭은 그다지 관심 없다는 듯 누운 상태로 무심하게 되물었다.

"뭔데? 캐딜락이라도 돼?"

피트가 어깨를 으쓱거리며 대답하지 않자, 잭은 고개를 돌려 내게 다가왔다.

"말도 안 돼. 진짜야?"

내가 처음으로 그들보다 우위에 선 순간이었지만 그럼에

도 긴장을 놓을 순 없었다. 나는 마지못해 고개를 끄덕였다. 잭이 돌을 던지듯 내려놓고는 내 어깨를 툭 건드리더니 뭔가를 건넸다.

"자."

의외였다. 잭은 내게 담배 한 개비를 건넸다. 나는 머뭇거리며 담배를 받아 들었다. 그러나 한 번도 담배를 피워 본 적이 없어 눈치만 보고 있었다. 가만히 손에 들고만 있자 역시나 시선들이 따라왔다. 따라가지 않으면 낙오될 것만 같았다. 내가 담배 끝을 물고 있는 힘껏 빨아 당기자, 잭이 불을 붙여 주었다. 불이 붙은 건 담배였지만 목 안이 타는 것처럼 뜨거웠다. 나는 입을 최대한 크게 벌리고 연기를 뱉으려 했다. 그 모습을 보고 아이들이 웃음을 터뜨렸다. 잭은 미소를 보이며 내 허벅지를 쿡 찔렀다.

"병신."

연기를 뱉는 것과 동시에 하늘이 핑 도는 것만 같았다. 아이들의 말소리는 물론 주변에서 들려오는 동물들의 울음소리가 더욱 또렷해졌고, 옥수수 익는 냄새 또한 짙게 느껴졌다. 시간이 매우 느리게 흐르는 것 같았으나 정신을 차려 보니 어느덧 해가 지려 하고 있었다.

엔젤타운 아이들은 그렇게 시간을 죽이며 어른이 되기만을 기다렸다. 폴은 넓적한 돌판 위에 누워 노을을 멍하니 바라보았다. 나도 그를 따라 앉아 하늘을 보았다. 빙그르르 세상이 한 바퀴 도는 듯했다. 폴이 내게 물었다.

"네 옆 집에 이사 온 동양인들 봤지?"

잭은 제임스 딘[18]처럼 담배를 꼬나 물더니 말을 이었다.

"특히 거기 애는 소름 끼쳐. 무슨 찰스 맨슨[19] 같다니까."

"왜?"

폴의 물음에 잭은 일부러 몸짓을 과장했다.

"막 방에서 눈 까뒤집고 소리를 지른대."

냇가에 쪼그려 앉아 있던 피트가 턱을 치켜 들며 물었다.

"누가 그래?"

"케이티네 어머니가 그 집을 지나가다 봤대."

나는 입을 다물었다. 동조하지도, 그렇다고 아니라 말하지도 않았다. 먹잇감은 꼬리를 흔들며 소리를 냈고, 사냥꾼들은 먹잇감을 발견했다. 도시와 시골, 색이 있는 것과 없는 것, 익숙한 것과 새로운 것, 다수와 소수라는 구도 속에서 먹이 사슬은 오래 전부터 형성되고 있었다. 나는 두려움을 느꼈다. 아이들의 매서운 눈빛은, 특히나 나와 같은 말을 쓰고, 같은 피부색을 가진 존재에 대한 나의 태도를 감시하고 있었다.

"야, 한."

"왜?"

잭이 담뱃재를 내 쪽으로 튕겼다.

"너는 어떻게 생각해?"

기분이 나빴으나 뭐라 말할 수가 없었다. 아이들 사이에서는 돈보다도 힘, 그리고 힘보다도 이곳에 얼마나 많은 친구가

---

[18] 20세기 중반에 활동하다 사망한, 당대 최고의 아이콘이었던 미국의 배우. 여전히 청춘의 상징으로 회자된다.

[19] 20세기 중반 미국 전역을 경악에 빠뜨린 맨슨 패밀리의 수장이자 중대 범죄자.

있는지가 가장 중요했다. 알면서도 나는 되물었다.

"누구?"

잭이 내 얼굴을 향해 연기를 뱉으며 말했다.

"모른 척하긴. 네 옆집에 사는 눈 째진 괴물이지."

그때 나는 무슨 말을 해야 했을까? 인종 차별을 하지 말라며 화를 내거나 싸움을 걸어야 했을까? 그게 아니라면 학교나 집으로 달려가 잭이 한 말들을 일러바쳐야 했을까? 당연히 그 자리에서 잭에게 반박하고 싶었다. 거울 속에 비친 내 눈도 준과 마찬가지로 그들의 기준에서는 찢어져 있었으니까. 그러나 전에 마주했던 준의 모습이 내 말문을 막히게 했다. 그는 미친 사람처럼 눈을 까뒤집고는 책상에서 무언가를 휘갈겨 쓰고 있었다. 그 모습은 어린 나에게 괴물로 다가왔다. 괴물과 같은 범주로 한데 엮이고 싶은 아이는 세상 어디에도 없을 것이다.

"난……"

갑자기 누군가 내 옆을 스쳐 지나갔다. 그의 손에는 아기 머리만 한 돌이 들려 있었다. 이어서 그가 들고 있던 돌을 그대로 바닥을 향해 내리쳤다. 동시에 퍽 하는 소리와 함께 그의 다리 주변으로 붉은 피가 튀었다.

황소개구리가 몸을 버둥거리며 죽어 가고 있었다. 돌에 머리를 정통으로 맞은 개구리는 내장을 쏟아 낸 상태에서 다리를 꿈틀거리면서 몸을 버둥거렸다. 놀란 아이들은 그 광경을 보며 입을 다물었다. 그가 뒤돌아 말했다.

"입 다물어."

그의 오드 아이가 내 눈길을 가장 먼저 사로잡았다. 패트릭이었다. 패트릭은 교회의 신실한 신자였다. 아주 먼 옛날 그의 조상은 교회가 이 땅에 정착하는 데 가장 선두에 선 자들이었는데, 그 과정에서 수많은 인디언들을 죽였다는 일화가 전설처럼 내려오고 있었다. 그들은 그러한 소문을 숨기지 않았고 오히려 자랑스러워했는데, 일례로 그의 집에서 학살 당시의 사진을 봤다는 사람도 있었다. 집단 린치, 절단, 화형, 그리고 이것이 한데 벌어진 장면을 찍은 사진 하단에는 '페스티벌'이라는 알맞지 않은 단어가 적혀 있었다고 한다.

패트릭은 자리에 쪼그려 앉아 몸을 움찔거리고 있는 개구리를 물끄러미 바라보았다. 잭이 패트릭을 보며 낮게 혼잣말을 했다.

"미안해. 패트릭……."

패트릭이 버둥거리는 개구리를 맨손으로 집어 들더니 무표정한 얼굴로 이곳저곳을 살폈다.

"잭, 악샤이 기억나?"

아이들의 표정이 모두 굳었다. 패트릭의 눈이 이리저리 움직였다. 색이 서로 다른 눈. 그의 미간은 절대 섞일 수 없는 색들의 경계 같았다. 나는 순식간에 가라앉은 분위기에 가만히 숨을 죽였다. 폴이 말했다.

"좆같게 그 이름을 왜 꺼내?"

내뱉은 욕설과는 다르게 폴의 목소리는 떨리고 있었다. 더불어 그의 시선은 숲이 아니라 그 너머에 있는 호수로 향했다. 패트릭이 읊조리듯 말했다.

"악샤이의 몸에서는 늘 이교도의 냄새가 났어. 그 녀석 가족들은 단 한 번도 교회에 나오지 않았지. 사물함에는 온갖 종류의 우상들이 가득했고……"

패트릭은 발걸음을 옮겼다. 머리가 으깨진 개구리에서는 피가 뚝뚝 흘렀다.

"불경한 자들은 심판을 받아. 그게 순리야."

그는 끝내 내 앞에 섰다. 그간 패트릭이 내게 했던 말들이 떠올랐다. 나는 그의 시선에서 동양인 악당이며, 다른 이들보다도 더욱 깊은 죄를 지고 태어난 자였다. 그의 손에 들려 있는 개구리를 슬쩍 보았다. 아직 심장이 뛰고 있었다. 패트릭이 나를 바라보며 물었다.

"그렇지? 한?"

패트릭은 자기 손으로 개구리의 심장을 터뜨렸다. 피가 사방에 퍼졌다. 나는 비릿한 피 냄새에 필사적으로 혀를 안으로 말며 구역질을 참으려 했다. 패트릭은 손으로 개구리의 내장을 짓이기며 나를 바라보았다.

"맞아……."

내 대답을 들은 패트릭은 미소를 지어 보였다. 그는 개구리를 냇가에 던지고는 피 칠갑이 된 두 손을 모으더니 기도문을 외우기 시작했다.

"당신께 바칩니다."

붉어진 강물이 하류로 흘러갔고, 아이들은 마침 들려온 교회 종소리에 눈을 감고서 두 손을 모으고 따라서 기도했다.

◇◇◇◇◇

그날 밤, 식사 자리는 이상하리만치 고요했다. 마치 전자레인지 안에 들어가 있는 기분이었다. 거실 TV에선 〈All in the family[20]〉의 샐리가 병실에서 오코너에게 "멍청이!"라고 소리치는 장면이 웅웅거리며 귀를 때렸고, 부엌 천장에 매달린 2,000달러짜리 조개 모양 조명은 값어치를 나타내듯 요란하게 빛을 뿜어내고 있었다.

그에 비해 식사는 단출했다. 미트로프에 그레이비소스가 곁들어진 매시트포테이토, 그리고 그린빈 캐서롤. 전형적인 미국식 식사는 아니었다. 이 집에선 애초에 디저트 같은 걸 만든 적이 없었으니까. 16인용 원목 식탁에 깔린 새하얀 식탁보와 알록달록한 중국산 자기들, 그리고 목소리가 메아리치는 집의 크기와는 어울리지 않는 식사였다.

이 모든 건 아버지가 할아버지의 눈치를 봤기 때문이었다. 할아버지는 평생 근검절약을 미덕으로 삼았고, 자식들에게도 자신 같은 삶을 강요했다. 집, 가구, 접시, 심지어 야구 카드까지. 시간이 지날수록 가치가 오르는 물건들에는 돈을 아끼지 않았지만, 한 끼 식사처럼 남지 않고 사라지는 것에 쓰는 돈은 낭비라 여겼다.

"쓸데없는 거에 집착 말고, 남는 것만 신경 써라."

할아버지가 종종 내뱉은 말을 아버지는 가슴 깊이 받아들

---

20) 1970년대 미국 CBS에서 방영된 시트콤. 뉴욕 퀸스 지역에 사는 벙커 가족을 중심으로 한 이야기로 미국 사회의 민감한 문제를 정면으로 다루었다.

였다. 아버지 역시 살아남기 위해서였다. 아버지가 포크를 집어 드는 것과 함께 식사는 시작됐다. 어머니가 아버지에게 물었다.

"옆집 사람들 좀 멀리 보내면 안 돼요?"

아버지는 접시에 시선을 두고서 말했다.

"왜? 거기가 무너지기라도 했어?"

"아뇨. 마을 사람들 시선 때문에요."

어머니도 엔젤타운에 오고 난 이후로 낯빛이 좋지 못했다. 부단히 마을 사람들을 만나러 다니는 아버지와 달리 어머니는 계속해서 집에만 있었다. 온종일 광고로 범벅인 라디오를 틀어 놓고는 메이시스 백화점[21]에서 구매한 고급 찻잔과 접시들을 반복해서 마른 행주로 닦으며 하루를 보냈다.

외로웠을 것이다. 뉴욕 같은 대도시에는 동양인들은 물론이고, 한국인들도 많았다. 그들은 잘 훈련된 첩보 조직처럼 누군가 근처에 부동산을 계약하는 순간, 이사 오는 사람들의 집안 배경부터 소득 수준, 성격까지 알아내고는 자신들의 기준을 충족할 경우에만 서로에게 접근했다.

어머니는 그들의 모임에 충실히 참석했다. 그 모임의 이름은 '동양 여성 친목회'로 동양인 여성들의 인권 향상을 위한다는 슬로건을 내걸었으나, 막상 그들이 모여서 하는 것이라고는 자신들이 산 명품이나 부동산, 더불어 자기 자식이 간 대학 등을 자랑하며 서로의 경쟁 심리를 자극하는 일뿐이었다. 어머니는 대부분 그들과의 경쟁에서는 승자에 속했다. 부

---

21) 1858년 뉴욕시에 롤런드 허시 메이시가 설립한 백화점.

동산업으로 쌓아 올린 할아버지의 재력 때문이기도 했으나, 동양인 남자도 대학에 거의 가지 못하던 그 시절에 동양인 여성으로서 대학을 졸업했다는 사실 때문이었다. 어머니는 자신의 학력을 이용하여 어떤 때는 해결사로, 또 어떤 때는 상담사로 모임에서 활동하며 주변의 존경을 받고 자부심을 느꼈다.

그러나 이곳에서는 그런 자극을 느낄 수 없었다. 이곳에서 장바구니를 들고 차를 끌고 나서더라도 갈 수 있는 곳이라고는 아버지의 일터 혹은 교회뿐이었다. 다른 부인들을 만나서도 마찬가지였다. 어머니가 대학을 나왔다고 해서, 파리에서 유행하는 옷을 입었다고 해서 드러내고 부러워하는 사람은 없었다.

그들은 사람을 대함에 있어 목사님의 '말씀'을 얼마나 잘 따르는지를 중요하게 여겼다. 백인, 남자, 기독교, 엔젤타운 출신 등 말씀이 그려 놓은 형상과 그로부터 다져진 이상은 명확했다. 그들은 뒤틀리고 무미건조한 시선으로, 어머니를 대학까지 나올 정도로 순종적이지 않고 드센 아내로, 나아가서는 도시 괴담과 추문의 주인공인 음란한 동양인 여성으로 바라보았다.

이런 상황에 교회 부인회에서 오가는 이야기 속에는 우리 가족은 물론, 준의 가족에 대한 소문들이 많은 비중을 차지하고 있었다. 우리 가족과 준의 가족은 늘 한 덩어리로 묶여 포크와 나이프를 쓸 줄 모를 정도로 멍청하다거나, 몸에서 구역질 나는 향신료 냄새가 난다며 한데 일그러졌다. 사람들은 늘

이질적인 것들에 시선을 모으고, 그것들을 손가락질하며 자기들끼리의 결속을 다진다. 마치 내가 뉴욕과 엔젤타운의 아이들에게 괴롭힘당했던 방식처럼 말이다. 그 순간, 아버지가 눈을 치켜 뜨고는 어머니를 바라보았다.

"시선?"

차가운 말투에 내 몸이 얼어붙었다. 나는 조심스럽게 어머니의 눈치를 살폈다. 그러나 그녀는 더는 참을 수가 없다는 듯 소리 나게 포크를 식탁 위에 내려놓았다.

"당신도 알잖아요. 마을 사람들이 계속 쳐다보는 거. 무슨 동물원 속 동물이라도 된 것 같다니까요."

아버지는 문득 씹던 것을 멈추고는 어머니를 보았다. 불안한 기운이 감돌았다. 그는 무슨 말을 하려다가 와인을 한 번에 들이켜고는 숨을 크게 몰아쉬었다.

"회사 상황이 힘들어. 참아."

어머니는 참지 않았다.

"회사가 힘든 거랑 저 사람들 이사랑 무슨 상관이에요?"

아버지가 나이프로 준의 집이 있는 곳을 가리켰다.

"저 사람들이 저기를 돈 주고 샀어. 내가 그냥 덜컥 다른 곳으로 옮기라 하면 옮기겠어? 받은 돈을 줘야 다른 곳으로 옮기지."

그렇게 말한 후 아버지는 다시 식사를 이어 갔다. 어머니는 울분에 찬 목소리로 외쳤다.

"아니, 주변에서 벌써부터 우리 가족이랑 저것들이랑 한데 묶으려고 한다니까요."

'저것'이라 말할 때 어머니의 입안에서 볶은 콩이 바스라지며 까득, 하고 부서지는 소리가 들려왔다. 뼈라도 씹어 삼키는 것 같았다. 나는 조심스럽게 접시에 머리를 박고는 콩들을 한데 모으기 시작했다. 아버지가 이번에는 나이프로 어머니를 겨누었다.

"안 돼."

"그래도……"

아버지가 나이프를 식탁 위에 내던지고는 자리에서 일어나 그대로 어머니의 뺨을 휘갈겼다. 자기가 바닥에 부딪혀 산산조각이 났고, 흰 식탁보 위로 음식이 쏟아져 더럽혀졌다. 아버지는 분을 참지 못하고 어머니에게 삿대질하며 외쳤다.

"내가 안 된다고 말했지!"

어머니는 부풀어 오른 뺨을 부여잡고는 딸꾹질만 할 뿐이었다. 아버지는 뒤돌아 욕설을 뱉으며 벽을 짚고 섰다. 나는 식탁 위를 굴러다니는 강낭콩처럼 눈알을 굴릴 뿐이었다.

"빌어먹을 중동 새끼들이 기름으로 장난치는 바람에 비롯값이 미쳐서 난리도 아닌데, 집에서는 또 왜……."

아버지는 신경질적으로 문을 발로 차고는 서재로 사라져 버렸다. 어머니의 딸꾹질은 한동안 멈출 기미를 보이지 않았다. 그녀는 아버지가 사라지자마자 곧장 부엌으로 달려가 수도에 고개를 처박고 물을 마셨다. 그러나 딸꾹질은 멈추지 않았다. 나는 어머니에게 다가가 물었다.

"괜찮아요?"

어머니는 목을 부여잡았다. 숨이 곧 넘어갈 것만 같았다.

어머니가 뱀처럼 스산한 목소리로 내게 소금을 달라 말했다. 나는 다급하게 찬장에서 소금 통을 꺼내 어머니에게 건넸다. 어머니는 소금을 퍼먹기 시작했다. 그러자 기적처럼 어머니의 딸꾹질이 멈췄다. 어머니의 입가가 소금으로 허옇게 뒤덮여 있었다.

"하필 와도, 그런 쓰레기 같은 것들이 와서는……."

멀리서 시선이 느껴졌다. 부엌 창문가로 가 보았다. 준의 집 2층에서 어린아이 실루엣이 보였고, 순간 불이 꺼졌다. 나는 가만히 불 꺼진 2층을 응시하다가 커튼을 쳐 버렸다. 보이지 말아야 할 것을 보인 듯한 기분이었다.

◇◇◇◇◇

수업이 끝났음을 알리는 종소리와 함께 아이들은 삼삼오오 모여 스쿨버스에 올라타거나 학교 정문을 빠져나갔다. 나는 여느 때와 같이 혼자 집으로 돌아가려 했는데, 준이 내 옆을 스쳐 지나갔다. 그는 쫓기는 사람처럼 빠른 걸음으로 저만치 앞서 나가기 시작했고, 나는 그 뒤를 따랐다.

집으로 돌아가는 길은 그날따라 멀게만 느껴졌다. 분명 준과 같은 길을 나란히 함께 걷고 있었는데 우리 둘 사이에는 아무런 말도, 몸짓도 오가지 않았다. 까만 머리를 한 준의 뒷모습만 응시할 뿐이었다. 다른 공간, 다른 시간 속을 거닐고 있는 것처럼 행동했으나 남들이 보기에 우리는 같은 몸짓으로, 같은 모양새로 이 땅 위를 걷고 있었을 것이다.

앞서 가던 준이 마당 입구에서 걸음을 멈췄다. 이대로라면 준을 지나쳐 가야만 했다. 나는 몸을 크게 틀어 준과 마주치지 않고 집으로 향하려 했다. 아이들이 준의 머리에 작은 돌멩이나 꽁초를 던져 대며 놀리던 것이 떠올랐고 나도 그렇게 될까 두려웠다.

한편으로는 혹시나 준이 나에게 친한 척을 하면 어떻게 할까 싶었다. 설득을 해야 할까? 아니면 위협을 해야 할까? 속이 시끄러웠으나 정작 문고리를 잡고 뒤를 돌아봤을 때 준은 그 자리에 없었다. 집 안으로 들어서자 아버지가 옆집을 가리키며 어머니에게 무언가를 말하고 있었다.

"이따 옆집에 다녀와."

예상치 못한 아버지의 말씀에 놀라 반문했다.

"옆집이요?"

아버지는 나를 빤히 바라보았다. 왜 그렇게 반응하냐는 식의 눈빛이었다. 아버지는 귀찮다는듯이 얼굴을 구기며 말했다.

"주일에 교회에 데려갈 거다. 그 사람들도 적응해야지."

◇◇◇◇◇

예배 시작 전, 교회 안은 오가는 사람들로 부산스러웠다. 누구의 손에는 성경이, 또 누구의 손에는 라사냐나 애플파이, 혹은 직접 구운 쿠키 같은 먹을 것들이 들려 있었다. 저 멀리에서 몇몇 사람들은 베일에 쌓여 있는 커다란 나무 상자를 옮기고 있었다. 예상과는 다르게 마을 사람들은 우리에게 인사를 먼저 건넸는데, 알고 보니 그들은 모두 아버지 회사와 직간접적으로 연결되어 있는 사람들이었다.

"오셨군요."

목사님께서 우리 가족을 반겨 주셨다. 나는 목사님을 가만히 바라보았다. 얼굴에서 어떠한 감정도 느껴지지 않았다. 마을 사람들에게서 스치듯 느껴지는 불쾌함까지도. 대신 말로는 특정할 수 없는 미묘하고 깊은 감정들이 바닷바람 속 짠맛처럼 한가득 느껴지고 있었다. 목사님께서는 아버지의 손을 마주 잡고는 힘차게 흔들더니 나를 내려다보며 말씀하셨다.

"진정한 회개로 죄를 없애거라. 너만은."

눈을 가늘게 뜨고 목사님의 얼굴을 살폈다. 헌금조차 하지 않는 잭의 아버지, 헤이슨과 미친 베티에게도 살갑게 인사하던 목사님의 얼굴에서 2차 세계 대전 발발 당시 일본인을 때려 죽인 이야기를 들려줄 때의 그 얼굴은 찾아볼 수 없었다. 완전히 다른 사람처럼 보였다.

"좋은 말씀 감사합니다."

나는 미소로 화답했다. 존경과 두려움이 뒤섞인 미소였다. 나도 어느새 언젤타운에 익숙해져 가고 있었다. 강자에게 고개를 숙이고, 약자와는 거리를 두는 방식으로. 목사님께서 설교를 위해 자리를 뜨시자, 아버지는 곧장 뒤돌아서서는 품에서 봉투를 꺼냈다. 지폐 몇 장을 추려내는 아버지의 손끝에 망설임은 없었다. 어머니가 주변을 살피며 나지막하게 물었다.

"뭐 하는 거예요?"

아버지는 꺼내 든 지폐를 주머니에 쑤셔 넣으며 말했다.

"내가 얼마나 내 것들을 아끼는지 봐."

그때 멀리서 익숙한 형체의 세 사람이 우리를 향해 걸어왔다. 정과 희, 그리고 준이었다. 반면 그들의 차림새는 익숙하지 않았다. 작업복에 장화가 아니라 원피스, 셔츠에 면바지, 캐릭터가 그려진 티셔츠 등 언뜻 봐도 꾸민 티가 났다.

그러나 자세히 보면 올이 풀려 있거나, 기름 얼룩이 묻어 있는 등 전체적으로 더럽다는 인상에서 크게 벗어나지 못했다. 특히 준은 정도가 더 심했다. 옷이 몸에 맞지 않고 소매는 너무 길어서 떠돌이 광대처럼 보였다. 정이 말했다.

"감사합니다. 사장님. 이렇게 교회에 초대도 해 주시고. 몸 둘 바를……"

아버지는 웃으면서 천천히 말했다.

"사람들 있을 때는 영어로 말해요."

할아버지와 한국말로 이야기할 때와는 다르게 아버지는 일부러 어눌한 발음으로 한국말을 했다. 정은 무언가 더 많은 것을 말하려고 하는 듯했으나 긴장한 듯 입을 다물었다. 아버지는 정의 어깨를 두드리더니 아까 따로 챙겨 뒀던 현금을 주머니에서 꺼내 정에게 건넸다.

"받아요."

"감, 감사합니다……."

정은 말을 더듬으며 조심스럽게 아버지가 건넨 현금을 두 손으로 받아 들었다. 감히 손대지 못할 신성한 물건이라도 하사받은 것처럼 그는 현금을 가만히 손바닥 위에 올려 두고 바라보았다. 결국, 아버지가 직접 정의 주머니에 현금을 쑤셔 넣었다.

"헌금으로 내요. 하나님께 감사드리고요."

몸 둘 바를 모르던 정이 괜히 희와 준의 허리춤을 밀었다.

"뭐 해? 얼른 인사 안 드리고."

희와 준이 아버지를 향해 고개를 숙였다. 이어서 그들은 어머니와 내게도 고개를 숙였다. 나는 준을 가만히 바라보았다. 나도 모르게 손이 땀으로 흥건하게 젖어 갔다. 눈을 까뒤집고서 무언가 알지 못할 말을 중얼거리던 준의 모습이 떠올랐다. 교회 안으로 달려들어가 마을 사람들을 향해 그렇게 당신들이 부르짖던 사탄이 왔다며 소리치고 싶었다.

동시에 반대로 교회 밖으로 달려가고 싶은 충동이 들었다. 준의 모습이 두려워 그런 것은 아니었다. 단순하게 거울에 비친 그와 나의 모습이 닮아 있었기 때문이었다. 마을 사람들의 시선을 감당할 자신이 없었다. 그들은 나라는 사람을 그와 나누지 않고서 동양인과 한국인으로 한데 묶어 판단하고 있었다. 섞이지 못할 것들이 섞이기 시작하며 다가오는 갈등과 동요의 중심에 서 있고 싶지 않았다.

"가자. 한."

그러나 내게 선택권은 없었다. 아버지는 나를 교회 안으로 끌었고, 준의 가족들도 우리 뒤를 따라 안으로 들어섰다. 예배당 안 사람들의 시선이 우리를 향하는 듯 보였으나 아니었다. 시선은 금세 우리 뒤편으로 향했다.

정과 희는 사람 좋게 웃어 보이며 사람들을 향해 한국식으로 고개를 숙여 인사했고, 준은 희의 치맛자락에 숨어서 마을 사람들을 보았다. 부목사님이 아버지에게 성큼 다가와 말을 속삭였다. 불만을 토해 내듯 다급한 표정에다 언성이 높아지는 바람에 몇 번이고 눈치를 보며 목소리를 낮추어야 했다. 아버지를 설득하지 못했는지 부목사님은 아버지를 향해 삿대질을 하며 말했다.

"당신이 직접 소개하세요."

부목사님의 목소리에 냉랭함이 감돌고 있었다. 마을 사람들은 아버지와 부목사님을 번갈아 보며 상황을 파악하기 위해 노력하고 있었다. 연단에 선 목사님께서 미소를 띤 채로 아버지에게 손짓하자, 아버지는 다소 일그러진 미소와 함께 헛기침을 두어 번 하고는 말을 시작했다.

"안녕하십니까, 여러분. 앤드루 박입니다. 오늘 이렇게 정의 가족을 소개할 수 있어 영광이네요. 소개드립니다."

아버지는 정과 희 그리고 준을 앞으로 나오게 해 인사를 시켰다. 교실에서 선생이 준을 소개할 때처럼 따라오는 박수는 없었다. 날 선 분위기에 정은 억지로나마 웃어 보였으나, 눈가가 떨리는 것은 숨길 수 없었다. 마을 사람 중 누군가 손을 들고는 물었다.

"당신과 같은 나라 사람인가요?"

그때만큼은 아버지도 감정을 숨기지 않았다. 불쾌하다는 듯이 고개를 세차게 저었다.

"아닙니다. 우린 서로 달라요. 난 미국인입니다."

정이 뭔가 어긋난 것을 느낀 듯 떨리는 목소리로 물었다.

"사장님, 혹시 뭐가 잘못……"

"가만히 있어요."

아버지의 말에는 가시가 돋혀 있었다. 아버지의 반응에 놀란 정은 죄인처럼 고개를 숙였다. 아버지가 사람들을 노려보며 다시 말을 이었다.

"정은 제 회사 소속입니다. 그는 열성적인 크리스천으로 우리 마을 발전에 도움을 줄 것……"

"당신 사업에나 도움이 되겠지."

아버지는 한눈에 그를 알아보았다. 아까 아버지의 국적에 관해 질문한 사람으로, 그의 이름은 윌리엄이다. 수십 에이커 정도로 크기가 작긴 했으나 엄연히 자기 땅을 가진 농부였다. 그는 교회에서는 물론, 로버트네 술집 등 사람이 모이는 곳이라면 목에 핏대를 세워 가며 아버지의 회사가 마을을 소돔과 고모라[22]로 만들어 놓을 것이라 주장했다. 아버지나 회사의 입장에서 그는 하루라도 빨리 없애 버려야 할 잡초 같은 대상이었다. 그의 주장에 사람들이 웅성거리기 시작하자, 아버지가 검지를 치켜 들었다.

"한 가지만 묻겠습니다."

아버지는 사람들의 웅성거림이 잦아들기를 기다리지 않고 곧바로 고개를 들고서 외쳤다.

"누가 엔젤타운에 도로를 깔았습니까? 전봇대와 수도는요? 다른 나라에 돈 퍼 주겠다며 세금이나 올려 대는 연방 정부요? 아니면 밭에 기르는 작물 하나하나 자신들에게 신고하라는 주 정부입니까?"

아버지가 힘주어 자기 가슴팍을 가리켰다.

---

22) 성경 창세기에 등장하는 도시로, 주민들의 극심한 타락으로 하나님의 심판을 받아 멸망한 상징적인 장소.

"제 회사가 했습니다. 여러분들이 쓰고 있는 트랙터 다섯 대, 굴착기 세 대. 누구의 것입니까? 전부 제 회사의 것들입니다."

다들 말이 없었다. 정은 달아오른 분위기에 앉지도 서지도 못하고 아버지와 마을 사람들의 눈치만을 번갈아 볼 뿐이었다. 윌리엄을 비롯해 마을 사람 누구도 아버지에게 뭐라 반박하지 않았다. 대신 고개를 빳빳하게 들고는 눈도 한 번 깜빡이지 않고 아버지를 빤히 바라볼 뿐이었다. 분위기를 살피던 아버지는 심호흡을 한 번 하더니 멋쩍은 듯 손수건으로 땀을 닦아 내며 말했다.

"죄송합니다. 좀 흥분했군요. 여러분. 이해해 주시길 바랍니다. 미국의 역사는 이주의 역사입니다. 여러분들의 선조들도 모두 유럽에서 건너왔죠. 우리도 그 역사의 일부입니다. 그래서……"

마을 사람들의 시선에 억눌린 아버지는 가쁘게 숨을 헐떡였다.

"……이상입니다……."

결국, 아버지는 연설을 제대로 마무리하지 못하고 자리에 앉았다. 잠시간 침묵이 이어졌다. 부술 수 없는 단단한 유리벽에 둘러싸인 것만 같았다. 소리는 들리지 않고 그들의 벼린 눈빛들이 보였다. 금방이라도 날 선 말들이 깨진 유리 조각처럼 우리를 향해 날아들 것 같았다. 아버지는 고개를 숙이고는 새끼줄이라도 꼬듯이 두 손을 마주 비볐다.

짝-

끝나지 않을 것 같던 침묵은 목사님의 박수를 기점으로 깨지기 시작했다. 떨어진 빗방울 한 방울이 소나기를 몰고 오듯 목사님의 박수는 마을 사람 모두를 움직이기 시작했다. 이내 교회 안은 박수갈채로 가득 찼다. 쏟아지는 박수 세례 속에서 어머니가 고개를 숙이고 있던 아버지에게 속삭였다.

"좋은 연설이었어요."

나 역시도 아버지가 자랑스러웠다. 다른 이들보다 소수이며 상대적으로 몸도 작고 약한 동양인이 당당하게 자리에 서서 자신의 주장을 말하는 모습이란. 엄하고 가부장적인 아버지를 가끔은 미워해도, 원망할 수는 없는 이유였다. 준과 눈이 마주쳤다. 그는 아버지를 노려보고 있었다. 금방이라도 잡아먹을 것만 같았다.

그날따라 십자가는 더욱 높은 곳에 매달려 우리를 내려다보고 있는 듯했다. 나는 손을 마주 쥐고는 열정적으로 아멘이라 부르짖었다. 목사님의 설교는 다른 날보다도 열정적이었다. 켈로이드가 드러난 팔을 휘저으며 선과 악, 그리고 죄의 사함에 대해 피를 토하듯 강조했다. 그의 시선은 주로 준의 가족에 머물렀으나, 그 뒤편에 있는 우리 가족에게도 넘나들었다. 목사님께서 말씀하셨다.

"여러분이 구원받기 위해서는 여러분들의 조상들이 얼마나 오래 신을 믿었는지도 중요합니다. 모태 신앙이 아닌 자, 혹은 조상들의 믿음이 적었던 자들이 지옥에 떨어지지 않기 위해서는 교회에 더욱 성실하게 나와야 할 것이며, 진심으로, 단 한순간도 흐트러짐 없이, 기도를 이어 가야 할 것입니다."

분명 우리를 겨냥한 말씀이었다. 그들 입장에서 백인이나 흑인들과 비교해 우리들은 신을 마주한 지 얼마 안 된 '미개한' 인종이었으니까. 아버지는 목사님의 말씀에 동조하듯 굳이 뭐라 대답하지 않고서 눈을 감은 채 혼자만의 기도를 이어나갔고, 정은 말을 알아듣지 못해 한국어로 된 기도문을 남들이 들리지 않게 중얼거릴 뿐이었다. 나는 준의 뒤통수를 물끄러미 바라보았다. 준의 입술이 빠르게 움직이고 있었다. 그러나 들려오는 것은 기도문이 아니었다.

"태상 왈 황천생아 황지재아······"

말의 의미는 알 수 없었으나 말에 담긴 꺼림칙한 기운만은 명확하게 다가왔다. 갑작스레 등줄기에 한기가 느껴지며 누군가 등 뒤에 뾰족한 송곳을 겨눈 느낌이 들었다. 깍지를 강하게 쥔 채 나도 모르게 기도문을 속으로 외웠다. 정이 황급히 주변을 둘러보고는 준을 향해 얼굴을 가까이 들이대고 낮은 목소리로 말했다.

"그만해."

잘 벼려진 칼날이 귓가를 스치는 듯한 서늘한 목소리였다. 정의 것이라고는 믿기지 않는 말투였다. 마을 사람들은 여전히 눈을 감고 기도에 몰두해 있었다. 주변을 살피던 정의 눈이 내 눈과 마주쳤다. 그는 내가 한국말을 알지 못한다고 생각한 듯 나를 향해 사람 좋게 웃어 보였다. 나는 시선을 피해 눈을 그대로 아래로 떨궜다. 정의 말과 표정이 따로 노는 걸 보며 이 사람이 어떤 사람인지 알 수 없다는 생각이 들었다. 그 얼굴에 문득 아버지의 모습이 겹쳐졌다.

정의 경고에도 준의 기도는 멈추지 않았다. 소리는 들리지 않았지만 그의 입술은 쉴 새 없이 움직였고, 알 수 없는 말들이 노래처럼 이어지고 있었다. 정이 한 번 더 준을 향해 경고했다. 금방이라도 따귀가 날아들 것 같은 위협이 배어 있었다.

"집에 가서 보자."

그러나 준의 기도는 예배가 끝날 때까지 계속됐다.

◇◇◇◇◇

준의 가족들이 참석한 첫 예배가 끝난 후 '신의 전사들' 모임은 따로 없었다. 대신 대뜸 폴이 예배가 끝나자마자 준에게 다가가 나에게 그랬듯 어깨에 손을 올리고는 정과 희에게 마을 친구들을 소개해 주고 싶다고 했다. 준은 두려워하는 듯한 표정이었으나 정과 희는 친구를 사귈 수 있는 기회라며 밝은 표정으로 고개를 끄덕이곤 준에게 잘 다녀오라 말했다.

우리는 숲으로 향했다. 이번에도 거처에 연기를 피워 놓고 그 속에 가둬 놓을까 싶었다. 가는 동안 폴은 준의 어깨에다 손을 올리고는 실실 웃어 댔다. 멀리서 보면 친한 사이처럼 보일 테지만, 가까이서 보면 또 아니었다. 둘 간에 키 차이가 한 뼘이나 났기에 준은 폴의 팔에 짓눌려 구부정하게 허리를 굽히고서 폴을 부축하듯이 걸어야 했다. 나도 남들에게 저렇게 보였을까 걱정이 되었다.

"칭챙총."

폴은 준의 귀에 계속해서 말을 속삭였으나 준의 표정은 누군가 커다란 엄지로 지그시 눌러 놓은 것처럼 변화가 없었다.

나는 준의 그런 표정을 곁눈질하며 분위기를 살폈다.

이윽고 공터에 도착해서 폴은 아이들을 원형으로 둘러 세웠다. 아이들은 자연스럽게 친한 아이들 옆에 서서 조금씩 거리를 벌렸다. 나와 준은 서로 맞은편에 서 있었다. 아이들은 각자 옆에 있는 아이와 수다를 떨었다. 폴은 주변을 살피며 다시 한번 목사님을 비롯해 어른들이 없는 것을 확인한 후 원의 중심부에 서서 외쳤다.

"어이, 동양인."

순간, 나도 모르게 몸을 움찔거렸다. 나를 부르는 줄 알았다. 듣지 못한 척 눈을 피하고자 했으나 아이들의 시선을 느낄 수 있었다. 먹잇감을 노리는 맹수들의 눈빛이었다. 나는 자리에서 도망칠 수 없을 거라 판단해 눈을 감고 가만히 숨을 죽였다. 폴이 비아냥거리는 듯한 목소리로 말을 이었다.

"그래, 너 말이야."

목소리는 건너편에서 들려오고 있었다. 눈을 떠 보니 폴은 내가 아닌 준의 앞에 서 있었다. 준은 폴이 무슨 말을 하는지 알아듣지 못하는 것 같았다. 무표정으로 가만히 폴을 바라볼 뿐이었다. 폴이 위협적으로 준을 향해 한 발 다가가며 물었다.

"너, 아까부터 태도가 왜 그래?"

준은 대답하지 않았다. 아니, 하지 못했다. 무슨 말을 하는지 알 수 없었으니까. 폴이 잭을 향해 돌아보고는 고개를 갸웃거렸다.

"못 알아듣나 본데?"

"이러면 알 수도 있겠지."

갑자기 어디선가 진흙이 준에게 날아들었다. 진흙은 그대로 준의 목덜미에 맞고 튀어 얼굴 하관과 티셔츠를 더럽혔다. 패트릭의 손에 진흙이 묻어 있었다. 패트릭은 준을 빤히 쳐다보면서 말했다.

"이단."

준은 더러워진 자기 티셔츠를 물끄러미 바라보았다. 뻑뻑한 진흙이 덕지덕지 티셔츠에 달라붙어 있었다. 준이 지금껏 입었던 티셔츠 중에서 가장 비싸고 깨끗해 보이는 옷이었다. 아이들은 눈을 굴리며 준의 반응을 살폈다. 아직은 그가 어떤 사람인지 그 누구도 확신하지 못했다. 그들의 상상 속에서 준은 쿵푸를 잘하는 태극권 고수, 혹은 아이들의 보복이 무서워서 끝내 맞기만 하는 동양인 남자아이였을 것이다. 잭이 뇌까렸다.

"저 새끼, 뭐야?"

준은 성을 내거나 눈물을 흘리는 등 어떤 반응도 하지 않았다. 그저 TV 속 다른 나라에서 벌어진 사건, 사고를 보는 아버지처럼 무표정했다. 나는 준이 어떻게 반응할지 궁금했다. 교실에서처럼 크게 반응하지 않을까? 입을 다물고 무표정하게 서 있을까?

잭이 준을 잡아챘다. 자칫하면 내가 준이 될 수도 있었다. 커다란 집, 아버지의 후광이 없었더라면 나 역시 그들에게는 준처럼 피부색이 노랗고, 머리가 까만 동양인 아이일 뿐이었다. 비겁했으나 이것이 낯선 땅에서 우리 가족이 살아남은 방식이었다. 준의 얼굴에 내가 덧씌워지는 듯했다. 준이 잭을 보며 나지막하게 말했다.

"*저리 가.*"

나는 준의 한국말을 듣자마자 고개를 숙였다. 남들에게 드러내지 못할 치부를 다른 이가 내놓고 다니는 것만 같았다.

"뭐라는 거야?"

잭이 나를 보며 물었다. 씩씩거리며 노려보는 모습이 꼭 준과 내가 같은 한국인이라는 것을 아는 것 같았다. 나는 나도 모르게 반사적으로 대답했다.

"나도 몰라."

그런데 준이 이어서 한 행동은 내가 전혀 예상하지 못한 범주의 것이었다.

"*한, 다들 왜 이러는 거야?*"

준은 나를 보며 묻고 있었다. 나는 순간 놀라 아무런 대답도 할 수 없었다. 왜 하필 나인가 싶었다. 평형추가 고장 난 배처럼 아이들의 시선이 내게로 몰려들었다. 나는 곧바로 몸을 돌려 집으로 달려가고 싶었다. 준은 이런 내 마음을 모르는지 나를 향해 계속해서 한국말로 물었다.

"*너, 한국말 몰라?*"

준은 내가 한국말을 알고 있는 걸 알았을 테다. 나는 연기에는 무척이나 서툴렀으니까. 영어로 말하는 모든 말에는 무표정하게 반응할 수 있었으나, 한국어로 들려오는 말에는 하나같이 가면이 벗겨진 것처럼 감정을 숨길 수가 없었다. 폴이 목표물을 낚아챈 올무처럼 나를 향해 고개를 홱 돌렸다.

"애가 뭐라는 거야?"

"나도 몰라."

거짓말은 금방 들통나고 말았다. 윌이 내게 손가락질을 하며 외쳤다.

"거짓말! 너 다 알아듣잖아."

윌의 외침에 그 옆에 있던 패트릭의 눈빛이 번뜩였다. 윌은 멈추지 않고 소리를 질렀다.

"둘 다 한국에서 왔잖아. 이 좆같은 원숭이 새끼들이."

나는 반사적으로 되물었다.

"어떻게 확신해?"

"아버지가 너네 둘 다 같은 나라에서 왔다고 했거든."

아무도 윌의 말을 의심하지 않았다. 윌의 집 근처에만 가면 한국전 참전 용사였던 그의 아버지가 날마다 술에 취해 동양인들을 죽여야 한다며 고래고래 소리를 질러 댔기 때문이다. 다들 그가 참여했던 한국 전쟁에 대해서는 알지 못했다. 사람들이 한국 전쟁을 다른 말로 '잊혀진 전쟁[23]'이라 부를 정도였으니까.

윌 때문에 아이들의 먹잇감이 준에게서 나로 바뀐 것 같았다. 폴은 어깨를 펴고는 몸을 크게 키우더니 내 앞에 다가왔다. 부풀어 오른 주먹이 금방이라도 내 얼굴로 향할 것만 같았다.

"정신 차려. 여긴 널 도울 사람이 아무도 없어. 잘난 네 아버지도 없다고."

---

23) 한국 전쟁은 제2차 세계 대전과 베트남 전쟁 사이에 끼어 상대적으로 주목받지 못하고 명확한 승자 없이 끝나 '잊혀진 전쟁'이라 불렸다.

과거, 내게 친절했던 몇몇 얼굴들도 지금은 모두 뒷담화를 곁들인 조롱으로 변해 있었다. 한구석에서 잭이 담배를 피우며 가운뎃손가락을 들어 보였다. 다른 아이들은 무리 지어 작은 목소리로 수근거리며, 내 추락을 은밀히 즐기고 있었다. 폴이 주먹을 풀며 내게 다가왔다.

"잘됐다. 저거 언제 한 번 밟아 주려 했는데……."

금방 싸움, 아니, 일방적인 구타가 벌어질 것이라 생각했다. 나를 노리고 있는 아이는 폴뿐만이 아니었으니까. 그의 등 뒤에서 아이들은 한 명씩 몸을 움찔거리고 있었다. 시체를 마주한 하이에나들처럼. 주먹에 힘이 들어갔으나 마음 한 켠에서는 무릎을 꿇고서 살려 달라 빌고 싶은 충동이 이는 게 느껴졌다. 그러나 싸워야 했다. 그렇지 않으면 죽거나, 죽이거나 끝이 예정된 결말이 눈앞에 그려졌다.

이전 학교에서도 그랬다. 한 번 얕보이기 시작한 순간, 아이들에게 먹잇감으로 인식됐다. 이유는 명확하면서도 명확하지 않았다. 남자답게, 어른답게 보이기 위해서 그들은 다른 아이들 앞에 서서 몸을 부풀리고는 다른 이들을 괴롭혔다. 내 시선에서 이런 행동은 전혀 남자답거나 어른답지 않았는데도.

아이들은 먹잇감이 되지 않기 위해 쉽게 구분 지을 수 있는 것으로 너와 나의 편을 갈랐다. 키, 몸집, 운동, 그리고 피부색. 계산기를 두들기듯 아이들 간의 위계는 빠르게 정해졌고, 내가 엔젤타운으로 오기 전까지 그 위계는 계속해서 작동했다.

이것은 아이들이 영악해서 그런 것이 아니다. 이것은 그들의 조상으로부터 학습된 본능이다. 먹잇감이 된 아이가 그들에게서 벗어날 방법은 세 가지뿐이었다. 졸업이나 전학, 아니면 자살. 단순하게 보았을 때 버티거나 부러지거나 둘 중 하나였다.

"뭐야!"

갑자기 폴의 어깨 너머에서 푹, 하고 고꾸라지는 소리가 들렸다. 폴이 뒤를 돌아보았다. 준이 바닥에서 발작하고 있었다. 그는 몸을 비틀더니 입에서 거품을 쏟아 냈다. 아이들은 당황해 다가가기는커녕 뒤로 물러나며 서로 눈치만 볼 뿐이었다. 준은 말들을 쏟아 내기 시작했다.

"종종변화 여도합심 하신불복……"

폴이 놀란 얼굴로 내게 물었다.

"뭐라고 하는 거야?"

그러나 나 역시도 준이 무슨 말을 하는지 알지 못했다. 교회에서 들었던 기괴한 준의 혼잣말보다도 더욱 뒤틀리고, 음산한 분위기를 풍기고 있었다. 귓속을 파고드는 듯한 목소리에 머리가 깨질 것처럼 아파 왔다. 아이들은 사탄이라도 마주한 것처럼 넋이 나간 표정으로 준을 보았다. 뚝, 하고 코드가 뽑힌 라디오처럼 기도가 멈추더니 준이 소리를 지르며 바로 섰다. 준은 몸과 두 팔을 빳빳하게 해서는 십자가 모양으로 서서 호숫가를 향해 돌아섰다. 폴의 이마에서 식은땀이 한 방울 타고 흘렀다. 잭이 외쳤다.

"폴! 저 새끼 말려!"

아이들의 시선에 떠밀려 폴이 마지못해 준에게 다가갔다.

한 발, 한 발, 발걸음을 옮길 때마다 그간 꾸었던 악몽 속 존재들이 준의 뒷모습으로 드러나는 것만 같았다. 겉으로 보아 준의 발작은 멈춘 것처럼 보였다. 폴이 준의 옆에 서서는 넌지시 불렀다. 목소리의 떨림을 감추지는 못했다.

"야."

준은 반응하지 않았다. 폴은 떨리는 손바닥을 하늘 높이 들어 올렸다.

"이게 처맞으려고."

그 순간, 준이 고개를 뒤로 젖히고는 몸을 기괴하게 꺾었다. 누가 잡아당기기라도 하는지 곱추처럼 어깨를 크게 오므리고 목을 90도로 꺾은 채 한쪽 눈만 떠서 폴을 바라봤다. 눈이 꼭 고목에 난 옹이 같았다. 그 모습에 아이들은 비명을 질렀고, 폴은 그 자리에 얼굴이 하얗게 질린 상태로 손을 들고 멍하니 서 있었다. 준이 폴을 노려보며 말했다.

"폴. 거기 있어?"

준의 말 한 마디에 모두가 일제히 그 자리에 얼어 버렸다. 영어를 한 마디도 제대로 하지 못하던 준이었다. 그런 그가 명확하게 문법을 지켜 영어로 폴에게 말하고 있었다. 거기다 그의 입에서 나온 목소리는 그의 것이 아니었다. 조금 더 얇은 데다, 발음 또한 어눌한 정도가 달랐다. 준은 왼쪽 검지를 펴고는 진흙 바닥을 가리키며 말했다.

"여기, 여기서 네가 진흙을 내 입에 처넣었지……."

갑자기 천둥이 쳤다. 폴이 소리를 지르며 자리에 주저앉았다. 평소라면 웃음이 터져 나왔을 테지만 아이들은 자리에 가만히 얼어붙어 있었다. 비가 쏟아지기 시작했다. 무슨 일이 벌어지고 있는지 알아채기도 전에 까마귀 울음소리가 사방에서 들려왔고, 나뭇가지가 흔들리면서 잎들이 폭우처럼 바닥을 향해 떨어지기 시작했다. 나는 비명을 지르고 싶었으나 목구멍이 막힌 것처럼 숨조차 쉬어지지 않았다. 아이들은 핏기 없는 얼굴로 광경들을 마주했다. 준은 공터 곳곳을 가리켰다.

"저기서 네가 돌로 내 머리를 짓이겼어."

순간, 폴이 네발로 기듯이 뒤돌아 달아났다. 최면이 풀린 듯 다른 아이들도 일제히 폴을 따라 자리를 피했다. 포식자를 마주한 새떼 같았다. 나도 아이들을 따라 내달렸다. 금방이라도 어떤 존재가 뒤에서 나를 덮쳐 올 것만 같았다.

"죽어."

그런데 퍽 하는 소리가 들리고 머리가 핑 하고 돌더니 그대로 다리에 힘이 풀려 바닥에 넘어졌다. 고통이 밀려오는 것과 동시에 이마에서 뜨거운 피가 뺨을 타고 흘러내렸다. 누군가 손에 든 돌멩이를 바닥에 내던지고는 내게 외쳤다.

"이 괴물 새끼들."

진흙에 얼굴이 반쯤 파묻힌 상태로 빠르게 주변을 훑었다. 살려 달라 손을 뻗었으나 아이들은 저만치 달아나 있었고 오직 그들의 비명만이 내 손끝에 걸렸다. 색색의 얇은 실들이 꼬여 굵은 실이 되는 것처럼 아이들의 목소리가 생경한 하나의 목소리로 합쳐져 들려왔다.

너희는, 아니, 우리는 하나라고.

03. 1998

민경의 삶은 한이라는 단 한 사람과의 만남에 의해 전혀 다른 궤적을 그리기 시작했다. 그 만남은 순전히 우연에 의한 것으로 보였다.

민경은 모처럼 찾아온 휴일에 침대에 꼼짝없이 누워 밀린 잠을 자고 있었다. 아직 회사에서 해고 통보를 받기 전, 주 6일, 하루 14시간이 넘는 인턴 생활은 억척스러운 민경조차도 지치게 했다.

민경은 도로에서 들려오는 시끄러운 무리들의 소음에도 베개에 얼굴을 파묻고는 자기 삶의 계획을 떠올리기 시작했다. 인턴을 하다가 정규직이 될 수 있을까? 정규직이 된다고 하면 진급을 할 수 있을까? 진급이 안 된다면 다른 곳으로 이직할 수 있을까? 지난해 보이는 삶이었음에도 민경은 그 일련의 의문 속에서 어떠한 확신도 할 수 없었다.

가난한 동양인 여자. 발을 잘못 내디디면 그대로 바닥으로 추락해 버리고 마는 아슬아슬함에 질식할 것 같을 때면 민경은 한국을 떠올렸다. 포근한 어머니의 품과 아버지의 따스한 손길, 밥 짓는 냄새가 집집마다 가득해 몰래 밥을 지을 때 이웃들의 눈치를 보지 않아도 되는 곳. 특정 거리를 찾아가지 않아도 어디서나 만날 수 있는 자신과 비슷한 얼굴과 피부색, 누구를 만나도 서로 같은 문화적 맥락을 공유하고 있다는 확신이 주는 데에서 오는 편안함.

그러나 이러한 연상이 한국의 좋은 부분만을 불러일으키지는 않았다. 민경을 살려야 한다며 소리 지르는 어머니, 정신을 차리라며 기도문을 중얼거리던 자신의 뺨을 때린 아버지, 그리고 지긋지긋한 방울 소리. 민경은 악몽을 꾼 것처럼 베개에 얼굴을 파묻었다. 숨이 쉬어지지 않을 때까지. 그대로 심장이 멎어 버리면 어떨까 싶었다.

만약 주일 교회에서 떡볶이를 준다는 희진의 연락이 없었더라면 민경은 하루를 꼬박 침대에서 보냈을 것이었다. 떡볶이란 말에 민경은 대충 옷을 차려입고는 집을 나섰다. 별 다를 것 없는 날이었다. 겨울이 다가오고 있어 그런지 매장에는 슬슬 크리스마스 트리나 산타, 루돌프 인형이 진열되고 있었고, 민경은 다가올 크리스마스를 어떻게 보낼지, 세탁소에 맡겨 놓았던 겨울옷들을 언제 찾아올지와 같은 사소한 고민에 빠져 있었다.

늘 걷던 도로에 매일같이 보던 사람들이 보였다. 김 씨 아저씨는 매대에서 까치발을 들고는 매장 안 손님들을 관찰하고 있었고, 이 씨 아주머니는 옥상에서 뭔가를 기르는 데 열심이었다. 영어로 된 간판만 없다면 한국처럼 보이는 풍경이었다. 그 순간, 한 남자가 민경의 어깨를 쳤고, 민경은 바닥에 쓰러졌다.

후드를 쓰고 있던 남자가 민경을 슬쩍 보더니 빠른 걸음으로 사라졌다. 민경은 남자에게 뭐라 말을 하지 못했다. 무섭기도 무서웠지만 자신의 주머니에서 떨어진 25센트 동전 하나가 골목을 향해 굴러가는 것을 보았기 때문이다. 민경이 동전을 줍기 위해 골목을 내달렸으나 동전은 골목에 주차되어 있는 차 아래로 들어가 버렸다. 한 눈에 보아도 비싼 차였다. 민경은 차에 타고 있는 아시아계 남자에게 잠시 차를 움직여달라 말하려다 말았다.

남자가 울고 있었기 때문이다. 손에 십자가를 쥔 채 어깨를 들썩이며 우는 남자의 모습이 뭔가 불안해 보였다. 민경은 그의 비싼 차와 시계를 보며 동정심보다는 의문을 가졌다. 도대체 무슨 일이 있었던 걸까? 직장에서 잘리기라도 한 걸까? 아는 사람이 죽기라도 한 걸까? 어쨌거나 민경과는 크게 관련 없는 사람이었고 민경에게는 이 남자의 상황보다는 어렵게 접시를 닦으며 번 25센트가 더욱 중요했다. 민경은 창문을 두드리려 했다.

"민경아, 뭐 해?"

희진이 골목 입구에 서 있었다. 민경이 다시 고개를 돌렸을 때, 남자와 눈이 마주쳤다. 깊고 어두운 남자의 눈빛에는 적의와 동시에 슬픔이 담겨 있는 듯했다. 강한 끌림에 민경은 자신도 모르게 남자의 눈을 가만히 바라보았다. 희진이 보채

듯이 민경을 향해 외쳤다.

"빨리 와. 떡볶이 다 식는다."

이유는 알 수 없었지만 민경은 내면에서 해무처럼 올라오는 꺼림칙함을 느꼈다. 그녀는 자리를 피하며 희진에게 달려갔다.

"어, 갈게."

예배를 보면서 민경은 그날만큼은 예배가 빨리 끝나기를 기도하지 않았다. 남자의 얼굴이 계속해서 떠올랐기 때문이다. 정확히는 남자의 눈빛이었다. 강한 열기가 피부에 화상을 남기듯이 민경의 마음속에도 그 남자라는 존재가 명징하게 남은 듯했다.

예배가 끝나고 나서도 민경은 정신을 쉽게 차리지 못했다. 누가 누구에게 데이트를 신청했다거나 누가 어디 대학에 합격하고, 무슨 직장에 취업했다는 소식에도 전혀 귀를 기울일 수 없었다. 남자의 모습이 계속해서 머릿속에 떠올랐기 때문이었다. 민경은 떡볶이를 먹는 둥 마는 둥 하다가 먼저 자리에서 일어났다. 희진은 떡볶이라면 환장하는 민경이 왜 그러는지 이해하지 못했다.

남자와 재회하기까지는 그리 긴 시간이 걸리지 않았다. 여느 날처럼 퇴근하던 민경은 집으로 돌아가던 중 자신도 모르게 처음 남자를 만났던 골목 입구 앞에 멈춰 섰다. 그러고는 벽으로 몸을 가리고 목만 길게 뺀 채 골목 안을 살폈다. 당연하게도 남자의 차는 보이지 않았다. 민경은 자신이 왜 이렇게까지 남자를 신경 쓰는지 스스로도 이해할 수 없었다. 머릿속이 복잡해진 민경이 다시 집으로 돌아가려 하는데, 골목 안쪽에서 누군가의 말소리가 들려왔다. 민경은 목을 조금 더 길게 뻗어 골목 안을 살폈다.

"……제대로 해야 해……."

짝짝. 이어서 살갗을 내리치는 듯한 소리가 들렸다. 민경은 조심스럽게 핸드백에 손을 넣고는 소리가 들려오는 골목 안쪽을 향해 걸어갔다. 백인 남자 둘에 흑인 남자 하나가 아시아계 남자를 향해 삿대질을 하고 있었다.

"네가 제대로 하지 않으면 우리가……"

가만 보니 그때 차에서 울고 있던 아시아계 남자였다. 얼굴은 울음으로 엉망이었고, 머리는 헝클어져 있었다. 벽에 세게 밀쳐진 그는 갑자기 눈을 까뒤집고 몸을 덜덜 떨기 시작했다. 동시에 주문이라도 외우는 것처럼 입을 웅얼거렸다.

"야!"

민경이 소리쳤다. 그들이 민경의 목소리가 들려온 방향으로 돌아보자마자 민경은 주저하지 않고 그들을 향해 스프레이를 난사했다. 호신용 스프레이였다. 그들은 소리를 지르며 눈을 감싸 쥐었다. 백인 남자는 민경을 잡으려 손을 휘둘렀으나 허공만 가를 뿐이었다. 민경은 구석에 서 있던 남자의 손목을 잡고는 외쳤다.

"달려!"

뒤편에서 죽여 버리겠다는 욕설이 들려왔으나 민경은 뒤돌아보지 않고 계속해서 뛰어갔다. 두 블록이나 되는 거리를 달린 후에야 둘은 달리기를 멈췄다. 그리고 문이 열려 있는 커피숍에 무작정 들어가 자리에 앉았다. 거친 숨을 몰아쉬는 사이 점원이 다가왔다.

"주문하시겠어요?"

민경은 당황한 나머지 짐짓 자신의 지갑 사정을 헤아리지 못했다는 사실을 떠올렸다. 메뉴판을 곁눈질해 보니 인턴 월급으로는 감당하지 못할 가격이었다. 조심스럽게 미안하다는 말과 함께 자리에서 일어나려 했고, 점원의 표정은 구겨졌다. 그때 민경의 손목을 남자가 잡아챘다.

"제가 살게요. 고마워서 그래요."

민경은 그제야 남자의 얼굴을 자세히 보았다. 과하지 않은 쌍꺼풀에 오똑한 콧날, 날렵한 턱선에 두툼한 입술까지. 뺨에 멍이 들어 있었고, 입술에서는 피가 흐르고 있었으나 그 마저도 남자가 가진 외모에 이야기를 덧붙여 매력을 더해 주고 있었다. 민경은 남자의 이야기를 들어줄 용의가 있었다. 남자가 애원하듯 메여 가는 목소리로 말했다.

"제발요."

남자의 애원에 민경은 어쩔 수 없이 자리에 앉아서 커피 한 잔을 주문했다. 남자 역시 커피를 주문했고 점원은 남자가 건넨 5달러의 팁에 웃음을 되찾으며 부리나케 부엌으로 달려갔다. 민경이 말했다.

"골목으로는 웬만하면 다니지 마요. 아시아인만 보면 달려드는 미친 놈들이 있잖……"

남자가 대뜸 민경의 말을 잘랐다.

"저도 한국인이에요. 한국인."

민경은 굳은 표정으로 남자를 물끄러미 바라보았다. 차에서 울부짖던 그의 모습이 떠올랐다. 괴롭힘에 소리치던 동양인 아이도, 집안 어른에게 민경의 약값을 사정하던 민경의 아버지도 모두 그 같은 얼굴을 하고 있었다. 민경은 슬금슬금 발을 문 쪽으로 움직이기 시작했다. 그러면서 남자의 주의를 돌리려 미소를 지으며 말을 걸었다.

"호신용품이라도 가지고 다니는 게 어때요?"

"그건……."

민경이 핸드백을 뒤적거리더니 호신용 스프레이 하나를 꺼내 한의 앞에 내밀었다.

"자요."

되려 대담하게 행동해야 했다. 상대가 설령 호신용 스프레이를 민경에게 뿌린다고 해도 기세가 중요했다. 나는 너에게 겁먹지 않았다. 너는 나를 위협할 수 없다. 그런 태도를 보이는 것이 스토킹과 폭력이 만연한 이 짐승 같은 세계에서 민경이 살아남는 방식이었다.

민경은 식탁 위에 놓인 호신용 스프레이와 남자를 번갈아 보았다. 남자는 호신용 스프레이를 조심스럽게 집어 들었다가 다시 식탁 위에 내려놓고는 민경 쪽으로 밀었다.

"괜찮아요."

민경은 다시 호신용 스프레이를 받아 챙기며 말했다.

"싫으시다면야……. 조심해요. 남자라고 안 건드리고 그런 거 아니잖아요."

점원이 커피를 둘 앞에 내려놓았지만 누구도 잔을 집어 들지 않았다. 어색함에 민경이 먼저 가방을 챙겨 들고는 자리에서 일어나려 했다. 남자가 민경을 향해 살짝 손을 내밀었다.

"커피…… 안 마시고 가요?"

민경은 핸드백에서 보온병을 꺼내 그 안에 커피를 따랐다. 손님들이 쳐다보든 말든 신경 쓰지 않았다.

"난 그쪽도 조심해야 하거든요."

말은 그렇게 했지만 민경의 심장은 세차게 뛰고 있었다. 본래부터 민경이 그런 대담한 성격인 것은 아니었다. 싸움이든, 사랑이든. 몸집이 느린 겨울 초파리에도 비명을 지르며 어머니의 품에 안기던 민경을 이토록 바꾼 것은 무엇이었을까? 환경일까? 아니면 어떤 유전자의 발현인 걸까? 몸집을 부풀리는 피식자들처럼 민경은 아무렇지 않은 척, 무엇이든 할 수 있는 척을 하고 있었을 뿐이었다. 내면 깊숙한 곳에서 차오른 두려움이 언제나 민경의 머릿속에 자리 잡고 있었다.

◇◇◇◇◇

한을 다시 만난 건 교회에서였다. 오늘 교회에 새로 온 사람이 있다며 목사님이 한을 소개했을 때 민경은 몇 번이나 자신의 기억을 더듬어야 했다. 눈 앞에 있는 사람은 분명 전에 만났던 남자였으나 전혀 다른 사람이라 봐도 무방할 정도로 외양이 달랐다. 정장부터 손질된 머리와 안경까지. 민경의 혼란스러움이야 어떻든 목사님의 소개가 이어졌다.

재미 교포 3세이면서 뼈대 있는 양반집 가문 출신, 럭비 장학생 출신에다 잘나가는 월가 펀드 매니저. 혼기 찬 여자들이 이 남자에게 눈독을 들이는 건 어찌 보면 당연한 일이었다. 재미 교포들의 이상한 결혼 문화도 한의 인기에 한몫했다. 그들의 부모들은 이상하리만치 한국인인 동시에 기독교인인 사람을 선호했고, 그렇게 좁혀진 영역에서 괜찮은 사람이라고는 그야말로 한줌이었으니까.

한은 펀드 매니저답지 않게 교회에 단 하루도 빠지지 않고 나와 모든 행사를 챙겼다. 단순히 기부금만 내는 것이 아니라 교회 보수에 직접 나서서 화장실을 수리하고 잔디를 깎기도 했다. 거기다 독실한 신자들도 꺼려하는 병원 봉사를 다니면서 몸소 치매 노인들의 병수발을 들고 말동무를 하면서 말 그대로 성경 속 사랑을 실천하는 성인처럼 보였다. 주변 사람들의 칭찬이 끊이지 않았다.

여자들은 언제나 한을 성채처럼 에워쌌고, 민경은 늘 멀리 밀려나 있었다. 민경 역시 한에 대한 관심이 없던 것은 아니었으나 저 잘난 사람들을 이겨 낼 자신은 없었다. 명품 옷과 가방에다 외모는 또 어떻고. 애초에 다른 세상의 사람이라 생각했다. 민경은 한에게 다가가기보다 신경을 끄기로 했다.

이중 문화 가정 세미나 날도 그랬다. 교회 내부 분위기는 평소보다 달아올라 있었다. 이민 1세대 부모와 2세대 자녀 간 문화의 벽을 뛰어넘자는 취지로 기획된 세미나였는데, 결과는 처참했다. 부모들은 마이크를 붙잡고는 아이들을 향해 분통을 터뜨렸고, 아이들은 이골이 난 듯 으르렁 이빨을 드러내는 부모들을 무시했다. 거듭된 중재에도 화해할 기미가 보이지 않자, 목사님은 황급히 성경의 가르침은 보편의 가르침이기에 세대를 막론하고 따라야 한다는 원론적인 말씀을 끝으로 그날 세미나를 마쳤다. 행사를 마친 후에도 소란은 이어졌다. 한 부모가 아이에게 이상한 음악을 듣지 말라며 소리를 지르고 있었다. 민경은 교회의 다른 사람들을 도와 쓰레기를 치우기 시작했다. 대뜸 소리가 민경에게 날아들었다.

"넌 정말 운이 좋은 줄 알아! 민경이를 봐. 여기서 자리 잡느라 혼자서 얼마나 힘들게 살고 있어?"

민경은 놀라 고개를 들었다. 부모는 흥분해서 아이를 바라보며 씩씩거리고 있었고, 아이는 민경을 노려보더니 교회를 박차고 나가 버렸다. 민경은 짐짓 교회 안 사람들의 시선이 자신에게 모여드는 것을 느꼈다. 이민자도 아닌, 영주권도 없는, 그렇다고 돈이 있지도 않은 가난한 유학생. 수면 아래 건들거리던 선들이 물 밖으로 모습을 드러낸 것 같았다. 민경은 쓰레기봉투를 흩뿌려 놓고 싶은 충동을 간신히 억눌러야 했다. 그때 누군가 다가와 민경이 들고 있던 쓰레기봉투를 빼앗아 들었다.

"도와줄 일 없어요?"

한이었다. 민경은 한을 가만히 보다가 고개를 저었다.

"없어요."

한은 자리를 피하지 않고 꽃을 맴도는 벌처럼 민경 주위를 맴돌며 바닥을 쓸고 닦기 시작했다. 여자들이 다가와도 한은 무안을 주듯 대꾸 한 번 없이 묵묵히 청소만 했다. 그렇게 한 시간, 두 시간이 지나고 여자들도 지쳐 집으로 돌아갔을 무렵

에야 청소가 끝났다. 옷을 챙겨 입던 민경에게 한이 말했다.
"우리 같이 밥 먹어요."

어눌한 발음이었다. 민경은 잠시 놀란 표정으로 한을 바라보다가 뒤편에서 둘을 바라보고 있는 다른 여자들을 보았다. 저들끼리 미간에 주름을 잡고 쑥덕거리는 모습에 민경은 진절머리가 났다. 좁디 좁은 한인 사회에서 민경은 굳이 남자 때문에 적을 만들고 싶지 않았다. 민경이 일부러 쏘아붙이듯이 한에게 말했다.

"내가 쉬운 여자처럼 보여요?"

한이 고개를 저었다.

"아뇨."

"그럼 왜 이러는 거예요?"

"고마워서요. 지난번 일때문에."

당연하다는 듯이 대답하는 한의 얼굴에 숨기는 것은 없어 보였다. 그러나 민경은 한 같은 사람을 많이 보았다. 추하면서도 추한 면을 내보이지 않으려 자신들의 이민 생활과 유학 생활을 포장하고 포장해서 마치 남들보다 우위에 서 있는 것처럼 보이려는 모습이었다. 그들은 자신의 치부를 숨기기 위해서라면 스스로 목을 맬 수도 있는 사람들이었다.

"만약 신경 쓰이는 거라면 괜찮아요."

"뭐가 신경 쓰여요?"

"지난번에 있었던 일, 다른 사람들한테는 말 안 할 테니까. 이렇게까지 안 해도 된다고요."

민경은 한도 그런 부류의 사람일 것이라 생각했다. 강자에게는 뭐라 한 마디 말도 하지 못하면서 약자들 앞에서는 고개를' 빳빳이 치켜드는 사람들. 한이 뭐라 대답하기도 전에 희진이 한 옆에 착 달라붙어서는 민경에게 말했다.

"민경아. 너, 저기 골목에서 한 구해 줬다며? 대단하다. 안 무서웠어?"

민경의 얼굴이 벌겋게 달아올랐다. 한은 그 순간 지갑에서 명함을 꺼내 민경에게 건네며 말했다.

"혹시 도와줄 일 있으면 말해요."

한은 희진의 팔짱을 슬쩍 밀어내고는 자리를 피했다. 민경은 오랫동안 한이 건넨 명함을 손에 가만히 쥐고 있었다. 마치 부적처럼.

◇◇◇◇◇

시간이 흘러 직장에서 해고된 후 아버지까지 쓰러졌다는 소식을 들은 민경은 성경 속에 보관해 둔 명함을 찾아냈고, 한에게 돈을 빌려 달라 전화를 했다. 그는 민경에게 바로 만나자고 말했다. 민경의 심장이 터질듯이 뛰었다.

전화가 끊어진 지 얼마 되지 않아 민경의 집 앞에 한이 보낸 차가 도착했고, 정장을 차려입은 운전기사의 에스코트를 받아 민경은 더 플라자 호텔에 도착했다. 마치 귀중한 소포가 된 것처럼 민경은 운전기사에게서 기다리고 있던 호텔 직원의 인도를 받아 엘리베이터에 올랐다.

엘리베이터 안은 사람들로 가득했다. 여자들의 화려한 구두가 대리석 바닥을 툭툭 치며 울렸고, 남자들은 손목시계를 드러내기 위해 넥타이를 일부러 고쳐 맸다. 자신이 가진 옷들 중 가장 비싼 축에 속한 흰 블레이저를 걸쳤건만 민경은 꼭 자신만 다른 세계에서 온 존재같이 느껴졌다. 레스토랑에 도착한 민경은 눈 앞에 펼쳐진 뉴욕의 찬란한 야경에도 불구하고 손님들의 복장을 살피며 조심스럽게 자신을 안내한 직원에게 물었다.

"저, 옷이……."

"입고 계신 블레이저를 위에 입으시면 되겠어요."

그러자 마치 그 말과 함께 준비라도 해 놓은 듯 직원이 미소를 지으며 민경을 어딘가로 안내했다. 직원 전용 탈의실이었다. 웨이트리스는 탈의실 문을 닫으며 말했다.

"멋진 남자친구를 두셨군요."

문이 닫히자 문 뒤에 걸려 있던 드레스가 민경의 눈에 들어왔다. 벨벳 드레스였다. 비닐을 벗겨 보니 우디한 향수 냄새가 났다. 민경은 조심스럽게 드레스를 만져 보았다. 원단의 부드러움이나 박음질로 보아 민경같이 옷을 잘 모르는 사람이 봐도 값이 나가 보였다. 민경은 드레스를 들고 고민했다.

이런 상황이 전혀 달갑지 않았다. 어떻게 해야 할까? 한이 자신을 쉬운 사람으로 보는 것일까? 돈으로 자신을 살 수 있다고 생각하는 걸까? 당장이라도 자리를 박차고 나가고 싶은 충동이 일었으나 순간이었다.

민경은 한 직원의 캐비넷에 꽂혀 있는 아이의 사진들을 보았다. 수많은 아이 사진 가운데 단 한 장만이 엄마와 아이가 함께 있는 사진이었다. 두 사람은 마당에서 뺨을 마주 댄 채로 이를 드러내며 웃고 있었다. 사진에는 카메라를 들고 쭉 뻗은 엄마의 팔이 보이지 않았으나 민경의 눈에는 보였다. 그 사진 옆에는 '힘내'라는 짧은 문장이 삐뚤삐뚤한 글씨로 적힌 쪽지가 붙어 있었다. 민경은 사진과 쪽지를 번갈아 보다가 옷을 갈아입었다.

레스토랑 안은 차분하면서도 흥겨웠다. 펍과는 달리 사람들은 제 감정을 폭발시키는 법이 없었다. 피아니스트의 연주 소리에 화음을 얹듯이 말소리를 조절하며 먹고 마시고 대화했다. 창 너머로 보이는 화려한 뉴욕의 야경에 잠시 넋이 나가 있던 민경은 구석에서 홀로 와인을 마시고 있는 한을 발견했다. 어딘가 쓸쓸함이 느껴지는 듯했다. 민경이 조심스럽게 다가갔다.

"한."

한은 인사도 없이 가만히 앉아서 민경을 바라보았다. 깊고 어두운 눈빛은 민경의 존재를 꿰뚫는 듯했다. 민경이 처음 골목에서 한을 보았을 때와는 또 다른 모습이었다. 직원이 의자를 빼서 민경을 앉히고는 와인을 따라 주었다. 직원이 자리를 피하자마자 민경이 말했다.

"제가 전부 갚을 수 있어요. 이번에 취직만 하면……."

부끄러움과 굴욕감은 민경에게 없었다. 한에게 전화를 건 순간부터, 민경은 돈만 받을 수 있다면 한에게 영혼이라도 내다 팔 준비가 되어 있었다.

"아버지가…… 없었더라면 지금의 저도 없었어요……."

단순히 한국에서 강요에 가깝게 강조되던 '효' 때문에 한 말은 아니었다. 미국 유학은커녕 매 끼니 밥도 제대로 챙겨 먹지 못하던 민경이 미국으로 올 수 있었던 것은 순전히 민경의 아버지 덕분이었다. 물끄러미 민경을 바라보던 한이 와인 잔을 집어 들었다.

"돈은 이미 송금했습니다."

민경이 되묻기도 전에 한이 말을 이었다.

"지금쯤 수술 중이실 겁니다."

당장이라도 직원에게 부탁해 한국에 전화를 걸고 싶었다. 한이 민경의 마음을 알아차리기라도 한 듯이 직원을 불러 눈짓하자, 직원이 어딘가로 달려 나갔다. 한의 표정이나 말투로 보아 거짓말은 아닌 것 같았다.

레스토랑 내부는 갑작스레 소란스러워지기 시작했다. 피아니스트의 손이 빠르게 움직이자 사람들의 말소리가 박자에 맞춰 조금씩 빨라졌다. 민경은 와인 한 잔을 단숨에 비웠다. 목덜미를 타고 내려온 와인 한 방울이 흰 블레이저를 적셨다. 빈 와인 잔을 입술에서 떼어 내고는 물에 빠졌다 건져진 사람처럼 거친 숨을 몰아쉬었다.

"저한테 왜 이렇게까지 하는 거예요?"

"죽으려고 했거든요."

그렇게 말하는 한의 말투는 건조했고, 표정은 덤덤했다. 이미 모든 감정의 불씨가 꺼져 버린 것만 같았다. 놀란 민경이 물었다.

"죽다니요? 그게 무슨?"

"저번에 민경 씨가 저를 도와줬을 때요. 제가 먼저 그 사람들한테 시비 걸었습니다. 죽고 싶어서요."

예상 밖의 말들에 민경은 입을 다물었다. 한은 담담하게 말을 이었다.

"당신에게 저는 아무런 걱정 없는 사람으로 보이겠지요."

민경은 대답하지 않았다. 좀 전까지만 해도 한을 그렇게 생각한 것은 사실이니까.

"저는 저, 저와 제 가족이 저지른 죄를…… 이, 잊을 수가 없습니다."

한은 자신의 가족에 대한 이야기를 꺼내며 말을 더듬기 시작했다. 태평양 전쟁이 터질 무렵 산기슭에 숨어 있는 남자들을 잡아다 징용을 보내고, 집에 멀쩡히 있던 여자들을 끌고 가 정신대로 보내던 증조부와 미국이라는 먼 타국의 땅에서 동포들의 고혈을 짜내 가며 재산을 키웠던 할아버지. 그리고.

"제, 제, 아, 아버지와 저, 전…… 그, 그 과, 과거의 워, 원죄를 알고도 오랫동안 침묵했고요."

발작이 일어난 듯했다. 당황한 민경이 한의 등에 손을 올리고는 주변을 살피자, 한이 민경을 말리려는 듯 강하게 고개를 저었다.

"쓰, 쓰다듬어 줘요."

그에 민경이 한의 등줄기를 쓸어내리자 한의 발작이 서서히 잦아들었다. 한이 민경을 젖은 눈빛으로 바라보며 말했다.

"당신에게는 남들에게는 없는 힘이 분명 있어요."

묻고 싶은 말들이 많았으나 민경은 그 말들이 가만히 속으로 가라앉는 느낌을 받았다. 어쩌면 우월감일지도 몰랐다. 한이라는, 남들에게는 완벽한 존재가 자신에게 약점을 드러내고 있다니. 민경의 마음속 깊은 곳에서 포식자의 본능이 고개를 들었다. 키가 작고 반항기가 적은 동양인을 골라 괴롭히는 아이들처럼, 새치기를 하는 손님들처럼, 어깨를 밀치는 거리의 행인들처럼, 해고하는 사장들처럼. 민경에게 있어 지금 이 순간은 생존과 직결되어 있었다. 한이 말했다.

"당신을 만나기 전까지 저는 방황하고 있었습니다. 어디로 가야 할지 알지 못했어요."

한의 눈에 눈물이 고였다.

"하지만 그날 민경 씨가 교회로 들어가는 모습을 보며 새로운 길을 발견한 것만 같은 느낌을 받았습니다. 바로 새로운 믿음이지요."

한은 민경의 손에 자신의 손을 조심스럽게 올렸다.

"난 당신을 위해서라면 무엇이든 할 수 있어요. 그게 설령 내 목숨과 영혼을 위협한다고 해도."

테니스를 치듯 빠르게 오가는 피아노와 드럼의 솔로 연주 속에서 민경은 어지러움을 느꼈다. 미국이라는 땅에 도착한 순간부터 민경이 마음속에 찬찬히 그리고 견고하게 쌓아 올린 한 부분이 무너져 내리기 시작했다. 무수히 많은 합리화와 사랑이라는 감정이 가지고 있는 무모함 그리고 한이라는 사람이 내보이는 진심에 가까운 눈빛에 민경은 빠르게 매료되었다. 마침 직원이 민경에게 다가와 속삭였다. 아버지의 수술이 모두 잘 끝났다는 소식이었다. 민경은 한의 손을 잡았다.

'한은 완벽하다니까.'

희진의 목소리가 민경의 귓가에 울리는 듯했다. 한과의 첫 만남은 로맨스 영화나 소설의 도입부라 해도 무방했으나, 민경은 때때로 자기 자신을 매춘부, 창녀, 영혼을 팔아 버린 사람으로 여겼다. 자신이 한을 이용하고 있다는 생각이 들었기 때문이다. 그들 간의 만남이 지나치다고 말할 수 있을 정도로 잘 짜인 틀 같다는 것과 실직을 비롯한 민경의 모든 어려움이 한과의 만남으로 전부 해결되었다는 점에서 그런 생각을 떨칠 수가 없었다.

한은 민경에게 아무런 담보도, 심지어는 차용증도 쓰지 않고 돈을 빌려주었고, 민경은 아버지를 살릴 수 있었다. 그녀가 마땅히 한에게 해 줄 수 있는 일은 없었다. 한이라면 자신에게 빌려준 돈 정도는 신경조차 쓰지 않았을 것이라 억지로 합리화를 하려 했으나 무언가 쿡쿡 찔러 대는 통증이 한에 대한 미안함과 고마움 아래에서 요동치고 있었다. 민경은 말을 흐렸다. 민경의 마음속에서는 다음과 같은 말이 솟구쳤다가 다시금 깊이 잠수했다.

'그 사람도 나를 이용하고 있는 거야…….'

04. 1979

일어나.

준의 목소리에 정신을 차렸을 때 하늘은 어느새 맑게 개여 있었다. 나는 몸을 일으켜 주위를 살폈다. 아이들의 비명도, 발소리도, 방금 전까지만 해도 우리를 해칠 듯 으르렁거리던 동물들의 울음소리도 사라져 있었다. 모든 게 꿈처럼 느껴졌으나, 이마에 붙어 굳은 진흙과 핏덩어리는 아까 벌어진 일들이 현실임을 알려 주고 있었다.

멀지 않은 곳에서 부스럭거리는 소리가 들려왔다. 소리가 들려오는 방향으로 조심스럽게 발걸음을 옮겼다. 햇살은 쨍했고, 그늘에서 불어오는 바람에 푸르른 옥수수밭이 출렁거렸다. 푸르른 잎들이 모였다 흩어지기를 반복하며 순간순간 땅 전체가 물결처럼 일렁이는 듯한 착각을 주고 있었다.

소리의 근원은 마을 사람들이 '천사의 계곡'이라 부르는 곳이었다. 그곳은 산에서 흘러 내려온 물줄기가 고여 만들어진 작은 웅덩이였다. 소문으로는 사람들이 없을 때면 아기 천사들이 하늘에서 내려와 목욕을 하고 돌아간다고도 했다.

웅덩이 근처로 가니 까만 머리를 한 아이가 웃통을 벗고 쭈그려 앉아 있었다. 아이의 작은 손이 빠르게 움직였다. 처음에는 전설 속의 천사인가 싶었지만 티셔츠에 묻어 있던 진흙이 냇물에 씻겨 흘러가는 것을 보고 나도 모르게 그에게 말을 걸었다.

"준."

조금 전 그 광경을 보고도 말을 걸다니. 동정이었을까? 아니면 연민이었을까? 어찌 보면 설명할 수 없는 현상들에 대한 호기심 때문이었을지도 모른다. 그것도 아니라면 뇌진탕으로 두려움을 느끼는 뇌의 어느 부분이 망가졌을지도. 막상 준을 불러 놓고는 다른 말이 쉽게 나오지 않았다.

내 부름에 준은 뒤돌아보지 않았다. 준에게 가까이 다가갔다. 아까 공터에서 보았던 괴물 같은 모습은 온데간데없었다. 그저 무구한 얼굴의 동양인 소년이 계곡에 쭈그려 앉아 더럽혀진 자기 옷을 빨래하고 있을 뿐이었다. 나는 준의 옆에 서서 물었다.

"너…… 정체가 뭐야?"

준은 대답하지 않았다. 빨래한 티셔츠를 손에 쥐고 반복해서 물을 짜낼 뿐이었다. 물이 뚝뚝 떨어져 말라 있던 돌무더기를 적셨다. 그의 옷 아래 부분이 찢어져 있어 입으면 배꼽이 드러날 것만 같았다. 나는 내 머리를 동여매고 있던 붕대를 어루만지며 물었다.

"이거 네 옷이야?"

이어진 침묵은 견딜 수 없을 정도로 나를 불편하게 했다. 불과 몇 분 전에 느꼈던 천국이니, 평화로움이니 하는 단어들은 수증기처럼 증발하고 없었다. 준에게 한국말로 말했다.

"미안해."

그제야 준이 나를 돌아보았다. 처음으로 그의 눈을 가까이서 보았다. 어두운 데다 깊었고, 속을 알 수 없었다. 비 오는 날 호수를 들여다볼 때의 느낌이었다. 속에서 거대한 무언가 튀어나와 나를 잡아챌 것만 같았다. 준은 고개를 돌려 젖은 티셔츠를 잭이 앉아 있던 편편한 돌에다 쳐 대기 시작했다.

"한국말, 할 줄 알면서 왜 안 했어?"

그의 말투는 옥수수밭을 휘감는 4월의 바람 같았다. 너무 춥거나 덥지도, 그렇다고 너무 강하지도 않았고, 풀피리나 노래처럼 들리기도 했다. 잠시간의 침묵이 흘렀다. 그것은 한국어로 말하기 전의 침묵과는 다른 종류의 것으로 조금 더 차분하고 안온했다. 나는 준에게 물었다.

"그럼 너는? 너도 영어 할 줄 알았잖아."

"내가?"

"아까 폴한테 영어로 말했잖아. 저기서 폴이 네 입에 진흙을 넣었다고."

준은 기억이 나지 않는 듯 고개를 젓더니 티셔츠를 양지바른 곳에 펴 놓고 그 위에 돌을 괴었다. 이 일련의 과정들이 한 치의 삐걱거림도 없이 자연스러웠다. 준은 돌 위에 앉아 고개를 숙이고는 숨을 몰아쉬었다. 낯빛이 어두운 것이 나와

별로 대화하고 싶지 않은 것 같았다. 준의 옆에 앉으려 하는데, 어머니의 목소리가 들려왔다.

"한!"

어머니가 냇가를 향해 달려오고 있었다. 그녀의 옆에는 잭을 비롯해 많은 아이들이 있었다. 그들은 냇가 쪽을 가리키며 뭔가를 재잘거리고 있었다. '준'이라고 말하는 듯한 입 모양이 여러 번 반복됐다. 내가 어머니에게 다가가려 하자 준이 혼잣말에 가깝게 중얼거렸다.

"그건…… 내가 아니었어."

준은 나를 바라보고 있지 않았다. 내 어깨 너머로 시선을 두고, 어떤 거대하면서도 알 수 없는 존재를 보듯이 얼굴이 하얗게 질려 있었다. 나도 뒤를 돌아보았으나 그의 시선이 미쳤던 곳에는 무엇도 보이지 않았다.

◇◇◇◇◇

다행이라고 해야 할까? 준이 벌였던 기이한 행동은 아이들의 과장된 표현으로만 치부되었을 뿐 공론화되지 않고 묻혔다. 핸드폰은커녕 카메라를 가진 집도 엔젤타운에는 많지 않았을 때였다. 더군다나 어른들은 아이들의 말에 크게 귀를 기울이지 않았고, 사실이라 강조해도 악몽을 꾼 것으로 넘겨버렸다. 으레, 아이들은 숲속에서, 침대 밑에서, 그리고 어둠 속에서 영 좋지 못한 것들을 보기도 하니까.

내 아버지의 필사적인 노력도 사건을 덮는 데 한몫 했다. 늦은 밤, 술에 취해 집으로 돌아온 아버지는 차고에서 한국말로 소리를 질렀다.

"개새끼들. 자기네들도 다 같은 사람이라고 생각하지 않으면서."

아버지는 행사란 행사에는 모두 참석하고, 기부를 했으며 교회에 나가 열성적으로 기도했다. 겉으로는 동양인에 대한 좋지 못한 편견을 깨 버리는 것과 동시에 마을 사람들의 눈에 들기 위한 것처럼 보였지만, 실상은 돈을 더 벌기 위해, 그들의 눈을 가리고 땅을 사서 파괴하고 개발하기 위해서였다. 상황이 맞아떨어지며 잘 해결되려는 듯싶었다.

그러나 문제는 사라지지 않고 나에게 남아 있었다. 숲에서 사건이 있었던 직후 밤마다 기이한 일들이 벌어졌기 때문이다. 어느 날, 정신을 차려 보니 나는 홀로 숲속을 거닐고 있었다. 맨발에 속옷 차림으로 포장되지 않은 산길을 오가는데도 발바닥이 아프지 않았다. 대신 발가락을 파고드는 한기에 몸을 덜덜 떨었다. 잎들이 푸릇푸릇하고, 매미 소리가 들리는 주변 풍경과는 다소 이질적인 감각이었다.

집으로 돌아가려 했다. 왜 이리 늦게 들어왔냐는 아버지의 호통과 따귀 세례가 나를 기다리고 있다고 해도 상관하지 않았다. 방으로 들어가 이불 속에 몸을 움츠리고는 나를 위협하는 모든 것들이 그저 지나가기만을 기다렸으면 했다.

냇가를 지나치는 도중에 문득 개구리 울음소리가 들려왔다. 그런데 아무리 냇가를 둘러봐도 개구리는 보이지 않았다. 발걸음을 옮기려 하는데, 사방에서 개구리 울음소리가 들려오기 시작했다. 어둠 속에서 뻗쳐 온 울음소리는 맹렬하게 허공을 가로질렀다. 손으로 귀를 막아도 소리는 생생하게 들렸다. 그때 퍽, 하고 하늘에서 무언가 떨어졌다. 눈을 떠 보니 무언가 바닥에 짓이겨져 있었다. 개구리였다. 곧이어 수천 마리의 개구리들이 하늘에서 떨어졌다. 그들은 내장을 드러낸 채로 땅을 필사적으로 헤엄치며 피를 분수처럼 뿜어냈다.

나는 어둠 속을 내달렸으나 피비린내는 사라지지 않았다. 얼마나 갔을까? 멀리서 불빛이 보였다. 거꾸로 매달아 놓은 미러볼처럼 빛들은 사방에 흩날리고 있었다. 가까이 다가가니 거대한 모닥불이 보였다. 불 주변에서 아이들은 야생 대마를 말아 폐병 환자처럼 기침을 해 대며 피우고 있었고, 어른들은 술에 취한 상태로 무언가를 나무에 묶어 놓고 때리고 있었다.

연기로 인해 숨을 쉬기 어려워 그곳을 벗어나려 했다. 그때 갑작스레 들려온 비명에 고개를 돌려 보았다. 나무에 매달린 것은 사람이었다. 비명이 연기와 함께 사방을 메우고 있었다. 자기들 몸에 불씨가 옮겨붙어도 그들은 아랑곳하지 않았다. 손에 쥔 무기를 휘두르고 또 휘둘렀다.

아이러니한 점은 어둠 속에서 나무에 묶인 이와 그렇지 않은 이의 피부색이 구별되지 않았다는 것이다. 그들 사이에서 어떤 검은 형체들이 날뛰고 있었다. 그것들은 이목구비가 없었으며, 숨결조차 느껴지지 않았다.

'어디 가니?'

본능적으로 뒤돌아 내달렸다. 뒤틀린 형체들이 나를 쫓아왔다. 각자 자기들만의 목소리를 내면서.

네 몸을 내게 줘.

너도 우리와 똑같이 될 거야.

다리에 최대한 힘을 주고 내달렸으나 목소리에서 멀어질 수는 없었다. 이윽고 우리 집이 보였다. 2층 창문으로 보이는 아버지의 눈을 마주했다. 그의 눈은 검은 형체의 그것보다도 더욱 강렬했고, 다른 방향으로 내게 위협적이었다. 내 의지와 달리 내 다리는 대문이 아니라 그 옆으로 움직였다. 그곳에는 준이 서 있었다. 준이 읊조리듯 말했다.

'이리 와.'

두 팔을 벌리고서 그는 줄곧 나를 응시했다. 그의 주변만은 마치 시공간이 뒤틀린 것 같았다. 머릿속으로는 그에게서 도망쳐야 한다고 생각해도, 쫓아오는 검은 형체들과 아버지의 시선이 두려웠다. 나는 그대로 준의 품에 뛰어들었다. 이후 나는 원하든, 원하지 않든 내 의지와 상관없이 준과 그 주변인들의 눈으로 준의 세상을 볼 수 있게 되었다.

◇◇◇◇◇

낮이 긴 여름임에도 저녁 어스름이 내리고 나서야 준의 집 가스레인지에 불이 붙었다. 해가 져도 희의 일과는 끝나지 않았다. 그녀는 우리 집으로 와서 저녁 식사 준비를 거들었고, 우리 가족이 식사를 마친 후 설거지까지 하고 나서야 어머니의 허락을 받고서 본인 집으로 돌아가 저녁을 준비할 수 있었다.

지난 주 마을 벼룩시장에서 얻어 온 2구짜리 가스레인지에는 각각 김치찌개와 철 밥솥이 올랐다. 삭은 호스에서 새어 나온 가스 때문인지 희의 눈시울이 붉었다. 그녀는 충혈된 눈으로 멍하니 찌그러진 가스 토출구 위로 널뛰는 붉은 불꽃을 보았다. 그것은 춤을 추며 희를 이리 오라 유혹하는 것만 같았다.

토출구 위에는 더운 여름, 부르튼 손과 무너질 것만 같은 집, 정의 술주정과 준의 발작이 없었다. 구멍의 크기가 조금이라도 더 컸더라면 희는 그 안에 뛰어들었을지도 모른다. 치익- 하고 철 밥솥에서 뿜어져 나온 김에 희는 간신히 정신을 차렸다. 그녀는 심호흡을 한 후 거실을 향해 외쳤다.

"밥 먹자."

아무런 반응이 없었다. 희가 고개를 빼어 거실을 살폈으나 준은 보이지 않았다. 대신 벌어진 문 틈으로 작고 까만 눈 하나가 보였다. 준은 틈으로 가만히 집 안을 응시하다가 돌아서더니 손을 들어 올려 코를 막았다. 알싸한 마늘 향과 함께 풍기는 찌개 끓는 냄새가 참을 수 없을 정도로 역겨웠다. 준은 자기도 모르게 발을 한 번 굴렀으나 그 어디로도 벗어날 수 없었다. 희가 현관문을 열고 나가 준에게 말했다.

"준, 들어와."

희의 굳은 표정에 준은 집 안으로 들어가야만 했다. 현관에 신발을 다소곳이 벗어 놓고는 식탁에 앉았다. 밑반찬이 하나둘 테이블 위에 차려졌으나 가운데만은 비워져 있었다. 가스레인지 위에서는 김치찌개가 펄펄 끓고 있었다. 준은 식탁 위를 눈으로 훑다가 조심스럽게 말했다.

"엄마, 우리도 빵 먹으면 안 돼?"

희는 준의 말에 대답하지 않았다. 늦은 나이에 배우게 된 영어가 어색해서 그랬을지도 모른다. 하루라도 빨리 영어를 익히라는 아버지의 경고에 가까운 권유로 그들은 처음 교회를 방문한 이후 집에서도 영어를 쓰기로 했다.

"엄마?"

희는 준의 물음에 대답하지 않고 냉장고에서 마늘을 꺼내 도마에 놓고 다지기 시작했다. 그날따라 마늘 향이 유독 독하게 느껴졌다. 준은 검지와 중지로 코를 막고 희에게 말했다.

"아니면 마늘이라도……"

희는 다진 마늘을 김치찌개에 던져 넣으면서 말했다.

"그럼 아버지가 밥을 못 드시잖니."

"그래도……"

희는 한숨을 크게 내쉬었다.

"엄마 힘들어. 그만해."

희의 그 말은 준의 입을 가로막는 일종의 브레이크였다. 준의 부모는 삶에 지친 이들이었다. 희는 새벽부터 늦은 오후까지 다른 이들의 집에 방문해 청소와 빨래를 도맡아 하고 와서는 집에서도 밀린 집안일을 해야만 했다.

준은 그녀의 부르튼 손과 피곤으로 절어 있는 얼굴을 보면서 애써 말을 삼켰다. 그들에게 조금이라도 더 짐을 늘려 주고 싶지 않았다. 준, 자신만 입을 다물면 되는 것이었다. 그래, 그러면 없어지는 것이었다. 학교와 숲에서 있었던 일들을 준은 부모님께 말하지 않기로 했다. 그러나 속에 든 감정이 수그러드는 것은 아니었다. 감정들은 똬리를 틀고는 준도 모르게 몸집을 키워 가기 시작했다. 준이 그릇을 들고는 자리에서 일어났다.

"난 안 먹을래."

때마침 정이 현관으로 들어섰다. 정은 꼭 도깨비 같은 얼굴을 하고 있었다. 준이 과거 한국에 있을 때 집에서 보았던 험악한 인상에다 송곳니가 비정상적으로 길고, 백인들의 것처럼 큰 눈을 하고 있는 괴물 말이다. 정은 준을 보자마자 삿대질을 하며 외쳤다.

"너, 교회에서 왜 그랬어?"

준은 고개를 들지 못했다. 익숙한 구도였다. 정은 준을 억압했고, 준은 그에 순응했다. 오래 전부터 쌓여 왔던 역학 관계는 이 낯선 땅에 온다고 해도 쉬이 풀리지 않았다. 둘 사이에서 희는 불안감을 느끼며 젓가락을 내려놓고는 눈치를 살폈다. 그녀는 누구의 편도 들 수 없었다. 준이 불쌍하고 볼 때마다 마음이 미어지기는 했으나, 희는 정 없이는 이곳 엔젤타운에서 단 한 순간도 버틸 수가 없었으니까.

희는 공항에서 본 영상을 떠올렸다. 구식 브라운관 화면 속에서 카메라가 드넓은 대초원에 서 있는 사슴 한 마리를 비췄다. 해설자의 말을 알아들을 수는 없었으나 언덕처럼 부풀어 있는 사슴의 배를 통해 그것이 임신했음을 알 수 있었다. 머지않아 출산은 시작됐다. 살고자 머리를 들이밀며 가느다란 네 다리로 버둥거리는 모습이란. 그 순간 피 냄새를 맡은 사자 한 마리가 서서히 접근하더니 사슴을 덮쳤고, 사슴은 아이를 출산함과 동시에 언덕 너머로 몸을 날렸다. 망설임이 느껴지지 않는 몸짓이었다. 희는 생각했다.

'과연 그 사슴도 죄책감을 느낄까? 죄책감을 느끼는 어미들은 이미 모두 잡아 먹히지 않았을까?'

희가 사슴의 황망한 눈을 떠올리는 동안 정은 무언가를 발견한 듯 준의 턱을 잡아채 자신의 얼굴을 향해 당겼다.

"맞고 다니냐?"

준은 애써 눈을 굴리며 정의 시선을 피하려 했다. 그 모습에 정은 거칠게 준의 턱을 놓고 혀를 끌끌 차며 말했다.

"사내 새끼가……."

정은 그대로 자리로 돌아가 숟가락을 집어 들었다. 숨이 막힐 것 같은 분위기였다. 한국을 떠나오기 전부터 있어 왔던 분위기였지만 정을 제외한 누구도 그것에 익숙해질 수 없었다. 희는 정의 눈치를 보더니 밥그릇을 그의 앞에 두고 컵에 물을 따라 내밀었다. 정은 밥을 크게 한 숟가락 퍼서 입안에 욱여넣으며 말했다.

"분란 일으키지 마라."

식탁 위를 바라보던 준의 시야가 뿌옇게 흐려졌다. 정의 입안에서 김치와 나물들이 씹히며 종이 자르는 듯한 소리를 냈고, 굳은살이 군데군데 박혀 있는 손은 젓가락을 쥔 채로 게걸스럽게 식탁 위를 훑었다. 그의 옷에서 나는 쉰내는 매캐하면서도 알싸한 음식 냄새와 뒤섞여 심한 악취를 풍기고 있었다. 이 숨을 쉬고 뱉는 일련의 광경 자체에 준은 구토감을 느꼈다.

"네."

가까스로 말을 내뱉은 준은 몸을 벌벌 떨기 시작하더니 이내 거품을 입에 물었다. 희는 다급하게 준을 옆으로 눕히고는 입안에 손가락을 밀어 넣었다. 거품을 토해 내기는 했으나, 준의 발작은 잦아들지 않았다. 정은 그러는 동안에도 오히려 보란 듯이 묵묵히 식사를 이어 갔다.

"정신 좀 차려 봐!"

준의 발작이 사그라들 기미를 보이지 않자, 희는 전화기를 향해 내달렸다. 이윽고 전화기를 집어 들어 번호를 누르려 했다. 그러나 탁, 하는 소리와 함께 고개를 들어보니 정의 손이 전화 다이얼을 누르고 있었다. 마치 희가 누구에게 전화를 하려 하는지 알고 있는 것 같았다. 정은 희를 내려다보며 말했다.

"너, 한국에 전화하려고 했지?"

"근데…… 애가…….."

희는 주저앉아 엉망이 된 준의 얼굴을 쓰다듬었다. 그러나 정의 표정은 단호했다.

"지금 전화하면 여기 온 게 전부 물거품이 되는 거야."

정은 희의 손목을 잡아 식탁에 앉히고는 다시 밥을 먹기 시작했다. 소음이 듣기 싫어 귀마개를 끼는 사람처럼 숟가락으로 밥을 퍼서 입에 잔뜩 쑤셔 넣었다. 바닥에 머리를 박고 있던 준의 시선이 어딘가로 향했다. 밖이었고, 살짝 위쪽이었다. 익수자[24]의 손길처럼, 구원을 바라는 죄인의 기도처럼 시선은 **빠르게** 한 존재를 찾고 있었다.

---

24) 물에 빠진 사람.

시선이 마주친 것은 내 방 창문에 서서 준의 집을 내려다보고 있던 나였다. 놀라지는 않았다. 나는 시선을 피하지 않고 눈을 크게 떠서 준을 바라보았다. 우리가 알지 못하는 어떠한 세계 속에서 준과 연결된 것만 같았다. 그때 준이 느꼈던 감정은 정에 대한 적개심이 아니라 자기 자신에 대한 두려움이었다.

05. 1998

민경은 이른 아침부터 분주하게 움직여야 했다. 한의 부모님을 뵙기로 한 날이었다. 옷은 몇 번이나 갈아입었는지 모른다. 어두운색의 옷을 입으니 음침해 보였고, 그렇다고 밝은색 옷을 입자니 또 지나쳐 보였다. 결국 처음 집어 들었던 무채색의 수수한 원피스를 입고 비즈가 달린 플랫 슈즈를 신었다. 화장도 최대한 옅게 했다.

민경은 한이 외출 준비를 하는 동안 슬쩍 쇼핑백에서 가방을 꺼내 보았다. 샤넬 클래식 명품 가방으로 백화점에서 오랜 시간 기다려 산 것이었다. 한이 선물을 사지 말라고 했지만 민경은 도저히 그럴 수가 없었다. 일반적인 한인들의 시선에서 민경은 학력도, 직업도, 심지어는 집안도 좋지 못한 축에 속했기 때문이었다. 조금이라도 한의 부모님께 잘 보이고 싶었다.

민경은 한의 차를 타고서 3시간가량을 이동했다. 전날 잠을 설쳤던 민경은 깜빡 잠이 들었고, 다시금 눈을 떴을 때는 벌판에 덩그러니 놓인 거대한 흰 건물이 보였다. 겉으로 봐서는 일반적인 병원이었으나 내부로 들어섰을 때의 인상은 확연하게 달랐다. 천장에 장식되어 있는 스테인드글라스와 중심부에 우뚝 선 수십 개의 십자가 조형물 탓에 병원이 아니라 종교 시설처럼 느껴지기도 했다.

민경은 병원 관계자들의 태도에서 다소 어색함을 느꼈다. 생사를 오가는 상황에서 불쑥 튀어나올 법한 불친절함은 이곳에 없었다. 의사들은 환자들 사이를 바쁘게 오가면서도 미소를 잃지 않았다. 한은 라일락 한 다발을 손에 들고 있었고, 다른 손으로는 민경의 손을 잡고 있었다. 축축한 민경의 손을 어루만지며 한이 말했다.

"긴장 풀어."

한은 민경을 향해 웃어 보였으나 그녀의 불안감이 사라지지는 않았다. 엘리베이터 바닥에는 '신의 전사들'이라 적혀 있는 철제 현판이 단단히 고정되어 있었다. 둘이 올라탄 엘리베이터는 25층 꼭대기에서 멈췄다. 엘리베이터 문은 곧장 병실과 연결되어 있었다. 병실 안은 1920년대 남부 대저택을 옮겨 놓은 듯 고풍스러웠다.

고동색 호두나무 의자와 책상, 두터운 벨벳 커튼이 먼저 시선을 사로잡았고, 바닥에는 뒤덮은 페르시안 카페트가 깔려 있었다. 1층 로비와는 전혀 다른 세계로 들어선 것 같았다. 금방이라도 간호사 대신 푸른색 조끼 차림의 집사가 노크와 함께 시중을 들러 올 것만 같았다. 그 와중에 병원 침대 위에 누워 있는 한 늙은 여자가 신음 소리를 내고 있었다.

"왔니?"

한의 아버지가 수건을 들고 서 있었다. 민경은 그를 향해 꾸벅 인사했지만 그는 민경에게 눈길조차 주지 않았다. 가만히 병상에 누워 있는 늙은 여자의 얼굴을 닦아 줄 따름이었다. 온몸에 관이 여럿 꽂혀 있는 그녀의 모습은 마치 고목 같았다. 영혼의 끝자락이 껍데기에 간신히 붙어 있는 듯한 얼굴에서 생기라고는 찾아볼 수가 없었다. 한은 민경의 손을 잡고는 병상 앞으로 갔다.

"어머니. 저 왔어요."

한의 어머니는 무언가를 주문처럼 외우고 있었다. 민경이 가만히 귀를 기울였다.

"우리를 다그치소서……."

기도문의 일부인 것 같았다. 민경은 그녀의 말을 더 듣기 위해 고개를 숙이려 했으나 한이 민경의 손목을 잡아채고는 뒤로 끌었다.

"민경이에요. 제가 말한 그 사람입니다."

민경은 한의 어머니를 향해 고개를 꾸벅 숙였다.

"악마……."

한의 어머니가 떨리는 목소리로 말했다. 민경은 병상에 누운 그녀를 내려다보았다. 그녀의 왼손에는 검은 돌이 움켜쥐어져 있었다. 얼마나 힘을 줬는지 손톱 끝이 빠득 소리를 내며 갈라질 정도였다. 금방이라도 돌을 내던질 것만 같았다. 한은 조용히 자기 어머니의 손을 감싸 쥐고는 고개를 숙여 귀에다 무언가를 속삭였다. 그러자 마치 주문이 풀리듯 그녀의 손에서 힘이 빠지기 시작했다. 한은 천천히 고개를 들어 자신의 아버지에게 말했다.

"모두 저를 위한 겁니다. 그러니 슬퍼 마세요."

한의 말에 한의 아버지의 눈시울이 붉어졌고, 한의 어머니는 숨이 넘어갈 듯한 소리를 냈다. 한이 어머니의 손을 잡고 이마에 키스하자, 이내 그녀의 뺨에 눈물이 흘렀다. 들고 있던 수건으로 흐르는 눈물을 훔쳐 낸 한의 아버지가 말했다.

"결혼은…… 허락하마."

민경의 표정은 좋지 못했다. 부모님의 기이한 모습 때문일까? 아니면 결혼 허락을 받는 과정에서 그들이 민경에게 어떤 관심도 보이지 않았기 때문일까? 민경은 그들에게 아무 말도 하지 못하고 한의 부속품처럼 가만히 그의 옆에 서 있을 뿐이었다. 한의 아버지는 말을 덧붙였다.

"그런데 우린 한국에는 절대 안 간다."

한은 이미 알고 있다는 듯이 고개를 끄덕였다. 한의 아버지는 손수건으로 아내의 얼굴에서 흐르는 눈물을 계속해서 닦아 내며 말했다.

"네 엄마가 이런데, 어딜 가겠니?"

그 순간, 민경은 갑작스럽게 솟구치는 헛구역질로 인해 다급하게 고개를 돌렸다. 코끝을 스치는 지독한 썩은 냄새 때문이었다. 화장실에 가기 위해 걸음을 옮기는데 엘리베이터 문이 열리더니 누군가 걸어 나왔다. 목사였다. 백색 정장에 백색 구두, 수염과 머리가 하얗게 세어 있었으나 얼굴에 주름이라고는 보이지 않았다.

목사가 나타나자 한의 아버지는 꾸벅 고개를 숙였다. 그리고 오래도록 고개를 들지 않았다. 한 역시 마찬가지였다. 한의 어머니도 그 뻣뻣한 몸으로 목사를 향해 고개를 숙이려 애쓰고 있었다. 민경만이 목사를 빤히 마주 보았다. 목사는 살짝 미소를 짓고서 민경에게 말했다.

"이야기 많이 들었습니다."

그의 목소리를 듣자 민경은 더욱 강하게 구토감을 느꼈다. 누가 목구멍에 손가락이라도 넣고서 휘젓고 있는 것 같았다. 그녀는 자신도 모르게 두 손으로 입을 틀어막았다. 목사가 민경을 보며 이어서 물었다.

"지옥을 믿으시나요?"

민경은 목사를 지나쳐 화장실 문을 열어젖혔다. 소리가 나지 않게 변기 물을 먼저 내리고 토악질을 했다. 속에 든 것을 모두 쏟아 낸 민경은 변기를 확인하고는 화들짝 놀라 뒷걸음질을 쳤다. 순간이었지만 검은 것을 토해 낸 것 같았다. 그것은 변기 속에서 첨벙거리며 꿈틀거리기까지 했다.

그러나 정신을 차리고 다시 보니 변기에는 아무것도 없었다. 고개를 들어 보니 거울에 김이 서려 있었고, 그 위에는 한글로 '멈춰'라는 글자가 선명하게 적혀 있었다. 김이 채 사라지기도 전에 문 너머에서 기도 소리가 들려왔다. 레위기 20장 27절이라 말하는 한의 목소리에 이어 사람들의 목소리가 어렴풋이 들렸다.

"……돌로 쳐라……."

민경은 자리에서 일어나 문을 열려고 했으나 차마 문고리를 당길 수가 없었다.
"……제 피를 흘리고 죽어야 마땅하다……."

3장.
백(白)

01. 1979

"요술쟁이 여인은 살려 두지 못한다.[25]"

예배가 끝난 후 신의 전사에 소속된 아이들은 자리에서 고개를 숙인 채 같은 구절을 반복해서 외웠다. 색을 물들인 곳을 더욱 진하게 물들이듯이, 찌른 곳을 한 번 더 찔러 짙은 흉터를 남기듯이.

문구 암송이 끝나고 나서 나는 곧바로 교회를 빠져나와 집으로 향했다. 잭이나 폴이 어디 가냐 묻기에 아버지 일을 도와야 한다고 대충 핑계를 댔다. 최대한 빠르게 집을 향해 걸었다. 편집증 환자처럼 반복적으로 주변을 살폈다. 맹수의 아가리에 몸을 숨기고 있는 것 같은 느낌이었다.

학교 도서관을 뒤적여 내가 경험한 이상한 현상이 '빙의'라는 것을 알게 됐다. 빙의를 겪은 직후 나는 준을 더욱 멀리하게 됐다. 통로에서 마주치면 피하고 수업에서도 최대한 멀

---

25) 출애굽기 22장 17절(개역한글판).

리 떨어져 앉았다. 미쳐 가는 것일지도 몰랐다. 병원에 가야 한다는 생각도 들었으나 금방 접어 버리고 말았다. TV에 소개된 정신 병동의 모습이 떠올랐기 때문이었다. 의사들은 사람의 팔다리를 묶어 놓고 뇌에 전기 충격을 가했다. 날뛰던 사람이 치료가 되었다며 휠체어에 앉아 침을 늘어뜨리고 있는 모습은 만화 〈프랑켄슈타인〉에 나오는 괴물 같았다. 더불어 항간에 떠도는 소문이 나를 얌전하게 만들었다. 소문에 의하면 미친 베티가 교회 지하실에서 치료를 받고 있다고 했다.

어느 날은 우연히 버스 정류장에서 베티를 마주쳤다. 베티는 짐 가방 하나 없이 얇은 검은색 원피스 하나만 입고서 길가에 멍하니 서 있었다. 버스를 기다리는 것처럼 보이지는 않았다. 오히려 나를 멍하니 바라보는 것이 꼭 버스 정류장에 올 사람을 기다리고 있는 것 같았다.

"하나님께서 우리에게 보낸 선물입니다."

목사님의 설교와는 다르게 베티는 환영받지 못한 존재였다. 단상에 선 베티를 보고서 마을 사람들은 표정을 구겼다. 베티는 찰랑거리던 길고 검은 머리카락 대신 메마른 농지 같은 짧은 머리를 하고 있었다. 눈을 빠르게 이리저리 굴리는 것이 꼭 겁을 먹은 듯 보였다.

'말 그대로' 어느 날 갑자기 베티는 하늘에서 뚝 떨어진 것처럼 엔젤타운에 나타난 존재였다. 우선 베티는 말을 제대로 하지 못했다. 그 누구도 그녀의 출신지는 물론, 모국어가 무엇인지조차 몰랐다. 베티라는 이름도 목사님께서 붙이신 이름이었다.

그녀에 관해서는 근거 없는 추측만이 무성했다. 누구는 보헤미안 튜닉에 벨바텀 청바지를 입고 있는 데다 죄나 벌 그리고 심판에 대해서만 외치는 것으로 보아, 어딘가 컬트적인 모임에서 낙오된 히피라 했고, 또 누구는 반전주의자들을 잡아 가두는 정부의 생체 실험 피해자라 추측했다. 잭을 비롯한 아이들은 '눈물의 행로[26]' 당시 대열을 이탈한 체로키족의 후예라 주장하기도 했다.

베티가 교회에 거두어지기 전, 더러움과 쉬움은 베티의 이름 앞에 붙는 수식어였다. 베티는 아이들에게 이중적인 존재였다. 겉으로는 그녀를 더러워하고 일부는 두려워하기도 했으나, 잭과 같은 남자아이들은 일부러 베티에게 다가가기도 했다. 그들은 한 손에 샌드위치나 통조림 같은 것을 들고는 베티가 있는 숲속으로 갔고, 얼마 뒤 빈손으로 바지춤을 추스르며 숲을 빠져나왔다.

그들은 베티는 인간이 아니라 야생 동물이라 말했다. 배가 고프면 산열매를 따 먹고, 추우면 쌓아 놓은 짚 더미 속에서 잠을 잤으니까. 그래서 안심하고 사랑을 나눌 수 있다며 저속한 농담을 늘어놓았다. 그러나 베티는 엄연한 사람이었다. 그건 어느 날부턴가 부풀어 오른 베티의 배가 증명했다.

"제가 베티를 사람답게 만들겠습니다."

목사님께서는 그런 베티를 교회로 거두셨다. 숲속에서 살던 그녀에게 교회 지하를 잠자리로 내주었고, 야생 열매 대신

---

26) 1838년부터 1839년 사이, 잭슨 대통령의 명령으로 미국 육군이 체로키족 1만 6천여 명을 강제로 이주시켰고, 이 과정에서 굶주림, 추위, 질병 등으로 약 4천 명 이상의 체로키족이 사망한 사건.

가공된 음식을 먹게 했다. 마을 사람들은 오갈 곳 없는 베티를 거둔 것에 대해 목사님의 관대함을 입이 마르게 칭찬했다. 목사님에 대한 칭찬이 가득한 와중에 오롯이 베티만이 야생으로 돌아가고 싶은 듯 단상 위에서 몸을 배배 꼬고 있었다.

버스 정류장에서 언뜻 그녀를 보았을 때는 교회에서 치료를 받고 있다는 소문이 사실이며 병에 차도가 있는 것 같기도 했다. 그녀가 더는 죄나 벌 그리고 심판에 대해 갑작스레 외치지 않은 데다, 풍선이 든 것처럼 부풀어 있던 배도 들어가 있었으니 말이다. 베티는 나를 빤히 바라보았다. 나는 그녀의 배를 향하던 시선이 들킨 것 같아 고개를 빠르게 돌렸다.

"만져 주세요."

베티가 말했다. 나는 놀라 그 자리에 얼어붙었다. 베티는 내게 다가와서는 내 손을 잡아채 자기 가슴 위에 올렸다. 자연스러웠다. 말이 통하지 않는 짐승이나 독실한 교회 신자가 아니라 싸구려 포르노 테이프에서 볼 법한 지독하게 학습된 몸짓이었다.

"베티!"

누군가 큰 소리로 베티를 불렀다. 나는 손을 빼고 뒤로 크게 물러났다. 소리가 들려온 곳을 보니 패트릭의 가족들이 머리부터 발끝까지 온통 검은 옷을 입은 채 그림자처럼 서 있었다. 그때부터 상황은 달라졌다. 패트릭의 아버지가 베티에게 손을 내밀었다.

"가자."

베티는 그와 동시에 자리에 가만히 멈춰 서서는 소리를 지르려 입을 크게 벌렸다. 그녀의 입술은 무언가를 전하려는 듯 빠르게 움직였으나 정작 목소리가 나오지 않았고, 대신 바람 빠진 소리가 들려올 뿐이었다. 기이한 광경에 나는 뒷걸음질 쳤으나 패트릭의 가족들은 달랐다. 그들은 베티의 짧은 머리를 어루만지며 입을 맞춤과 동시에 양팔을 붙잡았다. 패트릭 어머니의 손에 이끌려 교회 안으로 들어가기 전까지 베티의 소리 없는 외침은 계속됐다. 마을 사람들은 믿음이 깊은 그들 가족만이 베티를 구할 수 있다면서 그들에 대한 기도를 아끼지 않았다.

사람들은 베티가 신성에 의한 가호 아래 십자가에 매달려 매일같이 목사님께 말씀을 듣고 있다고 했다. 소문이 사실임을 증명하는 것처럼 예배를 드릴 때마다 지하실에서 뻗쳐 나온 비명이 기도 소리에 묻히지 않고 교회 안을 튀어 다니며 귀를 간질였다. 이상하게 비명은 분명 사람의 것이었음에도 문틈으로 불어닥친 바람 소리처럼 생기가 없었다. 꼭 죽은 사람의 것 같았다.

비명과 신음을 구별하지 못하고 낄낄거리며 베티에 관한 음담패설을 늘어놓는 아이들과 나는 달랐다. 내가 그렇게 될 수도 있었다. 미쳐도 미치지 않았다고 말해야만 했다. 의사들에게도, 엔젤타운의 사람들에게도, 아버지에게도, 그 누구에게도 내게 문제가 있다고 말을 할 수가 없었다. 미쳤다는 것을 스스로 인정하는 순간, 나의 운명은 두 가지로 정해져 있었다. 머리통을 쪼개 뇌를 절제하는 수술을 받거나, 교회에 감금되어 성수를 맞으면서 내면의 악마를 끄집어내며 계속해서 설교를 듣거나. 스스로를 세뇌해야 했다. 정말로 없던 일이라고 믿어야 했다. 내게는 그런 일들이 벌어지지 않았으며, 벌어졌다고 하더라도 꿈같이 비일상적인 것이었다고. 그러나 내 머릿속에는 잔상이 깊게 남아 있었다.

◇◇◇◇◇

날이 갈수록 준에 대한 괴롭힘은 심해졌다. 캐비닛에 죽은 개구리를 던져 넣는 정도는 애교였다. 식당에서 준이 도시락통을 꺼낼 때면 아이들은 불발탄이라도 발견한 것처럼 그로부터 멀찍이 떨어졌다. 만에 하나 도시락통을 열기라도 하면 김치 냄새가 난다며 코를 부여잡고서 소리를 질렀고, 일부는 화단에서 흙을 한 줌 들고 와서는 준의 도시락통에 뿌리기도 했다.

준을 돕는 이는 없었다. 선생들은 준에게 학교는 모두가 함께하는 공간이라며 냄새나는 음식물을 집에서 싸 오지 말라 말했고, 마을 어른들은 간혹 아이들이 거리에서 준을 괴롭히는 모습을 본다고 해도 눈짓하며 잠시 멈추게 할 뿐 경찰이나 학교에 신고하지는 않았다. 어른들이 사라지고 나면 아이들은 준이 어른을 부른 것이 아니냐면서 더욱 심하게 준을 괴롭혔다.

준은 자신의 부모님에게도 사실을 말할 수가 없었다. 그들도 낯선 마을에서 버티듯이 살아가고 있었다. 여름 막바지가 되면서 농장 일은 더욱 바빠지기 시작했다. 일주일 중 단 하루도 쉬는 날 없이 준의 부모님은 햇볕이 내리쬐는 옥수수밭에서 온종일 중노동을 하고, 밤이면 무덤을 파는 일을 하기도 했다. 영어를 제대로 알아듣지 못하는 그들은 다른 이들보다 배로 열심히 움직이고 눈치를 봐야만 간신히 자신들의 일감을 보전받을 수 있었다.

정의 불 같은 성격도 준을 입 다물게 했다. 식사를 할 때조차 기강을 잡는 정이었다. 조금이라도 준이 약한 모습을 보이면 과거 전쟁통에서 공산주의자들의 목을 긋고, 배가 고파 나무 뿌리를 캐 먹었다고 말하며 모든 것을 준의 정신력 탓으로 돌렸다. 만약 학교에서 괴롭힘을 문제로 부모님을 호출하기라도 한다면 정이 준에게 무슨 짓을 할지 몰랐다.

그래서 준은 문제들을 회피하기로 했다. 멍하니 허공을 바라보거나, 명상을 하듯 눈을 감고 있었다. 때론 대화에 가까운 혼잣말을 했다. 한 번은 배가 아파 화장실에 갔는데 옆 칸에서 준의 목소리가 들려왔다. '안 돼', '그만', '멈춰' 같은 짧은 한국말에 이어 손바닥으로 짝, 하고 뺨 때리는 소리가 들려왔다.

"정신 차려."

이어서 그는 내가 알아듣지 못할 말들을 했다. 한국어였으나 전혀 알아들을 수가 없었다. 그러다 코드 뽑힌 TV처럼 한순간에 어떤 소리도 들려오지 않게 되었다. 나는 불길한 느낌에 몰래 화장실을 빠져나가려 했다. 그런데 준이 있던 칸의 문이 천천히 열리기 시작했다. 뒤돌아보니 준이 서 있었다. 평소와 비슷한 모습이었다. 눈을 까뒤집거나, 몸을 비트는 등의 행동은 하지 않았다. 다만 한 가지, 그의 손에 들려 있던 것이 내 눈길을 끌었다. 오방색의 주머니였다.

◇◇◇◇◇

엔젤타운으로 이사 오고 난 후 아버지는 일종의 배려이자 보상으로 어머니나 내가 원하는 물건이 있다면 액수에 크게 제한을 두지 않고 구해다 주었다. 매달 말에 우편으로 종이 카탈로그가 배달되어 왔다. 400쪽이 넘을 정도로 두꺼운 카탈로그 안에는 각종 스포츠용품부터 쌍안경, 장난감, 전자 기기 등 온갖 물건들의 광고들로 넘쳐 났다.

나는 어머니와 머리를 맞대고는 침을 묻혀 가며 카탈로그를 넘기면서 가지고 싶은 물건들의 이름을 메모지에 적어 내렸다. 그렇게 완성된 물건 리스트를 아버지에게 건네면, 아버지는 뉴욕 지사의 직원들에게 전화해 물건을 주문했다.

어머니는 보통 반지, 귀걸이 등 보석류를 비롯해 접시 같은 식기들을 구매했고, 나는 야구 배트나 글러브, 농구화 등 주로 스포츠용품들을 샀다. 다른 아이들이 봤을 때 눈이 휘둥그레질 만한 것들이 우리 집에는 많았기에, 엔젤타운에서 물건을 보고 욕심이 난 적은 없었다. 그런데 준의 주머니는 달랐다. 그것을 본 이래로 계속해서 주머니의 형상이 내 눈 앞에 아른거리기 시작했다.

나는 학교 복도를 걸었다. 늦은 오후의 학교라 그런지 아이들은 보이지 않았고, 칠판에 남은 낙서들에 오렌지빛 햇살이 내려앉아 있었다. 주위를 둘러보며 걷다가 문득 바닥에 시선이 갔다. 준의 주머니가 떨어져 있었다. 하양, 검정, 파랑, 빨강, 노랑의 색 조합은 잊을 수 없는 엔젤타운의 햇볕처럼 강렬하게 나를 휘저어 놓았다. 나는 충동적으로 주머니를 줍기 위해 고개를 숙였다.

스윽

주머니가 뒤로 움직였다. 주변을 살펴보았으나 누구도 보이지 않았다. 착각인가 싶어 다시 한번 주머니를 주우려 했다. 그런데 내 턱 아래에서 바닥을 향해 무언가 툭 하고 떨어졌다. 희고 기다란 수염이었다. 손으로 얼굴을 매만졌다. 수염은 버석거렸고, 주름이 자글자글한 데다 입안이 쩍쩍 갈라졌다. 도대체 무슨 일인가 싶은 순간 구토가 치밀듯이 목소리가 튀어나왔다.

네가 감히.

방울 소리와 함께 들려온 목소리는 낮고 거칠었다. 한 번이라도 들어 본 적 있는 사람이라면 결코 잊을 수 없는 그런 목소리였다. 갑자기 내 몸이 허공에 떠올랐다. 높이 떠오른 몸이 한순간 바닥으로 확 내리 꽂히기 직전, 나는 잠에서 깼다.

"헉, 헉……."

나는 숨을 몰아쉬며 방 안을 천천히 둘러보았다. 쨍한 빛깔의 푸른색 벽지가 어둠 속에서 빛을 잃어 바래져 보였고, 침대에 올라서도 닿을 것 같지 않던 천장은 눈앞에 다가온 것처럼 낮아 보였다. 방 한쪽에는 플라스틱 기차 세트가 저마다 복잡한 선을 그리며 설치되어 있었고, 장난감 병정, 반짝이는 요요, 어딘지 조악한 라디오 키트까지, 아이들이라면 넋을 놓고 바라볼 만한 물건들이 진열장과 바닥 곳곳에 흩어져 있었다.

그러나 그 어느 것들도 내 주의를 끌지 못했다. 머릿속에는 꿈속에서 들은 그 기괴한 목소리보다도 오직 눈앞에서 천천히 멀어져 간 오색 주머니의 잔상만이 짙게 남아 있었다. 내 물건을 빼앗긴 듯이 불쾌감이 치솟았다. 불현듯 할아버지 생각이 났다. 할아버지는 가질 수 없다면 망가뜨려서라도 내 것으로 만드는 사람이었다.

◇◇◇◇

뜬눈으로 해가 뜨기만을 기다린 나는 우유 배달부가 오기도 전에 학교 갈 준비를 했다. 준을 만나면 주머니를 보여 달라 말하겠다고 다짐했다. 혹시 몰라 나이키 신발을 한 켤레 가방에 챙긴 다음, 탁자 위에 올려져 있던 어머니의 지갑에 손을 댔다. 87달러 중 36달러를 따로 빼서 주머니에 쑤셔 넣었다. 만약 준이 신발과 바꿔 주지 않으려 한다면 돈을 주고서라도 가져오려 했다.

그날도 어김없이 준은 멍하니 허공을 바라보고 있었다. 나는 시계와 준의 뒤통수를 번갈아 보며 준에게 다가갈 기회만 엿보고 있었다. 쉬는 시간이나 하굣길에 말을 붙여 볼까도 싶었지만 혹시 모를 아이들의 시선이 신경 쓰였다. 그렇다고 하교한 후에 준의 집을 찾아가자니 정이나 희를 마주칠까 또 부담스러웠다.

고민을 하고 있던 차에 다른 아이들이 먼저 움직였다. 가위바위보 게임에서 진 폴이 몸을 숙이고는 천천히 준을 향해 다가가기 시작했다. 폴은 승냥이 같은 몸짓으로 준의 주머니에서 빼꼼히 삐져나온 주머니 끝부분을 손가락으로 홱 하고 낚아챘다. 나도 모르게 놀라 소리를 내었으나 다행히 폴의 환호성에 묻히고 말았다.

"됐다!"

폴은 주머니를 잡아 올리고는 까치발을 높게 들었다. 놀란 준이 팔을 흐느적거리며 폴을 향해 주머니를 돌려 달라며 발버둥을 쳤으나 주머니 끝에 스치지도 못했다. 아이들은 그 모습을 보고 난쟁이라며 뒤에서 저들끼리 키득거렸다. 피트가 폴을 향해 외쳤다.

"제대로 해!"

폴이 준에게서 빼앗은 주머니를 열려고 했다. 그러나 잘 열리지 않는지 낑낑거렸고 잭이 뒤편에서 비아냥거렸다.

"그걸 못 하냐?"

준 역시 필사적이었다. 폴의 어깻죽지를 흔들며 어떻게든 주머니를 되찾아 오려 했다. 그러나 100년 묵은 나무 줄기를 흔드는 것처럼 폴은 미동조차 하지 않았다. 두 팔을 들어 올리고 주머니를 열려고 하던 폴은 열이 받았는지 힘으로 주머니를 뜯어 버리려 했다.

"내놔!"

순간, 준의 목소리가 낮게 가라앉았다. 눈빛이 번뜩였고, 완전히 다른 사람처럼 보였다. 준은 폴을 향해 있는 힘껏 몸을 날렸다. 어디서 그런 기운이 솟았는지 한 손으로는 폴의 목을 거칠게 조르며 숨통을 막았고, 다른 한 손으로는 오색 주머니를 쥔 폴의 손목을 할퀴었다. 날카로운 손톱 아래로 피가 빠르게 번졌다. 준이 주문을 외우듯 읊조렸다.

"죽여 버릴 거야. 내가 널……"

자리에 있던 아이들은 마치 저주라도 걸린 듯 움직이지 못했다. 처음 보는 준의 모습에 다들 놀라 자리에 가만히 굳어 있었다. 그간 아이들이 애써 묻어 왔던 두려움이 드러나고 있었다.

숲에서의 기묘한 사건 이후 아이들은 준을 더 집요하게 괴롭혔다. 겉으로 볼 때 그들은 괴롭힘 자체를 즐기는 것처럼 보였으나 실상은 마음 깊은 곳에서 올라오는 두려움이 그들을 움직이게 하고 있었다. 그들의 세계에서는 이해할 수 없는 것, 그들의 말로는 설명할 수 없는 것, 그래서 무서운 것을 억누르기 위한 본능적 행동으로 그들은 준을 조롱하고 상처 입히며 추악한 소문을 만들어 퍼뜨렸다. 만약 그러지 않으면 설명할 수 없고 통제할 수 없는 것들이 그들의 일상에서 날뛸 테니까.

폴은 손목을 감싸 쥐고는 비명을 지르며 울기 시작했고, 이내 바닥에 노란 물 자국이 퍼져 나갔다. "폴이 오줌을 쌌다"는 누군가의 외침으로 교실 안은 웃음소리로 가득 찼고 몰려든 아이들로 난장판이 됐다. 준은 주머니를 손에 꽉 쥐고서 다른 아이들을 노려보았다. 나는 그의 눈을 피해 고개를 숙였다.

"무슨 일이야?"

때마침 교실 문이 열리더니 선생님이 나타났다. 아이들이 서로 눈치만 보고 있던 사이, 잭은 때를 놓치지 않고 손을 번쩍 들어올리고는 외쳤다.

"쟤가 폴을 때렸어요."

상황을 파악하던 선생님은 폴을 일으켜 세우는 것과 동시에 준의 손목을 잡아챘다. 준은 선생님께 무언가를 말하려 입을 벌렸으나, 선생님은 되려 준에게 버럭 화를 냈다.

"가만 있어!"

선생님의 눈에 얼굴이 웃음기로 가득한 아이들은 피해자였고, 주머니를 손에 꼭 쥔 채로 빠진 손톱을 주워 들고 있던 준은 가해자였다. 선생님은 준을 거칠게 끌고는 교실 밖으로 데려갔다.

02

준을 비롯해 아이들이 교장실에 불려 간 지 얼마 되지 않았을 때, 교실로 돌아온 선생님이 나를 불러냈다. 무슨 일인지 물었으나 선생님은 답해 주지 않았다. 선생님을 따라간 곳에는 폴과 잭이 복도에 놓여 있는 간이 의자에 앉아 억울한 듯 입술을 툭 내밀고 있었다. 성이 난 눈빛으로 보아 죄책감을 느끼고 있기 보다는 되려 분풀이를 할 대상을 찾고 있는 것 같았다. 선생님이 바로 옆에 있는데도 그들은 나를 대놓고 노려보며 입 모양으로 몰래 욕을 했다. 선생님이 문을 두들겼다.

"교장 선생님, 데리고 왔습니다."

잠시 후 안에서 목이 쉰 듯한 늙은 남자의 목소리가 들려왔다.

"들어오세요."

문이 열리자 눅눅한 공기가 얼굴을 스쳤다. 방 안에는 오래된 나무 냄새, 종이 먼지, 희미한 곰팡내가 섞여 풍겼다. 벽에는 빛바랜 졸업 사진, 낡은 감사장과 명예패들이 걸려 있었다. 중앙에는 묵직한 크기의 마호가니 책상이 자리 잡고 있었는데, 윤기가 사라진 나무 표면은 교장의 얼굴처럼 군데군데 갈라진 채였다. 교장이 잉크병의 뚜껑을 닫더니 한숨을 푹 내쉬었다.

"오, 신이시여."

선생님은 내 등을 슬며시 밀었고, 나는 조심스럽게 방 안으로 한 걸음 들어섰다. 교장이 가까이 다가오라 손짓했으나 나는 자리에 가만히 서 있었다. 교장의 옆에 고개를 푹 숙이고 앉아 있는 준이 보였다. 교장은 두 눈을 비빈 뒤 마른세수를 하며 말했다.

"영어를 잘 못 알아듣는 것 같구나. 네가 통역을 해야겠다."

나는 자리에 앉기 전에 슬쩍 준을 보았다. 준은 아무 일도 없었던 것처럼 차분해 보였으나 내 눈에는 그 무표정한 얼굴 위로 그간 보았던 갖가지 모양의 얼굴들이 가면처럼 겹쳐 보였다. 눈을 까뒤집고 발작하는 괴이한 모습부터 나를 향해 팔을 벌리고는 '이리 오라'고 말하던 안온한 모습까지. 나는 그 모습들 중 어떤 모습이 진짜 준의 모습인지 알지 못했다. 교장이 준을 보며 말했다.

"왜 폴을 때렸니?"

교장과 눈을 마주치자 그가 내게 눈짓했다. 나는 준에게 한국말로 물었다.

"폴을 왜 때렸어?"

준은 어떤 반응도 하지 않았다. 그저 고개를 숙이고만 있었다. 침묵이 한동안 이어졌다. 말하지 않을 셈인가 싶었다. 비대한 교장의 몸집에 삐걱거리는 흔들의자 소리만이 주변을 맴돌았다. 교장은 인내심이 바닥났는지 나를 향해 삿대질을 했다.

"당장 준에게 말 안 하면 정학 처분을 내리겠다고……"

"말, 하, 게요."

준은 고개를 숙인 채 영어로 문장을 더듬거렸다. 문법에 맞지 않았을뿐더러 발음이 뭉개지면서 알아듣기가 어려웠다. 교장은 얼른 통역을 하라는 듯이 나를 쏘아보았으나 나 역시도 준이 영어로 하는 문장의 의미를 명확하게 알 수 없었다. 교장이 혼잣말을 했다.

"어디서 이런 저능아를……."

준도 답답한지 고개를 숙인 상태에서 반쯤 몸을 돌려 내게 말했다.

"걔들이 먼저 날 때렸어."

한국말을 하는 준의 모습은 영어를 말할 때와는 달랐다. 발음은 또박또박했고, 문법은 정확했다. 말투에서는 어른, 그것도 무늬만 어른이 아니라 진짜 어른에게서 느껴질 법한 깊이가 느껴졌다. 나는 교장에게 준의 말을 전했다.

"폴이 먼저 자기를 때렸대요."

교장이 준을 향해 삿대질을 하며 물었다.

"폴의 말에 의하면 네가 이상한 물건을 가지고 있다고 하는구나."

준의 커다랗고 맑은 눈이 나를 향하고 있었다. 나는 교장의 눈치를 보며 준에게 물었다.

"네 주머니에 들어 있는 게 뭐녜."

내심 기대가 되지 않았다고 말하면 거짓말이다. 준의 주머니를 본 순간부터 그것이 머릿속에서 떠난 적이 없으니까. 그 속에 뭐가 들어 있을지도 궁금했다. 동전이나 보석같이 귀중한 물건들부터 주머니칼, 동물의 사체, 혹은 사람의 머리카락이나 손톱 등 부정한 것들까지 내 상상 속에서 준의 주머니에는 말 그대로 세상에 존재할 수 있는 모든 것이 들어 있었다. 내 물음에 준의 눈빛이 흔들리자 호기심은 더욱 커져만 갔다. 준이 말했다.

"할아버지께서 한국에서 주신 거야."

나는 교장이 뭐라 말하기도 전에 준에게 물었다.

"그러니까 그게 뭐냐고."

준이 버럭 소리를 질렀다.

"지금 그게 중요해? 아이들이 날 때렸다니까."

이어서 얼굴을 벌겋게 해서는 나를 향해 말을 쏘아붙였다.

"넌, 아무렇지도 않아? 내가 이렇게 맞아도?"

문득 짜증이 솟구쳤다. 나는 왜 준이 자신을 괴롭힌 폴이나 잭, 피트가 아니라 나한테 화를 내는 것인지 이해할 수 없었다. 한국인이라는 이유로, 한국말을 할 줄 안다는 이유만으로 끼어들지 않을 수 있는 싸움판에 낀 나였다. 내가 없었더라면 인내심이 바닥난 교장에게 정학 처분을 받았을 테니 오히려 준은 내게 고마워해야 했다. 나는 준에게 화를 냈다.

"너, 솔직하게 말해. 영어 할 줄 알잖아. 내가 숲속에서도 그렇고 교실에서도 다 봤어."

준은 나를 가만히 쳐다볼 뿐 물음에 대답하지 않았다. 답답함에 숲속에서 일어났던 기이한 일들에 관해서는 물론이고, 왜 예전에 수영장에서 나를 보고 있었는지, 왜 갑자기 자기 방에서 몸을 기괴하게 꺾였던 것인지 그 자리를 빌어 모조리 물어보려 했다. 만약 말하지 않는다면 교장을 포함해 어른들에게 준에 관한 것들을 모조리 털어놓을 작정이었다. 그러나 내가 입술을 떼기도 전에 탁- 하고 교장이 책상을 손바닥으로 내리치며 내 입을 막았다.

"그만!"

나는 놀라 입을 다물었으나 준은 아니었다. 그는 눈물이 그렁그렁한 눈으로 내게 물었다.

"다 봤다고? 근데 이건 왜 모른 척해? 애들이 나 괴롭히는 것도 네가 다 봤잖아."

교장이 성난 목소리로 내게 삿대질을 하며 위협했다.

"통역해! 당장!"

나를 겨눈 교장의 검지는 날카로웠지만 나는 말하지 못했다. 세상에는 보지 않아도 보이는 것들이 있었다. 예를 들면, 숨을 죽인 채 문 너머에서 교장실 안을 향해 귀를 기울이고 있는 잭과 폴의 모습, 그 후에 이어질 아이들의 분노와 괴롭힘 그리고 패트릭의 기도 같은 것들 말이다. 훤히 내다보이는 따가운 미래보다도 지금 이 순간 준의 눈빛은 내 마음을 강하게 찔렀다. 나는 차마 그의 눈을 마주 볼 수 없었고, 고개를 숙인 채 교장에게 말했다.

"자기가 먼저 때렸대요."

교장도 내 의도적인 오역을 알고 있었을 것이다. 그때 나는 거짓말에 익숙하지 못한 어린아이였다. 굳은 얼굴로 눈도 마주치지 못하고 떨리는 목소리로 내뱉은 10대 남자아이의 말을 곧이곧대로 믿는 어른은 없었다.

"그래?"

교장은 쓰고 있던 안경을 책상 위로 내던지고는 한숨을 쉬었다. 반쯤 바람 빠진 풍선에서 날 법한 소리가 났다. 그는 준과 나를 번갈아 보다가 볼펜을 꺼내 들고는 준을 향해 겨누었다.

"준, 널 포함해서 관련된 모든 학생들 전부 봉사 활동 처분이다."

교장이 헛기침을 하자, 선생님이 문을 열고 들어서더니 준을 끌다시피 밖으로 데려갔다. 끌려 나가면서도 그의 시선은 나를 향하고 있었다. 바늘처럼 따가웠다. 나는 준이 완전히 사라진 것을 확인하고 나서야 자리에서 일어날 수 있었다.

"한."

교장이 펜으로 내 가슴팍을 가리키며 말했다.

"너도 같이 봉사 활동 처분이다. 그리고 조심해."

그는 하늘을 향해 고개를 치켜들고는 기도를 하듯 두 손을 마주 모았다.

"그분께서는 모든 것을 알고 있어. 그걸 명심하거라."

◇◇◇◇◇

그날 우리에게 내려진 처벌의 이름은 봉사 활동(Community Service)이었지만 엄밀히 말하자면 일종의 벌이었다. 벌과 봉사를 동일하게 취급하는 순간, 악은 쉽게 선이 되고 만다. 사람들은 카르마(Karma)라는 일종의 '지불' 개념으로 우리가 지은 죄를 선으로 덮을 수 있다고 생각하기 때문이다.

나는 그 같은 추악함을 뉴욕에서, 캐딜락이나 포르셰 같은 고급 차에 올라탄 이들에게서 느꼈다. 그들은 레스토랑이나 매장에서 명찰에 적혀 있는 이름이 아니라 피부색이나 외적인 특징을 꼽아 직원들을 부르고, 자기들끼리 시끄럽게 건배를 하는 등 무례함을 보이면서도 줄곧 그것들을 팁이란 이름의 물질적인 것으로 대체하려 했다. 마치 도덕적인 굴곡을 돈으로 채워 넣으려 하는 것 같았다. 그러나 이것은 비단 도시에서만 벌어지는 일이 아니었다. 엔젤타운의 아이들도 마찬가지로 행동했기 때문이다.

교실로 돌아가니 부목사님이 계셨다. 그는 나를 향해 찬찬히 걸어왔다. 발걸음을 내디딜 때마다 까만 사제복이 찰랑거리며 빛을 반사했다. 꼭 물고기 비늘 같았다. 그분께서는 허리를 숙여 나와 눈을 맞추고는 말했다.

"너도 죄를 지었구나."

그의 어깨 너머로 줄 서 있는 아이들이 보였다. 대부분 폴과 내기를 했던 아이들로 다들 불만 가득한 표정을 짓고 있었다. 그들은 줄 맨 끝에 서 있던 준을 노골적으로 흘겨보았다.

부목사님은 나를 선두에 세우고는 어깨 위에 손을 올렸다.

"속죄하러 가자꾸나."

부목사님의 목소리는 그날따라 햇볕에 달아오른 공기처럼 상기되어 있었다. 교회로 향하는 길이 익숙한 만큼 그의 말투도 귀에 익었다. 마치 문장을 외우는 것이 아니라, 어디선가 받아 적은 부언을 되뇌는 것 같았다.

한때는 그도 그렇게 말하지 않았다. 연단에서 '목사님'이라 불리며, 엔젤타운 사람들에게 신의 말씀을 전하던 시절이 있었다. 성경을 양손에 들고는 구절 하나하나에 매달려 연구했고, 밤마다 교회 전등불 아래서 머리를 쥐어뜯으며 기도했다. 반면 그의 설교는 형편없었다. 내면에 확신 없는 흔들리는 진심이 깃들어 있었기 때문이다. 그는 회의했고, 질문했고, 때로는 말씀 앞에서 울었다.

변화는 어느 겨울, 그가 낯선 사내를 교회로 들이면서 시작되었다. 그 사내는 누구보다 말이 없었고, 말보다는 눈빛으로 모든 것을 흔들었다. 처음에는 단지 과거 엔젤타운의 가난한 농부의 아들, 전쟁에서 돌아온 영웅쯤으로 여겨졌으나 얼마 지나지 않아 그는 교회 뒤편 작은 방을 쓰기 시작했고, 예배 순서마다 간단한 기도를 덧붙이더니, 곧 설교의 말미에 부언을 하기 시작했다.

부목사님의 설교문이 점점 짧아지며 오롯이 선언만이 남게 되었을 때, 누군가는 이러한 변화가 새로 오신 목사님께서 인도에 능하셔서 그런 것이라 했고, 또 누군가는 목사님께서 지니고 오신 총탄 맞은 성경책과 전쟁 훈장들을 보고서 우리를 대신하여 심판을 보고 온 분이라 속삭였다.

"집중하세요. 지금도 봉사 시간입니다."

부목사님은 죄와 속죄, 그리고 구원에 대해 말했다. 하나님께서 택하신 이의 인도를 따르지 않으면 구원은 없다고 했다. 그 신성한 과정은 오직 교회를 통해서만, 하나님의 말씀을 진정으로 받은 자를 통해서만 가능하다고 덧붙였다. 나는 부목사님의 설교를 들으며, 준을 흘끗 바라보았다. 문득 의문이 떠올랐다.

'속죄받을 기회조차 없었던 사람들은 어떻게 되는 걸까?'

'그들은 애초에 버림받은 존재들인가?'

그러한 의문들은 오래가지 못했다. 어느새 내 머릿속엔 과거 농장에서 할아버지에게 짓눌린 채로 나를 노려보던 노동자들의 얼굴이 준의 얼굴에 겹쳐지고 있었기 때문이다. 세탁 한 번 하지 않은 얼룩 묻은 작업복, 갈라진 입술, 그리고 검은 눈동자. 준의 얼굴은 그들과 기묘하게 닮아 있었고, 그 유사성은 내 안의 죄책감을 서서히 잠재웠다. 부목사님이 목소리를 높였다.

"이교도들은 영원히 지옥 불 위에서 타오르리라."

그의 말은 낡은 교회 벽돌처럼 무겁게 내 속을 짓눌렀다.

◇◇◇◇◇

교회에 도착하자마자 부목사님은 준만 따로 데리고 상담실로 향했다. 이제부터 무얼 하면 되느냐는 폴의 물음에 그분은 미소를 지으며 들은 설교를 바탕으로 스스로 찾으라 했다.

"그분께서는 모든 것을 지켜보고 있다"라는 의미심장한 말과 함께.

애석하게도 아이들의 상상력은 그리 깊지 않았다. 텅 빈 교회에 남겨져 멍하니 서 있던 아이들 중 몇몇이 눈치를 보며 청소 도구함 앞에 서서 빗자루나 걸레들을 집어 들었고, 폴을 비롯한 아이 몇은 도구함을 지나쳐 교회 안쪽에 있는 기도실로 향했다. 잭이 폴의 어깨를 붙잡고는 물었다.

"어디 가?"

폴은 당연하다는 듯 어깨를 으쓱거렸다.

"속죄하러."

자연스럽게 잭도 기도실로 따라 들어가려 했으나, 폴이 잭의 앞을 막아섰다. 잭은 웃으며 비키라고 했지만 폴은 문지기처럼 꿈쩍도 하지 않았다.

"너도 알다시피 기도실이 좀 좁아야지."

폴의 말과 달리 기도실은 크고 넓었다. 교실을 두 개 정도 합쳐 놓은 크기였으니까. 평일, 주말을 가리지 않고 많은 사람들이 찾아와 따로 예배를 드렸고, 패트릭의 가족 같은 사람들은 아예 그곳에 자리를 잡고서 고행을 하듯 날마다 기도를 이어 나가기도 했다. 잭이 정색하며 얼굴을 구겼다.

"비켜."

폴은 잭을 노려보았다. 눈빛에서 적의가 느껴졌다.

"잭, 너, 돈 있어?"

잭은 나이프가 든 주머니에 손을 넣었으나 폴은 겁먹지 않았다. 그는 자신의 손에 들려 있던 25센트 동전 두 개를 펴 보이더니 기도실 입구에 놓여 있던 기부함에 넣었다. 쨍그랑거리는 소리에 잭의 얼굴에 붉은 기운이 감돌았다.

"잭, 우리가 여기 뭐 하러 왔어? 봉사하러 왔잖아. 안 그래?"

폴은 청소 도구함을 향해 눈짓하며 말했다.

"누군가는 청소를 해야 하지 않겠어?"

기도실로 들어간 아이들은 하나같이 나름 잘사는 집안 출신이었다. 백인이면서 토박이, 동시에 자기 이름으로 된 땅을 가진 집안의 아이들. 엔젤타운 기준에서 그들은 완벽한 인간이었다. 반면 잭은 기름때가 묻은 아버지의 청바지와 셔츠를 입고 다니며 렌탈료를 내듯 아이들에게 뺏은 돈을 다시금 아버지에게 빼앗기는 삶을 살고 있었다.

잭은 닫힌 기도실 문을 보고 몸을 부르르 떨며 화를 드러냈다. 그러나 분노는 엉뚱한 곳으로 튀어 걸레질을 하고 있던 다른 아이에게 향했다. 잭이 걸레질을 하고 있던 아이에게 발길질을 하며 외쳤다.

"뭘 봐!"

나는 기도실에 들어가고 싶다는 생각은 하지 않았다. 패트릭이 그곳에서 눈을 번뜩이며 기도하고 있었기 때문이다. 불구덩이 속으로 스스로 뛰어들 생각은 없었다.

기도실에 들어가지 못한 아이들은 교회 이곳저곳을 돌아다니며 잎사귀 같은 손을 바삐 움직였다. 기도실에서 들려온 웃음소리와 코를 찌르는 세제 냄새에 머리가 어지러웠다. 아이들은 바닥을 쓸고 닦아 낼수록 죄의식보다는 분노를 느낄 뿐이었다. 선생에게 들키지만 않았어도…… 재만 아니었어도…… 잭이 걸레를 바닥에다 내던지고 발로 짓이기듯이 바닥을 닦기 시작했다. 그가 나를 쏘아보며 말했다.

"저걸 여기서 때릴 수도 없고."

나는 잭의 눈길을 피하고자 일부러 아이들이 없는 교단 위로 올라갔다. 교단 안쪽으로 들어가니 처음 보는 벽화들이 보였다. 둥근 벽을 따라 히에로니무스의 〈세속적인 쾌락의 동산〉 중 지옥도가 그려져 있었다. 칠흑 같은 어둠 속에서 옅게 보이는 빛줄기들은 고통받는 사람들의 비명처럼 보였다. 괴물과 같은 존재 사이에서 사람들은 영겁의 고통을 받으며 기괴하게 뒤틀려 가고 있었다. 어머니의 대학 교재에서 같은 그림을 본 적이 있었으나 원작과는 많은 부분이 달랐다. 특히 그곳에 그려진 악마 같은 존재들은 하나같이 노란 피부에 키가 작았고, 눈이 찢어져 있었다.

"경계하라!"

나는 소리가 들리는 곳으로 고개를 들렸다. 목사님의 외침이 지하에서 들려오고 있었다. 미친 베티가 그곳에 있는 걸까? 그러나 목사님의 목소리를 제외하고는 그 어떤 다른 소리도 들리지 않았다. 심지어는 숨소리조차도. 외침과 그림이 한데 섞여 마치 지옥 한가운데에 있는 것 같았다.

그때, 기도실 문이 열리더니 패트릭이 걸어 나왔다. 그는 예배당 한가운데에 가만히 멈춰 서더니 두 손을 모으고는 혼자만의 기도를 올렸다. 나를 비롯해 아이들은 그런 패트릭의 모습을 가만히 지켜보았다. 신에게 제물을 바치는 사제처럼 보이기도 했다.

"그들을 벌하소서……."

패트릭의 시선에 도망치듯 교단 아래로 내려왔으나 아이들 틈에 끼지도 못하고 어정쩡하게 서 있었다. 그 모습을 본 잭이 걸레를 발로 차 버리더니 나를 향해 성큼성큼 다가왔다.

"야, 네가 교장한테 말했지?"

"아니야. 내가 아니야."

나는 필사적으로 손을 내저었다. 다른 아이들도 손에 걸레를 쥐고 나를 쏘아보았다. 걸레에서 물이 뚝뚝 흘러내리며 바닥을 적셨다.

"근데 왜 우리도 같이하는 거야?"

잭의 목소리는 날카로웠다. 폐를 꿰뚫는 것만 같았다. 잭은 기도실을 슬쩍 내다보았다. 폴을 비롯한 아이들이 기도실 문을 열고는 잭과 나를 바라보고 있었다. 잭은 옅은 미소와 함께 내 멱살을 잡아챘다.

"설명해."

입이 떨어지지 않았다. 애초에 그들은 설명을 바라지도 않았고, 단순히 화풀이할 대상이 필요했을 뿐이었다. 어떤 대답을 해도 결국 자신들이 정한 답으로 나를 몰아갈 것이었다. 나는 입을 다물고는 눈을 아래로 내리깔았다. 여태 내가, 아니, 우리 가족이 이 땅 위에서 살아온 방식대로. 피트가 잭 옆에 서서 물었다.

"저 새끼가 자기 아빠한테 말하면 어떡하게?"

"그런 용기가 있을까? 혼자 살아남으려고 자기 동족이 당해도 한 마디도 안 하는 놈인데?"

뒷걸음칠 공간조차 없었다. 아이들은 이 순간만을 기다린 모양이었다. 잭은 우리를 향해 서서히 다가왔다. 잭의 주먹에는 힘이 잔뜩 들어가 있었다. 금방이라도 내 턱으로 주먹이 날아들 것만 같았다.

"이 새끼 처음부터 마음에 안 들었어."

하지만 우리들의 대치는 상담실 문이 열리며 끝났다. 준이었다. 나도 모르게 안심하고 있는 스스로를 발견할 수 있었다. 잭은 기세가 다른 곳으로 향한 듯 나를 겨누려 했던 주먹에 힘을 뺐다. 준의 검은 눈동자가 교회 안을 훑었다. 주변을 살피며 무슨 일이 일어나고 있는지 파악하려는 것 같았다.

"……너희는 너희 아비 마귀에게서 났으니[27]……"

때맞춰 기도를 마친 패트릭은 손가락을 들어 올려 준을 가리켰다.

"잡아."

잭과 폴이 움직이려 하자, 패트릭이 고개를 저었다.

"네가 잡아. 한."

인간이 이해하지 못하는 어떠한 신성이 파멸적인 그의 시선으로 나타난 듯했다. 패트릭의 눈빛에는 거부할 수 없는 힘이 있었다. 계속해서 커져만 가는 목사님의 외침 또한 내 움직임을 부추겼다. 주저하는 사이 날카로운 것이 내 등을 찔렀다. 잭이 나이프를 들이밀고 있었다.

"왜? 속죄하기 싫어?"

지옥은 세상 어딘가에 위치한 공간이 아니었다. 비명이나

---

27) 요한복음 8장 44절(1961년 개정번역판).

절규, 유황 냄새와 끈적이는 피를 흘리는 사람들이 없다고 하더라도 끝을 알 수 없는 고통이 기다리고 있는 곳, 감내할 수 없는 시련이 파도처럼 들이닥치는 곳이라면 지금 당장 내가 서 있는 이 땅도 지옥이었다. 나는 마지못해 준의 앞에 섰다. 그는 굳은 표정으로 나를 바라보고 있었다. 등 뒤로 패트릭의 목소리가 들려왔다.

"때려."

목소리는 교회 내부의 철골 구조물을 타고 올라가 스산하게 퍼졌다. 나는 준의 멱살을 잡아챘다. 체구가 작은 준의 발끝이 쉽게 들렸다. 그는 몸부림치지 않았다. 가만히 턱을 내밀고는 눈으로 나를 바라보고 있었다. 준의 까만 눈동자 속에서 불길들이 널뛰는 듯했다.

"어서!"

이제 목소리는 완전히 패트릭의 것이 아니었다. 순간 불길 속에 서 있는 내가 보였다. 목사님께서 지겹도록 말씀하시던 지옥 속이었다. 세상의 종말을 알리듯 교회 건물에 붙은 불은 맹렬히 타올랐다. 그러나 불길이 아무리 거세어져도 주변에 깔린 어둠을 단 한 치도 밝히지 못했다. 나는 불길 속에서 허우적거리며 동시에 어둠을 향해 삼켜져 갔다.

"날 때려."

순간 내 귀를 의심했다. 목소리는 한 번 더 힘주어 내게 말했다.

"주저하지 말고."

교회에 붙은 불길은 삽시간에 잦아들었고, 동시에 어둠이 자취를 감추었다. 어느덧 내 눈앞에는 슬픈 눈망울을 한 작은 동양인 소년이 있을 뿐이었다. 준의 목소리가 내 머릿속을 휘젓고 있는 것 같았다. 잭이 내게 물었다.

"무슨 말이야? 한국말이야?"

나는 고개를 젓지 못했다. 준의 눈가가 파르르 떨려 왔다. 잭 옆에 서 있던 폴이 말했다.

"한국말 같은데."

준을 향하던 시선이 다시금 내게로 향했다. 패트릭이 나를 향해 눈짓했다. 나는 주먹을 쥐고 팔을 들어 올렸다. 준의 눈동자에 비친 내 얼굴이 보였다. 나는 울지 않으려 입술을 강하게 깨물고 있었다. 준과 내 모습이 겹쳐 보였다. 준은 곧 나였고, 나는 곧 준이었다.

"야. 장난해?"

잭의 몸이 내 쪽으로 기울었다. 그 순간, 준은 일부러 내 가슴팍을 밀쳤다. 나도 모르게 준의 얼굴에 주먹을 날렸다. 준은 그대로 바닥에 고꾸라졌다. 속에서 무언가 끊어지면서 내 정신이 내가 알지 못하는 어딘가로 내던져지는 것만 같은 기분을 느꼈다. 준의 얼굴을 향해 주먹을 날리고 또 날렸다. 준은 비명 한 번 지르지 않고 가만히 맞기만 했다. 주먹으로 그의 배를 때리고, 넘어지면 발로 가슴팍을 찼다. 이윽고 쓰러져 있던 그의 얼굴을 발로 밟으려는 순간 패트릭의 목소리가 들려왔다.

"그만."

패트릭은 무표정했다. 그의 명령에 잭이 준에게 달려들려던 나를 잡아챘다. 준은 배를 부여잡더니 바닥에 헛구역질을 했다. 그러자 패트릭이 준에게 다가가더니 쪼그려 앉아 턱을 강하게 잡아챘다.

"이단의 구정물로 바다을 더럽힐 순 없지."

그러고는 걸레 빨던 파란 버킷에 준의 머리를 쑤셔 넣었다. 버둥거리는 준을 보던 패트릭의 표정은 고해성사를 할 때 나를 보는 목사님의 것과 비슷했다. 버킷에서 빠져나온 준은 꺽꺽 소리를 내며 억지로 구토를 참아 내려 몸을 비틀었다.

바닥에는 주머니가 떨어져 있었다. 주워 들고 싶은 충동이 일었으나 하얗고 가는 손가락이 먼저 주머니에 닿았다. 패트릭은 주머니를 주워 들고는 내부를 살폈다. 이상하게 내가 발가벗겨진 기분이 들었다. 패트릭이 준에게 물었다.

"이건 뭐지?"

패트릭의 손에는 노란 종이가 들려 있었다. 처음에는 한국에서 사용하는 지폐인가 싶었다. 그러나 종이 한 면을 가득 메우고 있던 붉은색 글자는 한글이 아니라 그림에 가까운 알 수 없는 문자였다. 교회에 있는 누구 하나 그것이 어떤 물건인지, 준에게 어떤 의미를 가지고 있는지 알지 못했으나 본능적으로 이곳과는 어울리지 않는, 즉, 없애 버려야 할 물건임은 알고 있었다.

준은 벌건 눈으로 패트릭을 노려볼 뿐이었다. 대답이 돌아오지 않자 패트릭은 부적을 하나씩 찢기 시작했다. 다시는 이어 붙일 수 없도록 아주 갈기갈기. 패트릭은 그렇게 찢은 부적을 걸레 빠는 버킷에다 던져 넣고는 준을 내려다보며 말했다.

"너는 아버지의 나라에 가지 못하리라."

◇◇◇◇◇

오랫동안 준은 바닥에 숨을 헐떡이며 엎드려 있었다. 천장 끝에 매달려 있는 십자가들이 금방이라도 얼굴을 향해 떨어질 것만 같았지만 그는 고개를 들지 않았다. 겉으로 보아서는 사죄를 하는 것처럼 보였다.

"가거라."

어느새 목사님께서 준의 발치에 서 계셨다. 목사님께서는 준에게 다른 어떠한 말씀도 하지 않으셨다. 시선조차 준에게는 아깝다는 듯이 고개를 돌리고 서 계셨다. 준은 힘겹게 자리에서 일어나 쫓기는 사냥감처럼 교회 밖으로 벗어났다. 등 뒤에서는 기도가 들려오고 있었다.

준은 빠르게 발걸음을 옮겼다. 숨을 헐떡이다 목구멍 언저리에 피 맛이 맴도는 것도, 수풀들에 종아리와 발목이 긁혀 생채기가 나는 것도 알지 못한 채로 오롯이 자리를 벗어나는 것에만 신경을 쏟았다. 하늘이 정수리를 중심으로 빠르게 회전하는 것 같았다. 준은 겁에 질린 표정으로 계속해서 주변을 곁눈질했다. 옥수수밭과 숲속에서 이제는 여섯 개의 눈이 달린 검은 형체들이 마을을, 아니 준을 응시하고 있었다.

준은 마침내 집에 도착했음에도 마음을 놓을 수 없었다. 그는 상처를 숨기기에 급급했다. 정이 상처들을 발견하기라도 하면 또 어떤 일이 벌어질지 알 수 없었다. 사내답지 못하다며, 왜 자신을 귀찮게 하느냐며 되려 화를 낼 것이었다.

준은 얼굴을 손바닥으로 가리고 곧장 부엌으로 갔다. 냉장고를 열고는 비닐봉지에 얼음을 쏟아 넣더니 2층 화장실로 달려갔다. 세면대에서 흙을 털어 내고는 수건으로 얼음을 감싸 얼굴에 댔다. 통증이 가라앉았다. 문 너머에서 희의 목소리가 들렸다.

"준, 내려와."

준은 대답하지 않았다. 답이 없다면 희나 정이 2층으로 올라올 것이었다. 희라면 준이 아프다며 거짓말을 해서 넘길 수 있을지도 몰랐지만 정이라면 달랐다. 같은 시간에 식탁에 둘러앉아 저녁을 함께 먹는 것이 가족의 규칙이었다.

"왜 대답이 없어?"

애석하게도 정의 발소리가 들려왔다. 발소리는 둔탁하고 거셌다. 준은 화장실 문을 잠가 볼까도 싶었지만 그러한 행동이 일을 더 키울 것이 분명했다.

똑똑.

준은 그때 구원의 소리를 들었다. 이는 동시에 파멸로 내달리는 변곡점이기도 했다. 누군가 현관에서 문을 두들기고 있었다. 정은 계단을 오르던 발걸음을 멈추고는 부엌에서 일을 하고 있는 희를 대신해 문으로 향했다. 문을 연 정의 표정이 삽시간에 변했다.

"안녕하세요."

03

처음에는 준의 부모님이 내 한국어 발음이 이상해 알아듣지 못했는가 싶었다. 나는 고개를 숙이며 말했다.

"안녕하세요."

이번에는 영어로 정에게 인사하며 눈치를 살폈다. 한동안, 정을 비롯해 희 역시도 그 자리에 얼어붙어 있었다. 전혀 예상치 못한 풍경을 마주한 것만 같은 표정이었다. 어색한 분위기 속에서 나는 손에 들고 있던 것을 내밀었다.

냉장고에서 몰래 가져온 치즈 덩어리였다. 어머니가 와인을 마실 때마다 버터나이프로 새 모이만큼 잘라 먹는 것으로 미루어 비싼 것임에는 틀림이 없었다. 개인적으로는 냄새가 역해서 냉장고만 열어도 헛구역질이 나왔지만.

어린 마음에 선물로 그만한 것이 없다고 생각했다. 비싼 것이면서 나에게는 필요 없는 것. 나는 치즈 덩어리가 든 볼을 그들 앞에서 흔들어 보였다. 그러나 내게 돌아온 것은 얼어붙은 몸짓과 표정이었다. 정과 희는 눈빛으로 '굳이 왜?'라고 말하는 것 같았다. 예상치 못한 반응이었다. 내 행동이 한국인 입장에서는 무례한 것인가 싶어 몸을 돌려 나가려 했다.

"식사 중에 죄송했습니다……."

그러자 부엌 쪽에서 우당탕 소리가 들리더니 희가 현관을 향해 달려 나왔다. 정은 내게서 볼을 빼앗듯이 받아 들었고, 희는 내 손을 꼭 붙잡더니 고개를 세차게 저었다.

"아냐, 아냐. 잘 왔어요. 정말."

따스함이 느껴졌다. 예상치 못한 환대에 나도 모르게 몸에 힘이 쭉 빠졌다.

"우선 앉아요."

나는 집 안을 두리번거렸다. 발을 옮길 때마다 바닥은 삐걱거리는 소리를 냈고, 벽면은 널빤지로 대충 막아 놓아 바람이 들이쳤다. 천장도 늙은 노인의 배처럼 아래로 불룩하게 내려앉은 데다 거뭇하게 곰팡이가 피어 있었다. 카펫을 비롯해 책상과 의자 등 가구도 모두 중고로 사 온 것들이라 얼룩이 묻어 있거나, 스크래치가 심했다.

그런 와중에 내 눈길을 끄는 물건들이 있었다. 부엌에 놓여 있던 제기용 놋그릇이었다. 나는 그것들을 할아버지의 집에서 제사를 지낼 때 본 적이 있었다. 준의 집에 있던 놋그릇은 할아버지의 집에 있던 것보다 더욱 표면이 매끈했고, 거울처럼 반짝거렸다. 희가 내게 물었다.

"저녁은 먹었니?"

그녀의 미소에 나도 모르게 반감을 느꼈다. 내 가족 중 어느 누구도 내게 그런 미소를 짓는 사람은 없었다. 나는 은근슬쩍 손을 뒤로 뺐다. 한곳에 오래 있으면 냄새가 몸에 배듯이 그곳에 머물면 머물수록 나도 그들처럼 될 것만 같았기 때문이다. 나는 고개를 끄덕이고는 그녀에게 물었다.

"준은요?"

내 물음에 정은 다시 홱 고개를 들었다. 희는 '스마일 희'라는 그녀의 별명에 알맞게 웃고 있기는 했으나, 나는 아주 잠깐 스쳐 가는 그녀의 굳은 표정을 보았다. 내가 괜찮다며 정을 말리기도 전에 그는 2층을 향해 큰 목소리로 외쳤다.

"준, 내려와!"

순간, 낮에 있었던 일들이 떠올랐다. 준의 뺨과 배에 닿은 둔탁하면서도 예민한 감각들이 손끝에 여전히 남아 있는 듯했다.

날 때려.

준의 얼굴이 정과 희의 얼굴에 겹쳐 보였다. 주먹이 화끈거리면서 얼굴에는 식은땀이 흘렀다. 어떻게 그의 얼굴을 봐야 할까 싶었다. 나는 급박하게 손을 내저었다.

"괜찮아요. 어머니가 바로 집으로 들어오라고 했어요."

희는 내 말을 무시하고 부엌으로 달려가서는 내가 건넨 볼에다 무언가를 담기 시작했다. 그사이 준은 2층에서 절뚝거리며 아래층으로 내려왔다. 어두운 데다, 준이 고개를 숙이고 있었던 탓에 정은 준의 얼굴을 제대로 확인하지 못한 것 같았다.

준은 나를 보고서 놀라지 않았다. 그는 마치 내가 올 것을 알고 있었던 것 같았다. 나는 그를 향해 손을 흔들어 보이기보다 고개를 돌렸다. 부엌에서 나온 희는 볼을 준에게 내밀었다. 그릇에는 김치 한 포기가 담겨 있었다. 코를 찌를 듯한 냄새에 표정을 관리할 수가 없었다. 준은 희가 내민 볼을 들고는 나와 함께 밖으로 나섰다.

◇◇◇◇◇

바로 옆집이었음에도 집까지 가는 길이 무척이나 길게 느껴졌다. 이번에는 내가 앞서고 준이 뒤따르는 형상이었다. 마당에는 가로등이 없어 어둑했다. 사방에 빛이라고는 우리 집 1층 창문에서 새어 나오는 TV 브라운관 빛뿐이었다. 준은 절뚝거리는 와중에도 걸음을 멈추지 않았다. 푸르르, 푸르르 소리를 내던 풀벌레들이 숨을 죽이고서 우리를 바라보는 것만 같았다.

집 근처에 도착하자 준이 들고 있던 볼을 내게 내밀었다. 나는 한 손으로 준이 내민 볼을 받고서 다른 한 손으로는 주머니에 손을 넣고 손가락을 꼼지락거렸다. 준이 나를 노려보며 말했다.

"됐어."

"뭐가?"

"나 때린 거 어른들한테 이야기 안 할게."

준은 모두 알고 있었다. 내 마음속 깊은 곳에 잠들어 있던 죄책감이란 놈을 그는 특유의 젖은 눈빛으로 응시했다. 준이 이렇게 손쉽게 나에 대한 감정을 허물 줄은 몰랐다. 순간 바람이 강하게 불었고, 준이 집을 향해 걸음을 옮기려 했다. 나는 망설임 끝에 주머니에 든 것을 준에게 내밀었다.

"미안해."

패트릭이 찢은 노란 종이였다. 준이 떠난 후, 나는 다시 교회로 가서 버킷을 집어 들었다. 그러고는 조심스럽게 채로 치어를 잡아 올리듯 찢어진 부적을 건져 올렸다. 젖은 조각들을 손바닥 위에 놓고 행여 짓이겨질까 주머니에 넣을 수도, 그렇다고 잃어버릴까 손을 완전히 펼 수도 없는 어정쩡한 자세로 집에 가져와 책상 위에 늘어놓고 햇볕에다 말린 후 테이프로 이어 붙였다.

"아까는……"

준은 나를 물끄러미 바라보았다. 테이프로 엉성하게 붙여 놓은 것이 마음에 걸렸다. 물에 젖은 데다 종이에 적혀 있는 단어 뜻을 알지 못해 거의 그림 퍼즐을 맞출 때처럼 오랜 시간이 걸렸다. 준이 종이를 어루만지며 말했다.

"나한테 정말 소중한 거야."

준은 내가 건넨 종이를 조심스럽게 접어 다시금 주머니에 넣었다.

"고마워."

그 말을 듣고자 준을 찾아갔던 것은 아니었다. 오히려 고맙다고 말해야 할 사람은 나였다. 준이 아니었더라면 내가 아이들의 표적이 되었을 테니까. 그러나 준에게 고맙다는 말은 끝내 하지 못했다. 머뭇거리던 사이 준은 심호흡을 하고는 말을 이었다.

"한국을 떠나기 전에 할아버지께 받은 부적이야. 항상 꼭 가지고 다니라고, 그래야만 한다고……."

감당하기 힘든 분위기였다. 덩달아 목이 메어 왔고, 혀에서는 피 맛 비슷한 까끌까끌한 신맛이 느껴졌다. 풀벌레들도 다시 울기 시작했다. 나는 서둘러 김치가 담긴 볼을 들고서 집으로 들어가려 했다.

"그래, 그럼……."

"잠깐만 이야기 좀 할 수 있을까?"

준이 내 셔츠 끝을 잡고 있었다. 그의 손 떨림이 내게 전해졌다. 나는 집을 바라보았다. 아버지는 버번을 마시면서 TV를 보고 있을 것이었고, 어머니는 라디오로 드라마를 들으면서 빨랫감을 손질하거나 독서를 하고 있을 것이었다.

해가 지며 준의 얼굴을 뒤덮은 어둠 덕분에 오히려 나는 준을 더욱 또렷하게 바라볼 수 있었다. 준에게서는 살구 향이 나고 있었고, 목소리는 투명한 유리구슬처럼 맑았다. 준이 내 손을 잡아챘다.

"우리 집은 괜찮아. 너랑 같이 있으면 뭐라 안 하실 거야."

우리 삶을 가두던 집들이 어느새 풍경의 한 축이 되어 있었다. 그날 나는 엔젤타운에 이사 온 이래 처음으로 편견 없이 마을을 내려다봤다. 단어 그대로 '천사들의 마을'이었다. 옹기종기 모여 있으면서도 어느 정도 거리를 벌리고 세워진 집들과 저물어 가는 햇빛들을 물결처럼 일렁이게 하는 옥수숫대들은 이곳에 순응하라고 내게 속삭이는 듯했다.

나는 준을 가만히 바라보았다. 준 역시도 풍경의 한 부분이었다. 그것도 풍경의 중심부로, 내 시선을 이끌어 내는 피사체였다. 그의 숨결이 내게 훅 다가왔다. 떨림을 안고 있으면서도 부드러웠다. 나는 준의 손목을 잡고 끌었다. 우리는 어둠 속을 향해 함께 내달렸다.

◈◈◈◈◈

우리는 어둠이 내려앉은 숲속을 지나쳐 옥수수밭으로 향했다. 내가 알지 못하는 세계 속으로 뛰어드는 듯했다. 바람에 흔들리는 나뭇가지들이 비어 있는 석유 탱크를 치며 댕댕거인의 발소리를 냈고, 전화선이 반으로 가른 하늘은 어둠 속에서 은하수라는 창자를 쏟아 냈다.

옥수수밭에 도착하자 큰 키의 옥수숫대들이 우리를 완전히 가려 주었다. 주변에 어른들은 물론, 아이들도 없었다. 어둠에 가려져 서로의 이목구비가 보이지 않았다. 피부색도, 작은 눈도, 구멍 난 옷도 어둠에 묻혔다. 걸어가다 말고 준이 멈춰 서서 물었다.

"어떻게 하면 벗어날 수 있을까?"

"벗어날 수 없어. 여긴 섬 같은 곳이야. 나가려 하면 할수록 다시 되돌아와."

"경찰에 신고하면?"

어둠 속에서 카메라 플래시가 터지듯 준의 눈빛이 번쩍였다. 그것은 덫에 잡힌 동물의 눈빛과도 닮아 있었다. 나는 고개를 저었다.

"여기 지역 보안관들도 교회 소속에다 학부모야. 제대로 일이 처리될 리가 없어."

 나는 준에게 악샤이에 대해 말하려다 말았다. 잭이 어느 날 학교에서 불쑥 내게 내밀었던 신문 1면 속 사진을 기억한다. 호수 한가운데 떠오른 인도인 아이. 머리 뒤편에 돌로 찍힌 듯한 상처가 있었고, 입에는 진흙을 머금은 채로 죽었다지. 보안관들은 호숫가에서 놀다가 실족을 하며 생긴 상처라 결론을 내렸다. 불현듯 숲에서 보았던 준의 모습이 떠올랐다.

 '저기서 네가 돌로 내 머리를 짓이겼어.'

 정말 실제 있었던 사건일까? 만약 그렇다면 준은 그 사건을 어떻게 알고 있는 걸까? 폴과 잭을 비롯해 아이들이 보인 행동은 무엇이고? 과거 있었던 일을 굳이 들춰내어 말하지 않으려 했다. 준에게 여기서 더 절망을 주고 싶지는 않았으니까. 그에게 딱 잘라 말했다.

 "버티는 것뿐이야. 어른이 될 때까지……."

 "그럼 그때까지는 이렇게 살아야 하는 거야?"

 준에게 위로를 건네려 하다가 침묵했다. 변명 같았기 때문이다. 나는 혀를 말고 입천장을 문질렀다. 분위기가 침잠했다. 까마귀 울음소리가 들려왔고 불현듯 이곳이 낯설게 느껴졌다. 일이라고는 벌어지지 않는, 변화의 물결이 닿지 않는 시골 마을이 아니라 서로 먹고 먹히는 자연의 소용돌이 중심부에 들어온 것만 같았다. 회피해 온 것일지도 모른다. 나는 아버지의 지위와 권력 아래 소용돌이에서 튕겨져 나와 이곳에서 어디까지나 외부인으로 존재했으니까.

 "그래, 버텨 보자."

체념하듯 준은 스스로 답을 내렸으나 우리 둘 다 그것이 답이 될 수 없음을 알고 있었다. 우리는 살짝 언 실개천 위에 서 있는 것 같았다. 오갈 수 없이 자리에서 버둥거리는 것만으로도 우리의 삶에 금이 가 버렸다. 준이 한 마디를 덧붙였다.

"같이."

준은 내가 그의 앞에서 행했던 비겁한 행동들을 모른 척하기로 했다. 외딴 미국 시골 마을에 동양인, 그 중에서도 한국인 아이가 둘뿐이라, 물에 빠진 사람이 지푸라기라도 잡는 심정으로 그런 것은 아니었다. 우리 사이에는 말로는 표현할 수 없는 무언가가 존재했다.

그것은 단순히 같은 마을에서 같은 학교를 나와 유년 시절을 함께 보냈다고 해서 만들어지는 것이 아니라, 아주 오래 전부터, 내 부모의 부모들로부터 쌓아 온 일련의 관계 속에서 응축되어 우리 대에 이르러 발현된 단단한 연결 고리이면서도 동시에 서로를 구속하는 족쇄였다. 나도 모르게 말이 튀어나왔다.

"널 돕고 싶어."

하지만 나는 준의 말에 온전히 호응하지 못했다. 돕는다는 말에는 우리의 관계에 높이가 있다는 뜻이 담겨 있었으니까. 준의 아버지인 정이 내 아버지에게 고개를 숙이듯이, 할아버지가 조선인들이 못났다면서 햇볕에 그을린 뺨을 사정없이 내리치듯이, 나 역시 마음 깊은 곳에서는 준과 내가 엄연히 다른 존재라고, 너와 나는 같은 처지의 인간이 아니라고 생각했다. 준은 그런 내 마음을 아는지 모르는지 천천히 손가락 세 개를 펴 보이며 말했다.
 "그럼, 앞으로 우리 사이에는 지켜야 할 세 가지 규칙이 있어."

04

"야, 너는 뇌가 없냐?"

잭의 비아냥에도 준은 반항조차 하지 못하고 가만히 있었다. 그러자 잭이 책상 위에 놓여 있던 준의 가방을 바닥에 내던지더니 발로 지근지근 밟아대기 시작했다.

"말해 봐. 동양인들은 개보다도 뇌가 작다며? 그래서 개를 먹는 거야? 질투심에?"

교실 안 분위기는 평소와 다르지 않았다. 준을 괴롭히는 일은 어느덧 아이들의 일상이 되어 있었다. 준은 잭의 물음에 어떤 대답도 하지 않았다. 나는 마음속으로 셋을 세었다. 하나, 잭이 준의 멱살을 잡아챘다. 둘, 준이 잭을 밀쳤다. 셋, 잭이 외쳤다.

"한!"

잭의 외침과 함께 여느 때와 같이 인간 링이 만들어졌고, 패트릭이 자연스럽게 내 등을 떠밀었다. 나는 준과 눈빛을 나누고는 자세를 취했다. 준은 두려움에 떠는 듯한 표정으로 나를 보았다. 나는 준에게 주먹을 날렸다. 주먹은 그대로 준의 가슴팍을 쳤다.

"죽여!"

이어서 내 주먹은 그대로 준의 턱을 쳤다. 준은 다리가 풀려 바닥에 쓰러졌다. 우리를 둘러싸고 있던 아이들의 환호 소리는 점차 커졌다. 나는 준을 향해 주먹을 날렸고, 준은 반항하지 않고 맞기만 했다. 아이들은 스포츠 경기라도 보는 것처럼 우리를 둘러싸고는 흥분했다. 겉으로 보아서는 길거리 싸움처럼 보이겠으나, 이건 순전히 우리들만의 연극이었다. 준이 그날 옥수수밭에 앉아 말했었다.

"첫 번째 규칙은 아이들 앞에서만 싸우는 거야."

TV에서 곧잘 하던 1920년대 할리우드 영화에서 봤던 것과는 달랐다. 그때는 메소드 연기가 없었고, 연기를 연기답게 하는 것이 미덕이었다. 어찌 보면 그로부터 얼마 후에 등장할 프로레슬링과 더 비슷했다. 합을 맞춰 때리고 맞는 연기를 하고, 가끔씩은 주먹이 아닌 다른 도구를 사용하기도 했다. 역할은 고정되어 있었다. 내가 때리고 준이 맞는 모양새였다.

그러나 일방적이지는 않았다. 준이 내게 주먹을 휘둘렀다. 다들 환호성을 질렀다. 주먹이 코끝을 아슬아슬하게 스쳐 갔다. 변주를 주어야 했다. 관객들을 완벽하게 속이기 위해 우리는 더욱 현실에 가깝게, 그러면서도 판타지처럼 무대를 만들고 연기해야 했다. 나는 준을 향해 욕설을 뱉었다.

"이 병신 새끼가."

마지막은 거리를 두고 달려와 준의 배를 발로 찼다. 준이 바닥에 쓰러진 채로 공기 빠지는 소리를 냈다.

"살려 줘."

두 번째 규칙, 한국말로 '살려 줘'라고 말하면 즉시 싸움을 멈출 것. 준의 말을 들은 나는 즉시 주먹질을 멈추고는 준의 얼굴을 향해 침을 뱉었다. 아이들의 환호가 들려왔다. '엔젤타운의 브루스 리', '노란 알리' 등의 별명들이 나돌았다. 그런데 패트릭만은 굳은 표정을 하고 있었다. 그의 속내를 알 수가 없었기에 애써 모른 척했다.

연극이라는 것을 들킬까 봐 떨리는 손을 억지로 주머니에 집어넣고는 괜찮은 척 자리로 돌아갔다. 준은 아이들의 멸시 속에서 한동안 바닥에 누워 숨을 헐떡였다. 그러나 이어지는 괴롭힘은 없었다. 충전을 마친 배터리처럼 준의 고통을 어느 정도 목격한 아이들은 준을 비아냥거리기만 할 뿐이었다. 그들의 관심은 빠르게 다른 곳으로 흩어졌다.

더불어 나에 대한 시선이 크게 달라졌다. 폴은 내 등을 두들기며 내 주먹에 관해 칭찬을 쏟아 냈다. 그들은 카우보이, 군인, 스포츠 선수 등 '진짜 남자'에 관해 이야기하며 나를 치켜세워 주었다. 교회에서도 나는 진정한 신의 전사가 될 수 있었다. 목사님께서는 아이들로부터 나에 관한 이야기를 들으셨는지 신의 전사 모임에서 나를 따로 불러 세우고는 내 어깨를 두드리며 말씀하셨다.

"반드시 길 잃은 어린양을 바른길로 데려와야 한단다."

예배를 마친 후에는 아이들과 함께 숲속에 앉아 모닥불을 피우고는 그날 있었던 싸움을 회고하며 담배를 나눠 피우고, 때론 몰래 아버지의 찬장에서 훔쳐 온 술을 나눠 마시면서 시간을 보냈다. 나는 더는 피식자가 될 수도 있다는 두려움에 빠지지 않았다. 우리들만의 싸움이 시작된 이후 준과 나는 각자의 자리에서 어떻게든 버티고 있었다.

◇◇◇◇◇

마지막 세 번째 규칙은 날이 지고 나서야 적용됐다. 말소리가 줄어든 곳에는 TV 소리가 대신 자리 잡았다. 그날따라 TV 속 앵커는 늘어진 테이프처럼 말을 천천히 뱉는 것 같았다. 창에다 턱을 괴고는 해가 지기만을 기다렸다. 사방이 어두워지면 어두워질수록 내 표정은 반대로 밝아져 갔다.

어느덧 저녁의 눅진한 공기가 마당을 뒤덮었을 무렵, 지평선 너머로 실루엣 하나가 나타났다. 그것은 노을빛에 온몸이 젖은 짐승처럼 보였다. 그는 두 손으로 배를 감싸 쥐고서 터덜터덜 걸어왔다. 이윽고 잔디를 그대로 가로지르더니 골프장 홀컵처럼 중심부에 멈춰 섰다. 해를 등지고 있어 이목구비가 보이지 않았으나, 그 눈빛만은 그림자를 뚫고서 나를 향해 맹렬하게 다가오고 있었다. 이윽고 그는 숲속으로 향했다.

실루엣이 사라진 직후 나는 온 집 안을 헤집기 시작했다. 가장 용량이 큰 가방을 집어 들고는 숨을 죽이고서 집 안을 돌아다니며 물건들을 챙겼다. 부엌에서는 식탁 위에 널브러져 있던 빵과 잼을 비롯해 냉장고에 든 얼음 팩을, 화장실로 몰래 기어 들어가서는 유리문을 열고 약들을 챙겼다. 현관을 나서기 직전, 신발장에 놓여 있는 나이키 블레이저를 보고 잠시 고민했다. 그러다 거실에서 인기척이 느껴져 재빠르게 블레이저를 집어 가방에 넣고는 집을 나섰다.

숲속으로 발을 내딛는 순간 나도 모르게 절로 숨이 터져 나왔다. 숲속의 어둠은 빠르게 젖어 들고 있었다. 전에 내린 폭우로 군데군데 파여 있는 도랑에 발이 빠질까 까치발을 들고는 조심스럽게 걸었다. 금방 옥수수밭이 보였다. 바람에 푸르른 줄기가 흔들리는 것이 파도가 밀려오는 것처럼 보였다. 옥수수 줄기들이 발걸음에 맞춰 넘어져 있었다. 꼭 사람 하나가 지나간 듯한 넓이의 길이었다. 길을 따라 걷기 시작했다. 우리 키보다도 높은 옥수수 줄기 벽들이 우리를 감싸고 있었다. 이곳이라면 어떤 누구도 우리를 찾지 못할 것만 같았다.

"왔어?"

고개를 돌렸으나 준의 모습은 보이지 않았다. 그의 목소리는 고통에 떨리고 있으면서도 그 안온함을 놓지 않고 있었다.

"여기야."

나는 준의 목소리를 이정표 삼아 앞으로 나아갔다. 작은 바람에도 금방 끊어질 실타래 같았다. 한 발, 한 발 나아갈수록 사방을 뒤덮은 어둠도 함께 진해져 갔다.

"다 왔어."

바로 옆에서 준의 목소리가 들려왔고, 나는 목소리가 들려온 방향으로 발걸음을 옮기려 했다.

'속지 말거라.'

이상하게도 그때 마침 할아버지의 목소리가 떠올랐다. 목소리가 발목을 잡아채는 것만 같았다. 악마의 속삭임, 배신자 등 속에서 피어오르는 말들은 섬뜩했다. 그러나 그와 달리 끝내 내 발걸음이 멈춘 곳에는 염소 머리를 하고서 피를 탐하는 악마가 아니라 상처 부위를 맨손으로 감싸 쥔 채 몸을 떨고 있는 아이가 있을 뿐이었다.

"왔구나."

준의 얼굴은 밝았다. 생기 없음, 무서움, 두려움, 거리감 등 여태 준을 떠올릴 때면 으레 뒤따라오던 단어들이 삽시간에 사라졌다. 나는 가방에 든 것을 바닥에 늘어놓고는 약을 골라 준에게 건넸다. 마음 같아서는 내가 직접 상처 부위를 소독해 주고 싶었으나 준이 약들을 귀하디귀한 선물처럼 품에 꺼안고 있어 가만히 내버려 두었다. 준이 물었다.

"오늘은 뭘 배워?"

"오늘 배울 문장은……"

세 번째 규칙은 싸움이 있는, 아니, 우리들만의 연극이 있는 날에는 꼭 함께 시간을 보내는 것이었다. 시간을 보낸다고 해서 거창한 일을 하지는 않았다. 그저 대화를 하는 것뿐이었다. 먼저 나는 밤마다 준에게 영어를 가르쳤다. 식당에서 물건을 사는 단순한 회화부터 미식축구의 룰과 도시 전설 등 이야기의 가짓수는 무궁무진했다.

그날은 사스콰치에 대한 이야기를 하는 날이었다. 전신주 같은 거대한 유인원이 숲을 돌아다니며 원주민들의 경고에도 겁 없이 캠핑하는 인간들을 말 그대로 찢어 죽인다는 유서 깊은 공포 설화였다. 나는 사스콰치를 설명할 때면 일부러 몸을 크게 부풀리고는 목소리를 내리깔았다. 그러나 준은 그런 나를 보며 무서워하기보다 아주 작게 미소를 지을 뿐이었다. 그에게 말했다.

"우리 마을에서도 봤다는 사람들이 있어."

거짓말은 아니었다. 잭이 숲속 나무 집에 사는 헥터 할아범에게 사스콰치 목격담을 들었다고 했다. 그러나 신뢰가 가지는 않았다. 헥터 할아범은 나이가 80에 가까워져 노망이 난 상태인 데다 잭은 말 그대로 멍청했으니까. 준을 놀라게 하고 싶다는 오기로 일부러 과장을 보탰다.

"사람을 한 방에 찢어발긴대."

그 말과 함께 일부러 준에게 한 발자국 가까이 다가섰으나 그는 웃기만 할 뿐이었다. 나도 모르게 그를 따라 웃기 시작했다. 바람이 불어와 우리 웃음소리를 뒤덮었다. 구름이 걷히더니 달이 환하게 우리를 비췄다. 준의 얼굴이 보이는 것과 동시에 손으로 움켜쥔 팔뚝 쪽 상처가 눈에 밟혔다. 어둠 속에서도 멍이 시퍼렇게 보였다. 웃음은 점차 잦아들었고 우리는 이내 침묵했다. 침묵을 깬 쪽은 준이었다.

"오늘은 좀 아팠어."

말과 달리 말투와 분위기는 원망과는 거리가 멀었다. 그럼에도 나는 준에게 뭐라 말을 할 수가 없었다.

"미안해."

내 말에 준은 고개를 저었다.

"미안하기는…… 덕분에 아이들이 더 안 괴롭히잖아."

나도 준 덕분에 더는 아이들의 놀잇감이 되지 않는다는 말을 해야 했지만 하지 못했다. 추악한 비밀을 풀어놓는 것 같았으니까. 드러내지 않으면 없던 일이 되는 것이었다. 악샤이를 비롯한 엔젤타운 속 수많은 일들이 그랬다. 준이 내 손에 들고 있던 신발을 가리키며 물었다.

"그거, 나이키 블레이저야?"

준이 내 신발을 가리키며 물었다. 아직 ABA[28]가 NBA[29]에 합병된 지 얼마 되지 않은 시기에 조지 거빈[30]은 농구 팬들에게는 신적인 존재였다. 그가 착용했던 이 신발 모델을 사기 위해 다들 기꺼이 배에 달하는 웃돈을 내려 했을 정도였다. 준은 눈을 동그랗게 뜨고 있었다. 물건을 보고 웃는 모습은 또 처음이었다. 나는 준에게 신발을 건넸다.

"너 가져."

준은 놀란 듯이 어정쩡하게 신발을 받아 들고는 말했다.

"정말?"

그나마 마음이 놓였다. 받지 않으면 어쩌지 싶었다. 뉴욕에서 이사 올 때 가져온 것들 중 하나였다. 준은 신발을 이리저리 훑어보더니 웃어 보였다. 신이 난 준의 모습을 보고 나서야 나는 준에게 오래 전부터 물었어야 했던 것을 물어볼 수 있었다.

"근데 준. 혹시 전에 네가 했던 행동은……"

---

[28] ABA(American Basketball Association)는 1967년부터 1976년까지 존재했던 미국의 프로 농구 리그이다.

[29] 전미 농구 협회(National Basketball Association).

[30] 전 농구 선수. 전설적인 득점원으로 'The Iceman'이라는 별명으로 알려져 있다.

내 말을 듣자마자 준은 표정을 구기는 것과 동시에 신발을 바닥에 살며시 내려놓았다. 준의 행동을 이해하기가 어려웠다. 나는 그때껏 물건이나 돈을 받고 싫어하는 사람을 본 적이 없었다.

"그건……"

준의 말에 한숨이 섞여 나오는 듯했다. 그러나 나는 물어야 했다. 나를 위해서라도, 우리의 관계를 위해서라도. 준이 말을 이었다.

"전부터 몸이 많이 아팠어. 아무도 원인은 모른다고 했어. 부모님이 내 병을 치료하기 위해 미국으로 왔다는 것만 알아."

"아파서 그랬다고? 그럼 악샤이에 관해서 말했던 건? 그건 네가 여기 오기 전에 있었던 일이야."

"나도 몰라. 가끔 나는 내가 아닌 것 같은 느낌을 받아. 마치 다른 사람이 된 것처럼……"

준의 시선은 수면 위를 바라보는 것처럼 고요하게 흔들리고 있었다. 준의 말을 이해하지 못하는 것은 아니었다. 나 역시도 준이 된 것만 같은 꿈을 계속해서 꾸었으니까. 그러나 그 말을 하면 마치 나도 준과 같은 사람이 되는 것 같았다. 또다시 침묵이 이어졌다. 우리 둘 모두 그에 관해 더 이야기하고 싶지 않았다. 나는 빠르게 말을 돌렸다.

"한국에 대한 걸 알려 줘."

그러자 준은 표정을 풀더니 신이 나서 한국에 관한 이야기를 쏟아냈다. 김치 같은 음식부터 땅따먹기, 오징어 게임 같은 아이들 놀이까지, 나로서는 한 번도 들어 본 적 없는 것들이었다. 나는 한국과 관련해서는 어느 하나 제대로 알지 못했다. 애초에 스스로가 어떤 사람인지조차 알지 못했다. 사람들은 나를 미국인이라 부르지도, 그렇다고 한국인이라 부르지도 않았으니까. 준은 내 눈치를 살피며 물었다.

"들어 본 적 없어?"

"난 한국에 대해 하나도 몰라."

준이 의아한 표정을 짓더니 내게 물었다.

"왜? 넌 한국인이잖아."

"한국에서 산 적이 없으니까. 그리고 난 한국인이 아니야."

그런데 준이 내 얼굴을 빤히 쳐다보았다. 내 속에 있는 깊이 잠들어 있는 무언가를 끄집어 내려는 듯이.

"아니, 넌 한국인이야. 그건 선택할 수 있는 게 아니야."

준의 말을 듣고서 나도 모르게 표정을 구겼다. 과연 그렇게 단순하게 한국인이 될 수 있는 걸까? 나를 비롯해 우리 가족이 그곳에서 멀어지려 어떤 노력을 했는데? 예상치 못한 불쾌감에 나도 모르게 고개를 숙였다. 이런 얼굴을 준에게 보이고 싶지 않았다. 준이 말을 이었다.

"언젠가는 너도 그걸 받아들이게 될 거야."

준의 목소리에는 확신이 있었다. 만일 그의 목소리에서 일말의 주저함이라도 느꼈더라면 나는 그리 묻지 않았을 것이다.

"정말 그렇게 생각해? 내가 너랑 같은 한국인이라고? 아니야. 너도 그렇게 생각 안 하잖아. 너와 내가 어떻게 같아. 우리는……"

준은 가만히 내 말을 듣고만 있었다. 그러나 깊고 잔잔하게 요동치는 그 눈망울에 나는 그만 빠져 버린 듯 말을 잇지 못했다. 그때 나는 내가 마주하고 있는 상처 입은 동양인 아이와 입에 거품을 물고서 저주에 가까운 말들을 퍼붓던 악마, 둘 중 무엇이 진정한 준의 모습인지 갈피를 잡을 수가 없었다. 내 말에 준은 어떤 반응도 하지 않다가 끝내 혼잣말을 했다.

"한 가지 약속할게. 나는 여길 빠져나갈 거야."

준은 옥수수밭 너머로 무언가를 보는 것처럼 눈을 깜빡이더니 말을 덧붙였다.

"너랑 같이."

준이 나를 향해 새끼손가락을 내밀었다. 나는 가만히 얇게 펴진 준의 새끼손가락을 바라보았다. 준의 말은 어떤 희망이나 소망이라기보다 예언자의 예언처럼 들려왔다. 학교에서 그리스 신화 수업 때 배웠던 카산드라가 떠올랐다. 미래를 모두 볼 수 있음에도 아폴론 신의 저주를 받아 모든 사람이 그녀의 말을 거짓말이라 여겼다. 그러나 나는 나지막하게 준의 새끼손가락에 내 손가락을 걸며 약속했다.

"그래."

05. 1998

"민경아!"

출국장 문이 열리기도 전에 민경과 한을 맞이한 것은 한 노부부의 외침이었다. 공항 직원들의 제지에도 불구하고 그들은 펜스를 넘어 민경을 향해 몸을 쭉 뻗고는 연신 손을 흔들었다. 고개를 숙이고서 어쩔 줄 몰라 하는 민경과는 달리 한은 민경에게 잠시 짐을 부탁하고 그들을 향해 넙죽 큰절을 했다. 주변 사람들의 시선이 그들에게 향했고, 민경의 뺨은 더욱 붉게 달아올랐다. 늙은 남자가 끝내 공항 직원을 뿌리치고 달려 나와 한을 일으켜 세우고는 말했다.

"앤드루 박. 먼, 길…… 오느라 고생했네."

민경의 아버지는 더듬더듬거리며 영어로 말했다. 한 문장을 말하는 데도 오랜 시간이 걸렸다. 옆에 선 민경의 어머니는 생글생글 웃으면서 연신 '땡큐'만을 반복했다. 민경은 내심 자신에게 먼저 아는 체를 하지 않는 부모님이 원망스러웠으나, 환하게 웃고 있는 한과 부모님의 미소를 보고는 그 마음을 잠시 접어 두기로 했다. 한은 꽤나 능숙한 한국말로 말했다.

"만나서 반갑습니다. 어머님. 아버님."

한의 한국어에 민경의 부모님은 웃음을 감출 수가 없었다. 그도 그럴 것이 훤칠한 키와 잘생긴 얼굴 그리고 무엇보다 자신들의 골머리를 썩히던 집 문제를 해결해 주기까지 했으니까. 그들은 현수막이라도 걸 기세로 주변 친척들은 물론 동네 사람들에게 한에 대해 자랑했다. 직접 만나 보니 성격까지 서글서글하니 웃음이 나지 않을래야 나지 않을 수가 없었다. 민경의 아버지가 한의 손을 잡아채고는 공항 밖으로 이끌면서 말했다.

"얼른 가자."

그때 앞서 가던 한을 살피던 민경의 어머니는 가방에서 무언가를 꺼내 민경의 주머니에 쑤셔 넣었다. 민경은 자신의 어머니가 주머니에 쑤셔 넣은 것을 꺼내 보았다. 부적이었다. 인사말보다 먼저 불쑥 내민 부적에 민경은 황당했다. 민경의 어머니가 굳은 얼굴로 말했다.

"너, 기억하지? 그거 꼭 붙들고 있어야 한다."

민경이 가만히 부적을 손에 쥐고만 있자, 그녀의 어머니는 한이 볼세라 재빠르게 민경의 손에서 부적을 낚아채 민경의 주머니 속에 밀어 넣었다. 민경의 어머니는 알고 있었다. 가족이라는 끊고 싶어도 끊을 수 없는 고리에 들어와 있는 이상 민경이 이 모든 것을 받아들일 수밖에 없다는 사실을.

◇◇◇◇◇

"그래서 식은 어떻게 할 거라고?"

민경의 아버지가 넉살 좋게 한에게 물었다. 고급 일식집이었으나 안주는 매운탕이었고, 술은 사케가 아니라 소주였다. 주변에서는 술에 취한 사람들이 고개를 주억거리며 술잔을 돌리거나 18번이라며 노래를 흥얼거리고 있었다. 이야기를 나누기에 썩 좋은 분위기는 아니었다. 한이 술을 따르며 말했다.

"전부 예약해 놨습니다. 제일 좋은 곳들로요."

술잔이 빠르게 오갔다. 한은 곧잘 잔을 비웠고, 고개를 숙이며 한국식 주도에 맞춰 민경의 아버지에게 술을 따랐다. 그 와중에도 한은 부단히 생선 살을 발라 민경의 밥 위에 올려 주었다. 민경의 아버지가 그 모습을 보고는 흐뭇하게 웃었다.

"부친은 무얼 하시나?"

민경이 부동산업을 한다고 전에 말했음에도 민경의 아버지는 한에게 다시금 물었다. 당사자에게 직접 듣고 싶은 모양이었다. 민경의 날카로운 눈빛에도 민경의 아버지는 굴하지 않았다. 한이 잔을 비우고는 말했다.

"부동산 임대업을 하고 계십니다. 지금은 은퇴하셨지만요. 할아버지 때부터 미국에서 했습니다."

한의 얼굴에는 조금의 구김도 없었다. 과거 농장을 경영한 것부터 그때 번 돈으로 미국 주요 도심지에 땅을 사서 부동산 임대업을 해 왔다는 이력을 연도별로 세세하게 말했다. 민경은 이대로라면 가뿐하게 이야기가 흘러갈 것이라 생각했다.

민경의 아버지가 이어서 물었다. 어느덧 얼굴이 벌겋게 달아올라 있었고, 입술에는 각질이 일고 있었다.

"종교는?"

민경은 자신도 모르게 눈을 질끈 감았다. 부적이 든 주머니에 가시가 든 것처럼 허벅지가 따끔거렸고, 주변 공기는 비라도 내린 날처럼 무거워졌다. 음소거라도 한 것처럼 취객들은 일제히 입을 다물었다. 숨이 막힐 것 같은 분위기 속에서 한은 미소를 머금은 얼굴로 십자가 목걸이를 꺼내 보였다. 자세히 들여다보니 수십 개의 십자가가 모여 큰 십자가를 이루고 있었다. 민경이 부모님을 대신해서 대답하려 했다.

"우리 부모님은……"

순간, 탁자 아래 민경의 정강이에서 통증이 느껴졌다. 민경은 도끼눈을 뜨고는 자신의 어머니를 바라보았다. 발설되지 않는 말들이 눈빛 사이로 오갔다. 민경의 어머니가 한을 향해 억지 눈웃음을 지으며 말했다.

"우린 가끔 점이나 보러 다녀요. 무교예요. 무교."

민경은 자신의 어머니를 노려보았다.

'무교는 무슨.'

그녀는 알고 있었다. 그녀의 집 한구석에는 늘 쌀이 놋그릇에 담겨 있었으며, 부적들이 수 장씩 문지방, 베개 밑, 화장실, 부엌 등에 붙어 있다는 것을. 굿이 있는 곳이라면 기를 쓰고 얼마 없는 현금을 뽑아 무당을 향해 달려드는 어머니의 모습을. 민경의 어머니가 물었다.

"근데 미국에도 무당이 있어요?"

민경의 아버지가 침을 튀겨 가며 소리쳤다.

"당연히 있지. 이 사람아. 우리 친척들 중에서도……"

갑자기 한이 자리에서 벌떡 일어나더니 고개를 숙였다. 얼굴이 새하얗게 질려 있었다.

"화장실 좀 다녀오겠습니다."

한이 자리를 비우자마자 민경의 어머니는 민경의 아버지의 등을 향해 손바닥을 날렸다.

"이 양반이! 말 가려서 좀 해!"

민경은 기다렸다는 듯이 자신의 어머니에게 따져 물었다.

"그럼 엄마는 왜 그런 말을 해?"

"뭐가?"

"거짓말했잖아. 무교라고."

민경의 어머니가 당연하다는 듯한 얼굴로 변명을 했다.

"사주나 제사, 이런 거 예수쟁이들이 싫어하는 거 몰라?"

그럼에도 자신을 노려보는 민경의 눈빛에 짐짓 부담감을 느끼는 것 같았다. 민경의 어머니는 자리에서 일어나 옷걸이로 다가가더니 한의 겉옷 주머니에다 무언가를 쑤셔 넣었다. 민경은 뭐 하는 짓이냐며 소리를 지르려다 말았다.

민경이 아는 한 자신의 어머니는 절대 다른 사람의 말을 듣지 않았으니까. 과거 절 앞에서 일주문을 붙잡고서 '내 딸을 살려 내라'며 바락바락 소리를 질렀던 어머니의 모습이 떠올랐다. 민경이 말했다.

"아무리 그래도. 평소에 굿이나 이런 거에 미쳐 사는 사람들이 거짓말은 왜 해?"

"얘는 말을 해도 진짜."

"왜? 맞잖아. 고모할머니, 당숙까지 전부 무당이잖아. 고조할아버지는 심지어 궁궐에서 굿하던 무당이었고. 작은아버지는 갑자기 사라져서……"

탁- 하고 민경의 아버지가 식탁을 손바닥으로 내리쳤다. 술에 취한 것인지 씩씩거리며 콧바람을 토해 냈다.

"그만해."

민경은 말을 삼켰다. 과거의 일들이 주마등처럼 스쳐 갔다. 그들이 그녀를 미국에 보내기 위해 어떤 것까지 희생했는데. 집을 팔고, 친척들에게 손가락질을 당하며 연을 끊고. 민경의 어머니는 화장실 쪽을 곁눈질하며 눈치를 살피더니 귓속말하듯 민경에게 물었다.

"민경아. 그래서 결혼 안 할 거야?"

민경도 한과 결혼하고 싶지 않은 것은 아니었다. 겉으로는 한이 민경에게 목을 매는 것처럼 보였으나, 오히려 조건만 보았을 때 매달려야 하는 쪽은 민경이었다. 빚을 갚아 준 것도, 민경을 응원해 준 쪽도 모두 한이었다. 그에게 있어 결혼 조건은 하나. 바로 한국에서 결혼식을 치르는 것이었다.

민경은 왜 굳이 한의 가족이나 지인이 없는 한국에서 결혼식을 치러야 하는지 알지 못했다. 여자 집안이 있는 쪽에서 결혼식을 치르는 전통 때문인가 하면 그건 또 아니었다. 한에게 이유를 물으면 그저 자신의 뿌리인 한국에 한 번쯤 찾아가고 싶다는 말만 할 뿐이었다. 옆에서 민경의 아버지가 말을 거들었다.

"그래, 민경아. 벌써 옛날 일이다. 아까 네가 말한 사람들도 전부 연락 다 끊겼는데, 무슨."

민경 자신도 자신의 마음을 명확히 알지 못했다. 사춘기라도 찾아온 것만 같았다. 다른 사람이 생긴 것도, 한을 사랑하지 않는 것도 아니었다. 이상하게 등을 간질이는 미묘한 잔상들이 그림자처럼 민경의 마음을 뒤흔들었다. 새어 나온 눈물에 민경은 자리에서 일어났다.

"나도 화장실 좀 다녀올게."

민경은 세면대에 물을 틀어 놓고는 손을 박박 닦아 냈다. 씻을 수 있다면 마음도 꺼내서 비누를 묻혀 박박 때를 긁어내고 싶었다. 그러나 민경은 알고 있었다. 그때는 민경의 마음이 하나도 남지 않을 것이라는 사실을. 이미 때가 마음에 끼다 못해 마음과 하나가 되어 버렸다는 것을.

처음부터 둘은 맞지 않았을지도 몰랐다. 경제적으로, 사회적으로, 그리고 종교적으로. 모든 면에서 둘은 달랐다. 민경은 한이 자신을 만나는 이유를 단순히 '사랑'이라는 감정 하나로 설명하지는 않기를 바랐다. 사랑은 언제나 변할 수 있는 종류의 것이었으니까. 그때, 어디선가 익숙한 목소리가 들렸다.

"주여……."

한의 목소리였다. 목소리는 남자 화장실에서 들려오고 있었다. 민경은 조심스럽게 한의 목소리가 들려오는 곳을 향해 자신도 모르게 고개를 돌렸다. 가로등 빛에 홀린 벌레처럼 어떤 강한 이끌림에 휩싸인 채로 조심스럽게 발걸음을 옮겼다.

민경이 남자 화장실 앞에 섰을 때 갑작스레 문이 벌컥 열렸다.

"아이 씨발, 뭔 미친놈이."

한 남자가 화장실에서 튀어나와서는 기분이 나쁜 듯 뒤를 돌아보았다. 민경은 당황해 그 자리에 얼어붙었다. 남자는 그런 민경을 위아래로 훑고는 제 갈 길을 갔다. 남자가 사라진 것을 확인한 뒤 민경은 조심스럽게 남자 화장실 문을 열었다. 소리는 화장실 끝 칸에서 들려오고 있었다.

"제 죄를……"

민경은 끝 칸 문을 열어젖혔다. 한이 벽을 바라보고 서 있었다. 한은 주먹을 높이 들어 올렸다. 퍽. 퍽. 퍽. 한이 자기 가슴을 주먹으로 사정없이 내리쳤다. 그 소리가 어찌나 큰지 북을 울려 대는 것만 같았다. 민경은 한을 향해 조심스럽게 손을 뻗었다.

"한……"

민경의 손은 한에게 닿지 못했다. 오한이라도 든 것처럼 몸을 떨면서 기도하는 모습에 민경의 발걸음은 본능적으로 한이 아니라 그 반대로 향했다. 민경은 부모님께 달려가 자신이 마주한 모든 사실을 토해 내고 싶었다. 한이 주먹질을 멈추더니 뒤돌아섰다. 이마에 핏발이 서고 눈에는 실핏줄이 터진 상태로 거울을 노려보고 있었다.

"괜찮아……?"

한은 민경의 부름에 답하지 않았다. 그대로 민경을 지나쳐 거울 앞으로 다가가 섰다. 거울 속에는 한과 민경 둘뿐이었으나 한의 눈은 다른 존재를 보는 듯이 이리저리 움직이고 있었다. 한이 혼잣말을 했다.

"날 때려."

그 말과 함께 한이 주먹으로 거울을 쳤다. 거울이 산산이 부서지면서 파편이 주변에 흩날렸다. 민경은 비명을 지르며 그대로 자리에 주저앉아 귀를 막고 눈을 감았다. 놀란 사람들이 하나둘 남자 화장실로 몰려들었다. 웅성거림에 민경이 눈을 떴을 때 한은 바닥에 쓰러져 있었다. 민경은 기어가다시피 한에게 가 쓰러진 한을 붙잡고서 목 놓아 외쳤다.

"여, 여기, 구급차 좀 불러 주세요……."

구급대원이 올 때까지 민경은 한시도 한을 놓지 않았다. 거울 파편에 손이 찔려 피가 나고 있는 것도 알지 못했다. 몸을 덜덜 떨며 나지막하게 민경이라고 자신의 이름을 부르는 한을 보며 민경은 겁에 질린 표정을 지었다. 처음으로 족쇄를 차고 있는 듯한 느낌이 들었다. 둘의 손에서 흐른 피가 한데 섞여 한 방울씩 거울 파편 위로 떨어지고 있었다.

06. 1979

어쩌면, 우리의 관계가 오래갈 수도 있을 것이라 생각했다. 사람들이 평생 죽지 않을 것처럼 하루를 살아가듯이, 우리가 살고 있는 마을이 굴착기에 밀려나지 않고 이대로 영원히 푸르른 옥수수밭에 둘러싸여 있을 거라고 믿는 것처럼 말이다. 그러나 그것은 명백한 착각이었다.

준에게는 병이 있었다. 병은 치료받지 않으면 대개 상처가 곪거나 감염되어 악화되기 마련이다. 준 역시도 그랬다. 아이들이 시비를 걸고, 나에게 두들겨 맞고, 밤에 옥수수밭에서 만나 이야기를 나누는 일상이 반복되는 와중에도 우리 둘은 그 굴레가 점차 삐걱거리고 있음을 본능적으로 느끼고 있었다.

시간이 갈수록 준이 학교를 빠지는 날이 많아졌다. 강으로 뛰어든 어부처럼 준을 괴롭히기 위해 뒷자리로 향하거나, 복도를 거닐던 아이들은 준의 빈자리를 보고는 입맛을 다셨다. 그럴 때면 나는 목표를 잃은 아이들의 시선이 내게로 향하는 것을 느꼈다.

잭은 전처럼 내 얼굴 근처에 담뱃재를 튕겼고, 아무 이유 없이 손가락으로 허벅지를 찔렀다. 내가 몸을 움츠리면 장난이라 말하면서 '칭키' 혹은 '옐로우 몽키'라 욕설을 내뱉고는 나를 보며 우스꽝스러운 얼굴을 했다. 그런 날이면 준의 집 앞을 오랫동안 거닐었다. 혹시 준에게 무슨 일이 있는가 싶었으나 걱정을 차마 드러내지는 못하고 서성거리기만 했다.

그날도 마당에서 여치를 잡는 척하며 채집통을 허리에 매고 돌아다니다 준의 집 앞에 섰다. 까치발을 들고 주변을 살폈으나 불 꺼진 준의 방에서 인기척은 느껴지지 않았다. 내일이면 볼 수 있을까 싶다가도 문득 영원히 준을 볼 수 없을지도 모른다는 생각이 들었다. 나는 나지막하게 준을 불러 보았다.

"준······."

돌아오는 반응은 없었다. 다시 혼자가 된 듯한 기분이 들었다. 한 번 더 이름을 부를 용기는 없었다. 뒤돌아서려 하는데 소리가 들려왔다.

어디 가.

목소리는 누군가 목이 졸린 상태로 내는 신음 같았다. 소리는 준의 방 쪽에서 들려오고 있었다. 나는 몸을 빼어 준의 방 내부를 살피려 했으나 보이지 않았다.

결국 나는 방에서 쌍안경을 챙겨 들고 집 다락으로 올라갔다. 마을 전경이 한눈에 들어오는 곳이었다. 나는 돌출된 창문가에 몸을 기대고는 쌍안경에다 눈을 들이밀었다. 공터에서는 잭이 다른 아이들을 두들겨 패고 있었고, 어른들은 바에 모여 앉아 술을 마시며 담배를 태우고 있었다. TV에서는 시카고 컵스와 피츠버그 파이리츠의 야구 경기가 벌어지고 있었다. 나는 쌍안경을 준의 집 쪽으로 돌렸다.

희가 보였다. 그녀는 저녁을 준비하느라 정신이 없었다. 한국에서 가져온 듯한 밥솥에서는 연기가 나고 있었다. 준의 방을 바라보았다. 준은 침대 위에 누워 있었다. 열이 나는지 이마에는 수건이 올려져 있었다. 처음에는 감기에 걸린 것이라 생각했으나 그의 상태가 어딘가 이상했다. 준이 몸을 비틀기 시작했다. 관절이 뒤틀리고 있는 것 같은 몸짓이었다. 나는 소리를 지르고 싶었으나 입이 떨어지지 않았다. 순간, 준의 몸짓에 맞춰 내 몸도 뒤틀리기 시작했다.

◇◇◇◇◇

똑똑.

얇은 합판 틈을 뚫고서 2층 방으로 소리가 들려왔다. 사람들은 문 쪽에 모여 있었다. 챙이 넓은 모자에 몸에 붙는 원피스를 입고 있는 그들은 교회 부인회 모임원들이었다. 정확히는 잭, 폴 그리고 패트릭의 어머니였다. 다만, 희가 문을 열었을 때 가장 먼저 마주한 사람은 내 어머니였다. 어머니가 말했다.

"들어가도 괜찮죠?"

희가 이유를 묻기도 전에 폴의 어머니가 끼어들었다.

"여기 와서 여태 차도 한 잔 못 했잖아요. 이야기 좀 해요."

희에게 선택권은 없었다. 넷은 희를 밀치듯이 옆으로 밀어

놓고는 집 안을 돌아다니면서 이곳저곳을 살펴보기 시작했다. 그들의 목적은 명확했다. 이 집에 부정한 것이 없는지 확인하는 것. 아이들로부터 준에 관한 이야기를 듣고 찾아온 것이었다.

그 이야기를 들으면서, 그들은 주술을 부리는 중국인들에 관한 타블로이드 기사를 떠올렸다. 그들은 그것들이 싸구려 삼류 소설임을 알고 있었음에도 자기 아이의 안전을 위한다는 표면상의 이유로 준의 집에 방문해 보기로 한 것이었다.

마침내 부엌으로 향한 그들은 냄비에서 끓고 있는 된장찌개를 보고 눈살을 찌푸리며 코를 막았다. 식탁 위에 놓여 있는 삶은 잎들은 또 무엇인가 싶었다.

"옛날 화장실 같아."

폴 어머니의 말 한 마디에 다들 배를 잡고 웃었다. 어머니 역시 마찬가지였다. 희는 그 말을 듣더니 상기된 얼굴로 불을 끄고 냄비를 뜨거운 상태 그대로 냉장고에 넣어 버렸다. 폴의 어머니가 자리에 앉으려 하자, 희가 나지막하게 말했다.

"나가 주세요."

그러나 다들 희의 말을 알아듣지 못하는 척했다. 특히 잭의 어머니는 놀리듯이 귀에다 손을 대면서 물었다.

"뭐라고요? 다시 한번 말해 봐요."

패트릭의 어머니는 젓가락을 들어서 이리저리 살펴보다가 일자로 뻗은 것이 음란하게 생겼다며 농담을 뱉고는 식탁 위에 던져 버렸다. 그때 2층에서 쿵쿵거리는 소리가 들려왔다. 사람들은 일제히 고개를 위로 들었다.

"이게 무슨……."

순간 퍽, 하고 무언가 떨어지는 듯한 소리가 들려오더니 천장이 크게 흔들렸다. 다들 크게 놀라 가슴을 부여잡았다. 대뜸 희가 소리쳤다.

"전부 나가요!"

그녀의 발음은 그 어느 때보다도 정확하고 확실했다. 희의 거친 몸짓에 다들 부리나케 자리에서 일어나 현관문으로 빠른 걸음을 옮겼다. 그들은 집 밖으로 나가고 나서야 수군거렸다. 자신들의 직감이 틀리지 않았다고. 이상한 집이라고. 소문이 사실이었다고. 당장 목사님을 찾아가야 한다고.

현관문을 잠근 희는 곧바로 2층으로 달려갔다. 문고리를 잡아당겼으나 문이 열리지 않았다. 방 안에서 벌어지는 일들은 소리로만 그리고 충격으로만 짐작될 뿐이었다. 희는 안방으로 달려가 서랍을 열고 마스터키를 찾아냈다. 손이 덜덜 떨리는 바람에 몇 번이나 어긋나 키가 열쇠 구멍에 들어가지 못했다. 간신히 두 손으로 마스터키를 잡고서 문을 열었을 때, 희는 그 자리에 얼어붙었다.

"엄마."

준의 목소리였다. 허공에 떠 있는 그는 손을 뻗어 온 힘을 다해 희를 찾고 있었다. 희는 능숙하게 서랍을 열어 끈을 꺼내고는 곧바로 준을 향해 달려가 그의 왜소한 몸을 낚아챈 후 끈으로 침대에 결박하기 시작했다.

그러나 준의 몸부림은 거셌다. 준은 팔을 꺾은 채 흔들면서 희의 얼굴에 생채기를 냈다. 그러나 희는 포기하지 않았다. 희는 준의 목을 묶으려 했으나 준의 고개가 뼈 부러지는 소리를 내며 돌아가더니 흰자위 가득한 눈을 보이며 말했다.

"너희가, 날, 피할 수, 있을 거라, 믿었어?"

준의 시선은 우리 집을 향하고 있었다. 단어 하나하나마다 목소리가 달랐다. 평소 준의 목소리는 없었고, 중년 남자의 목소리, 다섯 살 먹은 아기의 목소리, 심지어 어떤 목소리는 마치 악마의 목소리 같았다. 여러 사람이 한 사람의 몸에 들어가 있는 것처럼 느껴졌다. 희가 마침내 준의 양팔과 다리를 침대에 묶었을 때, 갑자기 준의 몸부림이 멈췄다. 끝인가 싶었다. 그러나 희가 한숨을 내쉬며 주저앉자마자 준이 희를 향해 고개를 돌리더니 찢어질 것처럼 입을 크게 벌리고 소리쳤다.

"나, 왜 죽였어?"

여전히 준의 목소리는 아니었다. 끝을 웅얼거리는 것이 아기 목소리 같았다. 준의 눈에서는 눈물이 줄줄 흐르고 있었다.

"엄마, 도대체 왜?"

희의 얼굴은 사색이 되어 있었다. 나는 도대체 무슨 상황이 벌어지고 있는지 알 수 없었다. 압도되는 듯한 분위기에 숨이 잘 쉬어지지 않았다. 준은 희에게 계속해서 말을 쏟아냈다. 어린 여자아이의 목소리로.

"할머니, 할머니가 왜? 나를? 내가 여자라서?"

"그만해! 제발 그만!"

희가 귀를 막고서 버럭 소리를 질렀다. 그녀의 호통에 간신히 정신을 차린 나는 네발로 기다시피 움직여 다락에서 뛰어내렸다. 그곳을 벗어나야 한다는 생각만 가득했다. 뒤통수에서는 어린 여자아이의 목소리가 들려왔다.

"나는 죽였으면서, 준은 왜……?"

◇◇◇◇◇

그날 밤 준은 이불을 뒤집어쓴 채로 자신을 탓했다. 상황에 대한 기억은 없었으나, 전처럼 문제를 일으킨 것은 분명했다. 정과 희가 1층에서 나누는 대화는 삭은 나무 판자를 뚫고 준의 방이 위치한 2층까지 들려왔다. 정이 집 안으로 들어서기도 전에 희가 현관으로 달려가며 외쳤다.

"당신! 당신은 정말 준 때문에!"

정의 표정이 일그러졌다. 얼굴에 지겹게 자리 잡은 주름이 더욱 깊게 패여 갔다. 희가 정의 가슴팍을 밀었다.

"여기 온 게 맞아? 맞다고 생각해? 도대체 여긴 누굴 위해 온 거야?"

가만 있을 정이 아니었다. 주변을 둘러보며 희의 두 손을 거칠게 잡아채더니 그녀를 집 안으로 끌고 들어갔다. 현관문을 닫은 후 정은 희를 강하게 벽에 밀어붙이고는 속삭이듯 영어로 말했다.

"조용히 해."

희의 눈에 눈물이 고였다.

"준이…… 지현이에 대한 이야기를 했어……."

'지현'이라는 이름을 듣자마자 정은 놀란 표정을 지었다. 전혀 예상치 못한 것을 마주한 듯 희를 붙잡고 있던 정의 팔에서도 힘이 빠졌다. 희는 정의 어깨를 붙잡고는 울면서 말을 이었다.

"당신, 당신 어머니 때문에 죽은……"

"닥쳐!"

정은 희의 말을 더 듣고 싶지 않았다. 그는 속으로 되뇌었다. 지현이란 아이는 세상에 없었다고. 애초부터 생명체로 존재하지 않았다고. 그러나 그렇게 되뇌면서도, 정은 희의 부푼 배를 통해 보았던 그 작은 움직임을 잊을 수가 없었다.

"어쩔 수 없었어… 어쩔 수…"

정은 혼잣말을 했다. 머릿속에 들려오는 자기 어머니의 목소리를 애써 무시하기 위해서.

◇◇◇◇◇

"너는 아들을 낳아야 한다. 그래야 네가 살 수 있다."

정의 어머니는 틈만 나면 그 말을 해 댔다. 정이 목도 제대로 가누지 못하던 때부터였다. 그때만 해도 초가집이 곳곳에 자리하고 있었고, 하루 한 끼 먹을 수 있으면 많이 먹었다며 남들에게 부러움을 사던 시절이었다.

일본군 헌병들은 쇠꼬챙이를 들고는 집집마다 돌아다니며 대청마루 아래나 자루를 찔렀다. 찔러서 쌀과 같은 곡식이 나오면 군홧발로 사람들을 차 댔고, 사람 비명이 들려오면 가족 전체를 차에 태우고는 어딘가로 가 버렸다.

어느 새벽녘, 밥 짓는 냄새에 정이 눈을 떴다. 고개를 돌려 보았으나 정의 어머니는 자리에 없었다. 변소라도 갔는가 싶었다. 멀리서 꽹과리 소리가 들려왔다. 어린 정은 주린 배를 부여잡고서 냄새와 소리가 나는 곳으로 향했다.

  그는 산길로 들어섰다. 길이 거칠었으나 산에서 나고 자란 정은 한달음에 고개를 넘었다. 어느덧 산기슭에 작게 난 여우굴[31] 근처까지 다가섰다. 사람 잡아먹는다는 두억신이 나올 것만 같았다. 꽹과리와 북소리가 매섭게 가슴을 울려 댔고, 횃불이 어둠을 빠르게 그으면서 위아래로 출렁이고 있었다. 정은 고개를 굴 안으로 들이밀었다.

  "이놈아! 여기가 어디라고!"

  정의 어머니가 정의 어깨를 붙잡고는 소리쳤다. 그러나 정의 시선은 어머니의 성난 얼굴이 아니라 굴 한복판에서 벌어지고 있는 굿판을 향했다. 이 전쟁통에 어디서 구했는지 놋그릇에는 하얀 쌀밥이 한가득인 데다 사과, 대추 등을 비롯한 과일이 놓여 있었고, 닭도 두 마리나 고개를 두리번거리며 주변을 살피고 있었다.

  "어허! 신이 들어섰다!"

  상투를 틀지 않은 법사들이 자리에 앉아 소리를 지르며 북을 쳤다. 돼지들이 줄줄이 내장을 쏟아 낸 상태로 끝이 세 갈래로 뾰족하게 나뉜 막대 세 개에 꽂혀 있었다. 그 너머로 깃대에 매달린 노랑, 파랑, 빨강, 검정, 하양의 오색 천들이 바람에 나부꼈다. 그때였다. 하얀 옷을 입은 수염 긴 사내가 중심부로 걸어 나왔다. 사내는 한 손에 방울을, 다른 한 손에는 휘어진 칼을 들고 있었다. 정은 그를 향해 반사적으로 손을 뻗었다. 정의 어머니가 억지로 정의 손을 거두더니 정에게 속

---

31) 여우가 몸을 숨기거나 새끼를 기르는 데 사용하는 굴.

삭였다.

"넌 아들을 낳아야 한다. 그래야 신이 노하지 않는다."

수염 긴 사내가 제자리에서 뜀을 시작했다. 방울 소리가 요란하게 들려왔고, 날이 잘 선 칼이 횃불 빛을 반사하며 이리저리 날을 번뜩였다. 정의 어머니는 정의 옆에서 순사에게 쌀이 없다고 빌듯이 싹싹 손을 마주 비볐다.

"아들 낳게 해 주소서. 아들……"

정은 구미호의 굴 속에 들어온 것만 같았다. 생김새는 익숙했으나 그날 정이 보았던 그들의 행동은 한 번도 본 적 없는 것들이었다. 비명에 가까운 탄식과 함께 태평소 소리가 들려오더니 수염 긴 사내가 칼을 치켜들고는 닭을 향해 내리쳤다. 닭이 홰쳤고, 피가 사방으로 튀었다.

◇◇◇◇◇

"아들 낳게 해 주소서. 아들……"

산등성이에 몸을 숨겼을 때도 정의 어머니는 정에게 말을 되풀이했다. 하늘에서 포격이 비처럼 쏟아지고 있었음에도 그녀의 음성만은 또렷했다. 함께 포격을 피해 있던 마을 사람들은 몸을 벌벌 떨면서 인민군 편을 들어야 한다느니, 국군 편을 들어야 한다느니 말들이 많았다. 누구는 인민군이 부르주아지라 외치며 사람 찢어 죽이는 모습을 봤다고 했다. 또 누구는 국군이 빨갱이라며 구덩이를 파고는 사람들을 산 채로 묻었다고 했다. 정은 귀를 막고는 소리를 질러 댔다. 어지럽게 소리들이 뒤섞이더니 이내 단 하나의 소리로 그에게 다가왔다.

살았구나. 넌.

한바탕 소동이 끝나고 나서야 정은 눈을 떴다. 정의 어머니가 정을 안고 있었다. 정은 포격이 끝난 것 같아 산을 내려가고자 했으나, 정의 어머니는 미동도 하지 않았다. 대신 몸이 앞으로 고꾸라지면서 피로 범벅이 된 그녀의 등이 보였다.

정은 어머니의 등에 박힌 선명한 파편과 옷을 적신 붉은 피를 기억한다. 제발 죽지 말라는 절규에도 불구하고 어머니의 몸은 자꾸만 늘어졌다. 어머니를 들쳐 업고 산을 내려가며 속으로 다짐했다. 그러겠노라고, 신이 하는 말을 모두 받아들이겠노라고. 그 다짐만을 계속해서 속으로 되뇌었다.

다행히 정의 어머니는 살아남았다. 그러나 생존은 때론 더욱 가혹한 시련을 불러오기 마련이다. 전쟁통에서는 모든 것이 부족했다. 구멍 난 옷이나 천장과 문이 없는 집은 그래도 괜찮았다. 넝마라도 입을 수는 있고 흙가라도 비를 피할 수는 있었으니까. 주린 배를 조금이라도 채우기 위해 소나무 껍질을 벗기고 삶아 오랫동안 씹는 것 역시 견딜 수 있었다. 그러나 전쟁이 길어지며 그마저도 없을 때가 많았다. 정의 어머니는 정과 함께 살아남기 위해서 온갖 일들을 해야만 했다.

그녀는 정에게 개울에서 물을 받아 오라 시키고는 알아듣지 못할 말을 지껄이는 미국 군인과 함께 문도 제대로 달려 있지 않은 넝마 같은 집에서 동침을 하기도 했다. 그럴 때면 정은 강물에 뛰어들어 숨이 찰 때까지 잠수해 있었다. 몸이 물을 머금어 바닥까지 침전했으면 싶었다. 그러나 강바닥에도 죽은 이들의 시체가 더러 발견되었고, 그때마다 정은 놀라 뭍으로 헤엄쳐 왔다. 냇가에 드러누운 정은 다짐했다.

언젠가 이 지긋지긋한 나라를 떠나겠노라고.

이러한 삶은 정의 아버지가 전장에서 돌아오기 전까지 계속됐다.

◇◇◇◇◇

새벽녘, 준은 까치발을 들고서 몰래 거실로 내려왔다. 1층은 난잡하게 어질러져 있었다. 정과 희는 어디 갔는지 숨소리조차 들리지 않았다. 그릇들은 깨져 있었고, 소파는 반쯤 뒤집어져 있었다. 준은 새끼발가락을 움츠리며 쏟아지는 울음을 참으려 입을 막았다. 거실을 지나쳐 차고로 향한 준은 어둠 속에서 숨죽여 울었다. 끝내 숨을 몰아쉬던 그의 눈에 이채가 서렸다.

준은 상자를 향해 손을 뻗었다. 집을 수리하기 위한 공구 따위를 모아 두는 곳이었다. 예를 들어 심이 단단한 밧줄 같은 것. 준은 밧줄을 거머쥐고는 조심스럽게 어루만졌다. 처음 이 마을에 도착했을 때를 떠올렸다. 비행기라는 것을 처음 탔다. 들뜬 마음을 갖고서 착륙할 때까지 창문을 붙잡고 구름을 보았다. 그곳이라면 그 지독한 '신'이라는 존재들도 따라오지 못할 것 같았다.

그러나 그때부터 시선들이 느껴졌다. 승무원들은 인상을 쓰고서 영어로 무언가를 물었고, 정은 무조건 좋다고만 말했다. 그들은 교묘하게 질문을 바꿔 기내식이나 도움이 필요하느냐는 물음을 필요하지 않느냐는 물음으로 바꿔 물었고, 그 탓에 오랜 비행 동안 그들은 기내식은 물론, 물도 마시지 못했다.

공항에 내려서도 준의 가족은 강가의 돌멩이처럼 이리 치이고 저리 치였다. 버스에 올라탔는데 정의 비명이 들렸다. 준이 고개를 빼어 보니 정이 손수건으로 얼굴을 가린 이에게 가방을 빼앗기고 있었다. 어설픈 영어로 도와 달라고, 끝내 한국어로 애원을 해 봐도 그 누구도 도와주지 않았다. 가방을 빼앗긴 정은 당장 올라타라는 기사의 외침에 무기력하게 버스에 올라탔다. 이후로 엔젤타운에 도착할 때까지 정과 희는 한마디도 하지 않았다.

거의 무너져 가는 이 집에 도착한 준의 가족은 한데 모여 말했다. 하나씩 고쳐 나가자고. 그렇게 하루는 수도 배관을 손보고, 또 하루는 벽에 난 틈을 메우고, 판자를 덧댔다. 그러나 그럴수록 정과 희는 희망을 보기는커녕 스스로를 이 이질적인 세계에 가두는 듯한 느낌을 받았다. 물길이 아래로 흐르듯이 둘은 자신들이 이곳에 오게 된 가장 큰 원인에 원망을 쏟아 내기 시작했다.

'나만 없으면…….'

오래된 나무 의자는 준이 올라서자 비명을 지르듯 삐걱거렸다. 철골 기둥을 바라보자 밧줄을 쥔 준의 손에 땀이 차올랐다. 잘리다 만 전선이 기둥에 걸려 있었다. 기시감이 들었다.

준은 밧줄을 금속 기둥의 홈에 걸기 위해 버둥거렸다. 속으로 만약 준, 자신이 태어나지 않았더라면, 신을 받아들이기만 했더라면, 혹은 자신이 죽어 버린다면, 자신의 가족은 이 땅에 있을 이유가 없었다는 사실을 되뇌었다.

우직. 끝내 준의 무게를 견디지 못하고 의자가 무너져 내렸다. 다행히 밧줄은 간신히 기둥에 걸려 있었다. 준은 부서진 의자와 잘리다 만 전선을 번갈아 보다 밧줄 한쪽을 목에다 힘차게 감았다. 한 번만, 단 한 번만 용기를 내면 된다고 생각했다.

띠리리링-

벨소리가 울렸다. 준은 화들짝 놀라 잠시 멈칫하다가 한 번 더 울린 벨소리에 부모님이 깰까 달려가 전화를 받았다. 그러나 수화기에서는 지직거리는 노이즈만 들릴 뿐 목소리는 들리지 않았다. 평소였더라면 끊었을 테지만 준은 누군가의 인기척, 아니, 누군가가 바로 옆에 있는 것만 같은 기분을 느꼈다.

"밥은 먹었니?"

들려온 목소리에 준은 당장이라도 모든 것을 말하고 싶었다. 울음이 터져 나오는 것을 간신히 참고서 대답하려 했으나 목소리는 이미 알고 있다는 듯이 말을 이었다.

"일들이 많았겠지. 그 먼 곳에 갔으니 그럴 수밖에."

인기척이 느껴져 준은 고개를 들어 창밖을 보았다. 멀리 희미하게 보이는 존재를 보고는 대답하려는 마음이 삽시간에 사라졌다. 전화를 끊어야 했다. 그러나 준의 손은 움직이지 않았다.

"네가 어디 있는지 말해 줄 수 있니?"

말해서는 안 됐으나 마음과는 달리 준은 천천히 입술을 뗐다.

"여긴……"

"준!"

정의 목소리였다. 술에 취한 듯이 이리저리 발소리가 어긋나게 들렸다. 수화기 너머의 상대도 정의 발소리를 들은 것만 같았다.

"네 배냇저고리 안주머니를 보거라. 도움이 될 거다."

발소리는 이제 지하실 쪽으로 향하고 있었다. 문이 벌컥 열렸고, 동시에 상대가 말했다.

"언젠가 보자꾸나."

전화는 그렇게 끊겼다. 정이 차고에 도착했을 때 준은 그곳에 없었다. 술로 벌겋게 달아오른 정의 뺨에 찬바람이 불어왔다. 바람이 불어온 곳으로 고개를 돌려 보니 차고 한쪽에 창문이 살짝 열려 있었다. 준은 눈을 감고서 있는 힘껏 마당을 가로질렀다. 어디로든 가고 싶었다. 이곳으로부터 가능한 먼 곳으로. 그러나 달리고 달려도 준은 벗어날 수 없었다. 옥수수밭은 파도처럼 바람에 일렁거리고 있었다.

07

눈을 떴을 때는 새벽녘이었다. 다락으로 향하는 계단이었고, 손에는 쌍안경이 들려 있었다. 이 모든 일들이 내게는 현실처럼 다가왔다. 분명 꿈이었는데도. 아니, 모든 것을 꿈이라 생각하고 싶은 내 욕망 때문일지도 몰랐다. 모든 장면들이 마치 눈 앞에서 보는 것처럼 생생하게 느껴졌다. 포격과 피난민들, 어렸던 정과 준의 울음이 뒤섞일 때면 구역질이 나왔고, 굴 속에서 본 수염 난 사내의 눈빛에는 소름이 돋았다.

다시 다락으로 가 밖을 내다보니 검은 형체들이 숲속에서 나를 올려다보고 있었다. 맹수들처럼 내 몸을 노리고 있는 것 같았다. 틈이 보이면 목덜미를 물고는 놓아주지 않으리라. 준이 그들 사이로 달려가는 바람에 그들의 눈빛을 피할 수 있었다. 나는 방으로 도망치듯 돌아가서 커튼을 치고 이불을 뒤집어쓴 후에도 오래도록 잠들 수가 없었다.

'나, 왜 죽였어?'

분명 여자아이의 목소리였다. 죽지 않기 위해서 몸부림치던. 눈만 감으면 어둠 속에서 눈을 까뒤집고서 어린 여자아이 목소리로 소리를 질러 대는 준의 모습이 떠올랐다. 머리에서 준의 모습이 떠나지 않았다. 공책을 찢을 듯이 무언가를 휘갈겨 그리던 준의 과거 모습까지 감자를 캐내듯이 줄줄이 딸려 나왔다.

◇◇◇◇◇

"얘가 왜 이래?"

어머니가 식탁 앞에 앉아 시리얼을 스푼으로 짓이기고 있는 나를 보며 말했다. 그녀는 아침부터 부산하게 움직이고 있었다. 올림머리에 립스틱은 짙었고, 태가 드러나는 스커트 위로 살이 튀어나왔으나 애써 무시하는 것처럼 보였다. 한 손에는 현찰이 두둑하게 든 지갑을, 다른 한 손에는 성경을 들고 있었다. 성경 한쪽 면이 까맣게 때가 타 있었다.

"아무것도 아녜요."

그릇을 들어 시리얼을 한꺼번에 마시듯이 삼키고는 식탁을 벗어났다. 집 밖으로 나선 후에는 일부러 길을 돌아가며 준의 집과 최대한 멀찍이 떨어지려 했다.

"한."

고개를 들어 보니 길가에 잭이 서 있었다. 그는 피식피식 새어 나오는 웃음을 애써 참아 가며 나를 향해 다가왔다. 그의 몸에서는 낙엽 썩는 냄새가 났다. 그가 물었다.

"어디 가?"

목적지는 없었다. 그저 준의 집에서 멀어지고 싶었을 뿐이었다. 잭은 자연스럽게 나를 따라왔다. 따라오겠다는 그를 구태여 떼어 놓을 이유를 찾기는 어려웠다. 우리는 자석처럼 길거리를 방황하던 아이들을 끌어들였다. 그 중에는 패트릭도 있었다. 그만은 피하고 싶었으나 보는 눈이 많아 그를 거부할 수는 없었다. 우리는 함께 동네를 쏘다녔다. 어른들이 다른 곳에 가서 놀라고 소리치면 자전거를 만난 날파리 떼처럼 잠시 흩어졌다가 다시 모여들기를 반복했다. 그렇게 한참 시간을 죽이고 있을 때였다. 폴이 내 어깨를 쳤다.

"야, 저기 봐."

고개를 들어 보니 예상치 못한 이가 거리를 돌아다니고 있었다. 준이었다. 본능적으로 몸이 얼어붙었다. 폴이 준을 가리키며 말했다.

"저건 또 뭐야?"

준의 손에는 자그마한 옷이 들려 있었다. 단추가 없는 작은 셔츠였는데, 언뜻 보기엔 아기 옷처럼 보였다. 그는 셔츠 안쪽을 뒤집어 살피고는 심호흡을 크게 했다. 그리고는 옷 가게로 들어서더니 가게 주인에게 무언가를 묻기 시작했다. 가게 주인은 준과 몇 번 대화를 나누더니 창고로 들어가 다섯 가지 색상의 실뭉치를 들고 나왔다. 노랑, 빨강, 파랑, 하양, 검정. 폴이 고갯짓을 했다.

"따라가 볼까?"

그 순간, 비가 내리기 시작했다. 비 냄새도 나지 않았는데. 갑작스레 내린 소나기에 아이들은 순식간에 서로 인사도 없이 각자의 집으로 떠났다. 그러나 나는 그 자리에 서서 준이 가는 방향을 바라보았다. 어디선가 뻗쳐 오는 불길한 기운이 나를 붙들고 있었다. 소문대로 저주가 두려워서였을까? 그것도 아니면 준이 저지를 일에 나 역시 한데 매몰되어 같은 존재로 평가받는 것이 싫어서였을까?

그 와중에 패트릭은 가지 않고 남아 내 얼굴을 가만히 바라보았다. 속을 헤집는 것만 같았다. 비를 피하는 척 빠른 걸음으로 골목으로 가서는 몸을 숨겼다. 다시 고개를 빼어 거리를 보았을 때, 이미 패트릭은 어딘가로 사라진 상태였다. 나는 따라오는 사람이 없는지 주변을 둘러보고는 준이 향한 방향으로 발걸음을 옮겼다.

비가 점차 거세어졌다. 숲에 도착했을 때는 어느새 장대비가 되어 퍼붓고 있었다. 앞이 제대로 보이지 않을 정도로 숲은 어둑했다. 발을 잘못 내딛는 바람에 신발을 비롯해 바지와 셔츠 일부까지 모조리 진흙으로 엉망이 되었지만 내 신경은 온통 숲속을 향하고 있었다. 물기를 머금은 풀들이 스쳐 팔에 생채기를 냈다.

같은 자리를 맴도는 것 같은 기분에 준을 부르고 싶은 충동에 휩싸였다. 귓가에는 내 숨소리만이 들렸다. 그런데 어디선가 철퍼덕 하고 넘어지는 듯한 소리가 들려왔다. 그와 동시에 갑작스레 내리기 시작했던 비가 순간에 그쳤다. 나는 소리가 들려온 곳으로 천천히 몸을 움직였다.

서서히 준의 모습이 드러나기 시작했다. 들키지 않기 위해 숨까지 참았으나 눈앞에 펼쳐진 광경을 보고는 놀라 나도 모르게 소리를 지를 뻔했다.

짚단으로 엉성하게 만들어 놓은 사람 모양 인형의 목과 몸에는 오색 실들이 감겨 나무와 핏줄처럼 연결되어 있었고, 그 앞에는 뜯어진 과자, 죽은 참새, 목이 깨진 위스키 병, 내가 집에 가져다주었던 치즈가 그릇에 담겨 있었다.

더욱 내 이목을 끈 것은 준의 모습이었다. 준은 팔을 크게 벌려 하늘을 향해 올리고는 넘어지듯이 절을 했다. 절은 몇 번이고 반복됐다. 뺨이 바닥에 쓸려 피가 나는데도 멈추지 않았다. 나는 자리에 얼어붙어 그 광경을 보고 있었다. 갑자기 준이 고개를 틀어 정확히 내가 있는 쪽을 바라보았다. 눈에 초점이 없었고, 목소리 역시 그의 것이 아니었다.

"왔구나."

나는 그대로 뒤돌아 줄행랑을 쳤다. 뒤편에서는 전에 들었던 목소리가 들려왔다. 악샤이의 것도, 여자아이의 것도 아닌, 어떤 거대한 형체의 것이었다.

◇◇◇◇◇

이제는 잠에 들기조차 두려웠다. 그날 이후 준과 준의 가족들에게 간헐적으로 이어지던 빙의가 시도때도 없이 일어났기 때문이다. 하루는 울타리에 서서 나를 바라보고 있던 준이 되었고, 또 하루는 웬 이름 모를 사내와 시비가 걸려 드잡이를 하던 정이나 학부모 모임에서 슬랭을 알아듣지 못해 그저 웃기만 하는 희가 되었다. 그러다 어느 날은 전혀 예상치 못한 사람을 보았다.

그날 나는 잠들지 않으려 몸부림을 치던 중이었다. 잠에 들지 않기 위해 부모님 몰래 커피를 마시고 또 마셨고, 더 이글스의 음악을 크게 틀었다. 그래도 잠이 오면 물구나무를 서거나 허벅지를 꼬집거나 스스로 뺨을 때렸다. 그럼에도 구렁텅이에 밀어 넣으려는 듯이 잠이 계속해서 쏟아졌다. 결국 나도 모르는 사이 잠시 잠들었다가 향내음에 눈을 떴다.

낯선 곳이었다. 어둑한 방 안에서 향이 피어오르고 있었다. 갑자기 초에 불이 붙었고 재단에 놓여 있던 신들의 형상을 한 그림자가 천장을 드리웠다. 불길에 어른거리며 움직이는 것이 마치 살아 있는 것처럼 보였다. 그들은 저마다 끝이 세 갈래로 갈라진 창이나 칼, 봉을 들고는 나를 내려다보고 있었다. 재단 앞에 놓인 상 위에는 부채, 방울, 칼, 거울, 그리고 동전 여러 개가 놓여 있었다. 불길함에 자리에서 벗어나고 싶었으나 몸을 움직일 수가 없었다.

그런데 대뜸 내가, 아니, 내가 빙의한 그가 거울을 들어올려 자신의 모습을 비춰 보았다. 거울 속에는 과거 정이 굴에서 마주했던 사람이, 준의 주머니를 가지려 했을 때 내가 꿈에서 보았던 괴물이 있었다. 괴물은 수염이 길고 눈에는 검버섯이 피어 있는 데다, 흰옷을 입고 있었다. 그는 거울 속 자신의 눈을 뚫어져라 바라보았다. 준과 같은 눈빛이었다.

기다리거라.

그의 말에 화들짝 놀라 잠에서 깼다. 식은땀으로 온몸이 젖어 있었다. 나를 꿰뚫어 보는 듯한 눈빛이었다. 정신을 차리기 위해 화장실로 향했다. 세면대에 찬물을 채우고는 얼굴을 집어넣었다. 그런데 그때, 방울 소리가 들려왔다. 수영장에서 들었던 것과 똑같은 소리였다. 여러 개의 철쇠방울이 한데 뭉쳐 흔들리는 듯한, 묘하게 익숙한 소리. 나는 물속에서 얼굴 빼내려고 했으나 누군가 뒷목을 붙잡고 있는 듯 강한 힘에 빠져나올 수가 없었다.

그때 기다랗고 하얀 물체가 세면대 안으로 들어섰다. 그것이 세면대 안을 가득 채웠을 때 커다란 눈이 하나 보였다. 그 눈은 흰자위만 가득했고 사람의 것으로 보이지 않았다. 어느새 세면대는 거대한 강처럼 그 크기를 키워 가고 있었다. 하얀 물체는 자맥질을 했다. 그러나 그 눈만은 나를 향해 천천히 다가왔다. 이윽고 눈이 초점을 내게 맞추었다. 목소리가 들렸다.

더러운 피다.

그때 누군가 나를 뒤에서 잡아당겼다. 나는 거친 숨을 몰아쉬었다. 놀란 어머니가 내 등을 두드렸다.

"왜 그래?"

"어떤 사람이……"

나는 세면대를 비롯한 화장실 곳곳을 살폈다. 세면대에 고인 물은 맑았으며, 화장실 어디에도 어머니와 나를 제외한 사람은 보이지 않았다. 믿을 수가 없었다. 나는 변기 뚜껑까지 열어 가며 나오라고 소리를 쳤음에도 벌레 한 마리조차 찾을 수 없었다.

"저희 애가 죄가 많습니다……"

뒤를 돌아보니 어머니가 두 손을 마주 잡고 기도를 하고 있었다. 혼자 기도문을 중얼거리던 어머니는 갑자기 자리에서 일어나 내 손을 잡아끌었다.

"당장 교회로 가자."

나는 어머니의 손길을 뿌리치려 했다. 미친 베티가 떠올랐기 때문이다. 나 역시도 교회 지하에 갇히는 것이 아닐까 싶었다.

"괜찮아! 이거 놔!"

그러나 어머니는 막무가내였다. 손아귀 힘이 어찌나 강한지 나도 모르게 몸이 딸려 나갈 판이었다. 나는 내 손목을 잡고 있던 어머니의 손을 다른 손으로 쳐 냈다. 그러자 어머니는 손을 벌벌 떨면서 내 얼굴을 반복해서 쓸어내렸다.

"저 이상한 집 애랑 어울려 다니더니 결국……."

눈도 충혈되고 목소리도 갈라진 것이 오히려 어머니가 악마에 빙의된 것처럼 보였다. 언제 이렇게 사람이 변했을까 싶었다. 말이 통하지 않았다. 이 와중에 날 구해 준 것은 다른 사람도 아니고 아버지였다.

"뭐 하는 거야?"

아버지가 나타나자 어머니는 다시금 강하게 내 손을 끌면서도 쉽게 나아가지 못했다. 어머니가 말했다.

"얘가 화장실에서 이상한 행동을……"

아버지는 어머니의 말을 끊고서 내게 물었다.

"한, 말해. 화장실에서 뭐 했어?"

나는 말을 더듬었다. 진실을 말해야 한다고 생각했다. 그러지 않으면 이제는 돌이킬 수 없는 일들이 벌어질 것만 같았다. 그러나 어떻게 설명해야 할지 알 수 없었다. 우물거리고 있는 사이 아버지는 내 어깨를 강하게 잡아챘다.

"옆집 애 때문이야?"

내가 천천히 고개를 끄덕이자, 어머니가 기다렸다는 듯이 말들을 쏟아 냈다.

"부목사님께서 걔가 마을에 저주를 퍼뜨리고 다닌다고 했어!"

어머니는 내 손을 붙잡고는 떨리는 목소리로 말했다.

"이단을 보고 침묵한 것도 죄야. 지옥에, 지옥에 갈 수도 있어!"

언제부터 어머니가 교회에 이토록 빠져 버린 것인지 나로선 알 수 없었다. 일 때문에 가정을 돌보지 않는 아버지나 차가운 마을 주민들에게 마음을 의지할 수는 없었을 것이다. 그리고 나 역시 어머니를 보살피기에는 너무 여린 존재였다. 궁전 같은 감옥에 갇혀 어머니가 기댈 수 있는 건 교회뿐이었겠지.

교회에 가는 것은 두려웠지만, 어머니의 말 자체는 일리가 있었다. 나 역시, 방금 보았던 괴상한 존재가 준의 의식과 관련이 있다고 생각하고 있었다. 준을 멈춰야 한다. 오직 그 생각뿐이었다. 불쑥 목사님의 말씀이 떠올랐다.

'넌 반드시 어린양을 바른길로 인도해야 한단다.'

나는 아버지에게 간청하듯이 말했다.

"제가 해결할게요."

◇◇◇◇◇

 어머니는 방에서 홀로 기도를 이어 나갔고, 아버지는 나를 준의 집 앞에 데려다 주었다. 집을 나오기 전, 어머니는 내 손을 꼭 붙잡고는 하나님의 나라로 내가 준을 이끌어야 한다고 말했다. 그녀의 얼굴에서 목사님의 얼굴이 어른거려 도망치듯 자리를 피했다. 반면, 아버지는 무슨 일이 있었는지 내게 더 묻지 않았다. 굳이 깊게 관련되고 싶지 않은 모양새였다. 그는 준의 집 앞에 서서 내게 눈을 맞추며 말했다.

 "오늘 있었던 일은 그 누구한테도 말하지 말거라."

 오늘의 일은 마을 사람들에게 최대한 들키지 않아야 했다. 아무리 아버지가 지역 사회에 후원을 많이 해도, 여전히 동양인이라는 이유 하나만으로 아버지의 사업을 못마땅하게 여기는 사람이 많았다. 그들은 사람들이 모인 자리마다 나서서, 마을을 악으로 물들이는 기업들을 몰아내야 한다며 아버지와의 토지 수용 계약 파기를 부추기곤 했다. 준의 가족을 둘러싼 소문들은 그런 이들에게 더없이 좋은 공격 거리였다. 이미 그들에 관한 이야기들은 연기처럼 마을을 자욱하게 뒤덮고 있었다. 가만히 내버려 두었다가는 사업 운영에 큰 차질이 생길 것이었다. 아버지가 내 등을 어루만졌다.

 "무슨 일 있다면 소리치거라."

 나는 심호흡을 하고는 준의 집 문을 두들겼다. 희가 나와서 나를 반겨 주었다. 자다가 깼는지 머리는 뭉쳐 있었고, 얼굴에는 피로감이 묻어났다. 무슨 일이냐는 희의 물음에 나는 학교에서 과제를 내주었다면서 준과 해야 할 숙제가 있다고 거짓말했다. 희는 당연히 믿지 않는 눈치였다. 새벽녘에 대뜸 과제 때문에 찾아왔다니. 희는 내 뒤편에 서 있던 아버지를 발견하고는 고개를 숙여 인사를 건넸다. 아버지가 웃으면서 손을 흔들자, 그녀는 문을 열어젖히며 안으로 들어오라고 했다.

나는 곧바로 2층으로 올라가 준의 방으로 다가갔다. 발걸음이 쉽게 떨어지지 않았으나 친구가 나쁜 길에서 빠져나와 바른길로 가도록 인도하기 위해서는, 그리고 우리 가족이 살아남기 위해서는, 준에게 다가가야 했다. 문을 두드리자 들어오라는 준의 목소리가 들려왔다. 문을 열자 준이 책상 앞에 앉아 있었다. 그는 나를 보더니 다소 상기된 얼굴로 말했다.

"한……"

나는 문가에 서서 한동안 준을 바라보았다. 우리 사이에 해명해야 할 문제가 있었다. 그 역시도 모르지는 않았다. 빙의에 관해 직접적으로 말을 나눈 적은 없었지만, 내가 준에게 빙의했을 때 그가 마치 내게 무언가를 보여 주고 싶다는 듯 행동했기 때문이었다. 준의 어깨 너머로 찢어진 벽지와 함께 스크래치가 가득한 서랍장이 보였다. 나는 준에게 말했다.

"준. 솔직하게 말해 줘."

준은 내가 무슨 말을 하려는지 알고 있는 듯한 눈빛이었다. 나는 말을 이었다.

"널 만나고 이상한 일들이 벌어져. 숲에서의 일들도 그렇고, 나는…… 가끔 네가 되는 꿈을 꿔."

"그건……"

나는 문을 닫고 준에게 다가섰다.

"아직 말 안 끝났어. 아까 낮에는 뭘 본 줄 알아?"

수염 긴 사내의 얼굴이 머릿속에 불쑥 떠올랐다. 머리가 깨질 듯이 아파 왔다. 더는 떠올리고 싶지 않았다. 관자놀이를 부여잡고 준에게 물었다.

"낮에 숲속에서 대체 뭘 한 거야?"

내 말에 준의 얼굴이 하얗게 질렸다. 준은 잠시 눈을 감고 숨을 내쉬더니 이내 눈물을 쏟아 내기 시작했다. 나는 준에게 다가갔다. 목사님께서는 준 같은 이들을 방황하고 있는 영혼이라 하셨다. 갈피를 잡지 못한 어린양. 그러나 양이 드러낸 이빨은 검고 날카로웠다. 나는 조심스럽게 준의 옆에 앉았다. 그에게 물었다.

"설명해 줘. 이제."

준과 눈을 마주쳤다. 준의 눈에서 눈물이 한 방울 뺨을 타고 흘렀다. 오래된 이야기를 꺼내 놓는 노인처럼 준이 한숨을 크게 내쉬었다.

"우리 집은 대대로 무당이었어."

"무당? 그게 뭐야?"

준은 공책을 꺼내더니 펜으로 그림을 그리며 무당에 관한 설명을 이어 갔다. 붉은 옷을 입고서 이상한 모자를 쓴 한 사람이 한 손에는 방울을 다른 한 손에는 부채를 들고 있었다. 간단하게 말해서 무당은 한국의 전통적인 샤먼으로 조상신을 비롯해 만물에 깃들어 있는 여러 신들을 섬긴다고 했다. 여러 신들이라니, 이해하기가 어려웠다. 나는 공책을 덮고 준에게 말했다.

"세상에 신은 한 분뿐이야."

"아니, 이 세상 모든 것에는 신이 있어."

준은 공책을 다시 펴더니 펜으로 무수히 많은 원을 그린 후 서로를 연결하는 기다란 곡선을 그렸다.

"신들은 모든 것에 영향을 미쳐. 죽고 사는 모든 것에 말이야."

공책 맨 뒷면에는 한 남자가 붉은 옷을 입고 방울을 흔드는 그림이 그려져 있었다. 남자의 발 아래에 날이 선 칼날이 눈에 띄었다. 나는 그림에서 강한 기시감을 느꼈다. 준이 말했다.

"원래 나도 무당이 되어야 할 운명이었어."

"그런 운명은 없어."

준이 내 말에 고개를 떨궜다.

"나도 그랬으면 좋겠어……."

준이 무슨 말을 하는지 알 수 없었다. 섞일 수 없는 두 물감이 층을 만들고 겉도는 느낌이었다.

"뭘 생각하고 있든 그만둬. 넌 엔젤타운 사람이야."

당장이라도 준의 멱살을 잡아채고는 절대 그러지 않겠노라고 약속을 받아 내고 싶었다. 어딘가에서 목사님의 목소리가 들려오는 것 같았다.

죽이거라.

어디까지나 우리 신을 욕보인 자들이었다. 우리의 일상을 해치고 흐트러뜨리는 것들. 간신히 우리 가족이, 아니, 내가 이곳에서 얻어 낸 평화를 밀어내려 위협하는 것 같았다. 준은 내 표정을 짐짓 살피더니 울음 섞인 목소리로 말했다.

"그럴 거야. 그러려고 우리 가족은 미국에 온 거야. 내 신병을 치료하기 위해서……."

나는 다그치듯이 준의 어깨를 잡아챘다. 미세한 떨림이 손끝으로 전해졌다. 더욱 강하게 힘을 주어 떨림을 애써 무시하려 했다.

"그럼 증명해."

"어떻게?"

나는 목걸이를 꺼내 준에게 내밀었다.

"참회하는 걸로."

어머니에게 받은 십자가 목걸이였다. 이제껏 단 한 번도 준이 기도문을 외우는 것을 본 적이 없었다. 예배 때는 늘 침묵했고, 정의 눈치가 보일 때면 눈을 감고 한국말로 알아듣지 못할 말들을 했다.

우리와 함께하기 위해서는 준이 우리의 신을 섬겨야 했다. 엔젤타운의 토대부터 사람들의 말과 행동들, 사고방식 등 모든 부분에 신의 숨결이 닿아 있었다. 신을 거부하는 자는 엔젤타운 위에 살아갈 자격이 없었다. 준은 목걸이와 나를 번갈아 보았다. 나는 흔들리는 마음을 애써 억눌러야 했다.

"얼른."

내 보챔에 준은 무릎을 꿇고 두 손을 가지런히 모았다. 그리고는 울음 섞인 목소리로 나지막하게 기도를 하기 시작했다. 느껴지는 시선에 고개를 들어 보았다. 우리 집 내 방에 누군가 서 있었다. 아버지였다. 그는 우리를 내려다보고 있었다. 나는 기도문을 외우며 흐느끼는 준의 등을 두드렸다. 길 잃은 어린양을 다시 무리로 이끈 목사님처럼 잘못된 길에 빠질 뻔한 준을 바른길로 인도하는 것이 나의 책무였다. 준은 나의 이끎으로 인해서, 나는 준을 이끎으로 인해서, 서로에게 내민 손을 잡는 이 길만이 '우리'라는 존재가 엔젤타운이라는 이 지옥 같은 곳에서 구원받을 수 있는 유일한 방법이었다. 다시 고개를 들어 보았을 때 내 방의 불은 꺼져 있었다.

08. 1998

한은 환자복을 입고는 다른 응급 환자들을 바라보았다. 머리에서 피가 흐르고, 비명을 내지르고, 고통을 참는 그들을 보며 눈을 감고는 기도문을 읊조렸다.

"……죄인을 결코 사하지 아니하시느니라……[32]"

식당 화장실에서의 발작 이후 민경의 품에서 정신을 차린 한은 그녀에게 몇 번이고 괜찮다고 말하며 병원에 가는 것을 거절했다. 그러나 식당 사장의 신고로 경찰과 구급대원들이 그를 구속하듯 부축하자 순순히 구급차에 올랐다. 민경의 부모님은 호들갑을 떨면서 친척들 중에 의사 혹은 병원과 조금이라도 관련 있는 사람들에게 전화를 돌리며 택시를 잡아탄 후 구급차를 뒤따랐다. 한의 보호자로 구급차에 함께 올라타던 민경은 주변 사람들의 시선을 느꼈다.

"괴물."

---

[32] 나훔 1장 3절(개역한글판).

이송 중에 누군가 한을 향해 그리 외쳤다. 민경은 한이 그 단어를 알지 못하기를 바랐으나, 단어가 주는 거대한 힘은 한을 계속해서 그리로 몰았다. 민경은 한의 손을 마주 잡고는 생각했다. 괴물이라는 단어가 먼저였을까? 괴물의 존재가 먼저였을까? 미치광이라는 말도 마찬가지였다. 그런 말들이 없었더라면 그들 역시 한을 '미친 사람'으로 생각하지는 않았을 것이라고 민경은 믿었다.

"앤드루…… 박……"

차트를 살피던 의사의 표정이 좋지 못했다. 의사가 한 걸음, 한 걸음 자신에게 다가오는 동안 민경의 머릿속에는 갖가지 상상들이 피어올랐다. 착용자 없이 홀로 날뛰는 무구들과 방울 소리 그리고 그것을 뒤덮는 오색의 천들. 이질적으로 불현듯 떠오르는 십자가와 검은 돌. 둘 모두 성황당 고목 같은 크기로 민경을 압도하는 듯했다. 피가 솟구쳤고, 인간의 것이라고 보기 힘든 비명이 들려왔다. 민경은 상상의 끝에 어떤 존재와 상황이 자신을 기다리고 있는지 가늠할 수가 없었다. 팔뚝에 따스한 감촉이 느껴졌다.

"괜찮아? 왜 떨고 그래?"

어머니의 물음에 민경은 화들짝 놀랐다가 고개를 끄덕였다. 자기도 모르게 가슴팍에 손을 올렸다. 의사가 차트에 시선을 두고서 말했다.

"다행히 아무 이상 없습니다."

의사의 진단에도 민경의 마음은 놓이지 않았다. 오히려 더욱 복잡해져 갔다. 종양이라면 그냥 잘라 내면 됐고, 정신에 문제가 있는 것이라면 상담을 하거나 약을 먹이면 됐다. 그러나 이상이 없다니. 의사의 말은 민경을 불안하게 만들었다. 한이 말했다.

"감사합니다. 선생님."

한은 자리에서 일어나 환자복을 벗더니 옷을 갈아입기 시작했다. 주변 시선은 신경 쓰지 않는 모양새였다. 민경은 한의 탄탄한 벗은 몸에도 인상을 풀지 못했다. 한의 등 중심부에 난 흉터에 자신도 모르게 시선이 끌렸다. 곰보 자국을 크게 키워 놓은 것처럼 음푹 파여 있었다. 한이 옷을 갈아입는 사이, 누군가 민경의 손목을 잡아챘다. 민경의 아버지였다.

"박 서방. 원래 저랬어?"

민경은 고민했다. 사실대로 말하는 것이 좋은 걸까? 아니면 사실을 숨기고서 밝은 미래만을 보며 나아가야 하는 걸까? 고민하던 민경은 아버지의 걱정하는 눈빛을 보며 조심스럽게 고개를 끄덕였다.

"가끔씩…… 가끔씩 그랬어……."

민경의 아버지는 심각한 표정으로 민경의 어머니와 속삭이며 대화를 나누었다. 이윽고, 한이 응급실 밖으로 나오자 민경의 어머니가 한에게 말했다.

"박 서방. 오해하지 말고 들어. 저기 강화도에 내가 잘 아는 무당이 있는데……"

무당이라는 단어를 듣자마자 한의 표정이 순식간에 굳었다. 민경이 본 적 있는 표정이었다. 과거 화장실에서 누군가와 전화 통화를 하며 싸웠을 때 한은 "자신의 가족을 위해서"

라 말한 후 저 메마르고 날카로운 표정을 지었다. 한이 어떻게 무당에 관해 알고 있는 것일까? 분명 말한 적이 없었는데. 민경의 어머니는 계속해서 말을 이었다.

"이게 악귀 때문일 수도 있어. 박 서방이 잘못한 게 아니라……"

"괜찮습니다. 생각해 주신 건 감사합니다."

한은 무표정하게 영어로 대답했다. 민경의 부모님은 그의 말을 알아듣지 못해 민경을 바라보았다.

"오빠가 지금 뭐라 말하고 있냐면……"

그때, 갑자기 한이 웃음을 터뜨렸다. 그는 입을 막고서 웃음을 참으려 했다. 그러나 새어 나오는 웃음을 막을 수는 없었다. 그의 눈 밑이 파르르 떨리고 있었다. 한의 눈빛에서 민경은 분노를 느꼈다. 그 모습을 본 민경의 아버지는 마른침을 삼키며 옆에서 말을 거들었다.

"우리 집이 대대로……"

갑자기 한이 고개를 홱 하고 돌리더니 부리나케 자신의 자켓을 살펴보았다. 주머니를 찢어발기듯이 손을 넣어 휘젓더니 이내 무언가를 꺼내 들었다. 부적이었다. 노란 종이에 붉은 글씨가 가득한. 한이 오래전에 교회에서 본 것과 같았다. 민경의 어머니가 변명을 하려 했다.

"박 서방, 그건……"

부적은 그녀의 눈앞에서 갈기갈기 찢겼다.

"그만."

한은 찢어진 부적을 바닥에 내던지고는 자리를 왔다 갔다

하며 혼잣말을 했다.

"죄, 벌, 피……."

한의 발작이 또 일어날까 민경은 긴장했다. 그러나 그는 바닥에 고꾸라지거나, 거품을 물지 않고 정확한 발음으로 민경을 향해 다가서며 말했다.

"이게 다 너 때문이야."

그의 모든 말이 민경에게는 위협적으로 다가왔다. 민경은 자신도 모르게 한을 바라보며 나지막하게 물었다.

"혹시…… 준이라는 사람 때문이야?"

민경은 한이 정신을 잃을 때마다 내뱉은 그 이름을 기억해 냈다. 준이라는 이름을 듣자마자 한의 얼굴이 하얗게 질렸다. 숨을 거칠게 내쉬고 머리를 쥐어뜯었다.

"그 사람 누구야? 그 사람이 뭘 했길래?"

"함부로 말하지 마!"

한이 민경을 향해 삿대질을 했다. 보다 못한 민경의 아버지가 한에게 외쳤다.

"아니 그래도 박 서방, 삿대질은……."

그 순간, 민경의 아버지가 벽으로 밀려났다. 한은 담뱃불을 끄듯이 바닥에 떨어진 부적을 발로 짓이기더니 쓰러진 그를 향해 위협적으로 외쳤다.

"내 몸, 만지지 마."

그 광경을 보고서 민경의 어머니는 다리에 힘이 풀렸는지 자리에 주저앉았다. 민경은 한에게 다가가 그의 뺨을 쳤다. 한은 그제야 정신이 번쩍 든 듯 눈에 초점이 돌아왔다. 민경이 창백한 얼굴을 한 자신의 어머니를 바닥에서 일으키며 말했다.

"미친놈."

민경은 자기 본능이 이끄는 대로 그와 멀어지기로 했다. 한은 응급실에 홀로 덩그러니 남겨져 멀어져 가는 민경을 보았다. 그는 허공을 보며 혼잣말을 했다.

"길 잃은 양을 바른길로……"

ð # 4장.
적(赤)

01. 1982

겉으로 보았을 때 세상에 큰 변화는 없었다. 인류가 처음 달에 다녀온 지 10년이 훌쩍 지났음에도 소설 속 이야기처럼 화성이나 금성 등의 다른 행성으로 진출하지는 못했고, 전처럼 이 작은 행성에서 서로를 시기하고 질투하면서도 무리를 지으며 서로에게 이를 드러내고 있었다.

반면, 엔젤타운 사람들이 느끼는 바는 달랐다. 옥수수들이 노랗게 익어 가고, 거둬지고, 다시 푸르게 자라나기를 반복하는 와중에 레이건의 붉은 깃발과 함께 'MAGA(Make America Great Again)' 구호가 귀신처럼 돌아다녔고, 불과 몇 년 사이에 마을에는 아시아계부터 라틴계, 인도계 등 다양한 인종의 사람들이 모여들어 무리를 이루기 시작했다. 대부분 아버지의 회사를 통해 일자리를 구해 들어온 외국인 노동자들이었다.

"쫓아가."

잭은 조수석 의자를 뒤로 젖히고는 내게 명령조로 말했다.

마침 한 무리의 외국인 노동자들이 떼를 지어 회사 버스에서 내리고 있었다. 나는 엑셀에다 발을 올리고는 천천히 그들을 뒤따랐다.

얼마 전까지만 해도 저들은 소수였다. 미소를 지은 채 수줍게 영어로 물건을 사면서도 몸을 움츠리며 자신의 존재를 드러나지 않으려 했기에 거리에서는 거의 찾아볼 수가 없었다. 그러나 요즘 들어서는 거리를 제집처럼 나다녔고, 자기네들 언어로 욕을 하고 웃어 댈 뿐만 아니라, 쏟아지는 경멸의 시선들을 무시하며 몰려다녔다.

"벌레 같은 놈들."

패트릭이 뒷자리에서 낮게 읊조렸다. 목소리에서 적의가 느껴졌다. 고통과 처벌 그리고 심판 같은 단어들이 차 안에 퍼졌다. 신의 전사들이 일제히 외쳤다.

"아멘."

시선이 느껴졌다. 룸 미러를 보자 패트릭이 나를 빤히 바라보고 있었다. 그의 눈빛에서는 여전히 처음 이 마을에 도착했을 때 마주했던 적의가 느껴졌다. 나는 아이들을 따라서 "아멘"이라 기도를 덧붙였다.

"어이!"

술에 취한 로버트가 술집 앞에 모여 있던 한 무리의 외국인 노동자들을 향해 외쳤다. 그들은 우리 농장 로고가 달린 옷들을 입고 있었다. 노동자들은 로버트의 외침에도 크게 반응하지 않았다. 로버트는 눈을 가늘게 뜨고서 그들을 위아래로 훑어보았다.

"돈은 있어?"

마치 총을 겨누고서 묻는 듯한 말투였다. 그들은 일부러 가슴팍에 붙은 회사 로고를 보였으나, 로버트는 그보다는 그들의 피부색과 어눌한 말투, 그리고 다리를 끌 때마다 신발 바닥에서 떨어져 나오는 진흙 조각에 더욱 시선을 두는 것 같았다. 숨 막히는 대치가 이어졌다. 서부극이라도 보는 것만 같았다. 노동자 중 한 명이 로버트에게 다가가 말했다.

"돈은 있지."

로버트는 그의 가슴팍에 달린 명찰에 손을 뻗어 살짝 잡아채더니 엉성한 발음으로 그의 이름을 읽어 내렸다.

"챙? 이름이 뭐 그래? 너도 빌어먹을 공산주의자냐?"

그 말에 챙을 비롯해 다른 외국인 노동자들이 눈을 부라렸다. 술을 마시고 있던 다른 아저씨들은 로버트의 말을 듣더니 테이블을 맥주병으로 치며 웃었다. 로버트는 친구들을 따라서 한바탕 웃다가 갑자기 정색하더니 눈을 치켜뜬 챙을 똑바로 마주 보며 말했다.

"나가."

챙은 물러서지 않았다. 로버트를 향해 턱을 빳빳하게 들고는 허리를 폈다.

"왜? 돈이라면 우리가 더 많은 것 같은데."

그러자 그 주변에 있던 다른 아저씨들이 동시에 자리에서 일어섰다. 금방이라도 싸움이 벌어질 것만 같았다. 챙 뒤에 서 있던 동료들이 놀라 그의 어깨를 끌어당겼다. 챙은 동료들의 손을 거칠게 뿌리치고는 로버트에게 삿대질을 하며 말했다.

"언제까지 그럴 수 있는지 두고 보겠어."

챙은 그 말을 끝으로 무리를 이끌고 어디론가 사라졌다. 로버트를 비롯해 마을 사람들은 자축하듯 잔을 마주 부딪히며 그들의 등 뒤에다 대고 욕설을 퍼부었다.

"중국으로 꺼져!"

대부분의 맹수는 몸을 부풀리지 않는다. 오히려 그들은 몸을 낮추고서 피식자들의 눈에 띄지 않으려 한다. 악어도, 호랑이도, 사자도, 내가 아는 모든 맹수들은 그랬다. 반면에 피식자들은 어떻게든 몸집을 부풀리려 하고, 위협적으로 보이려 애썼다. 배에 공기를 채우고, 날개를 화려한 색으로 물들이며, 팔과 다리를 쫙 펼쳤다.

그때 진정 코너로 몰린 쪽은 과연 누구였을까?

◇◇◇◇◇

변화는 마을 공동체 내부에서도 벌어지고 있었다. 교회 창고에 보관되어 있던 총이 한 자루 사라져 있고, 숲속에서 총소리가 간헐적으로 들리며 곳곳에 죽은 동물이 발견되었다. 다들 수면 아래에 무언가 일이 벌어지고 있음을 알았지만 고개를 들고서 "아멘"이라 외치며 하늘만을 바라볼 뿐이었다. 그에 맞춰 눈에 보이지 않는 위협들은 날이 갈수록 몸집이 커져 갔다.

우리의 몸은 빠르게 자라났다. 스펀지가 물을 흡수하듯이 아이들은 사랑과 섹스, 그리고 약물에 눈을 뜨기 시작했다. 제 몸을 간지럽히는 풀들에도 발랄하게 웃던 아이들은 어른들의 세계를 경험하고는 색이 빠진 옷처럼 무채색으로 변해 갔다.

그럴수록 교회는 금욕에 관해 말했다. 아이들에게 무시무시한 그림들을 보이고, 마을의 죄인들을 연단에 불러 세워 죄를 고백하게 했다. 잭의 아버지, 헤이슨이 술집에서 싸움을 하다 잡혀 온 적도 있었다. 그는 처음에는 부끄러운 듯 말을 우물거리다가 죄를 말하라는 목사님의 강력한 외침에 어린아이처럼 울면서 자신의 죄를 고백했다.

한 날은 목사님께서 베트남전 참전 군인을 직접 교회에 데려와서는 신의 전사들 앞에 보이셨다. 그들의 모습은 군인보다는 노숙자나 부랑자에 가까웠다. 이가 여럿 빠져 있었고, 피부에는 얼룩덜룩한 반점들이 나 있었다. 그들은 때론 발작을 일으키더니 연단에서 우리를 향해 사격 자세를 취했다. 금방이라도 총알이 날아들 것만 같았다. 목사님께서는 그들을 가리키며 이 모든 게 대마초 때문이라 하셨다. 그러나 나를 비롯한 몇몇 아이들은 알고 있었다. 대마초가 아니라 그들이 전쟁터에서 마주한 끔찍한 참상과 고통이 그들 병의 진정한 원인임을.

"모든 악한 것이 어디서부터 옵니까? 바로 이 마을 밖입니다!"

목사님의 외침이 가리키는 바는 명확했고, 우리 가족은 그 행렬의 후미에서 질주하고 있었다. 무리에서 떨어지지 않기 위해서였다. 어머니는 목사님께서 지옥 구덩이에 떨어지라 하면 떨어질 것처럼 그를 향해 오열했고, 아버지는 그런 어머니를 내버려 두었다. 지갑에 든 두둑한 현금과 손목에 찬 빛나는 시계, 결정적으로 이제 일이 곧 마무리될 것 같으니 집으로 돌아오라는 할아버지의 말씀 때문이었다. 아버지는 내게 어머니가 엔젤타운만 벗어나면 모두 자연스럽게 치유될 것이라 입버릇처럼 말했다. 목사님께서 표정을 바꾸어 우리 가족을 향해 손짓하셨다.

"이런 시기에 우리 마을 발전을 위해 애써 주시는 앤드루 박을 위해 박수를 부탁드립니다."

교회 내부는 점차 유럽의 궁전처럼 화려하고 으리으리하게 변했으며, 이웃한 주뿐만 아니라 언젠가 뉴욕주에도 개척 교회를 세울 계획이라 했다. 모두 아버지의 돈으로부터 나온 것들이었다.

그때는 이상했다. 마을 밖에서 들여온 것들로 화려하게 변한 교회 속에서 마을 사람들은 마을 밖을 향해 악이라 소리치고 있었다. 마을 밖은 악이지만, 마을과 밖을 연결한 아버지는 선이라니. 아버지가 자리에서 일어나 주변을 향해 고개를 숙이자, 마을 주민들은 아버지를 향해 열심히 박수를 쳤다. 일부는 감격하며 우는 사람들도 있었다. 목사님께서는 군중을 진정시키고는 말씀하셨다.

"사탄의 자식들이 근래 거리에 많이 보이고 있습니다."

목사님께서 말씀을 마치실 때마다 사람들은 일제히 '아멘'이라 외쳤다. 목사님께서는 손가락을 치켜들고는 힘주어 외치셨다.

"그런 와중에 한 가족만이 앤드루 박의 인도를 받아 오래전야만의 땅에서 우리 아버지의 품으로 기꺼이 다가왔습니다."

시선들이 우리 가족 뒤편으로 모였다. 고개를 돌리니 익숙한 얼굴들이 보였다. 정과 희 그리고 준이었다. 셋 모두 표정이 좋지 못했다. 정과 희는 고개를 푹 숙이고 있었고, 준은 주먹을 꽉 쥔 채 간신히 떨리는 몸을 진정시키려 애쓰고 있었다. 목사님께서 말씀을 이으셨다.

"저 가족은 구원의 빛이 들지 못하는 저기 저 한국이라는 야만적인 국가에서 왔습니다. 수 년 동안 이들은 매일같이 우리와 함께했으며 지금은 당당하게 우리 사회의 일원이 되었습니다."

교회 안에 있던 사람들이 모두 준의 가족을 바라보고 있었다. 그들의 시선은 서슬 퍼런 것이 날 선 꼬챙이 같았다. 목사님께서 소리치셨다.

"앞으로 나오세요!"

목사님께서 준의 가족을 앞으로 불러냈다. 우레와 같은 박수를 받으며 그들은 앞으로 나갔다. 순간, 준과 눈이 마주쳤다. 준의 허리는 구부정했고, 약에 절은 사람처럼 연신 코를 훌쩍였으며, 눈가는 벌겋게 부어 있었다. 자리에 서 있는 것 자체가 힘에 부치는 듯 보였으나 말릴 수는 없었다. 준이 교회에 꾸준히 나오기 시작하면서부터 지난 3년간 내가 그에게 빙의하는 일이 눈에 띄게 줄어들었기 때문이었다.

주변 눈치를 보며 박수를 치지는 않았으나 나는 교회에 있던 그 누구보다도 조용히, 진심으로 그 자리에 앉아 있었다. 마음 같아서는 목사님의 발바닥에 입을 맞추며 준과 나를 구원해 달라 빌고 싶었다. 준이 정과 희를 따라 연단으로 걸어 갔다. 목사님께서 하늘을 향해 손바닥을 높이 들어 올리셨다.

"저는 하나님 아버지의 힘을 물려받았습니다. 저는 그 힘으로 당신들을 보호할 수 있습니다."

그 말과 함께 목사님께서는 정의 가슴팍을 내리치셨다. 정은 그대로 바닥에 주저앉았다.

"믿으라!"

그런데 바닥에 주저앉아 있던 정이 희를 노려보고 있었다. 마치 그녀의 처벌을 고대하는 사람 같았다. 희 역시 마찬가지로 자신의 처벌을 바라는 것처럼 눈을 감은 채 무릎을 꿇고 있었다.

"아멘."

마을 사람들의 외침과 함께 이어서 희가 목사님께 뺨을 맞고는 자리에 고꾸라졌다. 눈을 뜬 그녀는 눈물을 흘리면서 정을 향해 나지막하게 말했다.

"미안해요……."

목사님의 표정이 기이하게 뒤틀렸다.

"믿음을 보이거라."

마지막은 준의 차례였다. 준의 눈빛은 거셌다. 앞줄에 앉지 않았더라면 알지 못했을 것이다. 나는 그의 표정에서 강한 적의를 읽었다. 목사님께서는 호흡을 고르더니 준의 뺨을 강하게 내리치셨다. 교회 안에는 삽시간에 침묵이 찾아왔다. 한 번, 두 번, 세 번. 준의 눈에 붙은 불이 꺼질 때까지. 네 번째 뺨을 맞은 후 준은 발작과 함께 바닥에 쓰러졌다. 정도, 희도 쓰러진 그에게 가까이 다가가지 못했다. 목사님께서는 거품을 물고 쓰러진 준을 앞에 두고서 외치셨다.

"경배하라!"

◇◇◇◇◇

아버지는 정을 해고했다. 명목상 이유는 사업 구조의 효율화였으나, 내가 아버지에게 준의 집안 내력과 준의 가족들이 미국에 오게 된 과정을 모두 털어놓고 일주일이 지나지 않아 정이 해고된 상황을 헤아려 본다면 해고 사유는 다른 의미로 명확했다.

아버지는 그가 마을을 떠날 것이라 생각했다. 실제로 한동안 그들은 이사 갈 준비를 하는 것 같았다. 그들 집에 있던 물건들이 하나둘 거리로 나왔다. 희는 그릇들을 잘 닦아 놓았고, 정은 어디서 그런 재주를 배웠는지 모르지만 자신이 그린 그림을 내놓았다. 배경은 그리지 않은 이상한 배불뚝이 중국인의 초상화였다.

물건들은 거의 팔리지 않았지만 그들은 오래도록 좌판에 머물렀다. 한여름의 더위도 그들을 거리에서 내몰지 못했다. 아버지는 보안관 척에게 그들의 장사를 방해해 달라 부탁하기도 했으나 그들은 그의 순찰 시간 때만을 피해 좌판을 슬쩍 옆으로 치워 놓을 뿐이었다. 보다 못한 아버지는 직원들을 시켜 그들의 물건을 사게 했고, 그들의 물건을 쓰레기통에 그대로 처박아 버렸다.

돈이 어느 정도 모이자 정은 은행에서 대출을 받아 다운타운에 작은 편의점을 하나 차렸다. 편의점을 처음 열던 날 준의 가족은 새 옷을 입고 그 앞에서 웃으며 사진을 찍었으나 그럼에도 그들의 삶은 크게 달라지지 않았다. 정은 대출금을 갚기 위해 파트타임으로 농장에서 일을 거들어야 했고, 희는 온종일 편의점 카운터를 지켜야 했다.

그들의 주요 고객은 아버지의 농장에서 일하는 외국인 노동자들이었다. 오갈 곳 없던 유색 인종들이 편의점으로 모여들었고, 그럴수록 마을 사람들은 준의 가족들과 더욱 멀어져 갔다. 그러나 교회에서 회개 의식이 치러지고 난 뒤 준의 편의점에 많은 변화가 일어났다.

"샬롬!"

갑자기 한 여자가 문을 열고 들어서며 카운터를 향해 외쳤다. 길 건너편에서 이탈리안 레스토랑을 운영하는 캐서린이었다. 그녀를 향해 준의 어머니는 환하게 웃었다. 내심 속으로는 의아했을 것이다. 지난 수년간 캐서린은 한 번도 그녀를 향해 먼저 인사를 건넨 적이 없었다. 캐서린은 카운터로 다가와 자신의 가슴에 손을 얹더니 마치 비극적인 영화라도 본 것처럼 울 것 같은 목소리로 말했다.

"고생했어요. 정말. 마지막에는 내가 눈물이 다 날 것 같았다니까."

희는 '스마일 희'라는 그녀의 별명에 맞게 미소를 지어 보였다. 그 모습에 캐서린은 그녀의 손을 맞잡았다.

"축복받을 거예요. 목사님의 은총이 닿았으니."

희는 가만히 웃기만 했다. 분위기를 살피던 캐서린은 희의 손을 놓고는 편의점을 한 바퀴 돌았다. 먹잇감을 살피는 곰이나 거지에게 동정을 표하는 부자, 두 상이한 존재가 한데 섞인 듯한 몸짓이었다. 다시 카운터 앞에 선 캐서린의 품에는 치약, 칫솔, 프링글스 등의 물건들이 가득했다. 희는 캐서린을 향해 웃으며 계산기를 두드리기 시작했다. 캐서린이 가슴에 손을 올리고는 말했다.

"마음이 아파요. 준이 그렇게 아프니까. 근데 정말······"

희가 미소를 지으며 캐서린의 말을 잘랐다.

"전부 다 해서 13달러 50센트예요."

희는 캐서린에게 계산기를 보였다. 캐서린의 얼굴이 빠르게 굳어 갔다. 그녀는 지갑을 꺼내다 말고 희에게 고개를 숙여 속삭였다.

"이야기는 들었어요."

희의 얼굴 역시 순식간에 굳어 갔다. 주름이라는 움푹 파인 골짜기에 숨겨 둔 이야기들이 부패하며 그 고약한 냄새를 풍기는 듯했다. 캐서린은 말을 멈추지 않았다.

"로버트가 워낙 매력적이잖아요. 솔직히 다른 여자들도 한 번쯤 자고 싶다고 생각했을 걸요? 그리고 목사님 덕분에 죄도 용서받았으니······"

희는 캐서린이 뱉은 말을 주워 담으려는 듯이 허겁지겁 종이봉투에 물건들을 담기 시작했다.

"50센트는 깎아 드릴게요."

그때 준이 편의점 다락에서 내려왔다. 캐서린은 말을 멈추고 준을 바라보았다. 악마, 사탄 등의 단어들이 자신도 모르게 목구멍 주변을 맴돌았다. 머릿속에 교회에서 종종 발작을 일으키던 준의 모습이 떠오르는 듯했다.

캐서린은 준을 빤히 쳐다보더니 얼른 물건을 챙겨 편의점을 나섰다. 준은 뒤뚱거리며 거리를 걷는 그녀의 뒷모습을 바라보았다. 희는 불안한 표정으로 편의점 한구석을 가리키며 준에게 말했다.

"맥주 박스 좀 창고에 넣어 놔."

준은 대답도 없이 맥주 박스를 힘껏 들어 올렸다. 다소 힘에 겨워 보이기는 했으나 준은 불평 한마디 없이 다리를 끌며 박스를 들고 창고로 갔다. 희는 준의 뒷모습을 불안한 눈빛으로 바라보았다. 사실을 알게 될까 두려웠기 때문이었다. 그런데 준이 문을 나서려다 말고 멈춰 섰다. 준은 고개를 돌리지 않은 채로 물었다.

"이제 엄마, 아빠 따로 살아?"

희는 다시금 이 작은 마을에서 비밀은 없다는 사실을 깨달았다. 그녀는 목이 메여 침을 몇 번이나 삼킨 후에야 가까스로 입을 뗄 수 있었다.

"아니. 네 아버지가 괜찮다고 했어."

준은 희에게 더 이상 질문을 던지지 않았다. 희는 준이 편의점을 나간 후 캐서린이 주고 간 13달러를 오랫동안 바라보다가 금고에 던져 넣었다. 꼭 화대라도 받은 기분이었다.

◇◇◇◇◇

준이 가게를 나서자마자 아이들의 눈길이 빠르게 그를 따라 움직였다. 그들은 숙련된 포식자처럼 준이 창고 문을 열고 박스를 들어 올릴 때까지 기다렸다. 준이 박스를 다시 집어 올리자마자 잭이 외쳤다.

"준!"

준이 뒤돌아보았다. 아이들을 마주한 준의 얼굴에 핏기가 가셨다. 아이들은 잘 훈련된 군인들처럼 우르르 창고로 몰려 들어가 물건들을 살피더니 맥주나 담배 따위를 챙기기 시작했다. 준이 망을 보던 잭에게 다가가 말했다.

"내가 나중에 챙겨 줄 테니까, 지금은……"

잭은 준의 어깨 위에 손을 올려 놓으려다 말았다. 대신, 주머니칼을 꺼내 준의 배를 향해 쑥 들이밀었다. 준은 두 손을 들고는 그대로 뒤로 밀려났다. 잭은 겁먹은 준의 얼굴을 한 번 살피더니 콧방귀를 뀌었다.

"미안. 내가 참을성이 없어서 말이야."

잭은 편의점 창고에서 아이들이 박스째로 물건들을 옮기는 모습을 스윽 보더니 칼등으로 준의 가슴팍을 밀었다.

"고마워. 늘."

커진 몸집에 비례해서 아이들은 준을 더욱 과격하게 괴롭혔다. 괴롭힘은 단순히 때리는 데서 그치지 않았다. 물건을 빼앗고, 심부름을 시켰다. 잭이 절도로 경찰에 붙잡혔을 때는 준을 시켜 범죄가 벌어진 시간에 자신과 함께 있었다는 거짓된 증언을 하도록 종용했다. 때로는 농담처럼, 때로는 협박처럼.

물론 내가 준을 괴롭히려 그 자리에 아이들과 함께 있던 것은 아니었다. 아이들 중에 차를 운전할 수 있는 사람이 나뿐이었기 때문이다. 그게 다였다. 하지만 어떤 날에는 그 '다'라는 것이 모든 것을 의미했다.

"야, 시동 걸어."

잭의 말투는 매서웠다. 나는 차에 시동을 걸고는 준에게서 시선을 거두었다. 나에게 불똥이 튀지 않기만을 바랄 뿐이었다. 준도 내 행동을 이해했을 것이다. 수 년 동안 우리는 그렇게 살아왔으니까. 둘 중 하나라도 맞잡은 손을 놓으면 둘 모두가 구원받지 못했다. 버티고 버티다 보면 언젠가 나도 준을 구원할 수 있는 힘을 가질 수 있을 것이었다. 그때를 위해 우리는 버텨야 했다. 준이 잭을 향해 손을 뻗었다.

"잠시만. 담배는……"

얼떨결에 준의 손이 잭의 티셔츠 끝을 스쳤다. 잭은 반사적으로 준의 얼굴을 쳤다.

"개새끼가. 어디서."

준이 얼굴을 감싸쥐었고, 폴은 잭을 향해 비웃으며 손가락질했다.

"야, 잭, 옷 빨리 벗어. 저주 걸린다."

잭은 티셔츠를 재빠르게 벗어 준의 얼굴에다 내던졌다. 그래도 분이 풀리지 않는지 얼굴을 감싸 쥔 준의 목덜미를 잡고서 화단으로 끌더니 그의 머리를 진흙에다 처박았다. 준은 숨을 쉬기 위해 몸을 버둥거렸다. 잭이 켁켁거리며 진흙을 뱉어내던 준에게 욕설을 쏟아 냈다. 나는 핸들에 머리를 파묻었다. 그런데 누군가 내 어깨에 손을 올렸다.

"고개 들어. 한."

뒷자리에서 패트릭이 나를 향해 미소 짓고 있었다. 오드아이가 사각지대 없이 내 마음을 뒤집어 훑는 듯했다. 그는 3년 전보다 교회와 더 가까워졌으며 반 년 전부터는 학교에 출석하지 않고 교회에 머무르기까지 했다. 그러나 이상하게도 그는 하교 시간에 맞춰 학교 앞에서 늘 우리를 기다렸으며 우리와 함께 시간을 보냈다. 마치 감시라도 당하는 기분이었다. 패트릭이 웃음기를 뺀 얼굴로 내게 말했다.

"너, 조심해야겠다."

나를 걱정할 패트릭이 아니었다. 패트릭은 창문 밖으로 몸을 빼더니 바닥에 엎드린 채로 숨을 헐떡이고 있는 준을 가리키며 말했다.

"쟤가 총이라도 가져와서 쏘면 어떻게 할래?"

나는 두렵지 않았다. 준이 그럴 작정이라면 내게 미리 말을 해 줄 테니까. 준과 나는 여전히 규칙으로 연결되어 있었고, 만약 그가 교회에서 총을 훔쳤더라면 밤에 그 사실을 내게 말해 줬을 것이다. 만에 하나 그가 총을 구하려 했더라도 구하지 못 했을 것이다. 교회 창고를 제외하고는 준을 비롯한 외국인 노동자들이 총을 구할 방법이 적어도 엔젤타운에는 없었다. 승패는 이미 정해져 있었다. 그들은 소수였고, 우리는 다수였다. 잭이 준의 머리채를 붙잡고는 외쳤다.

"네가 우릴 죽일 수 있을 것 같아?"

준은 숨을 쉬느라 대답을 하지 못했다. 나도 모르게 차에서 내려 준의 앞에 섰다. 준은 엎드린 상태로 나를 올려다보았으나 내가 그에게 할 수 있는 행동은 단 하나뿐이었다. 패트릭이 창문에 기대어 나지막하게 말했다.

"때려."

그동안 준과 나의 역학 관계는 변하지 않았다. 오히려 더욱 굳건해졌다. 잭이 준을 일으켜 세웠고, 나는 준을 향해 주먹을 날렸다. 준은 주먹을 피하려 했으나 다리에 힘이 풀려 그대로 가슴팍에 얻어 맞더니 억, 소리를 내며 바닥에 다시 고꾸라졌다.

"죽어!"

나는 준의 배를 몇 번이나 반복해서 찼다. 힘을 실어야 했다. 그러지 않으면 아무도 믿지 않았으니까. 터져 나오는 그의 신음에는 수 년 동안 전혀 익숙해지지 않았다. 귀를 막고 싶었으나 참아야 했다. 조금만 더 버티면 됐다. 아버지의 말씀이 떠올랐다.

'이제 1년이다.'

아버지가 검지를 내게 내밀었다. 내게 남은 시간이었다. 1년만 지나면 이 지긋지긋한 곳에서 벗어날 수 있을 것이었다. 그러나 준에게는 말하지 않았다. 함께 갈 수 없다는 죄책감 때문이었다.

"살려 줘!"

한국말이었다. 나는 준에게서 멀어지려 했다. 그게 우리들의 규칙이었으니까. 그러나 패트릭의 명령은 거기서 그치지 않았다.

"더 때려."

나는 패트릭을 가만히 바라보았다. 감정 없는 목소리였다.

그는 나를 날 선 눈으로 바라보았다. 모든 것을 알고 있다는 듯이. 패트릭은 명령조로 다시 한번 천천히 말했다.

"더 때리라고."

내가 대답하지 않자, 패트릭이 차에서 내려 내게 가까이 다가와 속삭였다.

"때리지 않으면 네가 맞아."

패트릭의 뒤로 아이들의 눈길이 느껴졌다. 그들의 무리에 끼여 수 년 동안 함께한다고 해도 그들에게 나는 영원히 이방인이었다. 이방인은 늘 원주민들에게 내가 그들의 편임을 증명해야 했다. 준을 일으켜 세우고는 때렸던 곳을 또 때렸다. 살려 달라는 한국말이 몇 번이고 들렸다. 그럴 때마다 주먹에서 힘이 빠졌으나 주먹질을 멈출 수는 없었다.

"그만."

준에게서 또 다른 목소리가 들렸다. 속에 다른 무언가가 든 것만 같았다. 나는 두려움을 애써 억누르고서 그의 멱살을 잡아채고는 외쳤다.

"괴물 새끼가."

준은 자기 목을 긁으면서 정신을 차리려 필사적으로 노력하는 것 같았다.

"제발 그만해."

그의 목소리와 다른 이의 것이 반복해서 들렸다. 과거의 그때처럼. 그러나 나를 비롯해 아이들은 변해 있었다. 우리들의 얼굴에는 이제 솜털이 아니라 턱선을 따라 듬성듬성 돋아난 거친 수염이 뒤덮여 있었고, 눈빛에는 초콜릿 아이스크림을 먹던 아이의 순수함 대신 맥주 캔을 따던 어른들의 영악함이 배어들어 있었다. 우리들은 주차장 바닥에 버려진 담배꽁초처럼 말라비틀어져 갔고, 로버트네 술집 기둥에 달린 코카콜라 간판처럼 금이 간 욕설을 뱉었다.

반면, 준의 시간만은 멈춰 있는 듯했다. 다른 아이들이 여름날 옥수수처럼 자라고, 목소리가 낮아지고, 어깨는 넓어지는 동안, 준은 마치 쓰레기통 아래 응달에 박힌 선인장처럼 단 한 뼘도 크지 못한 채 제자리에 머물러 있었다. 그의 살결은 아직도 아이처럼 새하얘서 툭 건드리면 금방이라도 바스러질 것만 같았다.

눈빛은 또 어떻고.

나는 파르르 떨리는 준의 눈빛을 보았다. 맑고 깊은 그 눈빛은 그대로였으나 이제 나를 흔들어 놓지는 못했다. 나는 오히려 치밀어 오르는 짜증을 억누르려 애를 써야 했다. 3년이라는 시간 동안 나와 달리 그는 전혀 변하지 않았으니까.

'조선인들은 맞아야 움직인다.'

준을 보면 할아버지의 말이 떠올랐다. 조선인들은 제아무리 맞아도 "아이고" 한 마디만 내뱉을 뿐, 제대로 맞서지 않는다고 했었다. 준이 그랬다. 3년 동안 패배감에 짓눌린 채 무리와 섞이지도, 그렇다고 반항하지도 않았다. 처음 1년은 그 모습이 안쓰러웠지만, 시간이 지날수록 답답했고, 결국엔 짜증이 났다. 패트릭이 외쳤다.

"계속해!"

그러나 그의 외침이 내게 닿기도 전에 나는 이미 준을 향해 발길질을 하고 있었다.

"내가 왜! 너 때문에 이렇게 살아야 하는 거야!"

준은 몇 번 더 목소리를 내다가 이내 정신을 잃었다. 내가 그의 몸 위에 올라타려 했으나 잭과 폴이 잡아챘다.

"그만해! 이만하면 됐어!"

그제야 나는 상황을 파악하고는 주먹질을 멈추었다. 준은 얼굴이 피범벅이 된 채 바닥에 축 늘어져 있었다. 폴이 뒤로 물러나며 외쳤다.

"죽은 거 아냐?"

그 말이 떨어지기 무섭게 잭은 내 옷깃을 움켜잡았다.

"도망쳐! 빨리!"

나는 잭에게 끌려가다시피 차에 올라탔다. 시동을 걸려 했지만 손이 떨려 열쇠 구멍을 제대로 찾지 못했다. 잭의 재촉에 가까스로 시동을 걸고는 거칠게 차를 몰았다.

"너, 미쳤구나."

피트는 흥분된 목소리로 내 팔뚝을 세게 쳤다. 그의 얼굴은 벌겋게 상기되어 있었다. 반면 잭과 패트릭은 그러지 못했다. 잭은 만약 이번에 경찰에 잡혀갈 경우 교도소에 수감될 것이라며 몸을 떨었고, 패트릭은 의심 가득한 눈빛으로 나를 응시하고 있었다.

룸 미러를 통해 정신을 잃은 채 바닥에 널브러져 있는 준을 바라봤다. 그제야 내가 무슨 짓을 저질렀는지 알아차렸다. 순간이었지만 내 머릿속은 괴물을 마주한 사람처럼 날뛰고 있었다. 당장 그의 숨통을 끊어야 한다는 생각만이 가득했다.

02

댐이 무너지기 전에 금이 가고, 산에 큰불이 나기 전에 잔불이 계속해서 나듯이 우리 둘 사이에 있던 관계의 파열음은 이미 오래전부터 시작되고 있었다. 우리가 눈과 귀를 닫았을 뿐이었다.

준은 죽지 않았다. 규칙에 따라 밤중에 숲으로 향하는 그를 보았기 때문에 알 수 있었다. 숲으로 가기 전 준은 한참을 자기 집 마당에 서서 우리 집 2층 창문을 바라보고 있었다. 그러나 나는 일부러 모습을 보이지 않았다. 계속해서 피 칠갑을 한 준의 얼굴이 떠올랐기 때문이었다.

언제까지 지속될 수 있을까? 도대체 언제까지.

속에서 끓어오르던 분노는 그날 밤까지도 꺼지지 않고 생생하게 남아 있었다. 그때 1층에서 아버지가 누구냐고 소리치며 마당으로 나가는 소리가 들려왔다. 준은 토끼처럼 화들짝 놀라 홀로 숲으로 사라졌다.

집을 서성이는 아버지의 발소리에 나는 되려 마음이 놓였다. 규칙을 어길 이유가 생겼으니까. 준이 없는 엔젤타운의 밤은 달빛 속에서 아름다웠고 평온했다. 계속해서 숲으로 향하는 시선을 거두려 커튼을 치고 침대에 누워 이불을 머리끝까지 끌어당겼다. 적어도 하루 정도는, 준이 이해해 줄 것이라 믿었다.

◇◇◇◇◇

며칠 학교를 빠질 것이라 생각했는데, 준은 다음 날 학교에 나타났다. 얼굴에는 밴드와 함께 파란 멍이 가득했다. 나는 일부러 준과 마주치지 않도록 애썼다. 폭행도 폭행이지만 규칙을 깬 것에 죄책감을 느꼈기 때문이었다.

복도에서 준이 내가 있던 교실을 향해 걸어올 때도 그랬다. 수업을 빠질 각오로 교실을 나가려 했는데, 다른 아이들이 나타나 준에게 시비를 걸었다. 그들은 준의 멱살을 잡고는 캐비닛을 향해 밀더니 발을 걸어 넘어뜨렸다. 나는 그 틈에 가방을 집어 들고는 집으로 가려 했다.

"잠깐만."

누군가 나를 불렀다. 나는 낯설고 앳된 목소리에 뒤를 돌아보았다. 테니스 스커트에 사이즈가 큰 티셔츠, 주근깨가 많은 금발에 백인, 키가 나보다도 큰 여자아이가 서 있었다. 나는 내가 아니라 다른 아이를 부른 거라고 생각해서 다시 고개를 돌리려 했다.

"너 말이야. 한."

얼떨떨했다. 가만히 그녀를 바라만 보고 있자, 그녀는 자기 가슴팍을 손바닥으로 가볍게 두들기며 말했다.

"나 알지? 새로 온 전학생."

나는 나지막하게 그녀의 이름을 말했다.

"케이티."

모를 리가 없었다. LA에서 온 전학생. 올리비아 뉴턴 존[33]을 닮은 외모는 물론, 수수한 엔젤타운 아이들과는 달리 대도시 출신다운 과감한 패션과 음악 취향까지. 그녀가 전학 오자마자 남학생들은 난리가 났고, 여학생들은 케이티가 보냈을 도시 생활을 괴담에 가깝게 포장하여 자기들끼리 수군거렸을 정도의 유명인이었으니까. 케이티가 내게 물었다.

"너 혹시 밤에 시간 있어?"

"시간? 왜?"

당황하지 않았다면 거짓말이었다.

"너 뉴욕에서 왔다며? 혹시 LA는 안 궁금해?"

그녀가 내 과거를 알고 있다는 사실에 살짝 경계심이 누그러졌다. 여태 그 누구도 내 과거에 대해 그렇게까지 관심을 준 적이 없었다. 준을 제외하고는. 케이티는 내 반응을 살피더니 살짝 벌어진 앞니를 내보이며 웃었다.

"오늘 밤, 우리 집에서 파티가 열릴 거거든. LA 스타일로 말이야."

케이티의 어깨 너머로 준이 보였다. 그는 아이들에게 멱살

---

[33] 1970년대부터 영화 〈그리스〉로 세계적인 인기를 얻은 영국 출신의 호주 가수 겸 배우다.

을 잡힌 상태에서도 상대를 바라보지 않고 내게 눈길을 보내고 있었다.

"어딜 봐? 새끼야?"

잭이 준을 향해 쏘아붙인 말에 되려 내가 놀라 케이티에게 답했다.

"시간 있어."

케이티는 환하게 웃으며 집 주소를 알려 주었다. 그러고는 부모님이 의사이고, 지금 오클라호마에서 열리는 의료 세미나에 참석 중이라며, 슬쩍 자기 집안 이야기를 흘렸다.

"너희 집도 잘 산다며? 친하게 지내자."

그런 말을 서슴없이 할 수 있다니. 살짝 당황스러웠다. 도시 출신이라 그런가 싶어 나는 애써 아무렇지 않은 척 고개를 끄덕이며 수첩을 꺼내 주소를 메모했다. 케이티가 말했다.

"너 차 있다며? 차도 꼭 끌고 와. 알았지?"

"창녀."

잭이나 폴, 혹은 케이티를 시샘하던 여자애들이 한 말이 아니었다. 그 말은 복도 쪽 문가에서 들려왔다. 복도 공기가 빠르게 식었고, 케이티의 미간에 주름이 잡혔다.

"뭐라고?"

"창녀라고. 너."

그 단어는 준의 입에서 튀어나왔다. 침묵 사이로 벽에 매달려 있는 웨건 휠 시계 바늘 돌아가는 소리만이 들려왔다. 대체 무슨 생각인가 싶었다. 잭과 폴이 한마디 하려 했으나 이미 내 몸이 먼저 나서고 있었다. 나는 준에게 주먹을 내질렸다. 여느 때처럼 준이 맞아 줄 것이라 생각했다.

그러나 준은 손쉽게 내 주먹을 피했고, 나는 그대로 교실 벽을 향해 나자빠졌다. 아이들의 환호성이 들려왔다. 준이 나를 향해 두 주먹을 들어 올렸다. 반사적으로 주먹을 막으려 책상 위에 널브러져 있던 가방을 들어 올렸으나 이상하게 주먹은 날아오지 않았다. 준이 나를 내려다보며 말했다.

"기다릴게. 오늘도."

화가 치솟았다. 나는 가방을 준을 향해 집어 던지고는 곧장 그의 배를 발로 찼다. 플로어에 묻은 왁스 때문에 준은 그대로 바닥에 미끄러졌다. 그의 위에 올라타서는 그가 어떤 말이든 덧붙이기 전에 주먹을 휘둘렀다. 치고 치고 또 쳤다. 잭을 비롯한 다른 아이들이 말리기 전까지 말이다.

"집에서 몰래 쿵후라도 하나 보네. 미친놈."

잭의 말에 간신히 정신을 차린 나는 그제야 준의 모습을 보았다. 준은 입술이 터지고, 코피를 쏟아 내면서도 나를 향해 웃고 있었다. 그때 또다시 나는 준을 죽이고 싶다는 생각을 했다.

돌이켜 생각해 보면, 어쩌면 그런 무서운 생각은 공포심으로부터 비롯되었을 것이다. 지금이 아니면 준을 죽일 수 없을 것 같다는, 그런 공포심 말이다.

◈◈◈◈◈

그날 밤, 준은 옥수수밭에서 오래도록 나를 기다렸다. 아직 키가 다 자라지 않은 초여름의 옥수수밭에서는 까치발만

들어도 그 위로 머리가 튀어나왔다. 그러나 준은 그 어디에서도 나를 발견할 수 없었다. 그곳은 나에게 늪과 같았다. 장구벌레들이 득실거리고, 물 썩는 냄새가 나는 곳. 낚시꾼들조차 그곳에서 잡은 물고기를 먹지 않고 풀어 주는 곳. 준은 그곳에서 나를 삼키기 위해 기다리는 악어였다.

반면 케이티의 집은 활기찼다. 디스코를 비롯한 전자 음악들이 귀를 침범하듯 쏟아졌다. 어지러운 와중에 싸구려 와인에 과일들을 대충 잘라 넣어 만든 펀치와 대형 마트에서 산 2.5달러짜리 대용량 크래커를 사료처럼 집어먹으며 아이들은 파티를 즐겼다.

아이들은 술에 취해 비틀거리는 아이에게 술을 더 권했다. 바이킹 전사처럼 술을 들이붓던 아이가 마당에 토를 해도 다들 그저 웃기에 바빴다. 아바[34]의 무대처럼 모두들 노래를 따라 부르며 함께 몸을 흔들었다. 분위기가 어지러운 와중에 케이티는 계속해서 내게 펀치를 따라 건넸다.

"이리 와."

그날 처음 술을 마신 건 아니었다. 준의 편의점 창고에서 훔친 술을 잭이나 폴과 함께 숲속에서 마신 적도 있었으니까. 하지만 제대로 된 파티는 처음이었다. 핑크 캐딜락을 처음 본 엔젤타운 주민처럼 나는 난장판이 된 거실 한중간에 멀뚱히 서 있기만 했다.

"건배."

케이티는 내 잔에 건배하더니, 자기 잔을 단숨에 비우고는

---

34) ABBA. 1972년에 데뷔한 스웨덴의 혼성 팝 그룹.

조용히 나를 바라봤다. 파란 눈동자가 나를 보채는 듯했다. 그녀의 눈치를 보던 나는 한 번에 잔을 비웠다.

"너, 정말 잘 마시는구나."

케이티는 내게 펀치를 한 잔 더 따라 주며 물었다.

"아까 걔는 누구야?"

"누구?"

"오전에 너랑 싸운 애."

나는 케이티가 따라 주는 펀치를 계속해서 비웠다.

"신경 쓰지 마."

"신경을 어떻게 안 써? 나보고 창녀라고 했는데."

'창녀'라고 말할 때 케이티의 눈빛이 미묘했다. 아까 상황은 명백히 준의 잘못이었음에도 선뜻 그의 잘못이라는 말이 나오지 않았다. 나는 케이티의 눈길을 피하며 말했다.

"정신 나간 놈이야."

"어떤 부분에서?"

"그게……"

어물쩍 대답을 넘기려 했지만, 케이티는 물러서지 않았다. 그녀의 손끝이 내 허벅지를 살짝 스쳤다. 소름 끼치는 짜릿함에 나도 모르게 몸을 뒤로 뺐지만, 그녀는 오히려 나를 향해 몸을 숙였다. 스피커에서 뿜어져 나오는 묵직한 베이스는 귀를 먹먹하게 만들 정도였지만 내 심장 소리가 그보다 더 크게 울리고 있었다. 케이티는 눈을 맞춘 채 내 손을 잡아 일으키더니, 얼굴을 내 귀 가까이 가져가 외쳤다.

"조용한 곳으로 가자."

나는 그녀의 손짓에 따라 계단을 오르기 시작했다. 곳곳에서 뒤엉켜 있는 아이들이 몇 보였다. 서로의 몸을 탐하듯이 그들의 손과 혀는 서로를 향해 바삐 움직이고 있었다. 케이티는 닫힌 문 앞에 서더니 열쇠를 꺼내 들었다. 잠긴 문을 열자 침실이 나타났다. 우리 집 안방과 크게 다르지 않은 느낌의 침실이었으나, 진한 라일락 계열의 향수 향과 더불어 하얀 침구류가 눈길을 끌었다. 옆방에서 신음이 옅게 들려오고 있었다. 케이티는 침대에 걸터앉아 내게 말했다.

"말해 줘. 나 그런 동양적인 거 좋아하거든."

그녀의 말에 어떠한 주술이 걸려 있던 것인지, 아니면 내가 펀치를 많이 먹은 탓인지 알 수 없었다. 실타래를 풀어내듯이 말들이 속에서 흘러나왔다.

"가, 가끔 눈을 까뒤집으면서 이상한 그림을 그려."
"그리고?"

케이티는 내 어깨를 자기 손등으로 쓸어내렸다. 나는 당황해 펀치를 또다시 모조리 삼켜 버리고 말았다.

"자기 할아버지가 무당, 그러니까 동양 종교 사제라 했어."
"그래? 찰스 맨슨처럼?"

예상치 못한 이름에 대답하지 못했다. 준은 찰스 맨슨과는 달랐다. 찰스 맨슨은 종말에 관해 말하며 수십 명의 사람을 세뇌하고 죽였지만 준은 아니었다. 준은 오히려 피해자에 가까웠다. 준이 기억하는 '신'들은 누구 하나라도 운명에서 벗어나려 하면 그를 괴롭히고, 끝내는 죽였으니까. 나는 케이티의 컵까지 빼앗듯이 들고서 말을 이었다.

"준의 아버지는 준이 무당이 되지 않게 하려고 미국으로 온 거래. 의식을 치를 돈까지 훔쳐서."

그 말을 듣고서 케이티는 미소를 짓더니 나를 슬쩍 침대로 끌었다. 문득 나도 모르게 오랫동안 묵혀 두었던 말들을 그녀에게 했다.

"가끔 준의 목소리가 이상해. 뭔가 이 세상의 것이 아닌 것 같아. 그리고……"

말을 하면서 나도 모르게 창문 밖으로 시선이 향했다. 누군가 턱을 잡고서 강하게 끌어당기는 것 같았다. 준이 케이티의 집 마당 한가운데 서 있었다. 그의 눈빛은 금방이라도 나를 잡아먹을 듯이 매서웠다. 과거 교회에서 그의 눈을 처음 응시했을 때처럼 불타오르는 것 같기도 했다. 준은 갑자기 바지를 내리더니 마당에 오줌을 휘갈기기 시작했다. 그런데 나만 준을 본 것이 아니었다.

"저 미친놈이."

집 안에서 잭이 소리를 지르며 용수철처럼 튀어 나갔다. 그럼에도 준의 시선은 잭이 아니라 나를 향했다. 비웃듯이 입꼬리가 올라가 있었다. 나는 빠르게 옷을 추스르며 아래로 내려갔다. 준은 잭이 휘두른 주먹을 정통으로 한 대 맞았으나 쓰러지지 않았다. 반면 잭은 손을 감싸쥔 채로 그대로 마당에 고꾸라졌다. 어느덧 술에 취한 아이들이 준을 둘러싸고는 웅성거리다 죽이라며 소리를 질렀다.

"지옥, 지옥, 지옥……"

준은 같은 말을 계속해서 반복했다. 잭이 나를 향해 눈짓했으나 나는 준에게 다가갈 수가 없었다. 불길한 기운이 느껴졌기 때문이었다. 상황을 지켜 보던 폴이 의자를 머리 위로 치켜 들고서 준을 향해 다가갔다.

"키키킥……."

금방이라도 일이 벌어질 것 같은 순간 대뜸 준이 웃음을 터뜨렸다. 폴은 그 웃음에 놀라 자리에 멈춰 섰다. 준은 웃음소리를 내고 있었지만 그의 얼굴은 마치 우는 듯이 기괴하게 일그러져 있었다. 그가 우리를 향해 말했다.

"지옥엔 내가 아니라 너희들이 갈 거야."

"뭐?"

잭이 다친 손을 쥔 채로 뇌까렸다. 준은 검지로 아이들을 하나하나 지목하기 시작했다. 그의 손끝이 파르르 떨렸다.

"도둑, 창녀, 음해자, 거지, 그리고……"

그의 손끝은 내 앞에서 멈췄다.

"거짓말쟁이."

부끄럽지 않았다. 오히려 화가 났다. 거짓말쟁이라니. 나는 준을 위해서 모든 것을 했다. 규칙을 행해 가며, 쌓인 죄책감을 참아 가며 그와 함께 구원의 길로 가려 했는데. 준은 그런 나의 마음이라도 꿰뚫어 보는 것처럼 소리쳤다.

"넌 규칙을 어겼어."

가만히 두어서는 안 됐다. 우리 사이에 있던 비밀이 세상에 밝혀지기 전에 그의 입을 막아야 했다. 나는 곧장 준을 향해 달려들었다. 순간, 세상이 한 바퀴 도는 것만 같았다. 정신을 차려 보니 나는 바닥에 널브러진 채였고, 준이 내 위에 올라탄 채로 나를 향해 주먹을 뻗고 있었다. 눈을 질끈 감았으나, 아무런 일도 벌어지지 않았다. 눈을 떠 보니, 준은 주먹을 높이 치켜든 채로 나를 뚫어져라 보고 있었다. 그의 일그러진 얼굴을 보며 빌었다.

"살려 줘."

내 말을 들은 준은 표정을 풀더니 주먹을 거두고는 아이들이 없는 곳으로 걸어갔다. 나는 준의 등에다 대고 외쳤다.

"준! 잠시만……"

낙뢰가 치듯이 정수리부터 발끝까지 고통이 밀려왔다. 등이 굽어지며 숨이 쉬어지지 않았다. 준이 숲으로 사라지자 아이들은 흥미를 잃은 듯 하나둘 집으로 떠났다. 나는 파티를 망쳐 버린 것만 같은 죄책감에 쉽사리 자리에서 일어나지 못했다.

◇◇◇◇◇

회전목마를 타듯 하늘이 빙그르르 돌면서 꿈과 현실 사이에서 준의 시선과 내 시선이 교차되었다. 준은 숲속을 걸으며 울고 있었다. 속이 복잡하다 못해 터질 지경이었다. 옥수수밭을 보기만 했는데도 헛구역질이 나올 것만 같았다. 이곳에도, 저곳에도 속하지 못하고 가운데에 어정쩡하게 끼여 있는 듯한 느낌이었다.

준은 고개를 돌려 마을을 보았다. 밝은 빛들이 안개처럼 일렁이며 밤 풍경에 스며들었으나 자신은 물과 기름보다도 이곳과 섞이지 못하고 부유하고 있었다. 동시에 나는 케이티의 목소리를 들었다. 하늘이 도는 와중에 목소리들이 어긋난 카세트테이프처럼 서로 뒤섞였다.

"LA에 있을 때 만났던 남자가 인도에 다녀왔다고 했거든."

준은 부단히 발걸음을 옮겼다. 구역질을 하듯이 숨을 헐떡거리는 바람에 우는 것인지 숨을 몰아쉬는 것인지 알 수 없었다. 다른 여자아이가 케이티에게 물었다.

"그래서?"

케이티가 담배를 입에 물고서 대답했다.

"섹스를 엄청 잘하더라고."

담배 타는 소리가 들리는 듯했다.

"쟤도 그럴 줄 알았지."

준의 집 차고 문이 열렸다. 정과 희는 장장 14시간이 넘는 고된 육체 노동으로 깊은 잠에 빠져 있었다. 준은 핏발 선 눈으로 차고 안을 훑었다. 그의 시선이 선반 위에 머물렀다. 이제는 의자를 가져오지 않아도 까치발을 들면 상자에 손이 닿았다. 상자 안에는 말린 풀로 엮은 사람 모양 인형과 오색실, 바늘과 갈기갈기 찢긴 부적들 등 간담을 서늘하게 하는 물품들이 가득했다. 준의 손은 한 물건 앞에 멈췄다. 그의 목을 휘감았던 밧줄이었다.

준은 밧줄을 손에 쥔 채로 생각했다. 목을 매달면 지옥에 갈까? 만약 간다면 왜 목을 매달지도 않았는데 다들 지옥에 살고 있는 걸까? 단단히 코팅된 밧줄을 풀어헤치듯 풀리지 않은 의문을 되새김질했다. 마침내 결심을 끝마친 준은 철골 기둥에 밧줄을 걸고 돌아섰다. 거칠게 숨을 내뱉고는 자기 목에 밧줄을 걸었다.

"그만해."

나도 모르게 준을 향해 손을 뻗었으나 정작 내 손은 케이티가 내뱉은 담배 연기를 훑을 뿐이었다.

"이미 끝났어."

준의 목소리였다. 설마 내 말이 들린 것일까? 준은 그 말과 함께 목에 걸린 밧줄을 조였다. 동시에 다른 누군가가 내 목을 조르는 느낌이 들었다. 케이티의 목소리가 어그러져 들렸다.

"역시 그럴 리가. 동양인들이 그렇지 뭐."

나는 최면에 걸리듯 서서히 정신을 잃어 갔다. 턴테이블처럼 하늘이 빠르게 돌았고 이내 담배 끝에 붙은 빨간 불빛이 보였다. 불은 어둠 속에서 위아래로 자유롭게 움직이는 것만 같았다. 그런데 순간 불덩이가 제 몸집을 키웠다.

눈을 크게 떠 보니 이글이글거리는 불덩이가 하늘을 가로지르고 있었다. 사방에서 비명이 들려왔다. 아이들의 것이었다. 잭도, 폴도, 그리고 패트릭까지도 허공을 가르는 불덩이를 보았다. 준은 차고에 난 창문을 통해 하늘을 올려다보았다. 허공에 떠 있는 불덩이를 보며 중얼거렸다.

"도깨비불."

불덩이는 빠르게 준을 향해 다가왔다. 모습이 위협적이지는 않았다. 그것은 준에게만은 아주 은은한 촛불처럼 안온하게 느껴졌다. 불덩이가 비집고 들어온 차고 안은 적막만이 가득했다. 그것은 준에게 말을 거는 듯 주변을 맴돌았다. 이윽고 탄 냄새와 함께 준이 허공으로 솟구쳤다가 바닥에 떨어졌다. 준은 거친 숨을 몰아쉬었다. 목에 선명하게 남은 자국과 밧줄의 탄 자국이 방금 일어났던 일이 현실임을 알려 주고 있었다.

띠리리링-

전과 마찬가지로 전화벨이 울렸다. 준은 예상했다는 듯이 일어나 전화를 받았다. 결심한 듯한 표정으로 말했다.

"말할게요."

수화기 너머의 상대는 짧게 침묵한 후에 답했다.

"누가 듣고 있구나."

나는 그제야 정신을 차릴 수 있었다. 아이들은 겁에 질려 마당에서 도망치고 없었다. 단 한 명만을 제외하고서. 패트릭의 오드 아이가 나를 노려보고 있었다.

◇◇◇◇

다음 날 저녁, 나는 준의 집 앞을 서성거렸으나 그를 만나지는 못했다. 집으로 돌아가서 샤워를 마치고 침대에 누울 때까지도 마당을 비롯해 엔젤타운 어디에서도 준의 실루엣조차 찾아볼 수 없었다. 새벽녘에 커튼을 걷고서 준의 방을 바라보았지만 마찬가지였다. 불은 꺼져 있었고 인기척은 느껴지지 않았다.

그 주 주일, 준은 교회에서도 보이지 않았다. 정과 희는 맨 뒤에서 자리만 채우다 사라졌고, 후에 이어진 '신의 전사들' 모임에서조차 아이들은 전부터 없었던 사람인 것처럼 준에 관해 언급하지 않았다.

나는 그들의 눈치를 보며 내게 내려질 온갖 종류의 벌들을 떠올렸다. 지옥에 떨어져 영원한 불길 속에 그을리고, 악마들에게 고문을 당하겠지. 사실 그보다는 준의 몸에 있던 다른 존재의 복수가 두려웠다. 목사님께서 교단에서 나를 내려다보며 말씀하셨다.

"그분을 제외한 모든 것들은 우상이노라."

나는 목사님의 기도를 따라서 열창했다. 신성에 기대어 하나님을 제외하고 내가 인지할 수 없는 범주의 존재가 없기만을 바랐다. 애써 과거 옥수수밭에서 함께했던 준의 모습들을 떠올리려 했다. 나이키 블레이저를 받고서 미소 짓던 그 모습을, 함께 버티자던 그의 미소를 말이다. 그러나 동시에 준이 발작하며 몸을 기이하게 꺾는 모습이 솟구치듯 머릿속을 가득 뒤덮었다. 그 간극은 기도로는 쉽게 메워지지 않았다.

신의 전사 예배가 끝나자마자 나는 준의 집으로 달려갔다. 정은 편의점에 출근해 있었고, 지친 얼굴을 한 희가 준이 2층에 있다면서 나를 맞아 주었다. 2층으로 올라가려 하는데 희가 나를 붙잡았다.

"혹시 학교에서 준이……"

아마도 준의 상태에 관해 묻고 싶은 것이겠지. 그러나 나는 희가 뭔가를 더 묻기 전에 "몰라요"라 답하고는 고개를 숙인 채로 빠르게 2층으로 올라갔다. 계단을 오를 때마다 삐걱거리는 기분 나쁜 소리가 났다. 언짢음은 맨 안쪽 방에서 나는 소리로 자연스럽게 연결되며 그 크기를 키웠다. 부러진 연필 끝으로 공책을 긁는 듯한 소리였다.

'우상이노라.'

나는 목사님의 기도를 속으로 되풀이하고는 천천히 문을 열었다. 방은 여전히 단출했다. 아이들이 하나쯤 가지고 있을 만한 포스터나 게임기, 심지어는 축구공이나 농구공도 하나 없었다. 책상에 앉은 준이 보였다. 준은 혼잣말을 하면서 공책에다 무언가를 적고 있었다. 내가 알아들을 수 없는 말들이었다. 준을 부르려 했는데, 그는 내가 올 것을 미리 알고 있었다는 듯이 공책을 덮고 뒤를 돌아보았다.

"왔구나."

나는 어정쩡하게 자리에 서서 그를 내려다보았다. 준은 변명하듯 기어가는 목소리로 내게 말했다.

"지난 번에는…… 미안해."

마치 아무 일도 기억하지 못하는 사람처럼 그의 표정은 아무렇지 않았다.

"오늘은 뭘 가르쳐 줄 거야? 금문교나 러시모어산? 아니면 뉴욕 하수구에 사는 악어?"

그날 나는 아무런 준비도 하지 못했다. 그에게 말해야 할 것이 있었다. 나는 어둠 속을 더듬거리며 스위치를 찾듯이 어렵게 말을 꺼냈다.

"미안해. 그때는 내가……"

"그만."

준이 딱 잘라 말했다. 그는 침대에 앉아 심호흡을 하더니 이내 힘겹게 미소를 지으며 말을 이었다. 입꼬리가 바르르 떨리고 있었다.

"그래서, 오늘은 무슨 이야기를 할까?"

방에서 나가고 싶었다. 그대로 집으로 돌아가 아무 일도 없다는 듯이 입을 닫고서 1년을 보내고 싶었다. 1년만 참으면 적어도 나는 이곳에서 떠날 수 있을 테니까. 준이 내게 물었다.

"아니면 한국에 대해서 내가 말해 줄……"

"이제 그만하자."

준은 그 자리에 얼어붙었다. 그가 내게 물었다.

"뭐를?"

"이 빌어먹을 규칙들 말이야."

이제는 그만하고 싶었다. 애초에 누군가의 희생이 없었더라면 3년이나 갈 수 없는 관계였다. 흐르지 못하게 막아 놓은 물줄기가 호수를 만들듯이 문제는 해결되지 않고 몸집을 키워 가기만 했다.

"혹시 들킬까 봐 그래?"

아니라고 말할 수는 없었다. 아무래도 패트릭이 우리 규칙을 알아차린 것 같았으니까. 준과 함께 절벽으로 몰린 듯한 기분이었다. 함께 떨어지거나, 아니면 한 명만 떨어지거나. 나는 선택해야 했다.

그때였다. 문이 쾅― 하고 큰 소리를 내며 닫혔다. 나는 놀라서 주변을 둘러보았다. 지진이라도 난 것처럼 물건들이 조금씩 흔들리고 있었다. 창문이 스스로 열리면서 바람이 방 안으로 쏟아져 들어왔다. 준이 말했다.

"난 네가 한 짓을 누구한테도 말하지 않았어."

바람이 방 안을 휘감으며 물건들을 어질렀다. 나는 겁을 먹고서 준에게서 물러났다.

"이건 정상적이지 않아."

"정상적? 정상적인 게 뭔데? 여기에 정상적인 게 있어?"

준의 얼굴이 굳어지며 침대를 비롯해 의자와 책상 같은 가구들도 흔들리기 시작했다.

"규칙을 어긴 건 너야!"

흔들림의 강도가 강해지더니 옷장 문이 열리며 옷들이 쏟아졌다. 창문가에서 인기척이 느껴졌다. 전에 연기 속에서 보았던 검은 형체가 보이는 듯했다. 도망치려 뒤돌아 문고리를 붙잡은 순간, 내 몸은 그대로 바닥에 내팽개쳐졌다. 정신을 차려 보니 머리맡에서 울음소리가 들려오고 있었다. 몸을 일으켜 뒤를 돌아보니 준이 눈물을 흘리고 있었다.

"미안해. 한. 제발 날 떠나지 말아 줘……."

나는 자리에서 일어나 문밖으로 달려 나갔다. 달리는 내내 본래부터 우리가 어긋나 있었다는 생각이 들었다. 나의 신앙심은 준을 만나면 만날수록 깊어져 갔고, 준의 병세는 나을 것이라는 희망조차 보이지 않았다. 나는 어느 순간부터는 관성적으로 그리고 죄책감에 의해 준을 위로했으나 마음속 깊은 곳에서는 점차 멀어질 준비를 하고 있었다. 그날 나와 준의 관계는 완전히 다른 국면으로 접어들었다. 먹구름 같은 것들이 몰려드는 것 같았다.

03

우리 사이의 연극이 끝난 날로부터 2주가 지난 후에야 나는 준을 만날 수 있었다. 장소는 공교롭게도 교회였다. 예배가 시작되기 전 교회는 여느 날과 다름없이 부산스러웠다. 마을 사람들은 안부를 물으며 먹을 것을 나누고, 함께 손을 마주 잡은 채 기도를 했다. 겉으로 보아서는 전형적인 시골 교회의 풍경이었다. 사건이 벌어진다고 해도 누군가 발을 헛디뎌 넘어지거나, 지분거리는 장난을 치는 등 웃어넘길 수 있는 종류의 것일 터였다. 그러나 한순간 찬물이라도 끼얹은 것처럼 마을 사람들의 표정이 일제히 굳었다. 정과 희 그리고 준이 교회 정문에 서 있었다.

그들은 한동안 들어오기를 망설였다. 정은 눈을 굴리며 주민들의 반응을 살폈고, 희는 정의 셔츠를 살짝 잡아채고는 뒤로 물러섰다. 준은 맨 뒷자리에서 고개를 푹 숙이고 있었다.

사람들의 눈길은 매서웠다. 2주 전 괴상한 불덩이를 본 사람들이 한둘이 아니었기 때문이었다. 고심 끝에 정이 교회 안으로 한 걸음을 내디디자 물길이 갈라지듯 마을 사람들이 길을 비켜 주었다. 그들 틈에는 내 어머니와 아버지도 있었다.

그러나 마을 사람들의 이러한 모습에 오히려 준보다도 내가 겁에 질렸다. 특히 패트릭의 시선이 계속해서 나를 향하고 있었다. 연극이 끝났음에도 준과 나를 번갈아 보는 것으로 보아 준의 정체는 물론이고, 그와 나 사이에 있었던 일들을 모두 알고 있는 것만 같았다. 패트릭의 눈길을 피하기 위해서 고개를 숙이고 버틸 힘을 달라 기도했다. 목사님께서 말씀하셨다.

"부정한 기운이 지금 온 마을에 가득합니다. 이는 부정한 자들이 마을에 있기 때문입니다."

목사님께서는 부목사님을 향해 눈짓하셨다.

"이틀 전 저는 꿈속에서 마을을 방황하고 있었습니다. 특히나 검은 것들."

그 말에 나는 놀라 목사님을 올려다보았다. 그도 나와 같은 것을 보고 있는가 싶었다. 목사님께서 목에 핏대를 세워 외치셨다.

"부정한 것들이 이 마을 위를 돌아다니고 있었습니다. 저는 두려움을 느끼고는 마을을 뛰어다니다 바로 이곳, 교회로 들어섰습니다. 교회 문을 열자 환한 빛이 가득했습니다. 빛 속에서 목소리가 들려왔습니다."

부목사님이 무언가를 꺼내서 연단 위로 들어 올렸다. 검은 돌이었다. 목사님께서는 십자가를 들듯이 검은 돌을 두 손으로 잡아 들고는 외치셨다.

"내 아버지의 육신이노라."

유독 그 말만이 음산하게 들려왔다. 나도 모르게 뒤를 슬쩍 돌아보았다. 준은 자기 무릎에 이마가 닿을 듯이 완전히 고개를 숙이고 있었다. 목사님께서 말씀을 이으셨다.

"하나님께서 제게 한 말입니다. 꿈에서 깨어 보니 이 돌이 손에 쥐여져 있었습니다."

사람들은 일제히 아멘이라 외쳤다. 모두의 외침 속에서 정의 낮은 혼잣말이 들려왔다.

"냇가에 있는 돌이잖아. 저거."

정의 말은 빠르게 사람들의 기도 소리에 묻혔으나, 주변 사람들의 심기를 불편하게끔 했다. 목사님께서 사람들을 향해 검은 돌을 번쩍 들어 내밀더니 외치셨다.

"아버지의 새로운 보금자리를 짓는 일에 가장 많은 기여를 해 주신 분께 드리겠습니다."

나방이 전등 빛을 따라 움직이듯 사람들의 고개가 검은 돌을 따라 이리저리 움직였다. 검은 돌은 이내 아버지의 눈앞에 멈추었다. 아버지는 자리에서 일어나 절을 하듯이 고개를 숙이고는 두 손을 들어 검은 돌을 받아 들었다.

"아멘."

목사님께서는 아버지를 내려다보며 흡족하게 웃으시더니 다시 연단에 올라가 외치셨다.

"다시 한번 말씀드립니다. 이곳에 악의 구렁텅이에 빠진 사람들이 있습니다."

목사님의 시선은 준의 가족을 향해 있었다. 그런데 일이 벌어졌다.

"뭡니까?"

목사님의 날 선 반응에 뒤를 돌아보니 준이 자리에서 일어나 목사님을 노려보고 있었다.

"앉아."

부목사님의 위협에도 준은 아랑곳하지 않았다. 심지어 정과 희가 그의 양손을 붙잡고서 가만히 자리에 앉기를 원했음에도 말이다. 한쪽은 애원했고, 다른 한쪽은 위협했다. 나의 눈빛은 준에게 가닿지도 못했다. 준은 보란 듯이 목사님을 향해, 아니, 그 너머 벽에 그려진 뒤집힌 십자가들을 향해 삿대질을 했다.

"이 정신 나간 짐승들! 전부 미쳤어! 당신들 전부!"

나는 준이 제발 자리에 앉기를 바랐다. 조금만 더 버티기를, 조금만 더 참기를 바랐다. 들춰내지 않으면 없는 것인데, 왜 이리 파장을 일으키는가 싶었다. 준이 나를 바라보았다. 그러나 금방 시선을 거두고는 교회를 박차고 나가 버렸다. 정과 희가 눈치를 보다가 준을 뒤따라갔다. 그들이 교회에서 사라진 후 적막이 이어졌다. 그러나 적막을 깨야 할 사람은 정해져 있었다. 아버지가 자리에서 일어나 말했다.

"제가 해결하겠습니다."

기다렸다는 듯이 말들이 튀어나왔다.

"그럼, 당연히 당신이 해결해야지! 전부 당신네 나라에서 온 것들인데!"

아버지의 입가가 파르르 떨렸다. 마을 사람들은 힐난을 멈추지 않았다. 다들 이때다 싶어 한마디씩 거들었다. 그들에 의해 주님이 내린 토양이 오염되고 있다. 처음부터 엮이지 말아야 했다. 그들을 퇴출해야 한다.

어머니는 고개를 숙인 채 기도했고, 아버지는 앵무새처럼 자신이 모든 사태를 해결하겠다고 반복해서 말할 뿐이었다. 어찌 보면 과거 쏘리(Sorry)만을 반복하던 준의 가족을 보는 듯했다.

◇◇◇◇◇

예배가 끝난 후 나는 멍하니 자리에 앉아 있었다. 신의 전사들 모임에 참석하기 위해서였다. 그러나 폴이 내게 다가와 자리에서 일으켜 세우며 말했다.

"오늘 모임은 없어. 집에 가."

주변을 둘러보았다. 아이들이 여전히 자리에 앉아 있는 것으로 보아 신의 전사들 모임이 취소된 것은 아니었다. 하지만 매서운 눈빛을 버틸 수는 없었다. 어쩔 수 없이 부모님의 뒤를 따랐다. 교회 문을 나서자마자 어머니의 고함이 들렸다.

"왜? 우리가 왜 저것들을 처리해야 하는데?"

아버지가 소리를 낮추라며 되려 소리를 질러도 어머니는 다른 사람들의 눈치를 보지 않았다. 나는 그런 어머니의 모습이 익숙지 않았다. 뺨을 맞으면서도 아버지의 권위 앞에서 어쩔 줄 몰라 하던 어머니였다. 이제 그녀는 교회와 관련된 말만 나오면 얼굴을 붉히며 욕설도 서슴지 않았다. 어머니는 아버지의 셔츠 자락을 잡고는 흔들었다.

"그런 사탄 같은 새끼들을 우리가 왜!"

어머니는 준의 가족들과 늘 거리를 두려 했다. 집 안의 물건들조차도 준의 집 쪽으로 두지 않으려 했을 정도였다. 그러나 아버지는 물러서지 않았다. 자신의 셔츠 자락을 잡고 있던 어머니의 손을 뿌리치고는 '평범한 부부 싸움'이라는 듯 지나가던 교인들에게 미소를 지어 보였다. 나는 둘 사이에서 한 걸음 물러나 가만히 서 있었다. 아버지가 복화술을 하듯 이를 강하게 깨물며 말했다.

"정신 차려. 지금 사람들 보는 거 안 보여?"

어머니는 더욱 크게 눈을 부라렸다.

"지금, 정신 차릴 수가 있어?"

아버지가 어머니의 어깨를 강하게 잡아채고는 말했다.

"나도 진절머리 나게 싫어. 그런데 목사님 눈에는 저 가족이랑 우리는 같은 사람들이야. 동양인에다 한국인이니까. 여기서 문제가 생기면 우리 가족도 함께 배척받는 거야. 그러면 우리 사업도 1년만……"

아버지는 눈을 질끈 감았다. 생각하기도 싫은 모양이었다. 잠시 생각 정리를 마친 그는 문제를 해결하라며 자신의 손아귀에서 악을 쓰는 어머니를 놓아주더니 발걸음을 옮겼다. 어머니가 아버지에게 물었다.

"어디 가?"

결심을 한 듯 아버지는 빠르게 걸음을 옮기면서 말했다.

"그 사람들 집에."

◇◇◇◇◇

그날 밤, 아버지는 와인 한 병과 소고기 한 덩어리를 내게 들리고는 함께 준의 집으로 향했다. 발에 채인 돌맹이에 넘어질 뻔했으나 어머니와 아버지, 둘 중 누구도 내게 눈길을 주지 않았다. 마침 희가 저녁 찬거리를 들고는 집을 향해 걸어오고 있었다. 그녀는 우리를 향해 넙죽 고개를 숙여 인사했으나, 자기 집으로 향하는 우리를 보면서 당황한 표정을 지었다. 희가 알면서도 물었다.

"어디 가시나요?"

아버지는 내가 들고 있던 와인을 뺏어 들어 보이며 말했다.

"생각해 보니 여태 이렇게 가까이 살면서 저희가 함께 식사한 적은 없는 것 같아서요."

희는 난감한 듯 입술을 살짝 물어뜯었다.

"아, 그러면……"

둘 사이에 어머니가 불쑥 끼어들었다. 끙끙대며 커다란 플라스틱 가방 하나를 끌고 와서는, 말도 없이 희에게 내던지듯 가방을 넘겼다. 희는 그 무게에 순간 몸을 휘청였고, 벌어진 틈 사이로 그릇, 뒤집개, 프라이팬 같은 부엌 집기들이 어수선하게 삐져나왔다. 어머니는 흘러내린 옷매무새를 다듬으며 말했다.

"오늘은 제가 요리할게요. 남편 말대로 여태 이웃에 살았는데 밥도 제대로 같이 먹은 적 없잖아요. 괜찮죠?"

대답을 바라고 묻는 말은 아니었다. 희가 고개를 끄덕이기도 전에 아버지는 내게 다시 와인병을 건네고는 어머니와 함께 희를 지나쳐 갔다. 희는 어쩔 줄 몰라하면서 내 뒤를 따랐다. 희의 다급한 목소리가 등 뒤에서 들려왔다.

"집이 어질러져 있어요……."

아버지가 문을 열고 들어서자 정이 소파에 눕다시피 앉아 있었다. 한 마리의 돼지 같았다. 아무리 수염을 깎고, 샤워를 해도 턱 주변의 거뭇함과 특유의 살냄새는 사라지지 않았다. 그는 희가 혼자 온 줄 알고 고개를 까딱거리며 말했다.

"배고파. 밥……."

인기척을 느낀 정이 고개를 들다가 아버지의 얼굴을 보고 소스라치게 놀라며 소파에서 일어났다. 아버지가 미소를 띠우고는 말했다.

"오늘은 우리가 대접하겠네."

정이 당황해 쩔쩔매는 사이, 어머니와 나는 부엌으로 향했다. 나는 냄비에서 풍겨 오는 마늘 냄새에 얼굴을 찡그렸다. 어머니는 코를 막더니 내게 냄비 뚜껑을 덮어 냉장고에 넣으라 했다. 희가 부끄러운 듯 고개를 숙였다.

앞치마를 둘러맨 어머니는 희에게 그릇을 씻어라, 불을 올려라 이것저것 주문했다. 희는 정이 해고당하기 전 우리 집에서 일했던 때처럼 어머니의 지시를 받으며 옆에서 착실히 거들었다. 결국 어머니 자신이 한 요리라고는 구운 고기에 후추를 뿌리는 게 전부였다. 따지고 보면 고기도 희가 구운 것이었다.

부엌이 바쁘게 돌아가는 사이, 아버지는 오프너로 와인을 열고는 잔에다 따랐다. 쓰러져 가는 집, 그것도 침침한 등 아래에서 하나에 수백 달러가 넘는 크리스털 잔에 담긴 와인은 꼭 핏물처럼 보였다. 부서진 천장 틈으로 은퇴한 뱀파이어가 튀어나올 것만 같았다. 아버지는 와인을 한 모금 맛보더니 얼굴을 구겼다.

아버지의 눈에 정의 집은 창고보다도 못했다. 버려진 골동품을 닦고 또 닦는다고 해도 새 상품이 되지 않듯이 정과 희가 애써 청소하고 보수를 했다고 해도 집의 본질은 변하지 않았다. 정은 화장실로 가서 가볍게 세수를 하고 자리로 돌아와 어정쩡하게 앉았다. 아버지는 다른 와인병을 꺼내 코르크를 열더니 이미 와인이 채워진 잔에 이어서 따랐다.

"이 마을 와인은 섞어야 그나마 먹을 만하거든."

"그런가요? 저는 와인은 잘······"

정이 머리를 긁적이자, 아버지가 정색을 하며 말했다.

"자네는 그게 문제야. 몇 년이나 지났는데, 아직도 이 마을을 모르잖아."

스테이크가 구워지는 와중에 잔은 몇 번이고 비워졌다. 정은 고개를 돌려 계속해서 아버지가 따라 주는 대로 와인 잔을 비웠다. 그때 준이 어정쩡한 자세로 부엌에 들어섰다. 주변을 둘러보는 것으로 보아 무슨 상황인지 파악하려 하는 것 같았다. 아버지가 정의 옆자리를 가리켰다.

"자리에 앉거라. 준."

준은 내 눈치를 보았으나 나는 달리 그에게 어떻게 반응해야 할지 알지 못했다. 그는 조심스럽게 내 맞은편에 자리를 잡았다. 아버지는 준의 물잔에 와인을 따라 주었다. 어디서 본 건 있는지 준은 고개를 숙이고 두 손으로 와인을 받아 들면서 정을 바라보았다. 정은 괜찮다며 고개를 끄덕였다. 아버지가 물었다.

"교회에서 왜 그랬니?"

준이 대답하기 전에 내가 나서서 대답했다.

"준이 그땐 아파서……"

"너한테 물은 거 아니다."

아버지의 목소리는 차가웠다. 아버지는 그렇게 말한 후 준을 지그시 바라보며 대답을 기다렸다. 준은 더듬거리면서 말을 이어 가기 시작했다. 준에게 시선이 쏠렸다.

"그, 그때는 제, 제정신이……"

아버지가 소리를 내어 웃기 시작했다. 정은 눈치를 살피다가 따라서 웃었다. 식탁 위에서 웃지 않는 사람은 나와 준뿐이었다. 아버지는 웃음을 멈추려는 듯 기침을 몇 번 하더니 와인을 한 번에 마셔 버렸다. 삽시간에 웃음이 잦아들었다. 아버지는 정색을 하고는 정에게 물었다.

"왜 그래? 대체?"

아버지가 한국말로 한마디씩 할 때마다 정의 낯빛은 점차 어두워져 갔다. 그가 해고를 당했다고 해도, 아버지에게는 힘이 있었다. 만약 아버지가 직원들에게 정의 편의점에 가지 말라고 말한다면? 아니면 다른 편의점을 정의 편의점 옆에 세운다면? 정이 엔젤타운을 벗어나지 않는 이상 아버지에게서 벗어날 수는 없었다. 아버지가 말을 이었다.

"내가 여기 처음 와서 얼마나 힘들었는 줄 알아? 백인들 사이에서 자리 잡겠다고 내가, 아니, 우리 가족이 얼마나 희생했는지 알고 있냐고."

정이 고개를 숙였다.

"죄송합니다……."

아버지는 자리에서 일어나 정의 뒤로 다가가더니 그의 어깨에 손을 올렸다. 정의 이마에 식은땀이 한 방울 흘렀다. 아버지는 몸을 굽혀 정의 귀에다 대고 속삭였다.

"당신이 이 마을에서 살아 있을 수 있는 건 우리 회사 덕분이야. 잘 알아들어."

그러나 말을 숨길 의도는 없는 모양이었다. 아버지의 목소리는 바로 옆에 있던 준은 물론이고 건너편에 있던 나에게도 들릴 만큼 컸다. 아버지는 정과 눈을 맞추려 했으나 정은 필사적으로 아버지의 눈길을 피하려 애를 쓰고 있었다. 땀방울들이 정의 허벅지 위로 떨어졌다. 그 모습을 본 아버지는 표정을 풀고는 정의 팔뚝을 손바닥으로 툭 건드렸다.

"똑바로 해."

"네, 시정하겠습니다."

그 말이 끝난 후에도 아버지는 자리로 돌아가지 않았다. 정은 아버지의 눈치를 보았다. 아버지는 선 채로 허리를 숙여 자기 자리에 있던 와인 잔을 집어 들면서 정에게 고갯짓을 했다.

"시정해. 평소에 하던 대로."

아버지 역시도 알고 있었다. 정이 준을 평소에 어떻게 대하는지. 아버지는 파티라도 참석한 것처럼 서서는 모든 상황을 바라보기 시작했다. 정의 표정이 돌변했다. 대뜸 준의 멱살을 잡아채더니 바닥에 내쳤다. 그러고는 준을 발로 찼다. 준의 입에서 신음이 터져 나왔다. 나는 둔탁한 소리에 몸을 움찔거렸다.

"가만 있어."

어머니가 내 어깨를 잡아채고 있었다. 방금 전 두려움에 떨고 있던 정의 모습은 온데간데없었다. 나는 그에게서 조선인을 때리던 할아버지의 모습을 보았다. 정은 분에 차서 씩씩거리며 벽에 걸려 있는 십자가를 가리켰다.

"참회해."

바닥에 엎드린 상태에서 준은 아버지를 노려보았다. 그때도 아버지의 표정에는 큰 변화가 없었다. 그에게 준과 정은 빨리 눈앞에서 치워 버리고 싶은 족쇄일 뿐이었다. 그는 자리에 앉아 고기를 씹으며 와인을 마셨다. 아버지는 자신이 먹고 마시는 모든 것이 어디서 비롯된 것인지 분명하게 알고 있었다. 준이 몸을 벌벌 떨었다.

"죄송합……"

반항과 저항은 폭력 앞에 철저하게 통제됐다. 가족과 돈, 그리고 신성 아래에서 우리가 가야할 길은 정해져 있었고, 그 길 위에서 조금이라도 벗어난다면 불효이자 장애물, 혹은 사라져야 할 악마로 인식됐다. 준이 힘 빠진 목소리로 말을 이었다.

"죄송합니다……."

정은 아버지의 반응을 살폈다. 그럼에도 아버지는 눈길조차 주지 않고 식사에 집중했다. 정이 다시 준의 멱살을 잡고 주먹을 들어 올렸다.

"오늘 너 죽고, 나 죽자."

준이 두 손을 마주 비비기 시작했다.

"제발…… 제가 잘못했어요……."

그 순간, 아버지가 와인 잔을 거칠게 식탁 위에 내려놓고는 자리에서 일어났다. 식탁에 놓인 스테이크를 절반조차 먹지 않은 상태였다. 아버지는 준은 물론이고 정과 희에게 어떤 시선도 주지 않은 채로 외투를 챙겨 입더니 우리에게 말했다.

"그만 가지."

나와 어머니는 아버지를 따라나섰다. 문을 열자 수십 명의 마을 사람들이 보였다. 그들은 저마다 크든 작든 십자가를 품에 품고서 준의 집을, 정확히는 우리를 보고 있었다. 어머니의 얼굴이 하얗게 질리며 '아멘'이라 외쳤으나, 아버지는 무표정하게 그들을 지나쳐 집으로 향했다. 나는 차마 그들을 지나쳐 갈 용기가 나지 않았다. 아버지의 외침이 들려왔다.

"얼른 와!"

나는 햇빛을 피하는 유령처럼 고개를 숙인 채 재빠르게 그들을 피해 집으로 달려갔다.

04

한동안 나는 거실 구석에서 잠을 잤다. 준과 규칙을 파기한 이후 두려움을 느끼고 있었다. 잠을 잘 때마다 흰 수염을 가진 노인이 마을 입구에 서 있는 꿈을 반복해서 꿨기 때문이었다. 그때마다 나는 그를 향해 손에 들려 있던 검은 돌을 휘둘렀다. 그의 머리가 으깨지면서 피가 사방에 튀었다. 목소리가 들려왔다.

곧 보자꾸나.

화들짝 놀라 눈을 떠 보면 목사님께서 아버지에게 건네 주신 검은 돌이 보였다. 돌은 선반 위에 정갈하게 놓여 있었다. 나는 조심스럽게 돌을 어루만졌다. 표면이 까끌까끌한 데다, 한쪽 끝이 날카롭게 깨져 있어 금방이라도 손에 상처가 날 것만 같았다. 마치 총이나 칼 같은 무기처럼 느껴졌다. 한편으로는 안심이 되기도 했다. 돌만 있다면 그 누구도 나를 해치지 못할 것 같았다.

하지만 그가 내 눈앞에 등장하며 이 안정감은 무참히 깨졌다.

◇◇◇◇◇

그를 마주했던 날 나는 차로 등교하고 있었다. 준의 집을 찾아간 이후 며칠간 준은 말 그대로 쥐 죽은 듯이 지냈다. 아이들은 한동안 준과 엮이지 않으려 노력했고, 나 역시도 마찬가지였다. 준도 그런 내 마음을 아는지 말은커녕 눈조차 마주치지 않으려 했다.

마을과 학교에는 평화가 찾아왔고, 나는 지난 혼란스러웠던 날들을 잊은 사람처럼 라디오에서 흘러나온 마이클 잭슨[35]의 〈Off the Wall〉에 맞춰 핸들을 꺾으며 어쩌면 아버지의 방법이 옳았을지도 모른다는 생각을 했다. 그때까진.

신호등 불이 바뀌고 출발하려는 순간 나는 깜짝 놀라 브레이크를 세게 밟았다. 길게 늘어뜨린 흰 수염. 겨울에 내린 눈처럼 새하얀 옷. 횡단보도에 서 있던 노인은 절대 잊을 수가 없는 모습을 하고 있었다. 나도 모르게 혼잣말을 했다.

"더러운 피……"

뒤차의 경적 소리에 나는 황급히 고개를 숙이고는 근처에 급히 주차한 뒤 노인이 있던 곳을 향해 달려갔다. 헛것을 본 것이 아니었다. 청바지를 입은 카우보이들이 오갈 것 같은 거리에 한복 차림의 노인이 신호를 기다리고 있었다.

---

35) 미국의 가수, 작곡가, 댄서로 '팝의 왕(King of Pop)'이라 불리며 20세기 미국 대중문화에 지대한 영향을 끼친 인물이다.

주마등처럼 그간 노인을 마주했던 기억들이 스쳐 지나갔다. 칼, 부채 그리고 방울들. 나를 바라보던 그 날카롭던 시선. 지나다니던 이들은 걸음을 멈춘 채 그를 보고 놀라 멍하니 바라보기만 했다. 검버섯 가득한 그의 얼굴이 구겨지며 그가 입을 뗐다.

"준."

사람들의 표정이 구겨졌다. 노인을 마주한 엔젤타운 사람들의 반응이었다. 품이 큰 하얀 옷을 입고서 길게 수염을 기른 동양인 노인 그리고 그의 입에서 나온 '준'이라는 아이의 이름. 준에 대한 소문은 이미 마을에 파다했다. 몸을 비틀고는 알 수 없는 주문을 외운다더라. 그 집에서는 마을 개들을 잡아서 구워 먹는다더라, 같이 사실과 거짓이 혼재되어 있었다.

사람들은 노인이 영어로 적힌 주소 메모지를 건네면 모르는 척 무시하거나, 편의점이나 준의 집 방향이 아니라 대충 아무 곳이나 손가락으로 가리키며 그가 자리를 떠나기만을 바랐다. 그러나 노인은 사람들이 가리킨 방향으로 걸어가지 않았다. 지도를 머릿속에 외우고 있는 사람처럼 길을 따라 걸었다. 나는 조심스럽게 노인의 뒤를 쫓기 시작했다.

남들이 봐서는 정해진 목적지가 없는 방랑자처럼 보였다. 노인은 뒷짐을 지고 준이 다녔던 학교를 가만히 바라보거나 근처 숲을 지나 옥수수밭에 잠시 머물렀다. 그러다 이윽고 교회가 있는 곳으로 시선을 던졌다. 교회를 바라보던 노인은 고개를 떨구더니 무언가 혼잣말을 중얼거렸다.

내가 노인이 무슨 말을 하는지 궁금해 고개를 내밀었을

때, 그가 나를 향해 고개를 홱 하고 돌렸다. 나는 반사적으로 풀숲에 몸을 숨겼다. 주변을 훑는 노인의 눈빛은 날카로웠다. 마치 벽이나 물건들을 꿰뚫을 것처럼. 다행히 그는 나를 발견하지 못했는지 고개를 원래 자리로 돌리고는 발걸음을 옮겼다.

얼마나 걸었을까? 노인은 분명 걷고 있었으나 마치 달리기를 하는 것처럼 빠르게 움직였다. 그의 뒤를 쫓던 내가 먼저 지쳐 가고 있었다. 숨이 턱끝까지 차오르고, 땀이 티셔츠를 흠뻑 적셨다. 나는 어느덧 들키지 않으려 하기보다는 노인을 따라가는 것에 중점을 두었다. 노인이 걸음을 멈춘 곳은 익숙한 장소 앞이었다.

"내가 진짜 못 살아!"

편의점 뒤편에서 희의 목소리가 들려왔다. 노인은 천천히 편의점 뒤를 향해 머리를 기울였다. 쓰레기통 옆에서 희가 쪼그려 앉아 머리를 쥐어뜯으며 울음을 토해 내고 있었다.

"내가…… 왜 하필…… 내가 왜……"

노인은 잠시 하늘을 바라보더니 편의점 문을 열고 안으로 들어섰다. 그 순간, 병 깨지는 소리가 들려왔다.

"누구세요?"

잭이 어안이 벙벙한 얼굴로 서 있었다. 바닥에 떨어져 깨진 콜라병에서 기포가 올라오고 있었다. 잭의 물음에도 노인은 의미심장한 미소를 짓고 있을 뿐이었다. 잭이 큰 소리로 희를 불렀다.

"저기요! 희!"

노인이 잭에게 물었다.

"준을 아니?"

한국말이라 의미를 알지 못함에도 '준'이라는 단어만은 잭의 귀에 명확하게 들렸다. 잭이 되물었다.

"준이요?"

잭의 반응을 살핀 노인이 활짝 웃어 보였다. 기이하게 일그러진 표정으로 한 걸음 잭을 향해 다가갔으나 잭이 한 걸음 뒤로 물러나는 바람에 둘 간의 거리는 좁혀지지 않았다.

"준의 친구구나."

거칠게 문이 열리더니 희가 편의점 안으로 뛰어 들어왔다. 그녀는 식은땀을 뻘뻘 흘리면서 잭에게 부탁했다.

"잭, 나중에 다시 와 줄래?"

잭이 당황해 그 자리에 가만히 서 있자, 희는 손에 집히는 대로 매대에서 과자를 집어 잭에게 안겨 주고는 직접 문을 열어 주었다. 잭은 어정쩡하게 과자를 들고서 노인을 곁눈질하며 편의점 문을 나섰다. 희가 노인에게 물었다.

"아버님. 여긴 어떻게······."

노인이 뭐라 답하기 전에 희는 고개를 빼고서 주변을 둘러보았다. 다른 손님이 편의점 안으로 들어오기 전에 우선 2층 다락으로 노인을 이끌어야 했다. 그러나 희는 차마 노인에게 손을 대지 못했다. 시아버지와 며느리 간의 위계는 한국에서 먼 이국 땅이라고 해도 사라지지 않았다. 그녀는 2층으로 제발 가 달라 애원하듯 빌어야만 했다. 노인이 희에게 차가운 목소리로 말했다.

"천륜은 끊을 수 없다."

희에게 그 말은 족쇄와도 같았다. 벗어났다고 생각했는데, 다시 통째로 구렁텅이에 빠진 듯한 느낌이었다. 오히려 전보다 더욱 깊고 어두운 곳으로 들어온 것 같았다. 그와 동시에 나의 감각도 위험을 감지한 듯 더욱 예민해져 갔다.

◇◇◇◇◇

정은 미국에 온 이래 처음으로 휴가를 냈다. 씻지도 않은 상태로 편의점을 향해 달려온 그는 희의 글씨체로 '닫힘(Close)'이라고 적힌 준의 공책을 먼저 마주했다. 공책은 문에 테이프로 얼기설기 붙어 있었다. 정은 편의점 문을 두들기며 외쳤다.

"문 열어!"

희가 급히 달려와 잠금장치를 풀었다. 정은 문을 강하게 열어젖히고는 안으로 뛰어 들어갔다. 희가 뭐라 설명할 틈도 없었다. 그는 다락으로 이어지는 사다리를 향해 달려가서 그 위로 올라섰다. 얼마 지나지 않아 외마디 비명 같은 외침이 들려왔다.

"아버지!"

정은 노인을 노려보았다. 정의 눈빛에 깃든 감정은 원망만이 아니었다. 그는 부끄러움을 느끼고 있었다. 노인에 대한 부끄러움, 노인을 바라보는 마을 사람들의 시선에 대한 부끄러움, 그리고 자신들의 모습에 대한 부끄러움이 한데 뒤엉켜 속을 헤집어 놓았다. 정이 말을 이었다.

"말씀도 없이 이렇게 오시면……"

"내가 네 허락이라도 받아야 하냐? 어찌 보면 준이는 내가 모시는 분을 받을 테니 내 아들이다."

노인은 그 말과 함께 홱 고개를 돌렸다. 정의 눈에 고여 있던 눈물이 뺨을 타고 흘렀다.

"안 됩니다······. 제발, 그만 좀······."

정은 노인을 향해 무언가 말을 하려 했다. 그러나 노인이 정을 향해 검지를 칼처럼 겨누고는 쏘아붙였다.

"이 천륜도 모르는 썩어 빠진 새끼."

노인의 목소리에는 알 수 없는 힘이 서려 있었다. 정의 몸이 태풍을 마주한 앙상한 나뭇가지처럼 부들부들 떨렸다. 정이 두 손을 모으고서 노인에게 간청하듯 빌었다.

"안 됩니다. 정말······ 준이만은 제발 놓아주세요."

"그럼, 아프게 내버려 둘 거야? 애가 죽어!"

정은 물러서지 않았다.

"아프면 병원을 가야죠! 무당이 되는 게 아니라!"

울음 섞인 목소리가 들려왔다.

"제가 왜 미친놈처럼 아버지 굿판에서 돈까지 훔쳐 가면서 미국까지 왔는지 아시잖아요. 그 지긋지긋한 무당질 좀 하기 싫어서······"

노인이 자기 수염을 천천히 쓸어내렸다. 전혀 상관하지 않는다는 표정이었다.

"그래서, 준이 치료는 했냐?"

정은 노인을 노려보았다.

"벌써 몇 년이야? 햇수로만 4년이야. 그런데 뭐가 달라졌어? 신병이 사라졌냐?"

노인의 말에 정은 어이가 없다는 듯이 고개를 저었다.

"아버지. 손자가 아픈데, 말이 너무······"

노인은 정의 말을 잘랐다.

"넌 그럼, 자식이 아픈데 그대로 이런 위험한 곳에 처박아 두기나 하고."

그는 모든 것을 알고 있었다. 정의 머릿속에 장면들이 스쳤다. 병원비가 턱없이 비싸 정신과 문턱에서 진료를 받지 못하고 나왔을 때와, 어느 정도 돈이 모였을 때도 준의 치료 대신 이 편의점의 인수를 선택했을 때. '다음에는 꼭.' 그런 다짐으로도 해결되지 않던 문제가 눈앞에 노인의 형상으로 나타난 것이었다. 노인은 가늘게 눈을 뜨고서 주변을 둘러보았다.

"법사[36]라도 됐으면 모르는데, 지금은······"

노인은 개처럼 코를 킁킁대며 말했다.

"화랭이[37] 정도만 되어도 다행이군."

"여긴 미국이에요. 아버지. 화랭이는 무슨······"

정이 목에 핏대를 세웠다.

"제가 왜 애를 이 먼 곳까지 데려왔는데요? 왜 애한테 윽박지르고 때렸는데요? 신이 도대체 뭐예요? 그것들을 제가 존중해야 합니까?"

"이놈!"

일순간에 공기가 무겁게 가라앉았다. 준은 숨이 턱 하고

---

36) 주로 경을 읽는 남자 무당을 가리키는 말.

37) 굿에 참석하는 남성 악사를 낮춰 부르는 말.

막혀 자신도 모르게 소리를 낼 뻔했다. 두 손으로 입을 막지 않았더라면 들켰을 것이 분명했다. 정은 잠시 몸을 움찔거렸으나 말하기를 멈추지 않았다.

"신내림을 거부하면 신병에 걸려서 병원에서 죽어 버리고, 신내림을 받아도 노예처럼 평생 끌려다니면서 무당질하다가, 어느 순간 버려지면 반병신이 되는 이게 맞습니까?"

노인 역시 물러서지 않았다.

"네가 뭐라 하건 신내림을 피할 수 없다. 미국이건 불란서건 도망쳐 봤자지. 평안도 만신은 외국에 신아들이 몇 명이더냐?"

그러고는 홱 뒤돌더니 기어가는 거미를 손으로 잡아채 창문 밖으로 던져 버렸다. 노인이 창문 밖을 살피며 말했다.

"아무것도 안 해 놓고, 이제 와서 위하는 척은."

정은 달리 대꾸하거나 대답하지 못했다. 정의 그런 모습은 또 처음이었다. 잘못을 저지른 아이처럼 안절부절 말을 얼버무리는 정에게서 회개하라 소리치던 얼마 전 모습은 찾아볼 수 없었다. 정의 얼굴을 살피던 노인이 말했다.

"오래는 안 걸릴 거다."

"그건 또 무슨 말씀……"

노인은 주머니에서 무언가를 꺼내 정에게 건넸다. '서울대학병원'이라 적혀 있는 갈색 서류봉투였다. 오랫동안 펼치지 않았는지 봉투는 심하게 구겨져 있었다. 정은 다급하게 봉투를 받아 열고는 속에 든 서류를 읽어 내렸다.

"이게 뭡니까?"

노인은 자기 머리를 가리키며 말했다.

"혹이다. 호두만 하다고 하는데, 기껏해야 3개월이라고 하더라."

정은 믿을 수가 없어 몇 번이고 서류를 훑어보았으나 의사의 소견서며, 엑스레이 사진이며, 봉투에 든 모든 서류들은 노인의 주장에 신빙성을 더할 뿐이었다.

"이제부터라도 내 말을 따라야 한다. 그래야 준이가 산다. 알겠냐?"

노인은 메고 있던 가방을 다락 구석에다 풀려 했다. 그러나 정은 노인의 가방을 확 잡아채더니 울음을 토해 냈다.

"아버지! 그만 좀요! 제발! 아버지, 아버지가 가족들한테 했던 짓들을 생각해 보세요. 세령이는 아플 때 병원도 못 가고 기도만 하다가 벙어리가 됐어요. 어머니는 아버지 굿판만 따라 들다가 돌아가셨고요. 천신이고 나발이고, 부모 자식 간에……"

노인이 버럭 화를 냈다. 흰 수염이 부산하게 흩날렸다.

"부모 자식 간 이야기를 네가 한다고?"

정의 얼굴에서 핏기가 가셨다. 그러나 노인은 말을 멈추지 않았다.

"애비가 신을 거부해서 제 자식새끼한테 신을 받게 하다니. 이게 무슨……"

노인이 정의 손에서 짐을 빼앗더니 고개를 자라처럼 길게 빼어 한쪽으로 내밀었다.

"넌 신을 받거라."

그 순간, 무언가 준의 등을 밀었고, 준은 숨어 있던 옷장에서 튕겨져 나와 바닥에 널브러졌다. 그날 아침 그는 강한 끌림을 이기지 못하고 몽유병 환자처럼 집을 나와 편의점으로 향했다. 어지러움 속에서 기억들이 드문드문 떠올랐다. 긴 흰 수염, 주름진 손이 건넨 주머니와 부적……. 희가 편의점 뒤편에서 울고 있었으나 준은 무시했다. 알 수 없는 힘이 이끄는 대로 다락을 향해 올라섰다. 준은 다락 안을 둘러보았다. 창고에 넣지 못한 물건들이 한쪽에 쌓여 있었고, 다른 쪽에는 간이침대와 이불 그리고 철제 옷장이 놓여 있었다. 그때 1층에서 병 깨지는 소리와 함께 잭의 목소리가 들려왔다. 그 순간 누군가 준의 귀에 속삭였다.

숨어.

목소리를 따라 준은 철제 옷장에 몸을 숨겼다. 얼마 지나지 않아 희가 비는 듯한 소리가 들려옴과 동시에 노인이 모습을 드러냈다. 준은 소리를 내지 않기 위해 입을 막아야 했다.

"못난 놈."

노인의 시선은 준에게 향하고 있었다. 노인에게서는 차고에서 밧줄로 목을 매려 했을 당시 수화기 너머로 들려오던 다정함은 느껴지지 않았다. 오히려 그의 눈빛에는 차가운 권위만이 가득했다.

◇◇◇◇◇

집에 도착한 정과 희는 뜬눈으로 창밖을 바라보았다. 멍하니 허공을 바라보고 있는 희와 다르게 정은 종종 까치발을 들었다. 그러면 편의점 건물이 보인다는 듯이. 그들이 할 수 있는 것은 응시뿐이었다. 희는 다리를 끄는 준을 떠올리며 생각에 잠겼다.

'분명 낫기 위해 온 것인데 왜.'

애들은, 특히나 남자애들은 싸우면서 큰다는 말을 어른들로부터 줄기차게 들어온 희였다. 그런 희의 눈에도 준의 몸을 뒤덮은 멍과 찢어진 입술은 정상이 아니었다. 그러나 정상이 아니라면? 준의 학교를 찾아가 소리라도 칠까? 준의 친구 집을 찾아가 부모들 멱살이라도 잡을까? 그렇게 된다면 남은 준의 학교 생활은? 더 나아가 정의 농장 일자리와 편의점 매출은? 상황이 복잡하게 얽혀 있었다. 거미줄에 걸린 곤충처럼 비명 한 번 지르지 못하고 산 채로 잡아 먹히는 듯한 기분이었다.

반면 정은 노인과 나눴던 대화를 떠올리고 있었다. 그는 노인, 즉 자기 아버지의 말을 함부로 거역할 수 없었다. 그들이 떠나온 나라는 굶주린 부모를 위해 자기 다리 살을 잘라 먹인 자식의 이야기가 미덕임을 강조하던 곳이었다. 엔젤타운 사람들이 하나님을 믿지 않는 세상을 상상하기 어렵듯이 정은 부모를 섬기지 않는 삶을 쉽게 떠올릴 수 없었다. 희가 읊조리듯 말했다.

"무너지고 있어."

정은 희의 말에 대답하지 않았다. 그들이 애써 억눌러 놓은 것들이 어두운 마을 아래서부터 덩굴처럼 자라 나오려 하고 있었다. 그것의 본래 형상은 그대로 나오기에는 너무나도 원형의 것이었다. 신성이란 본디 인간의 눈에 보일 수 있기 위해서는 제 몸을 뒤틀어 나오는 법이었다. 그 순간, 희의 왼

손이 기이하게 꺾였다.

희는 한 달 전 편의점에서의 일을 떠올렸다. 늦은 밤이었고 거리에 오가는 사람은 없었다. 가게 안 TV에서는 〈듀크스 오브 해저드[38]〉가 재방영되고 있었다. '제너럴 리[39]'에 올라탄 보 듀크가 정신없이 운전하는 장면이 지나가는 와중에도 희는 카운터에 앉아 편의점 정문을 가만히 응시했다. 인기척이 느껴질 때마다 그녀의 손은 카운터 아래 숨겨 놓은 과도의 손잡이를 어루만졌다.

이윽고, 밤 12시가 되었다. 정각을 알리는 시계 소리에 희는 자리에서 일어나 문가로 다가갔다. 더는 손님이 없을 것 같아 문을 잠그려 했다. 그런데 어둠 속에서 누군가 튀어나와 문을 두드렸다. 로버트였다. 유리문을 사이에 두고도 술 냄새가 심하게 났다.

"마감 시간이에요."

희의 만류에도 불구하고 그는 거칠게 문을 밀치고 들어왔다. 두꺼비처럼 풀린 눈으로 주변을 둘러보더니 냉장고로 다가가서는 계산도 하지 않고 맥주를 마시기 시작했다. 희는 불안한 듯 문을 향해 곁눈질을 하며 로버트에게 말했다.

"나가요! 지금 당장 안 나가면 보안관을 부르겠어요!"

그 말에 로버트는 바닥에 맥주 캔을 내던지고는 희에게 한 걸음 다가갔다.

---

38) 1979년부터 방영된 미국 TV 액션 코미디 시리즈로, 시골 남부를 배경으로 두 사촌 형제가 활약하는 이야기를 그리고 있다.

39) 〈듀크스 오브 해저드〉의 상징적인 자동차.

"불러 봐. 과연 보안관이 누구 말을 믿을까? 여기서 평생 나고 자라 온 내 말? 아니면 외부에서 굴러온 너희들 말?"

희는 과도를 집어 들고는 로버트를 겨누었다. 과도를 쥔 손이 덜덜 떨렸다.

"오지 마!"

총이 있었더라면 달랐을까? 희는 두 손으로 과도를 거머쥐었으나 다가오지 말라는 희의 외침은 공허했다. 로버트의 뜀박질과 함께 편의점 불은 꺼졌고, 다음날 둘은 교회 사람들 사이에서 부정한 관계로 소문이 나 있었다.

그날의 기억이 떠오를 때마다 희는 자신의 몸에서 달아나려는 듯한 왼손을 붙잡아 두어야 했다. 그녀는 또 다른 비밀 하나가 자신의 배에서도 움트고 있음을 느꼈다. 푸드덕하고 한 무리 새들이 숲에서 날아올랐다. 이어서 소리가 들려왔다. 귀를 긁어 대는 듯한 쇳소리였다. 이곳에서는 울린 적 없는 박자로 쇳소리가 날뛰기 시작했다. 마치 쇠가 비명을 지르고 있는 것 같았다. 준의 방에서도 뼈 마디마디가 끊어지는 듯한 소리가 들려왔다.

◇◇◇◇◇

보안관 척은 피곤한 몸을 이끌고서 차에 올라탔다. 마을 주민들의 전화가 빗발쳤기 때문이었다. 이른 새벽부터 무슨 일인가 싶었다. 이래저래 바쁜 하루였다. 불과 한 시간 전만 해도 로버트네 술집에 무장 강도가 들어 현금을 비롯해 아끼던 위스키들까지 모조리 훔쳐 간 사건이 벌어졌다. 이 과정에서 로버트는 팔뚝이 칼에 찔려 병원으로 이송됐다. 구급차에 실려 가던 로버트는 마을에서 쫓겨난 중국인들이 앙심을 품고 그랬을 거라며 척에게 그들의 근거지를 싸그리 밀어 버리라 주장했다.

과거 범죄 없는 마을에서 척은 그야말로 무직에 가까운 삶을 살고 있었다. 이러한 고요가 깨진 것에 퍽 기분이 좋지 못했다. 그러나 신고를 무시할 수는 없었다. 그 역시도 잠결에 거대한 발전기가 돌아가는 듯한 쇳소리를 들었으니까.

소리의 근원지는 준의 편의점이었다. 도착했을 때는 아무 일도 없었다는 듯이 고요했다. 척은 불안감에 얼굴을 구겼다. 준의 가족에 대한 소문을 모르는 사람은 없었다. 동방의 저주, 괴물, 미친 사람. 편의점은 새벽녘이었음에도 주변보다 유난히 어두웠다. 냄새는 또 어떻고. 코를 찌르는 듯한 냄새가 사방에서 치솟고 있었다.

"지옥이나 다름없군."

척은 혼잣말을 하고는 조심스럽게 편의점 문을 두들겼으나 반응은 없었다. 그가 알기론 준의 부모는 편의점이 아니라 다른 집에 살고 있었다. 척은 유리문에 얼굴을 들이밀고 내부를 살폈다. 어둠 속에서 무언가 움직임이 느껴졌다. 척은 자기도 모르게 권총집에 손을 올렸다.

어둠 속에서 걸어 나온 사람은 준이었다. 척은 여전히 권총집에 손을 올린 상태로 서 있었다. 그는 불현듯 호수에 빠져 죽은 악샤이의 얼굴을 떠올렸다. 어둠 속에서 둘의 실루엣이 비슷하게 보였다. 준은 척을 응시하며 편의점 문을 열었다.

"무슨 일이시죠?"

척은 편의점 안으로 들어서며 말했다.

"소음 신고."

내부를 둘러보았지만 적막했다. 희의 부지런함 덕분인지 매대에는 먼지 하나 쌓여 있지 않았다. 척은 그제야 권총집에서 손을 내리고는 준을 내려다보며 물었다.

"여기서 무슨 짓 했어?"

"아무 일도 안 했어요."

준은 여느 10대와 마찬가지로 어깨를 으쓱거릴 뿐이었다. 척의 얼굴이 일그러졌다.

"말해."

당장 체포를 해도 이상하지 않았다. CCTV도 없는 데다 조서야 꾸며 내면 그만이었다. 척은 준이 한 번 더 고까운 태도를 보이면 곧바로 그를 체포하려 했다. 척이 수갑에 손을 뻗었을 때 천장에서 소리가 들려왔다. 쇳소리였다. 척은 자세를 낮추고는 권총을 뽑아 들었다. 그는 준에게 시선을 두면서 한 발자국씩 발걸음을 옮겼다. 그때 다락에서 소리가 들려왔다. 척은 2층 다락으로 사다리를 타고 빠르게 올라갔다.

"멈춰!"

그러나 다락에는 아무도 없었다. 그럼에도 들려오는 쇳소리에 척은 손전등으로 방 한가운데를 비춰 보았다. 짐벌을 들고 있는 원숭이 장난감이 있을 뿐이었다.

"없다고 했잖아요."

귓가에 들려온 준의 목소리에 화들짝 놀란 척은 자신도 모르게 총을 발사하고 말았다. 다행히 총알은 천장에 박혔다. 척은 주변을 살피며 가슴을 쓸어내렸다. 그 누구도 다치지 않았다. 척은 팔뚝으로 준을 벽에 밀어붙였다.

"씨발! 너 죽고 싶어!"

준은 눈을 내리깔지 않았다.

"그래서? 악샤이네 가족을 그렇게 체포했어요?"

척은 자신도 모르게 준의 얼굴을 주먹으로 쳤다. 준이 넘어지면서 신음과 함께 피를 뱉어 냈다. 척은 바닥에 흩어진 핏자국을 보고 나서야 정신이 들었다. 단순히 겁을 주려고 그랬던 것이다. 죽이려고 그랬던 것은 아니다.

과거 뜬금없이 마을에 생긴 양장점이 마을에서 대를 이어 운영하던 줄리아의 가게보다 훨씬 잘되었고, 마을 사람들은 그건 '공정한 경쟁'이 아니라고 말했다. 그래서 척은 단지 마을 아이들에게 양장점 집 아이인 악샤이에게 위협만 가하라고 부탁했을 뿐이었다. 척은 총구를 준에게 겨누었다.

"어디 가서 그런 식으로 말하지 마."

준은 총구를 가만히 응시했다. 마치 그가 자신을 쏘지 못할 것을 안다는 듯이.

"죽여 버릴 거니까."

척은 그 말을 마지막으로 도망치듯 편의점을 빠져나갔다. 척의 자동차 소리가 들리지 않을 즈음에 준이 자리에서 일어나 말했다.

"갔어요."

그제야 계단 아래 창고 문이 열리더니 노인이 걸어 나왔다. 목각 인형처럼 기지개를 펴던 그가 말했다.

"다시 시작해 보자꾸나."

노인이 고개를 천천히 돌리면서 혼잣말을 중얼거렸다.

"그 전에 네 주변에 있는 것들부터 정리하고……."

그때 노인과 눈이 마주쳤다. 그는 명확하게 허공이 아니라 나를 응시하고 있었다.

"너구나. 더러운 피."

노인이 입을 크게 벌리더니 치아를 마주 부딪혔다.

탁.

그 순간, 숨이 쉬어지지 않았다. 누군가 목을 잡아채고는 빠르게 내달리는 듯한 느낌이었다. 나는 비명을 지르면서 침대에서 일어났다. 땀으로 온몸이 젖어 있었다.

05. 1998

'어디까지 올라가는 걸까?'

민경은 어머니의 흰 머리카락 사이로 모락모락 피어나는 김을 보며 생각에 잠겼다. 헉헉대는 숨소리에 고개를 돌려 보니 민경의 캐리어를 든 아버지가 땀을 뚝뚝 흘리며 계단을 오르고 있었다. 민경이 자기가 캐리어를 들고 가겠다고 해도 아버지는 한사코 거절했다. 쓰러진 지 얼마나 됐다고. 헐떡거리는 숨소리와 멈춰 내쉬는 한숨 하나하나가 민경의 속을 긁었다.

집으로 향하는 시멘트 계단은 끝이 없었다. 중독자의 빠진 이처럼 군데군데 시멘트가 깨져 있어 몇 번이고 다리를 헛디뎌 넘어질 뻔했다. 그때마다 민경의 어머니가 민경의 팔을 잡아채고는 일으켜 세우며 미국물을 먹어 뽀시랍게 자랐다며 채근했다. 민경은 어머니에게 짜증을 내기보다 산악 등반에 가까운 길을 능숙하게 오르는 부모님을 보며 대답 없이 고개를 숙인 채 계단을 올랐다. 다리가 후들거렸고, 허리가 아파

올 즈음에 계단 끝에 올라설 수 있었다. 아버지가 캐리어를 내려놓고는 민경의 뒤를 가리켰다. 돌아보니 서울 전경이 내려다보였다.

"어때? 죽이지?"

아버지의 목소리는 자신만만했다. 그러나 애석하게도 민경의 눈에 서울 야경은 지극히 초라한 풍경이었다. 뉴욕의 10분의 1, 아니, 100분의 1에도 미치지 않을 불빛들을 보고 민경은 흐린 날 별을 헤아리듯 눈을 가늘게 떴다.

민경은 한국의 거리를 걸으며 자신의 환상이 산산조각 나는 것을 느꼈다. 지긋지긋한 캣콜링도, 대뜸 걸어오는 시비와 새치기도 없었건만, 대신 도로 군데군데 주차된 차들과 봉지째 내버려진 쓰레기봉투, 지하까지 다닥다닥 붙어 있는 건물로부터 거리로 쏟아지는 생활 소음들이 민경을 기다리고 있었다.

사람은 또 어떻고. 금융 위기 여파에서 벗어나지 못한 듯 무기력함이 도시 전체에 감돌고 있어 모두들 무표정했다. 미국에서는 한국인이 아닌 동양인이기만 해도 반가운 마음에 먼저 다가오는 사람들이 많았으나 이곳 사람들은 민경에게 어떤 반가운 눈짓도 보내지 않았다. 오히려 민경의 옷차림과 화장을 보고는 경계하듯이 거리를 두고 위아래를 훑어보기만 했다.

"집에는 처음 와 봤지?"

민경은 문 앞에 한동안 서 있었다. 거대한 성냥갑 같은 회백색 아파트 단지들 사이에서 다 무너져 가는 집 하나. 민경에게 모든 삶을 바쳐 온 그들에게 유일하게 남은 것은 이 집뿐이었다. 아니, 이 집도 이제 그들의 것이 아니었다. 은행의 것이었다가 끝내 한의 것이 되었으니까.

집 안은 외관만큼이나 난장판이었다. 우선 집 안 가득한 알싸한 마늘 냄새에 민경은 얼굴을 찡그렸다. 거실에는 온갖 종류의 물건들이 가득했다. 주로 인형 눈알 붙이기, 청첩장 접기, 마늘 까기 등 민경의 어머니가 부업으로 하는 일의 일감들이었다. 눈이 한쪽만 달린 인형들이 여기저기에 널브러져 있었다. 눈을 찾아 집 안을 돌아다니는 듯했다. 아버지가 캐리어를 방 안에 던져 넣고는 아이고, 소리를 내며 소파에 눕듯이 앉았고, 어머니는 겉옷을 벗고는 앞치마를 둘러매며 말했다.

"배 안 고파? 엄마가……"

"나 좀 쉴게."

민경은 방으로 들어가 문을 닫았다. 곰팡내 나는 작고 좁은 창고 같은 방이었다. 아버지가 쓰러지며 병원비와 생활비를 구하기 위해 집 크기를 줄이면서 차마 버리지 못한 물건들이 쌓여 있었다. 먼지 쌓인 어항, 표지가 찢겨 나간 책들, 각종 신문 등. 어디에도 민경, 자신의 손때가 한 번도 묻지 않은 것들이었다. 민경은 그날 처음으로 방을 뒤적이며 아버지가 쓰러지기 전까지 매일 스포츠 신문을 모았으며, 어머니가 물고기나 식물을 비롯해 무언가를 키우는 일에 한동안 열중했다는 사실을 알 수 있었다.

과거로부터 밀려오는 후회와 앞으로 다가올 후회가 한데

뒤섞여 민경을 흔들어 놓았다. 가만히 벽을 등지고 기대어 보니 화장실 물 내리는 소리며, TV 소리며, 심지어는 부모님의 속삭이는 소리까지 들려오고 있었다.

"설마. 결혼이 깨지기야 하겠어?"

말들이 목을 옥죄는 듯했다. 자신의 선택 한 번에, 그 단 한 번의 선택에 꿈에서 깨어난 듯한 느낌이었다. 지독하고 가혹한 지옥에서 눈을 뜬 것만 같았다.

'만약 한과의 결혼이 없던 일이 되면 여기에…….'

작고 좁은 곰팡내 나는 방. 윗집과 아랫집의 소음이 그대로 전달되며 속을 헤집어 놓는 이곳에서 감옥보다도 더한 갑갑함을 느꼈다. 민경은 강을 거슬러 올라가는 연어처럼, 자신이 죽을 것을 알고도 나아가는 그들처럼 과거를 떠올리기 시작했다.

◇◇◇◇◇

늦은 밤, 경상북도 상주시 야트막한 산에 위치한 절은 입구서부터 소란스러웠다. 민경의 어머니가 일주문 기둥을 붙잡고서 울부짖고 있었다.

"내 딸! 내 딸 살려 줘!"

민경은 어머니의 그 모습이 너무나도 싫었다. 오가는 사람들이 하나같이 눈살을 찌푸리고 있었기 때문이었다. 누구는 어머니 면전에 삿대질을 하며 미친년이라고도 했다. 민경은 부끄러워 어머니의 치맛자락을 끌려고 했으나 그러지 못했다. 열이 심하게 나는 데다 말조차 할 수 없을 정도로 힘이 없었기 때문이었다. 더군다나 귓가에는 자신들을 받아들이라는, 이상한 환청까지 들려왔다. 참다 못한 민경이 자기 귀를 때리면서 소리를 지르자, 민경의 어머니가 눈을 번쩍 뜨더니 민경을 와락 안아 들었다.

"넌, 너만은 안 돼."

그때였다. 멀리서 스님 한 분이 내려오고 있었다. 얼굴을 보기만 해도 숨이 턱 막히는 강한 인상이었다. 민경의 아버지는 그에게 고개를 숙이면서 봉투를 건네려 했지만 그는 미동조차 하지 않았다. 대신, 민경과 눈을 마주치더니 그 자리에 나무처럼 우뚝 서서 가만히 그녀를 바라보았다. 그의 눈빛에 민경은 속이 얼어붙는 느낌을 받았다. 순간, 바람이 일렁이더니 저 멀리 대웅전을 밝히던 초들이 한순간에 꺼졌다. 스님은 한숨을 내쉬더니 말했다.

"다른 가족이 다칠 수도 있는데 괜찮겠습니까?"

민경의 어머니가 민경을 더욱 꼭 끌어안으며 말했다.

"괜찮습니다! 이 애만 구할 수 있다면……."

몹쓸 짐승이다.

민경은 불현듯 친척들이 한 말들을 떠올렸다. 저만 살려고 한다. 신의 벌을 받을 것이다. 민경의 부모님을 향해 친척들은 그렇게 손가락질을 해댔다. 스님의 눈빛도 사뭇 그들의 것과 결이 다르지 않았다. 스님이 말을 이었다.

"애 혼자 멀리 떠나야 하는데도 괜찮겠습니까?"

민경의 아버지가 물었다.

"어디까지요?"

스님은 말이 없었다. 민경의 아버지는 큰 죄를 저지른 것처럼 다시 고개를 조아리고는 시키는 것을 모조리 하겠다고 말했다. 스님이 고개를 끄덕이자, 민경의 부모는 그의 앞에 꿇어앉아 감사하다며 울음 가득한 목소리로 빌었다. 스님은 민경을 바라보며 말했다.

"절대 여기로 돌아오지 말거라."

민경은 스님과 눈을 마주칠 뿐 고개를 끄덕이지 않았다. 여기서 자신이 수긍하면 정말 영영 엄마, 아빠 품으로 다시는 돌아올 수 없을 것 같았기 때문이었다.

"독하구나."

스님은 그런 민경을 향해 혀를 끌끌 차면서 그녀의 어머니에게 부적 두 장을 건넸다. 한 장은 민경에게 들려 보내고, 다른 한 장은 언젠가 민경이 이 땅에 다시 돌아온다면 그 남편에게 사용하라 단단히 일렀다. 민경은 자신의 부모님이 정말로 스님의 말을 따를 것이라 믿지 않았다.

그러나 그녀의 부모님은 이제 결단을 해야만 했다. 민경의 상태는 점차 나빠지고 있었다. 제사를 지내거나 굿을 하고 남은 음식이 아니면 먹은 것을 모조리 토해 냈고, 경기까지 일으켰다. 바싹 마른 북어처럼 혀가 굳어 말도 제대로 못 할 지경이었다.

민경이 가족들이 모두 죽을 것이라 말하며 눈을 뒤집고는 까무러칠 때 민경의 아버지는 결심했다. 몰래 문중 땅문서를 처분해 해외여행 허가를 받기 위해 공무원에게 줄 뇌물과 비행기 푯값을 구했다.

온가족이 야반도주하듯 새벽에 공항으로 향했다. 워낙 급히 문서를 처분하느라 남은 돈으로는 오직 한 장의 비행기표만 구할 수 있었다. 민경의 어머니는 얼굴이 하얗게 질린 민경을 보며 하염없이 눈물을 흘릴 뿐이었고, 민경의 아버지는 사실상 남이나 다름없는 친구의 친척에게 연락을 해 놨다면서 미국에서 몸 건강히 있으라고 주문을 외우듯 여러 번 반복해서 말했다. 비행 시간이 되었음을 알리는 승무원의 외침에 민경의 아버지는 민경을 붙들고 소리쳤다.

"어떻게든 살아남거라. 여기 생각은 하등 말고."

민경은 혼자서 자기 몸보다도 거대한 캐리어에 짐을 꽉꽉 눌러 담고는 미국행 비행기에 올라탔다. 말기 암 환자가 신약을 쓰듯이 반쯤 포기하는 심정이었다. 민경은 창을 내다보다가 비행기가 이륙하는 것과 동시에 깊은 잠이 들었다. 환청 때문에 오래도록 잠들지 못했던 민경은 그날 오랜만에 꿈을 꾸지 않았다.

◇◇◇◇◇

아침이 되어 민경은 익숙한 목소리에 잠에서 깼다. 방 문을 열고 나와 소리가 들려온 곳을 향해 민경은 고개를 돌렸다. 처음에는 거실 쪽인 줄 알았으나 아니었다. 민경은 베란다로 걸음을 옮겼다.

"민경아. 제발. 한 번만……."

창밖을 살피던 민경은 소리가 들려오는 곳으로 고개를 돌렸다. 한이 골목 한가운데에서 무릎을 꿇고 앉아 있었다. 가로막힌 오토바이가 클랙슨을 울렸고, 한바탕 벌어진 소란에 온 동네 사람들이 창문에 몸을 내밀고 있었다. 한은 쩌렁쩌렁한 목소리로 외쳤다.

"미안해! 민경아! 제발!"

사람들은 한의 시선을 쫓아 그 끝에 있는 민경을 바라보았다. 이 집도, 이 불안정한 삶도 어느새 모두 한에 의해 지탱되고 있었다. 민경의 어머니가 뭐라 말도 하기 전에 민경은 겉옷을 챙겨들고는 밖으로 뛰어나갔다.

한은 사람들과 씨름하고 있었다. 자신이 사과를 해야 한다면서, 안 그럼 차라리 여기서 죽어 버리겠다고 소리치며 몸싸움을 했다. 장정 셋이 와도 한을 들어 올릴 수가 없었다. 그들은 땀을 뻘뻘 흘리면서 일단 골목에서 비킨 다음에 이야기하자며 한을 설득하려고도 했으나 소용이 없었다.

"잠시만요."

민경이 도착한 순간, 사람들은 욕을 낮게 뱉으며 일제히 물러났다. 한은 고개를 떨구었다.

"미안해……."

민경은 한에게 천천히 다가가 그를 안아 주었다. 그간 그와 함께 보냈던 순간들, 그리고 앞으로 보낼 순간들이 빨리 감기 하듯이 머릿속을 스쳐 지나갔다. 섬뜩한 장면이 나올 때면 자신의 등 뒤에 남겨진 부모님의 눈빛과 그가 미국이라는 나라에서 쌓아 올린 부와 명예를 떠올렸다. 그것들이 드리운 그림자에는 눈을 감기로 했다.

누구 하나만, 단 한 사람만 선택을 내리면 모두가 행복해질 수 있었다. 민경은 모든 것을 묻어 두기로 했다. 한의 발작이든, 준이라는 사람에 관한 이야기든. 민경이 마주하지 않으면 없는 것과 다름없었다. 그녀는 자신의 촉이라는 근거 없는 불안함보다 한이라는 사람이 명확하게 자신에게 보이는 것에만 순응하기로 했다. 민경에게 한은 구원의 대상이자, 동시에 구원자였다.

5장.
흑(黑)

01. 1982

어둠은 다가오는 것이 아니라, 늘 그 자리에 있었다. 빛이 있기에 보지 못했을 뿐이었다. 빛은 어둠을 몰아낼 수는 있었지만 그 존재를 완전히 지울 수는 없었다. 나는 이 마을의 어둠 속에서 내가 알 수 없는, 안다고 해도 막을 수 없는 일들이 몸집을 키우며 서서히 나를 향해 다가오고 있음을 본능적으로 알고 있었다.

나는 준의 할아버지를 마주친 이후 단 한 번도 빙의를 경험할 수 없었다. 누가 들으면 하루아침에 병이 치료된 '기적'이라 생각하겠지만 나에게는 아니었다. 잠을 자려고 해도 가슴 한 부분이 꽉 막힌 것처럼 조여 왔다. 빙의를 하지 않으니 내가 모르는 어떤 일을 준의 가족이 벌이고 있는 것 같아 불안했다.

한동안 준의 집은 잠잠했다. 숲속에 버려진 오두막처럼 생기조차 느껴지지 않았다. 쌍안경을 들고서 준의 방이 있는 창문을 살펴보아도 굳게 쳐진 커튼 너머로 인기척은 느껴지지 않았다. 마당을 훑는 아버지의 시선이 아니었더라면 나도 모르는 일이 벌어질지도 모른다는 불안감에 준의 집 문을 두들겼을 것이다.

학교에서도 준의 자리는 계속해서 비어 있었다. 다들 준의 결석에 관해서는 크게 신경 쓰지 않았다. 익숙한 일이었으니까. 폭력과 괴롭힘이 유난히 심했던 날의 다음 날이면 준은 학교에 나오지 않았다. 아이들도 자연스럽게 준을 없는 사람 취급했다. 잭을 비롯한 아이들은 TV에서 보았던 야구를 비롯한 스포츠부터 밴드들에 이르기까지, 많은 것들을 이야기하는 데에 정신이 팔려 있었다. 나는 잭에게 물었다.

"혹시 준에 대해 들은 거 있어?"

불안감을 잠재우기 위한 질문이었다. 잭이 비릿하게 웃어 보였다.

"준? 왜? 주먹이 근질거려?"

나는 대답하지 않았다. 폴이 말했다.

"그 새끼, 귀신을 마을에다 불렀대."

"귀신?"

폴이 잭의 어깨를 툭 건드렸다.

"잭이 그 새끼 편의점에서 귀신을 봤대. 하얀 옷에다 수염도 엄청 길었다나. 저주받은 게 분명하다니까."

잭을 비웃고 있는 폴과 다르게 잭의 얼굴은 빠르게 굳어갔다. 나는 잭이 뭔가를 더 알고 있을 거라 생각했다.

"그래서, 그 귀신이 아직도 그 편의점에 있는 것 같아?"

잭이 자리에서 일어나 내게 다가왔다. 그는 금방이라도 싸울 듯이 나를 몰아붙였다.

"조심해. 입 밖에 내다가 전부 죽을 수도 있어."

폴이 그 모습을 보고는 웃음을 터뜨렸다.

"왜, 쫄았어?"

잭이 폴의 멱살을 잡고는 일으켜 세우더니 외쳤다.

"너, 그 새끼 편의점에 가 봤어? 밤마다 이상한 소리 들리는 거 몰라? 나도 지금 머리 아파 죽겠어. 어젯밤에는……"

복도에서 들려온 웅성거림이 잭의 말을 잘랐다. 꼭 싸움이라도 벌어진 것 같았다. 복도로 나가 보니 아이들이 복도에 한가득 몰려 있었다. 나는 아이들 틈으로 고개를 쑤셔 넣으며 무슨 일인지 확인하려 했다.

"준."

나도 모르게 준을 부르고 말았으나 금방 입을 막았다. 복도에 서 있던 준은 전혀 다른 사람 같았다. 얼굴에는 보이 조지[40]처럼 짙은 화장을 하고 희의 것으로 보이는 노랑색 원피스를 입고 있었다. 걸음걸이는 또 어떻고. 다리를 배배 꼬고 걷는 것이 꼭 스트리퍼를 보는 것 같았다.

그런데 이어진 아이들의 반응은 내 생각과는 달랐다. 그들은 그런 준을 보고서 그를 조롱하기보다 굳은 표정으로 멀찍이 떨어져 있었다. 특히나 준이 입을 열었을 때 아이들의 얼굴이 창백해졌다.

---

40) 영국 밴드 '컬처 클럽'의 리드 보컬로, 1980년대 초 독특한 화장과 패션으로 주목받은 팝 스타이다.

"엄마! 아빠!"

준의 것이 아닌 듯한 목소리. 몇 번이나 들었음에도 적응이 되지 않았다. 몹쓸 병균이라도 마주한 것처럼 아이들은 준에게서 멀리 달아나려 했다. 그런데 불쑥 준이 내게 다가왔다. 그의 눈동자 속 내 표정은 다른 아이들의 것과 크게 다르지 않았다.

"넌 어디 편이야?"

준이 내게 손깍지를 끼려 했으나 나는 필사적으로 그를 밀어냈다. 잭이 그에게 다가섰다.

"미친놈!"

그러자 준의 눈빛이 순식간에 바뀌더니 잭을 향해 손을 뻗었다. 잭은 보이지 않는 뭔가에 목이라도 졸린 것처럼 켁켁거리더니 숨을 쉬지 못했다. 준의 얼굴 표정이 심하게 구겨지는 것과 동시에 입가가 크게 찢어졌다.

"너희들은 물속이 얼마나 차가운지 알까?"

전에 들은 적 있던 목소리였다. 과거 숲속 공터에서 들었던 악샤이의 것이었다. 갑작스레 들려온 그의 목소리에 아이들은 비명을 지르며 내달렸다. 그때 담임 선생이 소리를 지르며 나타났다. 그가 상황 파악을 하기 전에 나는 준의 입을 막으려 했다.

"그만해!"

그러나 준의 손짓 한 번에 나는 그대로 자리에 주저앉았다. 다리에 힘이 들어가지 않았다. 준은 영어도, 한국어도 아닌 언어로 말했다.

"金山(구금산), 金山……."

흘러넘친 말들이 안개처럼 사방에 흩뿌려진 듯했다. 한동안 중얼거리던 준이 갑자기 나를 내려다보며 말했다.

"백인들의 졸개."

나는 고개를 저었다.

"아니야."

준은 고개를 기이하게 꺾었다. 눈물을 줄줄 흘리다가도 어느새 아무 일도 없었다는 듯이 말간 얼굴이 되었다가 이내 무표정하게 나를 노려보았다. 그러다 갑자기 내 위에 올라타더니 내 목에 손을 올렸다.

"죽어."

나는 무력감에 눈을 감았으나 어떤 힘도 느껴지지 않았다. 살짝 눈을 떠 보니 준이 허공을 올려다보며 사색이 된 얼굴로 혼잣말을 하고 있었다.

"……받들겠습니다……."

그 말과 함께 준은 그대로 기절했다. 잭은 정신이 나간 상태로 뒷걸음질치며 교실 밖으로 달아났다. 학교 경찰이 나타나서 기절한 준에게 수갑을 채울 때까지, 나는 그 자리에 서서 멍하니 바닥에 쓰러진 준을 바라보고 있었다.

02

사건은 단순히 정학으로 끝나지 않았다. 소문은 산불처럼 빠르게 퍼져 나갔다. 불길의 방향이 예상치 못하게 뻗어 나가듯이 소문의 내용도 '준의 가게 근처에 귀신이 나타난다'에서 '준의 가족이 불러낸 귀신이 마을 사람들을 사냥하고 있다'로 뒤바뀌었다.

이는 준을 비롯한 준의 가족이 주일에 교회에 나오지 않으면서 더욱 심화되었고, 케이티가 강간을 당했다는 소식과 엮이면서 양상이 이상하게 돌아가기 시작했다. 아이들은 알고 있었다. 케이티가 원해서 파티 당일 초대한 남자아이와 잠자리를 가졌으나 부모님께 그 사실을 들키자 강간을 당했다고, 그것도 마을 사람들이 아닌 이들에게 당했다고 말했다는 것을. 케이티의 부모님이 목사님께 간증하며 이 사실은 밝혀지게 되었다.

"그 덜떨어진 놈들이……."

로버트는 벌게진 얼굴로 소리를 질렀다. 그는 팔뚝에 붕대를 감고 있었다. 오랜만에 교회에 모인 사람들은 불만들을 한 움큼씩 토해 냈다. 금방이라도 행동에 나설 것처럼 모두들 격양된 어조로 말을 뱉었다. 추방, 처벌, 투옥, 협박 등의 단어들이 교회 안을 오갔다.

우리 가족이 살기 위해서는 제물이 될 사냥감이 필요했다. 우리는, 아니, 적어도 나는 준의 가족이 한 짓이 아니라고 말할 수 있었지만 침묵했다. 그러자 소문은 탈피를 거듭해 가며 원본과는 어긋난 모습으로 변해 갔다. 목사님께서는 준의 가족이 앉아 있던 자리를 노려보며 외치셨다.

"악은 언젠가 제 모습을 드러냅니다."

다들 악에 받친 듯이 아멘이라 외쳤다. 로버트가 분노와 함께 눈물을 쏟아 냈다. 그는 복면을 쓴 이들이 들어와 칼로 자신을 위협하며 현금을 모조리 훔쳐 갔다면서 지금껏 이 마을에서는 단 한 번도 그런 일이 벌어지지 않았다고 했다. 마을 사람들의 눈길이 매섭게 변해 갔다.

"당신!"

로버트는 아버지에게 삿대질을 했다.

"당신네 회사 때문이잖아. 당신 회사가 미개한 짐승들만 들여오지 않았어도……"

예전이라면 로버트는 아버지에게 뭐라 말하지 못했을 것이다. 그가 처음 술집을 차렸을 때의 돈은 어디서 왔는가? 그리고 술집을 차리고 나서 그의 주요 고객은 누구였는가? 그러나 지금은 다르다. 그는 백인에, 엔젤타운 토박이였고, 그에

반해 아버지는 동양인에, 외지인이었다. 돈은 생존을 다투는 상황에서 힘으로 작동하지 않았다. 어쩌면 그는 과거 이 땅 위에서 인디언들을 몰아낸 개척자들처럼 아버지를 죽여 모든 것을 빼앗을 수도 있겠다는 생각을 했을지 모른다. 아버지가 자리에서 일어섰다. 고성이 오갈까 두려웠다. 아버지는 내게 교회 밖으로 나가라고 했다.

나는 교회 밖으로 나가면서 마을 사람들을 보았다. 그들의 살기는 전혀 누그러질 기미가 보이지 않았다. 그들에게 적이란 명확했다. 바로 자신들과 다른 자들이었다. 누구 하나 빠짐없이 몸을 뒤로 쭉 빼고는 거센 눈빛으로 우리를 바라봤다. 모두가 우리가 향하고 있는 정문 쪽으로 경계심을 보이고 있을 때, 단상 옆 교회 지하실로 가는 계단 쪽에서 인기척이 느껴졌다.

너도 나처럼 될 거야.

지하실 계단 위로 머리가 하나 불쑥 올라왔다. 베티였다. 효수된 머리처럼 베티는 계단 위로 목만 내밀고 있었다. 기괴했다. 이마서부터 시작된 벌겋게 달아오른 짓눌린 화상 자국이 눈과 코가 있던 부위를 뒤덮고 있었다. 만약 금발 머리카락이 아니었더라면 나는 그녀가 베티임을 알지 못했을 것이다. 그녀는 계속해서 말을 쏟아냈다.

곧 이곳에 오게 될 거야.

인기척에 고개를 돌려 보니 목사님께서 정문 앞에 서서 나를 내려다보고 계셨다. 나는 입을 벙긋거리며 손가락으로 지하실 계단을 가리켰다. 목사님께서는 나와 지하실을 번갈아

보더니 나를 문 쪽으로 슬쩍 밀며 말씀하셨다.

"가거라."

목사님께 밀려 정문을 나서면서 다시 고개를 돌려 지하실 계단을 보았을 때, 베티는 그곳에 없었다.

◇◇◇◇◇

아버지는 바로 다음 날 회사가 고용한 외국인 노동자들을 도시로 돌려보내기로 결정했고, 그 자리를 마을 사람들로 채웠다. 그러자 우리 가족에 대한 불만은 삽시간에 가라앉았으며 마을은 잠시나마 평화를 되찾았다.

"조금만 더 버티면……"

아버지가 생각하기에 떠날 날이 얼마 남지 않은 상황에서 굳이 갈등을 만들 필요는 없었다. 그날 이후 아버지는 편집증 환자처럼 알아듣지 못할 말을 중얼거리며 술을 마셨다. 술에 취한 그는 2층에서 창문 밖을 자주 내다보았는데, 마을 사람들이 있는지 없는지 확인하려는 것 같았다.

나는 아버지를 피해 1층 거실 구석에 몸을 웅크리고는 노래를 들었다. 1920년대 재즈나 블루스 등, 최신 팝 음악보다는 죽은 사람들의 노래가 그때 내 마음에 더욱 와닿았다. 적어도 그들이 나를 해하지는 못할 테니까. 챤 아저씨의 목소리가 강렬한 색소폰 소리를 뚫고서 들려왔다.

"부인, 기숙사 정리 다 마쳤습니다."

그는 문가에 서서 땀을 뻘뻘 흘리고 있었다. 트럭으로 짐을 나르느라 힘이 다한 모양이었다. 어머니는 주머니를 뒤적였으나 속에 든 것은 구겨진 영수증뿐이었다.

"잠시만요."

어머니는 2층으로 올라갔다. 그 사이 찬 아저씨는 고개를 쭉 빼어 집을 한 바퀴 둘러보다가 나를 발견하고는 미소를 지어 보였다. 위층에서 아버지의 고함이 들려왔다. 2층에서 창문을 열고 인부들에게 뭐라 소리치고 있는 것 같았다. 찬 아저씨는 위층을 힐끔 보더니 내게 다가와 말했다.

"네 아버지는 대단한 사람이야."

나는 아버지가 왜 대단한지보다 찬 아저씨가 왜 그런 말을 하는지가 더 궁금했다. 3개월 전, 버스를 타고 오는 다른 노동자들과는 다르게 찬 아저씨는 자가용을 타고 엔젤타운으로 왔다. 정장을 말끔하게 차려입은 상태로 엔젤타운에 등장한 그는 우리 가족에게 고개를 숙여 인사한 후 아버지를 '선생님(Sir)'이라 불렀고, 아버지는 그런 그의 등을 두드리며 인부들을 위한 기숙사가 아니라 우리 집 응접실로 안내했다.

찬 아저씨는 과거 할아버지의 농장에서 일했던 사람이었다. 당시 그의 직책은 매니저로, 농장 일이라면 맨 먼저 팔을 걷어붙이고 달려들었으며, 늘 밤늦게까지 일했다. 노력을 인정받아 그는 승진에 승진을 거듭하였고 아시아 노동자들 중 가장 수가 많은 중국인 노동자들을 집중적으로 관리하는 직책을 맡았다.

틈만 나면 우리 가족의 뒷담화를 하는 다른 인부들과는 다르게 그는 우리 가족을 증오하거나 미워하지 않았다. 백인 주주들이 나타날 때면 그들에게 환한 미소를 지어 보였고, 이리

오라 말하면 묻은 흙을 털고 마치 중국 황제라도 마주하는 것처럼 엎드려 영어로 할아버지와 아버지에 대한 찬사를 늘어놓았다.

"다른 되놈들이랑은 다르군."

할아버지는 그런 챤 아저씨를 아꼈다. 침대가 다닥다닥 붙은 기숙사가 아니라 독실을 하나 따로 마련해 주었으며, 인부들의 식사 시간에도 테이블을 달리해서 음식 가짓수에 차이를 주었다. 챤 아저씨는 할아버지의 배려에 응하듯 우리 가족에게는 충성을 다했다.

챤 아저씨는 주머니에서 무언가를 꺼내 내게 건넸다. 중국식 전병이었다. 나는 챤 아저씨가 건넨 전병을 가만히 받아들고만 있었다. 챤 아저씨는 내 앞에 고개를 숙이고는 눈치를 보며 말했다.

"네 할아버지는 우리들의 우상이지."

할아버지의 챤 아저씨 파견에는 두 가지 의도가 있었다. 하나는 엔젤타운에서 아버지를 돕는 것이고, 또 다른 하나는 아버지를 감시하는 것이었다. 점차 할아버지의 후계자를 정해야 할 시기가 다가오고 있었다. 큰아버지와 작은아버지들은 모두 각자의 영역에서 할아버지의 눈에 들려 노력했다. 어떻게 보면 이번 외국인 노동자 철수는 아버지에게 있어 뼈아픈 실수였다. 자칫하면 이곳에 있어야 할 시간이 더욱 늘어날 수도 있었다.

그러나 챤 아저씨는 알고 있었다. 언젠가 아버지가 할아버지의 사업을 물려받게 될 것이라는 사실을. 여러 기질로 미루어 보아 아버지가 아니고는 할아버지를 대체할 사람이 없다는 것을. 그리고 약점이 있는 사람의 뒤에 서는 것이 오래 살아남을 수 있는 비결이라는 것까지도. 나는 찬 아저씨에게 물었다.

"정말요?"

내 물음에 그는 합장을 하더니 혼잣말을 했다.

"金山."

나는 흠칫 놀랐다. 준이 교실에서 반복해서 뱉던 말이었다. 찬 아저씨는 그 말이 골드 마운틴(gold mountain)과 같은 말이라고 했다.

"다들 금이 산처럼 쌓여 있다고 생각했어."

아저씨의 설명에 따르면 광기에 사로잡혔던 골드러시의 바람은 미국과 유럽을 넘어 중국을 비롯한 동아시아 국가들로까지 이어졌다고 한다. 모두가 희망을 가지고 미국을 향해, 서부를 향해 나아갔다고. 아저씨가 속삭였다.

"그런데 황금산은 무슨. 그때 여긴 지옥이었어. 동양인들이 미국을 삼킬지도 모른다고 하면서, 황색 위협(Yellow peril)이라는 말까지 만들어 호들갑을 떨 때였거든. 그것도 《뉴욕 타임스》에서 말이야."

이주민들은 금을 캐는 대신 철을 땅에 박아 넣었다. 그들은 미국의 동부와 서부를 잇기 위해 철로를 깔았다. '야생'이라 불리던 땅 위에서 백인들이 희망을 쫓아갈 수 있도록 발판이 되었으나 정작 그들이 받은 대가는 최소한 집과 식사는 보장받는 노예보다도 못한 대접이었다. 찬 아저씨가 눈을 크게 뜨더니 말했다.

"철도가 완성되자마자 학살이 벌어졌어."

찬 아저씨의 뭉툭한 검지가 움직였다. 햇볕에 살갗이 붉게 타 있었다. 검지의 움직임이 빨라졌다. 주판이라도 다루는 것 같았다. 꼭두각시처럼 죽은 사람의 숫자는 빠르게 치솟았다. 그의 입가가 얕게 떨려 왔다.

"누구도 책임지지 않았지."

그의 발음은 꼭 혀가 굳은 것처럼 뻣뻣했고, 나를 향해 편 손가락 마디에는 굳은살이 가득했다.

"이유야 다양했어. 이상한 주술을 부린다는 소문만으로도, 자기네들 물건을 도둑질한 것 같다는 의심만으로도 타겟이 됐지. 백인들은 차이나타운에 불을 지르고, 총을 쐈어. 수도 없이 많은 사람들이 죽었어. 어떻게 죽었는지 알아?"

그는 스스로 목을 조르고, 머리에 총을 쏘는 시늉을 했다. 말로만 들어도 눈살이 찌푸려질 정도였다. 나는 그의 행동을 멈추기 위해서라도 얼른 입을 열었다.

"들어 본 적 없어요."

이 땅 위에 그렇게 큰 사건이 벌어졌다면 내가 적어도 한 번은 들어 봤어야 말이 됐다. 찬 아저씨가 말했다.

"역사는 보지 않고, 듣지 않으면 사라져."

자리가 불편했다. 해서는 안 될 이야기를 나눈 것만 같았다. 그에게 물었다.

"그럼, 뭉쳐야 하나요? 우리들이?"

찬 아저씨가 정색하며 내 손을 잡아챘다. 그리고는 내 눈을 바라보며 힘주어 말을 이었다.

"아니, 잘 생각해 봐. 여기서 누가 살아남았지?"

그때, 쿵- 하고 무언가 부서지는 굉음이 났다. 챤 아저씨와 나는 문 밖을 내다보았다. 부서진 가구 앞에 널브러진 흑인 직원 한 명이 보였다. 아버지의 고함이 들려왔고, 다른 직원 둘이 쓰러진 흑인 직원을 들고는 어딘가로 옮겼다. 챤 아저씨가 내 어깨를 강하게 움켜쥐었다.

"네가 살아남기 위한 답은 거기에 있어."

마침 어머니가 나타나 챤 아저씨에게 봉투를 건넸다. 봉투를 건네받은 그는 밖에 사람이 지나다니지 않는지 확인하고는 종종걸음으로 차에 타 흙먼지를 일으키며 사라졌다. 그는 어쩌자고 내게 그런 말들을 했던 걸까? 나는 전병을 풀숲에 내던지고는 방으로 돌아섰다.

◇◇◇◇◇

죽은 것들은 말이 없었다. 흩뿌려진 피는 빗물에 씻겨 내려갔고, 육체는 구더기에 뒤덮여 썩어 갔다. 남겨진 뼈도 벌레와 미생물들에 의해 풍화되어 흙으로 돌아갔다. 그러나 하나의 죽음이 둘의 죽음이 되고, 끝내 셋의 것이 되면 맥락을 형성했다. 사람들은 그 맥락을 뼈대 삼아 이야기를 만들었다. 그 여름날 도요새들의 떼죽음도 그랬다.

늦여름 물길을 따라 새들의 사체가 가득 들어찼다. 천사들의 계곡이라 불리던 이곳은 불과 몇 년 사이 전쟁이라도 난 것처럼 폐허가 되어 있었다. 새들의 뼈가 여럿 사방에 널려 있었고, 파리조차 꼬이지 않아 방치된 채 썩어 갔다. 계곡 근처만 지나가도 피비린내가 날 정도였다.

할 일 없는 아이들은 함께 계곡을 따라 내려가며 새들의 사체를 나뭇가지로 찌르거나, 돌을 던져 맞췄다. 부패된 새 사체들이 펑- 소리를 내며 터지면 아이들은 코를 막고 웃음소리를 내며 도망쳤다. 아이들의 웃음소리와 사체 더미들 사이에서 괴리감이 느껴졌다. 나는 잭에게 조심스럽게 물었다.

"총에 맞은 걸까?"

"아니야. 몸을 봐."

잭이 사체 무더기로 다가가더니 대뜸 한 마리를 집어 들었다. 깃털에는 윤기가 흐르고 있었다. 금방이라도 날아오를 것 같았다.

"흔적이 없잖아."

다른 사체들도 마찬가지였다. 총이나 칼, 하다못해 올무 같은 함정에라도 걸렸더라면 상처가 남아 있어야 했지만 사체는 지나치다 싶을 정도로 깨끗했다. 잭은 새 날개를 잡아 들고는 아이들에게 들이밀며 장난을 치다가 나를 향해 휙 하고 던졌다. 도요새 사체가 철퍼덕 내 발치에 떨어졌다. 그 모습을 보고는 잭이 비실거렸다.

"미안."

도요새의 초점 없는 눈망울이 나를 향하고 있었다. 나를 꿰뚫어 보는 듯한 눈빛이었다. 그것은 내가 무엇을 걱정하고, 두려워하는지 아는 듯했다. 폴이 물었다.

"먹을 수 있지 않을까?"

피비린내가 나는 와중에도 폴은 입맛을 다시고 있었다. 잭이 얼굴을 구겼다.

"찰리 아저씨 기억 안 나? 몸을 이렇게 하고 다니잖아. 저거 먹고."

잭은 손등을 배에 붙이고는 몸을 배배 꼬아 힘겹게 앞으로 걸어가는 척을 했고, 아이들은 그 모습을 보고는 웃었다. 잭이 정색하고서 웃고 있던 폴에게 말했다.

"이건 저주야. 저주."

"저주?"

나는 잭에게 물었다. 그의 입에서 어떤 답이 나올지 알면서도. 잭이 말했다.

"그래. 그 귀신 같은 노인이 여기 오고 나서부터……"

그때였다. 엄청난 굉음과 함께 바람이 강하게 불었다. 아이들은 이때다 싶어 자기 귀를 막고는 서로를 향해 욕설을 쏟아 냈다. 경비행기 한 대가 우리 머리 위를 지나쳤다. 아이들이 내게 뭐라 하든 나는 신경 쓰지 않았다. 소리에 파묻혀 들리지 않았으니까. 경비행기는 옥수수밭 위를 저공비행하더니 밭에다 무언가 액체를 살포했다. 비가 내리듯이 우수수 소리를 내며 액체가 비처럼 밭에 떨어졌다. 경비행기 소리가 옅어질 즈음 잭의 목소리가 들렸다.

"저건 뭐야?"

잭의 얼굴이 하얗게 질려 있었고, 뻗은 손가락은 덜덜 떨리고 있었다. 아이들은 잭이 가리킨 곳을 보았다. 호숫가에 누군가 서 있었다. 키가 작고 안경을 쓰고 있는 인도계 아이였다. 호수를 헤엄치고 나온 듯 입고 있던 셔츠에서는 물이 뚝뚝 떨어지고 있었다. 잭 옆에 선 폴이 까치발을 들고는 호숫가를 바라보았다. 폴이 인상을 쓰며 물었다.

"잭? 뭘 보는 거야?"

폴의 눈에는 보이지 않는 모양이었으나 내 눈에는 명확하게 보였다. 아이는 우리를 향해 고개를 돌리고는 진흙을 잔뜩 쥔 두 손을 자기 얼굴에 문지르기 시작했다.

갑자기 잭이 숨이 막힌 듯 기침을 하기 시작했다. 폴이 잭의 등을 치자, 잭이 무언가를 토해 냈다. 진흙 더미였다. 아이들은 당황해 숨을 멈췄다. 잭은 손등으로 입술을 훔치고는 혼잣말과 함께 앞을 향해 달려 나갔다.

"악샤이."

아이들은 잭의 뒤를 따라갔다. 호숫가까지의 거리는 상당했으나 잭은 늑대처럼 쓰러진 나무를 가볍게 밟아 뛰어넘었고, 언덕을 네발로 기어 넘었다. 잭의 숨소리는 증오와 분노로 가득 차 거칠었다. 돌부리에 걸려 넘어지거나, 체력이 달리는 아이들이 하나둘 낙오될 때마다 잭의 이름을 부르는 비명에 가까운 울음이 숲속에 퍼졌다. 그 소리는 숲을 넘나들며 익숙지 않은 음험한 누군가의 목소리로 바뀌어 들렸다.

나는 잭의 뒤를 부단히 쫓았다. 나뭇가지에 긁혀 상처가 나도, 벌레에 물려도 발걸음을 멈추지 않았다. 잭이 향하는 곳에서 강한 이끌림을 느꼈기 때문이었다. 자석처럼, 아니, 자석보다도 강하게 나를 잡아끄는 힘이 느껴졌다. 누군가는 계시라고, 또 누군가는 부름이라고 말하는 종류의 것이었다. 목사님의 말씀대로 그것이 우리를 파멸에 이르게 할지라도 인간이 신성을 거부할 수는 없었다. 그러한 파멸마저도 그분의 거대한 계획 안에 있기 때문이었다.

풀숲을 지나쳐 마주한 호숫가에 아이는 없었다. 대신 노인이 서 있었다. 그는 흰 수염을 길게 늘어뜨린 채로 손에는 팔뚝 길이의 검정, 하양, 빨강, 파랑, 노랑 깃발을 한데 뭉쳐 들고 있었다. 가만히 눈을 감고서 뭔가를 중얼거리더니 깃발을 하나 뽑아 들었다. 검정색이 나왔다.

"저 새끼가 여기 왜 있는 거야?"

잭이 호숫가로 달려가며 뭐 하냐고 소리쳤으나 노인은 미동도 하지 않았다. 그저 입으로 뭔가를 웅얼거리며 반복해서 깃발을 뽑아 들 뿐이었다. 연달아 검은 깃발이 뽑혀 나왔다.

"저 개새끼가……"

흥분한 잭이 품에서 칼을 꺼내 들었다. 칼끝은 여전히 날카로웠다. 나는 잭을 말릴 시도조차 하지 않았다.

찔러.

귀에서 속삭임이 들려왔다.

죽여.

저 놈이 문제야.

이 순간을 목격하기 위해 나는 이끌렸던 것이다. 멀지 않은 곳에 서서 잭의 칼이 노인의 심장을 난도질하는 순간을 지켜보았다.

툭.

그때 하늘에서 뭔가 떨어졌다. 나는 천천히 하늘에서 떨어진 물체로 다가갔다. 새였다. 도요새 한 마리가 몸을 움찔거리며 땅에 처박혀 있었다. 삽시간에 소나기가 쏟아지듯이 새들이 땅으로 곤두박질쳤다. 돌에 머리를 부딪히며 골수가 터져 나오고, 나뭇가지에 배가 꿰뚫리며 창자가 쏟아졌다.

온몸이 피로 뒤덮인 잭을 비롯해 가까스로 뒤따라온 아이들은 소리를 지르며 달아나기 바빴다. 과거의 일들이 반복되고 있었다. 아이들은 잊었어도 나는 기억했다. 준이 이 숲에서, 이 호숫가 근처에서 우리에게 비슷한 힘을 보인 적이 있었다.

피트 역시 도망치려다 폴과 부딪혀 호수 아래로 굴러떨어졌다. 물에서 빠져나오려 몸부림을 쳤으나 수면 아래서부터 무언가 떠오르기 시작했다. 물고기들이었다. 피트는 소리를 지르며 호숫가를 향해 전력으로 헤엄쳐 나오려 했다.

그러나 뭍에 발을 내디뎠을 때, 무언가 퍽 하고 터지는 소리가 들려왔다. 피트의 발에 개구리 한 마리가 짓밟혀 있었다. 주변을 둘러보니 수많은 개구리들이 뭍으로 기어 나오고 있었다. 피트는 입술이 파랗게 질린 채 마을을 향해 눈을 까뒤집고는 달아났다. 나도 모르게 나지막하게 성경 구절을 내뱉었다.

"아론이 팔을 애굽 물들 위에 펴매 개구리가 올라와서 애굽 땅에 덮이니……[41)]"

비명 같던 개구리 울음소리가 안개처럼 자욱하게 들리다 어느 순간 뚝 하고 끊겼다. 새들이 땅으로 곤두박질치는 소리도 더는 들리지 않았다. 나는 기도문을 계속해서 읊었다.

---

41) 출애굽 8장 6절(개역한글판).

"……여호와께서 뇌성과 우박을 보내시고 불을 내려 땅에 달리게 하시니라 여호와께서 우박을 애굽 땅에 내리시매……42)"

조심스럽게 눈을 떴다. 푸르던 잎들에 붉은 피가 튀었고, 내장이 덩굴줄기처럼 나뭇가지에 걸려 있었다. 바닥에는 배를 까뒤집은 채 죽어 있는 개구리들이 보였다. 현기증이 났다. 평화로웠던 호숫가가 삽시간에 지옥으로 변했다.

그런데 주변에 장막이라도 쳐져 있는 것인지 오직 노인의 얼굴과 몸만이 피에 젖지 않았다. 그는 흰 수염을 어루만지면서 호숫가를 바라보고 있었다. 나는 노인에게 다가가 물었다.

"왜 이러는 거야?"

그는 대답 대신 나를 향해 깃발 더미를 내밀었다. 다섯 개의 깃발이 한데 말려 있었으나, 어떤 깃대에 어떤 색의 깃발이 달려 있는지 알 수 없었다.

"대체 왜……"

노인은 입을 비쭉 내밀더니 깃대 하나를 뽑았다. 황색 깃발이었는데, 그 끝이 세 갈래로 찢어져 있었다. 그의 얼굴이 빠르게 굳어졌다.

"너, 정체가 뭐냐?"

노인이 무슨 말을 하는지 알 수 없었다. 내가 누구냐니. 그는 내가 누구인지 분명 알고 있었다. 준을 만나기 시작한 순간부터 그는 준을 통해 나와 연결되어 있었으니까. 숲 쪽에서 사람들의 인기척이 느껴졌다. 아이들이 어른들을 불러온 모

---

42) 출애굽 9장 23절(개역한글판).

양이었다. 노인에게 물었다.

"당신은? 도대체 준에게 무슨 짓을 하고 있는 거야?"

딱. 노인이 치아를 마주 부딪혔다. 곧이어 노인의 입술이 빠르게 움직이더니 과거 준이 외우던 알 수 없는 주문을 쏟아내기 시작했다.

"태상 왈 황천생아 황지재아……"

"난 전부 봤어. 그 빌어먹을 편의점 다락방에서 당신이 준비하고 있는 일들을 안다고!"

땅에 놓여 있던 잭의 칼이 내 시야에 들어왔다. 허리를 숙여 칼을 집어 들려는 순간, 노인이 말했다.

"방해 말거라."

분명 노인의 입에서 나온 말이었지만 목소리는 달랐다. 거대하고 큰 존재가 나를 내려다보며 속삭인 것 같았다. 몸이 얼어붙었다. 쾅, 하는 소리와 함께 천둥이 쳤다. 놀라 하늘을 올려다보았다. 순간 장대비가 쏟아지면서 핏물들이 휩쓸려 나갔고, 강한 바람이 불며 나뭇가지에 걸려 있던 창자들이 호숫가를 향해 밀려갔다. 빗물에 휩쓸린 토사들이 사체들을 호수 안으로 밀어 넣었다.

어른들이 도착했을 때 노인이나 사체는 없었고, 전과 다름없이 잔잔한 호수만이 그 자리에 있었다.

◇◇◇◇◇

그날 있었던 일들은 어른들에게도 전해졌다. 그들은 준의 가족들이 마을에 몰고 온 불행과 저주에 대해 말하며 입에 거품을 물었으나 그뿐이었다. 어른들은 눈치를 보며 각자의 이해타산 때문에 직접적으로 나서지 않으려 했다. 움직인 건 어른보다도 아이들이었다.

흰 가운을 차려입은 아이들은 숲속 공터에 모여들었다. 천막처럼 드리운 침묵 속에서, 그들은 마치 오래전부터 준비된 의식을 치르듯 조용했다. 그 한복판에는 패트릭이 서 있었다. 그의 손에는 낡은 성경책이 들려 있었고, 입술은 허옇게 바짝 말라 있었다.

"여호와 외에 다른 신에게 희생을 드리는 자는…… 멸할지니라.[43]"

패트릭은 성경의 한 부분을 읽어 내렸다. 한 번 더. 그리고 또 한 번 더. 반복적이었지만 고장 난 카세트테이프보다는 경전을 외우는 사제 같았다. 패트릭은 반복해서 문장을 곱씹었다. 아이들은 패트릭의 말을 따라했다. 그러더니 이내 어떠한 결론에 다다른 듯 고개를 끄덕였다.

"멸해야 해."

패트릭이 내린 결론에 토를 다는 아이들은 없었다. 이단은 죽어야 한다. 거짓말쟁이, 음란한 자 등 죄를 지은 사람들 중에서도 믿음을 저버리는 이들은, 혹은 거짓된 믿음을 가진 이들은 구원과는 가장 거리가 먼 존재들이었다. 아이들의 눈빛은 달라져 있었다. 더 이상 망설임이 보이지 않았다. 패트릭이 자리에서 일어나 조용히 칼을 꺼냈다. 그는 기도와 함께 칼로 손바닥을 그었고, 흘러나온 피를 두 손가락으로 찍어 자

---

[43] 출애굽기 22장 20절(개역한글판).

신의 이마에 십자가를 그렸다.

"저것들은 사람이 아니다."

패트릭의 손끝은 준의 편의점을 향하고 있었다. 멀리서 플라스틱 통을 들고 달려온 폴의 몸에서는 기름 냄새가 났다. 패트릭이 눈짓하자 폴을 비롯한 아이들이 모두 각자의 위치로, 각자의 역할로 마치 연습이라도 한 것처럼 배치되었다.

나는 홀로 패트릭에게 다가갔다. 패트릭이 나를 바라보았다. 그의 눈빛은 차분했고, 그 속에는 강렬한 믿음이 견고하게 세워져 있었다. 나는 떨리는 목소리로 물었다.

"이게…… 맞는 걸까?"

패트릭은 그럴 줄 알았다는 듯이 고개를 끄덕이고는 내게 무언가를 건넸다. 총이었다. 얼마 전 교회에서 사라졌다던 그 총. 패트릭이 가지고 있을 줄은 전혀 예상하지 못했다.

"네가 끝을 내."

내가 받아 들기를 망설이자 패트릭은 총구로 나를 겨누며 말했다.

"안 그럼 너도 똑같이 될 거야."

함정에 걸린 것 같았다. 회색 지대에 있던 우리 가족은 이제 한중간에 서 있게 됐다. 이쪽이 아니면 저쪽, 저쪽이 아니면 이쪽. 이제는 생존을 위해 선택해야 했다. 거절한다면 준의 가족과 함께 분류될 것이었다. 나는 총을 받아 들었다.

03

집 근처 덤불 속에 몸을 숨긴 것은 최악의 판단이었다. 이슬을 머금은 풀잎에 목덜미가 닿을 때마다 소름 끼치도록 차가웠고, 바람이 불 때마다 잔가지가 옷깃을 스치며 부스럭거리는 소리를 냈다. 그들을 가까이서 감시하라는 패트릭의 명령만 아니었더라도, 아니, 빙의 현상만 유지되었더라도 이렇게 몸을 써 가며 그들을 지켜보는 일은 없었을 것이다. 긴장된 마음에 서랍에 놓아둔 총을 가져올까 고민했다.

처음 패트릭에게 총을 받았을 때 나는 그것을 집으로 가져가 한참 동안 바라보기만 했다. 방아쇠를 당기기만 하면 누구라도 죽일 수 있다는 사실에 놀라움과 동시에 두려움을 느꼈다. 나는 몰래 내 방 서랍 속 겨울 옷 사이에 총을 숨겨 두고 왔다. 총을 가지고 있다 들키는 것도 문제였지만, 잘못해서 그것을 정말로 쓰게 될까 봐 겁이 났기 때문이다.

덤불 속에서 시간은 지루하게 흘렀고, 꾸물거리던 몸은 지렁이가 된 것처럼 젖은 땅을 조금씩 파고들었다. 그렇게 한 시간가량을 기다리다 보니 희와 정이 집을 나오는 모습이 보였다. 문 여닫는 소리가 유난히 크게 들렸다. 둘 사이에는 냉랭한 기운이 감돌고 있었다. 정이 말했다.

"지금 이게 정상이야?"

희는 대꾸하지 않았다. 그녀는 굳은 얼굴로 운전석 문을 열어젖혔다. 정이 다가가 열린 차 문을 닫고는 희의 어깨를 붙잡았다. 나는 틈을 노려 천천히 몸을 낮추고 차를 향해 다가갔다. 희가 정을 밀치고는 외쳤다.

"그럼 이제 어떻게 해!"

"어떻게 하긴! 우선 집에서 치료를……"

"치료는 무슨. 치료받을 돈은 있어?"

"맨날 돈! 돈! 돈! 그놈의 돈!"

정은 화가 나는지 자기 가슴을 강하게 내리쳤다. 그 모습을 본 희는 몸을 움찔거렸다가 금방 질린 표정을 하고서 차로 돌아섰다. 희가 차에 올라타기 직전에 나는 몰래 반쯤 열린 트렁크에 올라탔다. 트렁크 안쪽에는 마른 담요 몇 장과 정이 농사일을 할 때 쓰는 삽과 곡괭이, 기름때 묻은 공구 상자가 놓여 있었다.

나는 겉옷을 벗고 걸쇠에 걸쳐 트렁크가 완전히 닫히지 않게 했다. 그런 다음 손가락으로 조심스럽게 트렁크를 끌어당겼다. 트렁크 문이 닫히자 빛이 사라지고, 공기는 빠르게 탁해져 갔다. 나는 조심스럽게 숨을 들이마셨다. 먼지 냄새와 흙냄새, 그리고 아주 희미한 기름 냄새가 났다.

트렁크에 숨어든 행동은 지극히 충동적인 결정이었다. 빙의가 멈춘 이후로 나는 매일 불안에 갇혀 있었다. 엔젤타운에서 준의 가족에게 대체 무슨 일이 벌어지고 있는 건지 내가 먼저 알아야 했다. 어둠 속에서 차 문이 닫히는 소리와 함께 희의 목소리가 들려왔다.

"내 애를 위해서는 뭐든 할 수 있어."

그것이 옳고 그른지는 희에게 중요하지 않은 것 같았다. 준은 내부와 외부, 유색인과 비유색인, 비정상과 정상 어디에도 위치해 있지 않았으나, 희에게 준은 그저 준일 뿐이었다. 유일하게 살아남은 그녀의 자식, 그를 살리기 위해 선택한 미국행이 이제는 온 가족을 파멸에 이르게 하려 하고 있었다. 희가 혼잣말을 이어 갔다.

"이제 신을 받아들여야 해."

차는 출발했으나 희의 울음소리는 오래도록 멈추지 않았다.

◇◇◇◇

얼마나 달렸을까.

체감상 약 반나절은 흐른 것 같았다. 출발할 당시에는 아침이었는데 차가 멈췄을 즈음에는 해가 살짝 기울려 하고 있었다. 그 사이 트렁크 안은 점차 눅눅해졌고, 공기 속에 비린내가 서서히 퍼져 가기 시작했다. 어느 순간, 차가 멈췄고 트렁크 틈 사이로 짙은 바다 내음이 느껴졌다. 내가 트렁크를 조심스럽게 열고서 살짝 고개를 내밀어 보니 차는 낯선 시장에 도착해 있었다.

시장 전체가 생물처럼 숨을 쉬는 듯했다. 등이 굽은 노인들은 잘 벼려진 칼로 물고기 비늘을 다듬었고, 젊은 남자들이 수레에다 얼음을 퍼붓고는 물고기를 나르고 있었다. 방수 앞치마 아래로 끈적이는 고무장화 소리가 쉼없이 들려왔다. 수조마다 물고기들이 가득했다. 은빛 비늘이 빛났고, 물은 피와 내장, 바닷물의 경계가 없어 혼탁했다. 손님이 물고기 한 마리를 가리키면 주인장은 곧바로 물고기를 맨손으로 잡아 들고는 목을 치고 내장을 뺀 다음 비닐 봉투에 싸서 건네주었다.

한 수산물 가게에서 희를 찾을 수 있었다. 그곳은 중국인들이 운영하는 가게였다. 가게 안은 습식 사우나처럼 습기로 자욱했고, 조명은 어두웠으며, 천장에는 날이 부러진 선풍기가 느리게 돌아가고 있었다. 벽에 붙어 있는 붉은 달력과 이름 모를 늙은 노인의 초상이 눈길을 끌었다.

희는 말없이 수조를 가리켰다. 그 안에는 아주 거대한 문어 한 마리가 들어 있었다. 녀석은 수많은 다리를 움직이며 거대한 빨판을 수조 밖으로 들이밀었다. 주인은 망설임 없이 맨손으로 문어를 집어 들었고, 희에게 보였다. 문어는 주인의 팔을 휘감으며 꿈틀거렸다. 희는 값을 치르더니 이따 다시 오겠다고 말하며 시장 안으로 발걸음을 옮겼다.

나는 희를 따라가며 마주한 풍경에 몸을 움츠려야 했다. 패트릭이 말하던 푸 만추가 어디선가 튀어나올 만한 곳 같았다. 벽돌 틈 사이에서는 쥐가 고개를 내밀었고, 고양이 한 마리가 생선 머리를 물고 달아났다. 고개를 올려 보니 전선줄이 어지럽게 걸려 있었다. 이 모든 혼돈 속에서 사람들은 아무렇지 않게 음식을 씹고, 대화를 나누며 웃거나 무표정하게 있었다.

"돼지는?"

한국말이 들려왔다. 나는 본능적으로 한국말이 들려오는 곳으로 향했다. 희는 커다란 검은 비닐 봉투에 무언가를 쓸어 담고 있었다. 화려한 파티용 모자에, 동양풍 그림이 그려진 부채, 그리고 방울이었다. 희가 방울을 집자마자 익숙한 소리가 들려왔다. 그것이 내가 그간 들었던 방울 소리임을 알아차렸다.

이어서 상점 주인은 마약이라도 건네듯 경계하며 주변을 살피더니 이내 무언가를 서랍에서 꺼내 들었다. 몸통이 납작하고 길이가 긴 칼 한 자루였다. 날이 바짝 서 있었다. 누굴 찌르기라도 하려는 걸까? 희는 누가 볼세라 칼을 받아 들고는 신문지에 둘둘 말기 시작했다. 순간, 거리에서 중국인 하나가 불쑥 나타나 내게 무언가를 물었다. 중국어라 뭐라고 말하는지 알 수 없었다. 나는 기겁하며 그에게 말했다.

"난 미국인이에요."

그럼에도 그는 내 얼굴을 가리키며 손을 내젓더니 계속해서 무언가 말했다. 두려움을 느낀 나는 그를 밀쳐 내고는 다시 차로 돌아갔다. 트렁크에 올라탄 후에는 두 손을 모으고서 기도했다. 악을 몰아내어 달라고, 부디 우리에게 빛을 달라고. 그리고 어서 엔젤타운으로 돌아가게 해 달라고.

◇◇◇◇◇

차는 준의 집 근처에서 다시 멈췄다. 어느덧 해가 뉘엇뉘

엇 넘어가고 있었고, 햇볕에 달아오른 트렁크 안의 온도는 높았다. 땀을 한 바가지 흘리고 숨을 헐떡이면서도 나는 트렁크에 최대한 몸을 웅크리고 있었다. 트럭 한 대가 차를 바짝 뒤쫓아 오고 있었기 때문이었다. 트럭에 타고 있던 장정들의 얼굴은 하나같이 험악했다.

나는 조심스럽게 트럭을 살피며 트렁크에서 뛰어내릴 순간만을 기다렸다. 트럭에서 장정 넷이 내리더니 화물칸에 우르르 몰려 들어갔다. 그들이 트럭에서 들고 나온 것은 쇠꼬챙이에 관통당한 돼지였다. 금방이라도 몸을 비틀며 발버둥 칠 것만 같은 모습이었다.

장정들은 땀을 뻘뻘 흘려 가며 돼지를 차고로 나르기 시작했다. 희가 장정들을 위해 차고 문을 열어 주려 차에서 내리자마자 나는 트렁크에서 뛰어내린 다음 빠르게 덤불 속으로 달려갔다. 아침에는 소름 끼치던 잎의 촉감이 그때는 안도감을 주었다. 숨을 고르는 동안에도 시선을 준의 집 차고와 트럭에 고정했다. 금방이라도 무슨 일이 벌어질 것만 같았다.

장정들이 돼지를 옮기는 동안, 희는 트럭 화물칸에 실려 있던 다른 물품들을 옮기기 시작했다. 준이 과거 숲속에서 보았던 여러 색의 옷감, 날이 서 있는 금속 제기에 이어 철제 닭장 안에 갇혀 홰치고 있는 닭들까지. 모두 엔젤타운에서는 보기 어려운 것들이었다.

집에서 뛰쳐나온 정은 의아한 듯 장정들을 둘러보았다. 철제 닭장을 든 희를 보고는 소리치려 했으나 그녀의 눈빛에 체념한 듯 가만히 고개를 숙였다. 잠시 침묵하던 정은 이내 마음을 먹은 듯 빠르게 움직이기 시작했다. 희가 차고에다 상을 펴고 그 위를 닦자 정은 오색 천들을 묶어 문 주변을 치장하기 시작했다. 오색 깃발도 함께였다. 희가 커튼을 치려 하자, 정은 고개를 저으며 말했다.

"그들이 오지 못할 거야."

상 위에는 금방 음식들이 채워지기 시작했다. 사과와 배 등의 과일들과 여러 식물의 줄기와 이파리를 데친 것들. 과거 할아버지 집에서 제사를 지낼 때와 비슷한 양상이었으나 몇 가지가 달랐다. 돼지머리가 하나 상 중앙에 놓였고, 살아 있는 문어가 박스째로 그 옆에 놓였다. 그 모습을 보니 문어의 다리가 내 속을 훑고 있는 것처럼 구역질이 나왔다. 나는 불현듯 혼잣말을 했다.

"다른 신에게 제사를 드리는 자는 멸할지니라."

우리 가족이 행했던 제사들이 떠올랐다. 절을 하고 또 하면서 샘솟는 자기혐오와 동시에 느껴지는 일종의 죄책감. 아버지는 얼마나 힘들었을까? 어떻게 하면 이 죄를 용서받을 수 있을까? 나는 손톱을 깨물며 그들을 노려보았다. 상차림을 마치자 희가 정에게 말했다.

"아버님, 모시고 올게."

정이 희에게 다시 한번 물었다.

"이게 맞는 걸까?"

정의 목소리에는 확신이 없었다. 희는 고개를 가볍게 저었다.

"이젠 방법이 없어."

희는 목에 걸고 있던 십자가를 벗어서 주머니에 넣었다.

정도 마찬가지였다. 그 순간, 코를 찌르는 듯한 피 냄새와 함께 내 목이 답답하게 죄여 왔다. 검은 형체들이 사방에 득실거리고 있었다. 그것들은 숲에서, 옥수수밭에서 몸을 일으키고는 기괴한 몸짓으로, 제자리에서 뜀뛰기를 하듯이 움직이며 마을을 향해 다가오기 시작했다.

나는 그것을 보고 일종의 확신을 얻었다. 심장이 터질 듯이 뛰었고, 숨은 거칠어졌다. 자리에서 일어나 덤불 속에서 빠져나왔다. 희가 편의점에 도착하기 전에 먼저 편의점에 도착해야 했다. 패트릭에게 내가 본 모든 것을 말해야 했다. 이들은 부정한 것을 하고 있다고. 이들을 처리해야 한다고. 내가, 내가 앞장서겠다고.

그 순간 펑, 하고 폭발하는 듯한 소리와 함께 멀리서 불길이 치솟았다. 나는 그 불길이 어디서 피어올랐는지 바로 알 수 있었다. 정과 희가 무슨 일이 일어났는지 깨닫기도 전에 동시에 불길을 향해 고개를 돌렸다. 동시에 준의 집 문이 벌컥 열리더니 준이 거리를 내달리기 시작했다. 마치 무언가에 홀린 것만 같았다. 정과 희가 준의 뒤를 따랐다.

"저, 저기!"

정이 준을 가까스로 붙잡았으나, 준은 짐승처럼 발버둥치며 어떻게든 정의 손아귀에서 벗어나려 했다. 비명과 함께 정의 손에는 준의 잇자국이 남았고, 정은 준을 놓치고 말았다. 준은 길을 내달렸다. 준을 쫓아 간 정과 희는 자신들이 마주한 광경을 보고서 절규했다.

불길은 편의점에서 치솟고 있었다. 마을 주민들이 하나둘 편의점 주변으로 나타났으나 그들은 불을 끌 생각조차 하지 않았다. 그렇다고 그들이 방관만 하고 있는 것은 아니었다. 그들은 합이라도 미리 맞춘 듯 삽을 들고서 편의점 주변 땅을 파기 시작했다. 자기들 건물에 불이 옮겨붙게 하지 않기 위해서였다.

나는 편의점 뒷문에서 아이들이 쏟아져 나오는 것을 보았다. 정확히는 서로에게 밀려 나왔다. 그을음이 묻은 얼굴에는 눈물 자국이 선명했고, 뜨겁게 달궈진 공기 속에서 허우적거렸다. 맨 뒤에서 패트릭이 비틀거리며 따라 나왔다. 그런데 그 순간, 불길에 지붕 가장자리에서 덜컹거리던 철제 판넬 하나가 떨어지더니 거대한 소리와 함께 패트릭 위로 지붕이 내려앉았다. 나는 꼼짝없이 패트릭이 죽었다고 생각했다. 그러나 갑자기 불길이 갈라지듯 기이한 틈이 벌어졌다. 그 사이로 노인이 걸어 나왔다. 그는 패트릭을 안고 있었다.

"패트릭!"

패트릭의 어머니가 내지른 비명에 어른들은 간신히 정신을 차렸다. 그들은 패트릭을 바닥에 누이고 있는 노인을 향해 달려들려 했다.

딱.

노인은 두 치아를 마주 부딪히기 시작했다. 점점 더 세차게, 마치 주문을 외우듯이. 불꽃을 등진 채 치아를 맹렬히 부딪히던 그의 모습에 어른들은 자리에 서서 입을 다물지 못했다. 말도, 기침도, 신음도 섞이지 않은 완전한 침묵 사이로 절규와 함께 웃음소리가 들려왔다.

"히히히……"

노인은 그을린 등을 보이며 미친 듯이 웃고 있는 준을 보았다. 노인이 그를 보며 알 수 없는 말을 중얼거리기 시작했다. 준의 입 모양이 점차 노인의 입 모양과 같아지더니 두 사람은 이내 같은 말을 쏟아 내기 시작했다. 일그러진 목소리는 점차 화음을 만들었고, 이내 거대한 한 목소리가 되어 그 주변을 맴돌았다.

그러자 불길이 한데 뭉쳐서는 전에 보았던 도깨비불의 형상을 하며 우리 머리 위를 맴돌았다. 나는 믿을 수 없는 광경에 정신을 차릴 수가 없었다. 그러다 어느 순간 목소리가 들리지 않아 노인을 바라보았다. 그는 찢어질 것처럼 입을 크게 벌리고 웃으면서, 동시에 쉴 새 없이 위아래 치아를 맞부딪히고 있었다.

딱딱딱딱…….

준은 노인을 바라보고 있었다. 놀랍도록 무표정했다. 그가 아주 낮게 읊조렸다.

"생사."

그 말을 끝으로 둘은 동시에 쓰러졌다.

04

패트릭은 살아남았다. 모두가 입을 모아 기적이라고, 목사님의 은총 덕분이라고 말했다. 그러나 정작 살아남은 것은 그의 몸뿐이었다.

"저기! 저기……"

그날 이후 패트릭은 자주 허공을 보며 까무러쳤다. 입에 거품을 물고서 손가락을 내질렀으나 그곳에 무엇이 있다고는 끝내 말하지 못했다. 목사님께서 병원에 직접 방문하여 안수기도를 시도하셨으나 그마저도 효과가 없었다.

패트릭의 몸은 점점 야위어 갔다. 그는 십자가만 보면 발작을 일으켰다. 짐승처럼 소리를 지르다가 자기 몸을 피가 날 정도로 긁었고, 심지어는 소변까지 지렸다. 발작하지 않을 때 그의 시선은 늘 벽 한구석을 향하고 있었다.

목사님께서는 의사에게 패트릭이 악령에 씌인 것 같다고 말하며 특별 치료를 당부하셨고, 의사는 목사님께서 떠난 후 그를 침대에 묶었다. 진정 주사를 놓고, 머리맡에 TV를 둔 후에 반복적으로 목사님의 설교 장면을 담은 비디오를 틀어 놓았다.

TV 속 목사님께서 '아멘'이라 할 때마다 병원 내 모든 의사와 간호사 그리고 환자들이 수술을 비롯해 하던 것을 멈추고서 '아멘'이라 외쳤다. 패트릭은 몸을 이리저리 비틀며 비명을 질렀다. 악령이 속에서 날뛰는 듯했다. 이내 입에는 재갈이 물렸으나 어둠 속을 노려보는 그의 충혈된 눈은 많은 것들을 말하고 있는 듯했다.

시곗바늘이 4시 44분에 근접할 때면 패트릭은 점점 숨을 가쁘게 몰아쉬면서 구속에서 벗어나려 몸을 비틀기 시작했다. 그는 어떤 존재를 마주한 사람처럼 몸을 떨었다. 패트릭의 이마에 식은 땀이 흘렀다. 처형 시간을 기다리는 사형수처럼 보였다.

쿵.

패트릭은 소리를 지르려 했지만 입에 물려 있는 재갈 때문에 목소리가 나오지 않았다. 방 한가운데, 어둠 속에서 어떤 형체 하나가 천천히 솟아올랐다. 사람의 형상이었지만, 사람이라고 말하기엔 어딘가 어긋나 있는 존재였다. 그것은 제자리에서 발을 구르며 제자리에서 뛰었다. 쿵, 쿵. 그의 입술이 빠르게 움직이며 이상한 말들을 뱉어냈다.

"상하생중······"

그리고 그 순간, 나는 알았다. 기적이면서 동시에 저주인

일이 또다시 내게 벌어지고 있다는 사실을. 방화 사건 이후 나는 다시 준을 비롯한 몇몇 사람들에게 빙의를 할 수 있게 됐다. 하지만 전과는 전혀 다른 느낌이었다. 나를 억누르고 있던 장애물이 사라진 것 같았다. 시야가 열리고, 감각이 크게 확장되었다. 준은 물론이고 마을 곳곳을 돌아다니면서 다른 사람들의 모습을 엿볼 수 있었다. 귀를 기울이면 속삭이듯 그들의 내면에 담긴 이야기가 들려왔다.

그 사람을 죽여.

준의 가족이 품고 있는 이야기를 들여다보면 들여다볼수록 노인이 준과 준의 가족에 악영향을 끼친 것이 틀림없었다. 노인이 나타나기 전만 해도 준을 비롯한 준의 가족은 큰 문제 없이 평형을 이루고서 살아가고 있었다. 편의점은 그들에게 꾸준하게 돈을 벌어다 줄 것이었고, 준은 성인이 되어 엔젤타운을 벗어날 수 있었을 것이다. 나는 속으로 반복해서 생각했다. 노인을 없애야 한다고. 어떤 방식으로든.

◇◇◇◇◇

아침만 되면 노인은 꼭 죽은 사람처럼 누워 지냈다. 편의점이 불타오르던 날 보였던 모습은 어디에서도 찾아볼 수가 없었다. 그는 식사는커녕 다른 사람들과 대화를 나누지도 않았다. 병실 안은 고요했다. 6인실임에도 다른 침대는 비어 있었다. 환자들이 노인과 함께 병실을 쓰지 못하겠다며 난리를 치는 바람에 노인은 1인실 같은 6인실을 쓰게 되었다.

의사들이 여럿 오갔으나 노인은 전혀 호전될 기미가 보이지 않았다. 어떤 의사는 새롭게 연구되고 있는 약물을 사용하자고 말했고, 또 다른 의사는 과거 유행했던 전기 충격 요법을 사용하자고도 제안했으나 그때마다 정의 표정은 굳어졌다. 의사들은 모든 치료를 거부하는 정이 노인을 죽이려 한다고 뒤에서 수군거렸으나 사실은 정반대였다.

정은 기억하고 있었다. 3년 전, 파트타임으로 무덤 파는 일을 했을 때 보았던 병원 이름이 적힌 커다란 비닐 백들을. 관도 아닌 버석거리는 얇은 플라스틱 통에 담긴 시체들은 목사님의 기도문도, 사람들의 묵념도 없이 샌드위치처럼 한데 층층이 쌓여 묻혔다. 땅을 고르던 인부들이 관리인 몰래 속삭였다.

"대부분 유색 인종들이었어요. 대부분."

그렇다고 정에게 다른 마땅한 선택지는 없었다. 집으로 데려가자니 노인의 상태가 위중했고, 마을 밖 병원으로 데려가자니 또 돈이 문제였다. 노인을 이송하기 위한 구급차를 부르는 데만 해도 수백 달러가 필요했고, 장고 끝에 돈을 낸다고 말해도 정의 발음과 이름을 듣고는 전화를 대뜸 끊어 버리는 경우가 있었기 때문이었다.

◇◇◇◇◇

그렇게 하루, 이틀, 사흘이 지났다. 노인은 제대로 된 치료 한 번 받지 못한 채 방치됐다. 수확되지 못한 채 밭에 버려진 모난 옥수수처럼 침상 위에서 말라비틀어져 갈 뿐이었다. 의사가 찾아와 정에게 통보했다.

"죄송하지만 내일 바로 나가 주셔야 합니다."

간호사가 위협하듯 유달리 크고 굵은 주삿바늘로 노인의 팔을 찌를 때도 정은 눈 하나 깜짝이지 않았다. 정의 반응을 살피던 간호사의 표정이 빠르게 굳어졌다. 괴물이라도 본 듯했다. 정이 말했다.

"일주일만, 아니, 3일만 어떻게 안 되겠습니까?"

모두가 정이 돈을 구할 방법이 없다는 사실을 알고 있었다. 편의점은 불타 버렸고, 농장 일용직도 좋지 못한 소문 때문에 얻을 수 없었다. 정은 안면이 조금이라도 있는 사람에게는 모조리 찾아가 돈을 구걸했다. 그러나 마을 사람 어느 누구도 나서서 정을 도우려 하지 않았다. 정은 교회에도 도와달라 요청했으나 교회는 노인이 신자가 아니라 말하며 정의 요청을 거절했다.

"죄송합니다. 병원 규정입니다."

의사는 정의 말을 무시하려 했다. 한 번 말을 들어주기 시작하면 3일 전처럼 셔츠나 바지 자락을 붙잡고 늘어지면서 그를 난처하게 할 것이니까. 그러나 정은 물러서지 않았다.

"규정이라고? 지금 규정이라고 했습니까?"

정은 처음으로 자신의 가족이 아닌 사람에게 화를 냈다. 찡그리고, 무표정하게 있을지언정 감정을 드러낸 적 없는 사람이었다.

사실 과거 정의 머릿속에서 노인은 몇 번이고 죽었다. 정이 태어난 이래 전쟁이란 전쟁에는 모조리 끌려 나가 어머니를 고생시키고, 돌아와서는 그놈의 무속에 빠져 가족들을 방치하고, 심지어는 손자까지 무당의 길로 떠밀다니.

왜 자신의 가족들이 이 먼 미국까지 온 것인데. 왜 자신이 준에게 손찌검을 한 것인데. 그러나 이제 준이 살기 위해서는 노인이 필요했다. 당황한 의사는 두 손을 들어 올렸다.

"그렇지만 돈이……"

정은 터져 나오는 울음을 꾹 참아 가며 소리를 질렀다.

"사람이, 사람이 죽어 가고 있어요!"

웃음거리일 뿐이었던 특유의 발음이 사나운 짐승의 울음이 되는 순간이었다. 의사는 정보다 키가 한 뼘이나 더 컸음에도 두려움을 느끼고는 뒤로 한 발자국 물러났고, 간호사는 얼굴이 하얗게 질려서는 주사기 쥔 손을 떨었다. 그러나 정의 화는 오래가지 못했다.

"무슨 일 있으십니까?"

보안 요원이 병실 문가에 기대어 서 있었다. 그는 한 손을 권총집 위에 올리고서 정에게 그만하라 눈짓했다.

"당신, 환자 옆에 24시간 붙어 있을 거야?"

명백한 협박이었다. 의사와 간호사, 보안 요원이 보기에 돌봐야 할 환자는 그 병실에 없었다. 그곳에는 오직 병원 재정을 좀먹어 가는 기생충이 있을 뿐이었다. 정은 문득 과거 보았던 플라스틱 백을 떠올렸다. 그러자 들끓던 피가 빠르게 식어 갔다. 정이 자리에 앉으며 말했다.

"……죄송합니다……."

정이 그 말을 끝으로 입을 다물었다. 의사는 한숨을 내쉬며 간호사에게 눈짓했다. 간호사는 감염된 환자의 피라도 만지듯 조심스럽게 노인의 피가 담긴 주사기를 들고서 의사와 함께 병실을 빠져나갔다.

정은 자리에 앉아 한동안 복도를 내다보았다. 의사와 간호사의 발소리가 들리지 않을 때까지 그는 기다렸다. 이내 소리가 잦아들었을 때 정은 빈 요강을 들고 일어서더니 무표정하게 병원 화장실에 던져 넣었다. 쇳소리가 병실 안에 크게 울렸다. 그 쇳소리가 나는 짧은 순간에 정은 소리를 내질렀다.

그는 병상 위를 슬쩍 보았다. 노인은 여전히 반응이 없었다. 갈라진 땅 위에서 자란 고목처럼 손만 닿아도 파사삭 부서져 내릴 것만 같았다. 정은 노인을 자기 손으로 죽이고 싶다는 충동을 느꼈다. 모든 것의 원흉이자, 시발점, 자신들을 있게 해 준 사람이자, 자신들을 이렇게 만든 사람. 정은 노인에게 다가가 속삭였다.

"도대체 왜……"

그러나 차마 다음 말을 뱉을 수 없었다. 하지도 못할 말들을 왜 생각했는가 싶었다. 정은 제 가슴을 치며 화장실로 들어가 울었다. 노인은 그 울음소리에도 반응하지 않았.

◇◇◇◇◇

패트릭은 날이 갈수록 상태가 나빠졌다. 원인불명의 신경쇠약 및 조현병 진단을 받은 그는 교회에서 치료를 받자는 부모님의 제안을 거절하고는 마을에서 벗어나고 싶다고, 도시에 있는 병원으로 보내 달라고 난리를 쳤다. 패트릭을 살펴본 목사님은 예상과는 달리 무표정하게 그러라고 말씀하셨다.

아이들은 그를 배웅하기 위해 다 같이 병원으로 모여들었다. 그러나 그의 모습은 눈을 뜨고 봐 주기가 어려울 정도였다. 삽시간에 늙어 버린 사람 같았다. 머리카락은 가뭄이 든 밀밭처럼 듬성듬성 빠져 있었으며, 몸은 너무 말라 뼈가 드러나 있었다. 패트릭은 나를 향해 손을 뻗어 외쳤다.

"죽여."

대상을 지칭하지는 않았으나 나는 그가 누구에 대해 말하고 있는지 알고 있었다.

나는 복도를 돌아다니다 노인이 있다는 병실 앞에서 멈춰 섰다. 들려온 웃음소리에 조심스럽게 안을 들여다보았다. 노인이 천장을 보고서 입이 찢어지라 웃고 있었다. 누가 간지럽히기라도 하는 것 같았다.

노인을 보니 갖가지 얼굴들이 머릿속에 스쳐 지나갔다. 목사님께서 그린 그림 속 얼굴들이었다. 목사님께서는 천사의 인도를 받아 지옥과 천국 두 곳을 직접 다녀왔다고 하셨는데, 오직 지옥만을 그림으로 남기셨다. 그림 속에는 고통받는 인간들, 산 채로 짓이겨지고 가죽이 벗겨진 인간들이 서로가 서로의 팔이나 다리를 잘라 먹고 있었다. 특이한 점은 그들의 얼굴이 모두 노인과 같았다는 점이었다.

노인을 바라보고 있자니 문득 내 마음속에 충동이 일었다. 노인의 머리맡에 사과와 함께 놓인 과도로 시선이 향했다. 충동의 양상은 한 가지로 정의할 수 없었다. 노인으로부터 내 자신을 보호해야 한다는 위기감과 그를 죽인다면 준을 원래 상태로 되돌릴 수 있을지도 모른다는 기대감이 어지럽게 뒤섞여 있었다. 어쩌면 준과의 어긋난 관계를 되돌릴 마지막 기회일지도 몰랐다.

나는 조심스럽게 한 발을 내딛으려 했다. 그런데 그 순간 나와 노인의 눈이 마주쳤다. 내 마음이 전부 까발려진 것처럼 당혹스러웠으나 잠시였다. 그는 자신을 향해 손짓하고 있었다. 노인의 손짓에는 힘이 전혀 느껴지지 않았다. 복도를 둘러보았다. 방금까지만 해도 사람들로 북적거렸는데, 쓰나미라도 지나간 듯 적막했다.

천천히 노인을 향해 다가갔다. 노인이 내게 무언가 말을 건넸으나 발음이 뭉개져 명확하게 들리지 않았다. 나는 그의 머리맡에 놓여 있던 과도를 곁눈질하며 노인에게 가까이 다가갔다. 눈은 푹 파여 있었고, 주름 많은 입가에는 버짐이 가득했다. 손으로 노인의 어깨를 툭 건드리기만 해도 그대로 재가 되어 사라져 버릴 것 같았다. 노인이 말했다.

"물……."

폐에 구멍이라도 난 것처럼 호흡이 가득 섞인 목소리였다. 그제야 나는 노인의 모습을 명확하게 바라볼 수 있었다. 치우지 않은 오물 냄새가 이불 아래서 역하게 올라왔고, 비다 못해 말라 버린 물병에는 먼지가 가득했다. 노인이 애걸하듯이 말했다.

"다들…… 내 말을…… 못…… 알아들어……."

나는 물병을 집어 들었으나 자리에 가만히 멈춰 섰다. 불이 난 당일 노인이 뱉은 주문이 떠올랐다. 기원조차 알 수 없는 그것들은 뱉는 사람이 누구든 상관없이 고약한 악취를 풍기고 있었다. 그러나 나는 그것들로부터 멀어질 수가 없었다. 중독된 멜로디처럼 입가에 계속해서 그 말들이 맴돌고 있었다.

이어서 꿈에서 보았던 노인의 모습들이 스쳐 갔다. 방울을 흔들면서 기이하게 웃던 그의 입과 거기서 튀어나온 알 수 없는 말들. 고개를 돌리고 싶었으나 나는 그 자리에 얼어붙어 가만히 그를 보았다. 그는 자신의 웃음을 조금도 내보이지 않으려는 듯 마른 입술을 꽉 깨물고 있었다. 나는 물병을 머리 위로 높게 들어 올렸다.

"뭐 하니?"

나는 화들짝 놀라 고개를 돌려 뒤를 보았다. 희였다. 이제 '스마일 희'라는 별명에 걸맞는 모습은 어디에도 없었다. 다만, 병원비를 벌기 위해 수십 시간 일을 하고 또 하며 피곤에 찌든 한 동양인 여자가 서 있었다. 간병비를 조금이라도 줄이고자 부부가 돌아가며 노인의 병수발을 들고 있었지만 그마저도 일과 병행하며 한계에 달하고 있었다.

"병문안 왔어요."

희는 전처럼 웃으며 나를 대하지 않았다. 대신 굳은 표정으로 나를 바라볼 뿐이었다. 희는 밖을 가리키며 말했다.

"와 줘서 고마워. 이제 자리 좀 비켜 줘."

나는 조심스럽게 희에게 물병을 건네고는 병실을 빠져나갔다.

◇◇◇◇◇

내가 나가고 얼마 지나지 않아 간호사가 희를 찾아왔다.

"잠깐만요."

간호사가 희를 복도로 불러 세웠다. 희는 귀신이라도 본 것 같은 얼굴을 했다. 맹수는 가장 약한 사냥감이 혼자일 때를 노린다. 겁에 질린 채로 간호사와 대화하던 희는 영수증을 받아 들고는 자신도 모르게 눈을 질끈 감았다. 간호사가 떠난 후 희는 오줌통을 받아 들고는 노인 앞에 주저앉으며 말했다.

"누구든…… 제발 저희 좀 그만 괴롭히세요……."

희의 기도가 닿은 것일까?

그날 밤부터 노인의 상태는 빠르게 나빠졌다. 의사가 임종을 준비하라는 말을 전하려 했지만 병원에 그의 가족은 아무도 없었다. 정은 다른 마을의 농장에서 급전을 마련하기 위해 죽어라 일을 하고 있었으며, 희는 경찰서 조사실에 있었다. 경찰은 그녀가 보험금을 수령하기 위해 일부러 편의점에 불을 낸 것이 아니냐고 물었다.

희는 억울했다. 분해서 경찰에게 삿대질을 하며 욕을 하고 싶었다. 그러나 그럴 용기도, 힘도, 의지도 남아 있지 않았다. 희는 고개를 숙인 채 경찰이 말하는 어처구니없는 주장을 듣기만 했다. 동양인들은 영악하다. 그들은 수학에 능해서 돈에 미쳐 있다. 그때 희는 정해야 했다. 자신의 수중에 있는 돈으로 변호사를 선임할지, 아니면 노인의 병원비를 낼지.

05

비가 억수같이 쏟아지는 날이었다. 국지성 호우로 담벼락이 무너지거나 천장이 내려앉는 곳도 있었다. 경찰이나 소방관들은 마을을 돌아다니면서 잔해에 깔린 사람들을 꺼내느라 열심이었다. 갑작스레 불어난 물에 병원으로 향하는 다리도 통행 제한이 걸려 있었다. 어쩔 수 없이 목사를 태운 차는 바로 병원으로 향하지 못하고 마을 외곽으로 돌아가야만 했다. 목사는 가만히 숲속을 바라보았다. 차가 곳곳에 파인 구덩이 때문에 심하게 흔들리는 와중에도 그의 시선에 흐트러짐은 없었다. 그는 자신의 팔뚝을 긁으면서 기도했다.

"피곤하지 아니하면 때가 이르매 거두리라[44]······."

목사는 비바람에 흔들리는 숲을 보며 십자가를 손에 쥔 채 과거를 떠올렸다. 나무줄기의 심은 더욱 굵어지며 키를 키웠고, 이파리는 크기가 커지며 무게를 버티지 못하고 아래로 축

---

44) 갈라디아서 6장 9절(개역한글판).

늘어졌다. 사제복은 어깨 부분이 찢어진 군복으로 변했고, 십자가 대신 M19 권총이 앳된 목사, 아니, 당시에는 중위라 불렸던 그의 손에 들렸다.

중위는 열대림이 싫었다. 살을 쪼아 대는 벌레들은 물론이고, 언제 어디서 튀어나올지 모를 베트콩들이 신경을 예민하게 했다. 풀잎들이 팔뚝이나 종아리에 스치며 남긴 독은 또 어떻고. 풀에 잠깐 스치기만 해도 이내 살갗이 벌겋게 부풀어 오르면서 동시에 지독한 가려움증을 불러왔다.

가난한 농부의 둘째 아들이었던 중위도 풀독이란 풀독은 모두 경험해 보았지만 그곳 풀들이 불러온 가려움증에는 익숙해지지 못했다. 물을 뿌리고 얼음찜질을 해도 소용이 없자 일부 병사들은 총기 닦는 기름을 환부에 바르기까지 했다. 그러나 가려움증은 사라지지 않았다. 몇몇은 피가 날 정도로 상처 부위를 긁다가 감염이 되어 해당 부위를 잘라 내기도 했다.

그날도 마찬가지였다. 가려움증이 스멀스멀 올라오고 있는 와중에 중위는 소탕 작전에 참여하라는 상부의 명령을 받았다. 줄곧 후방 보급 부대에만 있던 그가 처음으로 투입된 실전 작전이었다. 막사에서 대대장은 중위를 불러 놓고는 숲속을 가리키며 말했다.

"적들은 자기 발목을 나뭇가지에 매단 채로 짧게는 며칠에서 길면 몇 주씩이나 나무 위에서 버티지. 밥도 먹지 않고, 물도 잎에 맺힌 이슬만 마시면서 말이야."

긴장을 풀지 말라는 대대장의 엄중한 경고를 들은 직후 그의 소대는 줄지어 숲속을 향해 나아가기 시작했다. 병사들의 얼굴에는 긴장감이 역력했다. 자세를 숙이고는 숲속의 모든 공간을 경계해야 했다. 발아래도 안심할 수 없었다. 언제 어디서 적들이 나타날지 알 수 없었으니까.

한 시간가량 숲을 거닐던 그의 소대는 갑자기 쏟아진 비에 잠시 쉬어 가기로 했다. 시야가 확보되지 않아 자칫하면 길을 잃을 수도 있었다. 적막감이 감도는 와중에 근방을 살피던 병장과 상병 하나가 중위를 향해 고개를 끄덕였고, 그가 부대를 향해 외쳤다.

"쉬어!"

중위의 외침과 함께 병사들은 그 자리에 쓰러지듯이 앉았다. 누구 하나 말을 꺼내지 않았다. 수통을 꺼내 목을 축이거나, 고개를 떨구고는 거친 숨을 몰아쉴 뿐이었다. 중위 역시 나무에 기대 쉬려 했다. 그는 품에서 책 하나를 꺼냈다. 성경이었다. 전쟁 초기만 하더라도 쉬는 시간마다 성경을 읽고 기도를 올렸으나 지금은 그러지 않았다.

그런데 그때, 총알 하나가 날아들었다. 총알은 정확히 중위의 성경책을 스쳐 갔다. 무슨 일이 벌어졌는지 상황을 파악하기도 전에 병사 둘이 피를 쏟아 내며 고꾸라졌다. 중위는 쓰러진 병사에게 다가갔다. 폐가 꿰뚫린 그는 중위에게 누군가의 이름을 차마 다 말하지 못하고 숨을 거두었다. 병사 하나가 외쳤다.

"적이다!"

함성이 들려왔다. 고개를 들어 보니 일본 군인들이 총에다 착검을 하고는 자신들을 향해 달려들고 있었다. 병사들은 겁에 질려 허둥거렸다. 중위는 몸을 숨기기보다 권총을 집어 들고는 적을 향해 겨누었다.

"쾅!"

중위의 총에 선두에서 카타나를 들고 있던 일본 장교 하나가 고꾸라졌다. 총성에 정신을 차린 병사들은 적을 향해 총을 쐈다. 일본 군인들은 칼 한 번 제대로 휘둘러 보지 못하고 대부분 그대로 바닥에 쓰러졌다. 움직임은 없었다. 병사들이 장전을 마치기도 전에 중위는 일본 군인들이 쓰러진 곳을 향해 달려 나갔다.

중위는 그들의 머리에 총알을 한 발씩 쐈다. 풀숲에서 인기척이 느껴졌다. 중위가 다가가니 풀숲 내부에 몸을 수그리고 있는 이들이 있었다. 군복을 입지 않고 있는 것이 일본군으로는 보이지 않았다. 그러나 그들의 피부색이나 생김새는 쓰러진 일본군의 그것과 크게 다르지 않았다. 그들은 덜덜 떨리는 손을 마주 비비며 중위를 올려다보았다. 중위는 무표정했다. 그들 중 하나는 중위의 다리를 붙잡고 알아들을 수 없는 말을 했다. 중위는 방아쇠를 당겼다. 그는 피 묻은 얼굴을 닦아 내며 나지막하게 혼잣말을 했다.

"악마들."

목사는 죽은 그들의 모습을 기억한다. 옷이라고 부르기 민망한 구멍 난 거적대기를 입고는 작은 몸체에 뺨이 움푹 파여 있는 데다, 총도 제대로 들고 있지 못할 정도로 팔과 다리가 가늘었다. 기괴한 그들의 모습에서 목사는 악마를 보았다.

"젠장."

운전수의 욕지거리에 목사는 정신을 차렸다. 정이 자신을 찾아와 병원비를 구걸하던 때를 떠올리며, 그제야 그 열대림에서 그들이 했던 말이 무엇이었는지 알 수 있었다.

우리 좀 살려 주세요.

내리치는 비로 인해 한 치 앞도 보이지 않았다. 비구름이 차를 따라오는 듯했다. 창밖을 내다보니 물이 바퀴의 절반 이상 차올라 있었다. 운전수는 차가 잠길까 엑셀을 강하게 밟았고, 목사는 십자가를 어루만지며 나지막하게 기도문을 읊기 시작했다.

"부디 시험에 들지 않게……"

차는 가까스로 병원에 도착했다. 그런데 이제는 새들이 기괴하게 몸을 틀기 시작했다. 그들은 병원 창은 물론이고 목사의 차에도 머리를 부딪혀 죽었다. 놀란 운전수는 운전석 아래로 몸을 말았고, 목사는 무표정하게 성경을 품에 안은 채로 병원 안으로 걸어 들어갔다. 병원 현관으로 목사가 발을 내디딘 순간 언제 비가 내렸냐는 듯이 병원 주변이 고요해졌다. 고개를 돌려 보니 옥수수밭 위로 구름이 걷히며 그믐달이 모습을 드러내고 있었다.

반가워.

정체 모를 목소리에 목사는 소리가 나는 곳을 돌아보았으나 누구도 그 자리에 없었다. 간호사가 조심스럽게 밖을 내다보고 있던 목사를 불렀다.

"목사님……."

목사는 간호사를 향해 미소를 짓더니 그녀의 안내를 받아 병실로 향했다. 계단을 오르면서 그는 꼭 열대 우림을 지나쳐 가는 느낌을 받았다. 발소리가 총성같이 들려왔다. 병실 앞에 도착해서 목사는 간호사에게 정확히 5분 뒤에 의사를 데려오라 말했다.

"괜찮으실까요?"

간호사의 물음에 목사는 다시 한번 미소를 지어 보였다. 간호사는 목사의 반응에 안심하고는 다시 1층으로 내려갔다. 간호사가 시야에서 벗어나고 나서도 목사는 병실 문 앞에 한동안 서 있었다. 문에 달린 불투명한 유리 너머로 사람 형상이 여럿 보였다. 그들은 발가벗고서 뱅글뱅글 제자리를 돌며 춤을 추고 있었다.

십자가를 거머쥔 목사는 끝내 병실 문을 열어젖혔다. 그 많던 사람 형상은 사라졌고, 병실에는 오직 한 사람, 죽어 가는 노인만이 침대에 누워 있었다. 목사는 노인이 누구인지 알고 있었다. 그는 천천히 십자가 쥔 손을 들어 올리고는 노인의 이마에 대려 했다. 그 순간, 노인은 눈을 번쩍 뜨더니 목사를 향해 외쳤다.

"어디서 감히!"

악마의 형상. 목사는 노인을 보며 가고시마 벙커에서 보았던 악마들의 얼굴을 떠올렸다. 미군 포로들을 산 채로 먹었다지. 목사에게 악마는 동양인의 얼굴을 하고 있었다. 이어서 파견된 한국 전쟁에서도 그는 자신이 죽인 중공군의 얼굴을 모조리 도려냈다. 목사는 그들의 얼굴을 하고 있는 노인의 얼굴을 도저히 보고만 있을 수가 없었다. 십자가를 쥔 손으로 노인의 이마를 짚으면서 소리쳤다.

"순복할지어다! 마귀를 대적하라! 그리하면 너희를 피하리라![45]"

노인은 강하게 몸부림쳤다. 금방이라도 숨이 끊어질 것 같다던 의사의 말과는 전혀 다른 반응이었다. 노인의 입술이 빠르게 움직였다.

"삼계오방귀일가……"

순간, 알 수 없는 힘에 의해 목사가 벽으로 내동댕이쳐지더니 전등이 터졌다. 어둠 속에서 목사는 눈을 까뒤집은 노인이 주문을 외우고 있는 모습을 보았다.

"아봉이성주기유……"

문이 열리더니 의사와 간호사가 병실 안으로 들어섰다. 간호사가 들고 온 트레이에는 약물이 든 주사기 하나가 놓여 있었다. 그러나 둘 모두 펼쳐진 광경을 보고는 놀라 돌처럼 자리에 굳어 버렸다. 자살 돌격을 감행하는 일본 군인들을 처음 마주한 병사들 같았다. 주문을 멈춘 노인이 목사를 향해 천천히 고개를 틀더니 말했다.

"살려 주세요. 우린 조선인입니다. 살려 주세요."

필리핀의 열대림 속에서 그들은 목사의 발목을 붙잡고는 진흙 묻은 손을 마주 비볐다. 그들은 군인이 아니었다. 해진 옷 사이로 드러난 멍들과 총을 비롯한 무기를 가지고 있지 않았다는 점이, 특히나 목사를 올려다보는 그들의 눈빛이 그것

---

45) 야고보서 4장 7절(개역한글판).

을 말해 주고 있었다.

"신이시여."

목사는 간호사가 든 트레이에 있던 주사기를 집어 들고는 그대로 노인의 목에 꽂아 넣었다. 노인은 그대로 고꾸라지더니 온몸을 뒤틀기 시작했다. 목사는 자리에서 일어나 숨을 쉬지 못하고 꺽꺽거리며 자맥질을 하는 노인을 향해 다시금 십자가를 대고는 외쳤다.

"어린 양의 피와 자기들의 증언하는 말씀으로써 저 흉악한 자를 이겼으니![46]"

그때, 노인이 목사를 노려보며 말했다.

"물은 계속해서 흐른다."

영어로 알지 못할 말을 남기고서 몸을 부르르 떨던 노인은 그대로 숨을 거뒀다. 목사는 노인을 바라보고서 기도를 끝까지 마치고는 놀라 자빠져 있던 의사의 어깨를 두드렸다.

◇◇◇◇◇

희가 경찰서에서 돌아왔을 때 노인의 숨은 끊어진 뒤였다. 전등은 새것처럼 말끔했고, 바닥에는 먼지 한 점 보이지 않았다. 목사는 자리에 없었다. 심장 마비라는 의사의 소견서에 희는 말없이 서명하고는 가만히 자리에 앉아 깊은 숨을 내쉬었다. 전화벨이 울렸다. 희는 전화를 받고도 귀에 대지 않고 가만히 바닥에 내려놓았다.

---

46) 요한계시록 12장 11절(개역한글판)의 구절 일부 변형.

"희, 그레이엄 변호사 사무실이에요. 경찰이 혐의 없음으로……"

06

악마는 죽었다. 신의 전사들은 두려울 것이 없어야 했다. 그러나 우리는 모두 메스암페타민[47])에 중독된 환자처럼 몸을 벌벌 떨며 앞으로 무슨 일이 일어날까 불안해했다. 노인의 장례식에 가고 싶지 않았으나 나를 채근하는 잭과 아이들의 눈빛은 지나치게 날카로웠다. 패트릭의 모습을 본 아이들에게 이제 준과 관련된 문제는 자기 목숨과도 관련이 있었다. 나는 아이들을 차에 태우고서 준의 집으로 향하는 동안 과거 농장 한 켠에서 보았던 모습을 떠올렸다.

과거 할아버지의 농장에서 한 남자가 농기계에 끼여 죽은 사건이 있었다. 남자는 한여름 땡볕을 견디지 못하고 열사병으로 쓰러졌고, 뒤따르던 농기계가 그를 미처 보지 못한 채 덮치고 만 것이었다. 할아버지는 남자의 부주의로 인한 사고

---

47) 중추 신경을 흥분시키는 마약. 필로폰이라고도 불린다.

사라 말하며 경찰들을 돈으로 구워삶았고, 그렇게 사건은 간단하게 종결됐다.

사건이 종결된 날 밤, 남자의 가족들이 조그마한 숙소에 한데 모였다. 그들은 흰옷을 입고 모자를 쓴 채 글자가 적힌 커다란 나무판을 향해 먹을 것들을 쌓아 놓고는 절을 하고 있었다.

"이 개새끼들."

아버지가 소리를 지르자, 사람들은 살려 달라 빌기 시작했다. 그러나 아버지는 달려 나가 상을 뒤엎고, 글자가 적혀 있는 가림막을 내던졌다. 가림막 뒤에는 네모난 상자가 있었는데, 과일 운반용 상자를 잘라 얼기설기 쌓아 놓은 것 같은 모양새였다.

나는 난리가 난 사이에 몰래 상자에 난 작은 틈으로 고개를 들이밀었다. 누군가의 손이 보였다. 굳은살이 곳곳에 박혀 있어 뭉툭한 데다, 핏기가 없어 마치 잘린 것처럼 보였다. 나는 일어나 상자의 뚜껑을 조심스럽게 열었다. 그 속에서 발견한 시체에는 구더기가 들끓고 있었다.

그때 보았던 풍경처럼 기괴한 장례식이 벌어지지 않을까 싶었다.

"저기 봐."

폴의 외침에 나는 정신을 차렸다. 어느새 준의 집 앞에 도착해 있었다. 폴의 손끝을 따라 조심스럽게 준의 집 안으로 시선을 옮겼다. 아이러니하게도 준의 집에서는 교회 방식대로 장례식이 진행되고 있었다. 정과 희를 비롯한 가족들은 양복을 입고 있었으며, 노인은 잠에 든 것처럼 관에 누운 채였다. 잭이 마당 구석에서 쪼그려 앉아 담배를 피우며 준의 집 안을 바라보았다.

"우린 이미 끝났어."

폴이 고개를 저었다.

"아냐. 그 악마는……"

"패트릭을 생각해 봐. 여기 사람 중에 패트릭보다 신실한 사람 있어?"

잭의 말에 아무도 대답하지 못했다. 패트릭과 그의 가족들은 교회에서 살다시피 하며 목사님의 모든 행동을 보좌했으니까. 지하에서 베티를 치료할 때도 패트릭의 가족이 중심에 있었고. 폴이 말하기를 정과 희가 직접 목사님께 교회식 장례를 요청했다고 한다. 눈속임이었을까? 아니면 준과 그의 가족들을 괴롭히던 악마가 물러났기에 다시 예전으로 돌아온 것일까? 준의 집 안에서 행해진 목사님의 기도는 그날따라 더 길게 이어졌다. 잭은 담배를 연달아 피워 대며 혼잣말을 했다.

"이게 그 미친 새끼가 아직 안 죽어서 그래."

대뜸 준의 집 대문이 열리더니 부목사님이 걸어 나왔다. 그는 구석에 서 있던 우리를 향해 외쳤다.

"들어오거라."

전장에 끌려가는 어린 병사들처럼 우리들의 얼굴은 창백했다. 처음 교회에 나갔던 날처럼 머리가 쭈뼛 섰다. 엉성하게 장식해 놓은 연단에는 꽃 장식과 함께 관 뚜껑이 열린 채로 놓여 있었다. 대부분 유색인들이 자리를 채우고 있었으나 그들은 우리를 흘겨보더니 정과 희에게 무언가 알아들을 수 없는 말들을 건네고는 집을 나가 버렸다.

막상 정과 희는 무표정했다. 꼭 죽은 사람들 같았다. 나는 최대한 그들의 눈길을 피해 관으로 다가갔다. 노인은 정장을 입은 상태로 누워 있었다. 컨베이어 벨트가 돌듯이 아이들은 곁눈질을 하면서 최대한 빠르게 '편히 잠드시길'이라 말하고는 스쳐 지나갔다.

이윽고 내 차례가 왔다. 나 역시도 다른 아이들처럼 그저 지나쳐 가려 했다. 나는 그가 편히 잠들기를, 천국에 가기를 원하지 않았다. 준을 비롯해 준의 가족과 우리 가족까지 지옥으로 끌어들이려 했던 사람이었다. 우리가 가야 할 곳에 그가 있을 자리는 없었다. 그렇게 지나치려 했는데.

딱.

절대 잊을 수 없는 소리가 들렸다. 누군가 목덜미를 붙들고 있는 것처럼 고개를 돌리려 하다가 멈췄다. 노인의 치아가 사정없이 떨리고 있었다. 그러다 어느 순간 뚝, 하고 그쳤다. 헛것을 보았는가 싶었을 때, 목소리가 들려왔다.

더러운 피.

노인이 눈을 뜨고서 나를 보고 있었다. 뒷걸음질을 치려 했으나 뒤에 서 있던 아이들과 부딪히고 말았다. 아이들은 욕을 내뱉으며 나를 앞으로 밀었다. 노인은 계속해서 말했다.

도망가 보거라. 끝까지.

놀라 소리를 지르다 정신을 잃었다. 이후로는 기억이 잘

나지 않는다. 눈을 떠 보니 바닥에 주저앉은 채 준의 집 벽에 매달린 십자가를 보며 살려 달라 소리치고 있었고, 잭과 폴을 비롯한 주변 사람들은 놀란 얼굴로 내게서 멀찍이 떨어져 있었다. 나를 보는 그들의 눈빛은 마치 준을 보는 것과 같았다. 불쑥 어머니 얼굴이 튀어나왔다. 그녀와 부목사님은 나를 붙잡고는 얼굴에 무언가를 뿌렸다. 짠맛이 입 주변에 감돌면서 눈이 번쩍 뜨였다. 어머니가 내 얼굴을 살피며 물었다.

"괜찮니?"

다시금 관을 바라보았다. 노인은 눈을 감은 상태 그대로 관에 누워 있었다. 어머니는 주변 사람들에게 소리치며 말했다.

"전부! 빌어먹을 이 악마들 때문이야!"

내 눈길은 정과 희에게 향했다. 날 선 사람들의 눈빛 속에서도 그들의 표정에 변화는 없었다. 어머니는 계속해서 둘을 향해 악을 쓰다가 이내 울먹였고, 부목사님은 내 손이 아닌 어머니의 손을 붙잡고는 기도를 하기 시작했다. 그때 나는 보았다.

앞으로 재밌을 거야.

다시 한번 노인의 입이 벌어졌다가 닫히는 것을.

07. 1998

사돈에 팔촌, 그리고 동네 사람들까지 모두 불러 모은 결혼식은 말 그대로 성대했다. 한국에서 가장 비싼 호텔을 통째로 빌려 각종 나무와 꽃들은 물론, 미국과 일본에서 비행기로 직접 공수해 온 조각상들을 비롯해 샹들리에와 대리석 장식들로 홀 안을 가득 채웠다.

민경의 아버지는 마치 궁정에 들어갈 수 있는 초대권을 쥔 듯이 으스대며 사람들 앞에 청첩장을 흔들어 보였다. 사람들은 청첩장에 수놓인 금박에 한 번 놀라고, 축의금 절대 사절이라는 문구에 한 번 더 놀랐다. 축의금을 내려고 할 경우에는 식장에서 쫓겨날 수도 있다는 경고성 문구를 보고는 내심 속으로 안심했다.

결혼식 당일, 입구에 서서 사람들과 악수를 나누는 한을 보며 친척들은 함박웃음을 지었다. 한은 어르신들에게는 한국식으로 깎듯이 인사하며 예의를 차렸고, 어린이들에게는 눈높이를 맞추어 슬쩍 용돈을 건네주었다. 누구도 대놓고 말하지는 않았지만 대부분 신부보다 신랑이 아깝다는 말들을 자기들끼리 쑥덕거렸다. 민경의 외내종숙[48]이 한을 보며 혼잣말을 했다.

"그 애가 살아 있었으면 저쯤 됐을 텐데."

그러자 그의 아내로 보이는 이가 그의 팔뚝을 대뜸 꼬집었다.

"잔치에 와서 못 하는 말이 없어. 이 사람은."

민경의 외내종숙은 아내를 향해 고개를 숙여 속삭였다.

"왜? 걔도 미국에 갔다고 안 그랬나?"

"미국에 갔든, 일본에 갔든, 그게 무슨 상관이라고. 참 나. 그리고 살아 있었으면은 무슨. 그럼 죽었다는 말이야?"

외내종숙은 풀이 죽은 목소리로 말했다.

"연락이 없으면 죽은 거지. 안 그래? 대체 몇 년째야?"

"됐어. 갑자기 그런 초 치는 소리나 하지 말어."

그리 말하면서도 그의 아내 역시 한에게서 그 아이의 모습이 보이는 것은 어쩔 수 없었다. 소식이 끊긴 지 오래였다. 아무리 미국이 이역만리 먼 곳이라 해도, 20년이나 넘게 연락이 닿지 않았다고 해도, 미국 한인 타운에 폭력 사태가 발생했다는 소식이 불과 몇 시간 만에 한국으로 전해지는 시대였다. 전화도, 이메일도 되는 마당에 그 가족의 소식을 들은 이는 아무도 없었다. 외내종숙이 혼잣말을 했다.

"그간 잘 살았나 보네. 저렇게……"

---

48) 사촌 외대고모(외고모할머니)의 자식으로 5촌 관계이다.

그 옆에서 다른 민경의 친척이 선로를 이탈한 열차처럼 불쑥 그의 말을 잘랐다.

"인과응보는 개뿔. 신을 내다 팔고도 저렇게 더 잘 살고 있는데."

◇◇◇◇◇

한편, 민경은 신부 대기실에 앉아 손님들과 인사를 나누느라 정신이 없었다. 자신을 향해 쉴 새 없이 터지는 카메라 플래시 세례에 눈이 아려 왔고, 꽉 끼는 드레스 때문에 물도 한 모금 제대로 먹지 못해 얼굴은 창백했다. 친구들과 오랜만에 만나 이야기를 나누면서도 민경은 통 대화에 집중하지 못했다.

자꾸만 밖으로 향하는 시선 때문이었다. 곧 식이 시작될 시간이어서 로비에 사람이 얼마 없어야 했건만 검은 옷을 차려입은 사람들이 곳곳에 서 있었다. 카톨릭 사제복 같으면서 정장 같기도 한 오묘한 옷이었다. 그들은 식장 내부에 가만히 서서 주변을 두리번거리고 있었다. 마치 경비병처럼.

그들은 새벽녘에 민경이 식장에 도착하기 전부터 이미 자리해 있었다. 동이 트기 전이었는데도 그들은 어떠한 불빛도 없이 식장 주변을 맴돌면서 작은 병에 든 액체를 곳곳에 뿌렸다. 한의 지인이라 생각한 민경은 그들에게 다가가서는 웃으며 인사를 건넸다. 그러나 그들은 반응하지 않았다. 냉랭한 반응에 민경은 한의 이름을 언급하며 그를 아느냐고도 물었으나, 그들은 민경의 말에 대답을 하지도, 웃지도 않은 채로 고개를 숙이고는 그녀를 지나쳐 갔다.

이후로 민경의 시선은 줄곧 그들의 꽁무니를 쫓았다. 식이 시작되기 전까지 그들은 호텔 밖에 서 있었다. 구석진 곳에서 저들끼리 원을 이루고 모여 서서는 작은 목소리로 대화를 나누기도 했다. 기도라도 하는 것 같았다. 식이 시작되기 직전에야 그들은 호텔 안으로 들어섰다.

"형제들이여."

한은 마치 그들을 기다리고 있던 것처럼 한 명, 한 명 힘 있게 부둥켜안았다. 오랜만에 만난 전우 같았다. 말이 오가지는 않았으나 그들의 사이가 특별하다는 것을 오가는 눈빛만으로도 알 수 있었다. 이내 한과 그들은 함께 머리를 맞대고 품에서 무언가를 꺼내 들었다. 여러 개의 십자가들과 검은 돌이었다.

"신부님, 곧 입장하실게요."

그 말과 함께 곧바로 신부 대기실에서 로비로 향하는 문이 닫혔다. 민경은 도우미의 부축에도 쉽사리 자리에서 일어날 수가 없었다. 문이 닫히기 직전 한의 입 모양이 떠올랐기 때문이었다.

'주변에 혼재한 사탄을 물리치게 해 주소서.'

6장.
칠흑(漆黑)

01. 1982

심판은 오래전부터 시작되고 있었다. 심판의 칼끝은 우리를 향했다. 죄목은 분명했다. 이단을 보고도 죽이지 않은 죄. 제 눈을 가리고서 구원만을 바란 죄. 심판이 내려진 밤, 나는 계시를 받았다.

화강암 절벽을 깎아 만든 어둑한 로마식 극장이었고, 경비병으로 보이는 이들이 각각 허리춤에 칼을 차고서 각 층계에 서 있었다. 이목을 끄는 것은 실오라기 하나 걸치지 않은 사람들이었다. 사람들이 내려다보고 있는 길 위에 선 그들은 나체였기에 자신들의 피부색이나 인종을 숨길 수 없었다.

길 위에 선 그들이 한 걸음을 내디딜 때마다 피부가 벗겨지며 피가 한 방울씩 뚝뚝 떨어졌다. 그렇게 쏟아진 핏물이 작은 물줄기를 이룰 무렵 선두에 있던 이의 뼈가 부서지며 내장이 아래로 쏟아졌다. 그럼에도 경비병들의 수백수천 개의 눈은 어느 하나 아래를 내려다보지 않았다.

이상하게도 나는 그 같은 광경을 보며 두려움에 몸을 떨거나, 눈물을 흘리지 않았다. 오히려 강한 쾌감을 느꼈다. 그들은 말씀을 섬기지 않는 이교도들이었으니까. 뼈까지 완전히 바스러진 그들은 검은 형체만이 남아 어둠으로 걸어 들어갔다. 타락의 길로 들어선 그들에게 구원이란 없었다.

반면, 나를 비롯한 내 가족은 일찍이 말씀을 받아 들고는 그들의 길에서 한 발자국 물러나 있었다. 기도 소리는 들려오지 않았다. 말씀은 그들의 것이 아니었으니까. 멀지 않은 곳에서 울음소리가 들려왔다. 고개를 돌려 보니 준이 길 위에 서 있었다. 그의 눈에서는 피눈물이 흘렀다. 그가 나를 바라보며 말했다.

너도 우리와 똑같아.

눈을 떴다. 이불이 땀으로 축축하게 젖어 있었다. 몸이 뻣뻣하게 굳은 가운데 미세하게 떨리는 울음소리가 들려왔다. 꿈에서 들었던 울음소리였다. 소리는 끊어질 듯 가늘게 이어지면서도 점차 감정의 폭을 키우고 있었다.

처음에는 이 모든 게 빙의의 일부라 생각하며 기도문을 외우면서 머리를 주먹으로 때렸다. 그러나 소리는 사라지지 않았다. 창 너머에서 쏟아지는 빛줄기에 자리에서 일어났다. 온 동네 모든 집에 불이 켜져 있었다. 커튼 너머로 실루엣들이 다급하게 움직였다. 그림자 연극을 보는 듯했다. 갑자기 안방에서 비명이 들려왔다.

"팔, 팔에!"

나는 안방으로 뛰어갔다. 안방 문을 여니 어머니가 벌레라도 몸에 붙은 것처럼 자기 몸을 연신 긁고 있었다. 자세히 보니 얼굴을 비롯해 온몸의 피부가 빨갛게 부어오른 상태였다. 아버지는 어머니의 어깨를 붙잡고서 진정시키려 했으나, 어머니는 더욱 몸을 비틀며 날뛰기 시작했다.

그런데 비명은 안방에서만 들려오는 것이 아니었다. 마을 곳곳에서 비명이 들려오고 있었다. 모두 어머니와 같은 증상을 겪는 것인지, '발진', '가려움' 그리고 '악마의 장난'이라는 말들이 들려왔다. 그 비명 아래에는 여전히 기분 나쁜 울음소리가 안개처럼 자욱하게 깔려 있었다. 아버지는 문가에 멍하니 서 있던 내게 말했다.

"수건, 수건 가져와!"

그 말에 화들짝 놀란 나는 화장실로 달려갔다. 수건을 가지고 안방으로 가는데 서랍이 문득 눈에 밟혔다. 서랍을 열자 패트릭이 내게 준 권총이 보였다. 나는 꿈을 떠올리고는 권총을 그대로 주머니에 쑤셔 넣었다.

"잠깐!"

아버지는 어머니를 침대에 두고서 나를 향해 다가왔다. 그러고는 내 손목을 붙잡고 팔을 들어 올렸다.

"이게……"

내 팔에도 어머니의 것과 같은 붉은 반점들이 올라오고 있었다. 그때 간지러움이 내 몸을 뒤덮었다. 아버지는 정신이 나간 사람처럼 그 자리에 주저앉았다. 잠시 후 정신을 차린듯 몸을 일으켜 거실로 달려 나가 검은 돌을 쥐고서 기도문을 외우기 시작했다.

"우리를 가엽게 여기시어……"

침대에 누워 몸을 미친듯이 긁고 있는 어머니, 주저앉아 기도문을 읊고 있는 아버지, 그리고 내 몸에도 솟아난 붉은 반점들 앞에서 나는 무력했다. 우리 내면에 깊이 잠들어 있던 개들은 이성이라는 목줄이 끊어진 상태로 날뛰었다.

죽음이라는 근원적 공포감에 사람들은 자신들이 얼마나 연약한 존재인지를 깨달았다. 그들은 굶주린 들개처럼 본능적으로 교회를 향해 내달리기 시작했다. 부모는 아이를 안고 내달리다 닫혀 가는 교회 문을 마주하자 아이를 내팽개치고는 교회를 향해 전력으로 달렸다. 내 부모님도 마찬가지였다. 아버지가 외쳤다.

"하나님, 아버지!"

누군가 붙잡고 있는 것처럼 아무리 다리를 빠르게 놀려도 어머니와 아버지를 따라갈 수가 없었다. 두 사람이 어둠 속으로 사라지고 난 후 나는 조심스레 숨을 골랐다. 반점들이 목 안에도 피어오르는 것만 같았다. 코가 막히고 숨이 잘 쉬어지지 않았다. 그런데 숲속에서 익숙한 얼굴이 보였다. 준이었다. 준은 나를 보고 말없이 낄낄낄, 소리 내어 웃기만 했다. 그에게 소리치려 했으나 목이 옥죄여 와 말이 제대로 나오지 않았다.

"그만해…… 제발……."

준은 순식간에 자리에서 사라졌다. 분명 움직이는 모습을 보지 못했는데도 이미 사라지고 없었다. 인기척은 내 바로 옆에서 느껴졌다. 고개를 돌리자 준이 흰자위로 가득한 눈을 빠르게 사방으로 움직이며 말했다.

"너희 신은 너희를 지키지 못할 것이다."

준이 내 귀에 말들을 속삭였다. 내지른 비명은 부푼 목에 막혀 속에서만 달음박질칠 뿐이었다. 나는 눈을 감고 일부러 숫자를 입으로 셈하며 숨을 몰아쉬었다.

"10, 9, 8……"

다시 눈을 떴을 때 준은 주변 어디에도 없었다. 나는 주머니에 든 권총을 있는 힘껏 손에 쥐었다.

◇◇◇◇◇

교회 앞 잔디밭에서 부모님의 모습을 다시금 볼 수 있었다. 아버지는 발목이 접질린 듯 절뚝거리는 어머니를 부축하고서 교회 안으로 걸어 들어가고 있었다. 거리가 꽤 있었음에도 교회에서 들려오는 고함과 외침이 선명하게 들려왔다. 흥분한 목소리, 오가는 날카로운 말들 그리고 서슬 퍼런 눈빛들. 몰려오는 두려움에 나는 다시금 뒤를 돌아보았다. 숲속에는 어둠만이 가득했다. 검은 형체들이 금방이라도 나를 덮칠 것만 같았다. 나는 쫓기듯 발걸음을 교회로 향했다.

"사탄입니다! 사탄 말입니다!"

내가 교회 문을 열고 들어서자마자 오가는 말들이 사라졌다. 마치 시간이 멈춘 것만 같았다. 그때 기이한 함성과 함께 로버트가 칼을 들고서 나를 찌르려 달려왔다. 나는 놀라 자빠지며 나뒹굴었으나 칼끝은 계속해서 나에게 향했다. 로버트가 바닥에 박힌 칼을 뽑아 들었는데, 그때 내 앞을 누군가 필사적으로 막아섰다. 아버지였다.

"내, 내 아들입니다!"

로버트는 그제야 뒤로 한 걸음 물러섰다. 정신이 돌아온 듯 창백한 얼굴을 하고 있었다. 내 등을 감싸고 있던 아버지의 손이 떨렸다. 아버지는 내 눈을 바라보지 못했다. 나를 버리고 혼자서 살아남기 위해 달아났으니까. 그렇다고 내가 그를 원망하는 것은 아니었다. 어찌 보면 그때 그곳에서 나는 큰 죄를 지은 사람이었으니까.

잘못된 길을 너무 멀리 와 버린 것 같았다. 나는 곧장 단상으로 달려가 목사님을 비롯해 사람들에게 그간 내게 있었던 일들을 토해 내듯 말하고 싶었다. 조금이라도 내 죄를 용서받고 싶었다. 그러나 우리 가족이 교회 안을 향해 한 걸음을 내디딜 때마다 마을의 어머니들은 자신의 아이를 감싸 안았고, 아버지들은 그들 앞에서 몸을 부풀린 채 우리를 경계했다. 어쩔 수 없이 우리는 평소 앉던 자리보다도 훨씬 뒤쪽에 자리를 잡아야 했다.

따가운 시선은 목사님의 등장과 함께 사라졌다. 목사님 뒤로 장정 넷이 거대한 플라스틱 수조를 가져왔다. 수조에는 물이 가득했다. 목사님께서는 수조에다 검은 돌을 던져 넣고는 기도를 외우며 자신의 손을 씻어 내셨다. 기도를 마친 후 뒤돌아 사람들을 일으켜 세우더니 교회 중심부에 줄을 세우셨다.

"말씀에 이르매……"

사람들이 차례로 목사님께서 준비한 수조 앞에 서서는 기도와 함께 발진이 난 쪽을 씻기 시작했다. 로버트는 자기 차례가 되자 옷을 홀딱 벗더니 샤워를 하듯 온몸에 성수를 뿌렸다. 수조 옆에서 목사님의 설교가 이어졌다.

"그 사탄 무리들이 역병을 끌고 온 것입니다!"

신기하게도 목사님의 설교가 끝나갈 무렵에는 사람들의 발진이 서서히 가라앉고 있었다. 치료가 끝난 이들은 검은 돌을 향해 두 손을 마주 잡고는 신을 경배하라며 울부짖었다. 목사님께서 하늘을 향해 손바닥을 강하게 들어 보이셨다.

"처단해야 합니다. 믿음을 증명해 보여야 합니다. 그간 회피해 온 우리의 죄를 용서받아야 합니다."

그때였다. 또다시 울음소리가 들려왔다. 간장이 끊어지는 듯한 그 소리는 인간이 아니라 짐승에게서 날 법한 야생의 소리였다. 울음소리는 끊어질 듯 끊어지지 않고 이어지며 우리들의 머릿속을 간질였다.

나만 들은 것이 아니었다. 그 자리에 있던 모두가 듣고 있었다. 우리는, 아니, 하나님의 자식들은 저리 울지 않는다. 들으면 들을수록 저것은 선원들을 유혹하는 세이렌이나 사람을 타락시키는 악마의 것임에 분명했다. 목사님께서 외치셨다.

"처단합시다!"

어른들은 물론이고, 아이들도 일제히 자리에서 일어나 문밖으로 향했다. 우리 가족도 그 속에 속해 있었다. 아버지는 무리 틈에서 혼잣말을 했다.

"살아야 해. 살아남기 위해선 어쩔 수 없어."

사람들은 불길처럼 빠르게 흔들리기 시작했다. 다들 한 손에 뒤집어진 십자가를 쥐고 있었다. 아버지는 거기에 더불어 검은 돌까지 손에 쥔 채였다. 그믐이라 앞이 보이지 않았음에도 사람들은 어둠을 빠르게 헤쳐 나아갔다. 사람들이 지나는 곳에 불길들이 어른거리는 듯했다.

02. 1998

신랑 입장을 기다리는 한의 심장은 터질 듯이 뛰고 있었다. 불과 수 분 후면 문이 열리며 결혼식이 시작될 것이었다. 이곳에 서기 위해 그가 했던 일들이 주마등처럼 빠르게 스쳐 갔다.

계획을 달성하기 위해서는 돈과 돈으로는 살 수 없는 사회적 지위가 필요했다. 계획이 세워진 직후부터 한은 단 하루도 쉬지 않았다. 약까지 복용해 가며 밤을 새워 공부를 하고, 운동도 게을리하지 않은 끝에 좋은 대학에 진학했다. 수석 장학생으로 졸업을 앞두고는 육군에 입대하여 이라크에 파병을 다녀오기도 했다.

귀국한 한은 곧바로 직장에 취업했다. 직장에서는 할아버지와 교회 네트워크를 각각 활용하여 능력을 발휘해 빠르게 인정받았다. 돈을 쓸어 담듯 벌어도 그는 자기 계발을 멈추지 않았다. 식단을 철저히 하고 운동을 하면서 누가 봐도 매력적인 몸을 유지하려 했고, 각종 모임에도 빠지지 않고 참여하며 사회생활도 게을리하지 않았다.

덕분에 주변 사람들은 한을 완벽한 인간이라 말하며 칭찬을 아끼지 않았다. 남자들은 그를 이상적인 인간상으로 숭배했고, 여자들은 그와 결혼하기 위해 노골적으로 그에게 접근했다. 그럼에도 한은 유혹에 단 한 번도 넘어간 적이 없었다. 그는 오직 단 한 사람만을 기다리고 있었다.

다만, 계획에 있어 가장 큰 걸림돌은 민경과 교제를 시작한 직후에 발견됐다. 민경을 바라볼 때마다 잊을 수 없는 한 사람의 모습이 떠오르는 것이었다. 윤기 있는 까만 머리칼에, 몸에서 스치듯이 나는 향 내음과 더불어 따스하면서도 또렷한 민경의 눈빛은 한으로 하여금 어둠이 내려앉은 옥수수밭에서 자신을 마주 보던 눈빛을 떠올리게 했다.

민경과 함께 시간을 보내면 보낼수록 한의 머릿속에서 준의 형상이 점차 또렷해져 갔다. 눈을 감고서 기도문을 외워봐도 소용없었다. 이윽고, 다시 눈을 뜨면 민경은 온데간데없었고, 그 자리에 준이 서 있었다.

"널 처음 만났을 때를 기억해."

그때마다 한은 발작을 일으켰다. 내면에서 피가 끓어오르다 못해 거꾸로 솟구치는 것 같았다. 발작이 멈추고 나면 한은 발가벗은 상태로 기도하며 마음을 바로잡으려 했다. 그만두어야 한다는, 당장 도망쳐야 한다는 연약한 생각들이 사라지지 않는 악취처럼 그를 뒤따랐다. 한은 그가 마주한 이들이 과거 드러냈던 본모습을 떠올려야만 했다.

이윽고 사회자의 목소리가 들려왔다.

"*신랑, 입장.*"

시간이 되었다.

"……구원하소서……."

한은 짧은 기도와 함께 문을 열어젖혔다.

03. 1982

이윽고, 우리는 준의 집 앞에 도착했다. 마을 사람들은 빠르게 준의 집을 둘러쌌다. 울타리는 부서졌으며, 텃밭은 모조리 짓밟혔다. 희가 심어 놓은 작물들은 뿌리가 드러난 채 시체처럼 널브러졌다. 교회에까지 들려오던 울음소리는 이제 더욱 크고 강하게 몸집을 부풀려 사방에서 들려오고 있었다. 폐허에 가까운 집 풍경에 울음소리까지, 음울한 기운이 해무처럼 마을을 뒤덮었다.

어른들은 긴장했는지 마른침을 반복적으로 삼켰다. 서로 눈치만 볼 뿐 누구 하나 쉬이 말을 꺼내지 못했다. 그리 적막한 가운데 땅을 치며 우는 소리만이 계속해서 들려왔다. 사람들은 장전된 총처럼 방아쇠가 당겨지기만을 기다리고 있었다. 목사님께서 손을 하늘 위로 들어 올리셨다.

"처단하라!"

목사님의 손짓과 함께 사람들은 함성을 내지르며 일제히

준의 집 안으로 뛰어 들어갔다. 문은 열려 있었다. 사람들은 내부를 둘러보면서 흉기가 될 만한 것들을 챙겨 들었다. 주로 텃밭을 가꾸기 위해 준비해 놓은 농기구들이었다. 그들은 불도 켜지 않은 상태로 막무가내로 집 안을 살피기 시작했다. 그때 냉장고를 연 누군가가 바닥에 자빠졌다. 잭의 아버지, 헤이슨이었다. 그는 냉동실 안을 가리키며 얼굴을 굳히고서 외쳤다.

"머리, 사람 머리다!"

사람들이 부엌을 향해 달려 들어갔다. 그곳에는 정말로 머리로 보이는 무언가가 검은 비닐봉지에 싸여 있었다. 남아 있던 일말의 의심은 완전한 적의로 뒤바꼈다.

"누구야?"

정이 2층에서 내려왔다. 침묵이 이어졌으나 순간이었다. 사람들은 정에게 영화 속 인디언처럼 소리를 지르며 달려들었고, 계단에서 그를 잡아챘다. 정은 몸부림을 쳤으나 아버지가 손에 쥐고 있던 검은 돌로 정의 머리를 내리치는 바람에 그대로 1층을 향해 고꾸라지고 말았다.

"대체 왜……?"

정은 핏발이 선 눈으로 아버지를 노려보았다. 그러나 아버지는 대답 대신 검은 돌로 한 번 더 정의 머리를 내리칠 뿐이었다. 사람들은 계단 아래로 굴러떨어진 정에게 달려들기 시작했다. 먹잇감을 발견한 맹수들 같았다. 그들은 나이프로, 주먹으로, 발로, 바닥에 쓰러져 있던 정을 공격했다. 피가 사방에 튀었다.

정은 반항은커녕 비명조차 지르지 못하고 그대로 죽었다. 나는 1층 구석에 서서 두개골이 깨진 채 눈을 껌뻑이던 정의 마지막 모습을 보았다. 목사님께서 직접 그의 숨통이 끊어진 것을 확인하셨다. 그러나 울음소리는 여전히 사라지지 않고 있었다. 2층 난간에서 컵 깨지는 소리와 함께 비명이 들려왔다.

희였다. 그녀는 재빨리 입을 막았으나 이미 소리가 새어 나간 후였다. 사람들은 빠르게 희를 쫓아가기 시작했다. 가장 선두에 선 사람은 로버트였다. 빠르게 계단을 타고 오른 그는 망치를 들고서 희를 향해 달려들었다. 그녀는 가까스로 몸을 숙여 로버트의 공격을 피했다.

희의 발걸음은 아래층으로 향하지 않았다. 그녀는 반복해서 준의 이름을 부르며 방으로 뛰어 들어갔다. 그러나 준의 방은 비어 있었다. 뒤쫓아 오는 사람들을 보고 놀란 희가 빠르게 방 문을 잠그고는 외쳤다.

"경찰! 누가 경찰 좀 불러 주세요!"

그때 문이 부서지며 로버트와 더불어 그의 옆에 서 있던 남자의 얼굴이 보였다. 보안관 척이었다. 희는 그의 얼굴에 묻어 있던 정의 피를 보고서는 뒷걸음쳤다. 그들은 동시에 희를 향해 달려들었다. 막다른 곳으로 몰린 희는 어쩔 수 없이 창문 밖으로 뛰어내렸다. 그녀는 바닥에 부딪혀 다리가 부러졌으나 필사적으로 팔을 움직여 바닥을 기었다. 그러나 그녀가 향한 곳에는 신의 전사들이 서 있었다. 희가 겁에 질린 목소리로 그들을 올려다보며 말했다.

"얘들아."

신의 전사들은 어른들보다도 더욱 잔혹했다. 그들은 믿음으로 강하게 무장한, 말 그대로 '전사들'이었다. 나이프를 거머쥔 그들의 손짓에는 일말의 주저함도 없었다. 그들은 희의 얼굴을 피해 그녀의 배를 반복적으로 난도질했다. 희의 피가 잔디밭을 붉게 물들였다.

나는 사방에 낭자한 피를 보면서 멍하니 서 있었다. 무슨 일이 벌어지고 있는지 알지 못했다. 아직 꿈속에 있는 것 같기도 했다. 심판은 준의 집 거실에서 계속해서 진행되고 있었다. 몇몇 마을 사람들은 정과 희의 시체를 끌고 와 거실 실링팬에다 밧줄로 매달아 놓기도 했다. 그러고도 분이 풀리지 않았는지, 삿대질하며 욕설을 퍼붓고 손에 쥔 것들로 그들의 살갗을 찔렀다.

나는 순간 구역질이 솟구쳐 싱크대를 향해 달려갔다. 그대로 속에 든 것을 토해 내고 나서 고개를 들어올렸을 때, 문이 열린 냉동실이 보였다. 나는 조심스럽게 냉동실을 향해 다가갔다. 검은 봉지를 살짝 들춰 보자, 내용물이 드러났다. 냉동실에 들어 있던 것은 사람의 머리가 아니라 한 마리의 문어였다.

나는 가만히 냉장고 안을 바라보며 잠시 멍하니 서 있었다. 사람들에게 사실을 말하려 고개를 돌리려던 그 순간, 뺨에 강한 충격이 가해지면서 세상이 한 바퀴 빙 도는 것 같은 느낌이 들었다. 다시 앞을 봤을 때는 손에 피 칠갑을 한 아버지가 서 있었다. 나는 피로 붉어진 뺨을 감싸 쥐고는 아버지를 바라보았다. 아버지가 내 손을 붙잡으며 다급하게 말했다.

"네 손으로 끝내야 한다. 꼭 네 손으로."

그리 말하고는 내 손에 무언가를 들려 주었다. 검은 돌이었다. 돌에서는 정의 피가 뚝뚝 떨어지고 있었다. 마침 잭이 나타나 내 목덜미를 붙잡더니 밖을 향해 고갯짓을 했다. 그의 손에 들려 있던 피 묻은 나이프가 번쩍였다. 울음소리는 전혀 사그라들지 않고 오히려 커져 가고 있었다. 아버지는 우리가 지나갈 수 있게 한 걸음 뒤로 물러나 길을 터 주었다.

어른들이 정과 희의 시체를 처리할 동안 아이들은 함께 움직였다. 우리는 소리를 따라 차고로 향했다. 나는 선두에서 어둠을 헤치며 나아갔다. 그때 나는 시험을 받고 있었다. 준의 가족들과 함께하며 쌓아 올린 죄를 씻을 수 있는 마지막 기회였다. 문 근처로 다가가면 다가갈수록 울음소리는 커져 갔다. 금방이라도 숨이 넘어갈 것 같은 소리였다.

그런데 차고 문 앞에 도착하자마자 뚝 하고 울음소리가 그쳤다. 그 순간만큼은 어떤 일도 없었던 것처럼 고요했다. 시험도, 기회도, 죽음도 모두 다른 세상의 이야기인 것 같았다. 아이들이 문을 둘러쌌다. 얼굴에는 긴장감이 역력했고, 티셔츠를 모조리 적신 식은땀은 바닥에 우리가 지나온 흔적을 남기고 있었다. 잭은 나에게 시선을 둔 채로 턱끝으로 문고리를 가리켰다.

조심스럽게 문고리에 손을 가져다 대자 스위치가 켜진 것처럼 방울 소리와 함께 웃음소리가 다시 들려왔다. 문고리를 잡아당기자 준이 보였다. 그러나 내가 알던 준은 아니었다.

그는 품이 큰 화려한 옷을 입고서 양손에는 각각 휘어진 칼과 방울 다발을 들고 있었다. 돼지들이 커다란 쇠꼬챙이에

꽂힌 상태로 차고 중앙에 박제되어 있었다. 바닥에 놓여 있는 앉은뱅이책상 위에는 음식들이 가득했다. 그 주변에는 목이 비틀어진 닭들의 사체가 널브러져 있었다.

갑자기 큰 북소리와 함께 쇠 찢는 듯한 소리가 들려왔다. 시선이 구석으로 모였다. 구석에 놓여 있는 관 위에 노인의 형상이 보였다. 노인은 구릿빛이 도는 넓적한 철판을 손에 든 채 관 위에서 펄쩍펄쩍 뛰고 있었다. 그는 우리를 보며 씩 웃더니 잡고 있던 나무 봉으로 철판을 더욱 강하고 빠르게 두드리기 시작했다.

그 와중에 준은 날다시피 차고 안을 뛰어다니고 있었다. 입고 있던 오색의 옷자락이 준의 움직임에 따라 흩날리면서 눈을 어지럽게 했다. 사방에서 알아듣지 못할 기도문이 들려오고 있었다. 준은 하늘을 향해 두 팔을 뻗고는 눈을 까뒤집으며 소리쳤다.

"어허! 좋다!"

점차 박자가 빨라졌다. 그는 이내 들고 있던 칼로 쇠꼬챙이에 꽂혀 있던 돼지를 베었다. 돼지의 살이 깊게 잘려 나가면서 크게 벌어졌다. 그러더니 준은 우리를 향해 씩 웃으면서 자기 팔에 칼을 가져다 댔다. 금방이라도 피가 솟구칠 것 같았으나 그의 팔은 상처 하나 없이 멀쩡했다.

아이들은 일제히 그 자리에 굳은 채 서 있었다. 순간, 쿵 하는 소리와 함께 누군가 차고 문을 두들겼다. 비명에 놀라 뒤를 돌아보니 잭이 허겁지겁 문과 씨름하며 도망치려 애쓰고 있었다. 그의 행동에 덩달아 겁에 질린 다른 아이들도 비명을 지르면서 차고를 나가 도망가 버렸다.

　정신을 차렸을 때 그곳에 남은 사람은 나뿐이었다. 나 역시 도망가고 싶었으나 무수한 손이 내 다리를 붙잡고 있는 것처럼 몸을 움직일 수가 없었다. 피가 날 정도로 입술을 깨물자 간신히 손만은 살짝 움직일 수 있을 것 같았다. 나는 주머니에 들어 있던 권총을 천천히 꺼내 들었다. 준이 제자리에서 빨라지는 박자에 맞춰 발을 크게 구르면서 외쳤다.

　"잘들 논다!"

　사방에서 인기척이 느껴졌다. 그들은 자신의 존재를 드러내려는 듯 차고에 있던 물건들을 넘어뜨리고는 문을 두들기며 기괴한 소리를 냈다. 갑자기 무대 위에 서 있는 것만 같은 느낌을 받았다. 그들은 관중이고, 준과 나는 그들의 호응에 맞춰 움직이고 있었다. 준의 춤사위는 더욱 과감해졌다.

　"……하늘에 계신……"

　나는 천천히 그리고 또박또박 기도문을 외우려 했다. 그런데 입술이 터지면서 피가 흘렀다. 이내 뚝 하는 소리와 함께 이가 하나 부러지면서 입 밖으로 튀어나왔다. 혀가 여러 갈래로 갈라지며 뱀처럼 입안을 날뛰기 시작했다.

　기도마저 할 수 없게 되자 나는 준을 향해 권총을 들어 올렸다. 빨라진 북소리에 심장이 터질 것만 같았다. 준을 겨냥하고 방아쇠에 검지를 올렸다. 문득 준이 멈춰 서더니 고개를 홱 돌리고는 가만히 나를 바라보았다.

　내가 마주한 것은 준의 형상을 하고 있었으나 준이 아니었다. 입은 불에 탄 듯이 살점들이 녹아 윗입술과 아랫입술이 붙은 채였고, 코는 뭉개져 있었다. 흰자위라고는 찾아볼 수 없는 검고 커다란 동공만이 나를 응시했다. 그것이 내뿜는 기운에 숨이 제대로 쉬어지지 않았다. 그것이 말했다.

"왔니?"

나는 방아쇠를 당겼다. 그러나 총알은 준을 맞추지 못했다. 오히려 반동을 이기지 못하고 권총이 손에서 미끄러지면서 손등에 상처를 냈다. 피가 바닥에 뚝뚝 흘렀다. 준은 천천히 나를 향해 걸어왔다. 뒷걸음을 치려 했으나, 여전히 다리가 밧줄로 묶인 것처럼 움직일 수 없었다. 내 앞으로 다가온 준은 어느새 본래 자기 얼굴을 하고 있었다. 그는 나를 향해 살짝 미소를 지으며 내 손등에 흐른 피를 어루만지고는 자기 얼굴에 바르기 시작했다.

"*더러운 피……*"

그 모습을 보다가 왼손에 들고 있던 검은 돌을 놓칠 뻔했다. 준은 소리 내어 웃기 시작했다. 이제껏 들었던 웃음소리 중 가장 기이했고, 뒤틀려 있었다. 소리는 고통스러움과 동시에 해방감으로 가득했다. 심지어 즐거워 보이기도 했다. 이 상황과 이 모든 존재들이 가소롭다는 듯이 낄낄거리며 소리 내어 웃던 그것이 말했다.

"자유로워."

어둠이 목소리를 가지면 그런 목소리일 것 같다고 생각했다. 머릿속을 휘젓듯이 두통이 몰려왔다. 그것은 이번엔 피로 물든 자기 몸을 어루만졌다.

"너희가 방해꾼들을 죽였어. 고마워."

방해꾼이라니. 무슨 말을 하는지 도통 이해할 수 없었다.

"너…… 누구야?"

"나? 누구……라고 말할 수 있을까?"

한국말과 영어, 그리고 알 수 없는 언어들이 섞여 들려왔다.

"도대체 우리한테 왜 이러는 거야! 도대체 왜 이렇게 괴롭히는 건데!"

"왜냐고?"

그것은 그 깊고 검은 눈으로 나를 노려보았다.

"너희도 너희 자신이 사람이라 생각하잖아. 우리도 그런 거야."

나는 검은 돌을 있는 힘껏 쥐었다. 분노에 손이 부들부들 떨려 왔다. 준은 나를 힐끔 보더니 웃으면서 한 손에는 넓적하고 긴 칼을, 다른 한 손에는 방울을 들고 흔들며 다시 춤을 추기 시작했다. 나는 저주하듯 속으로 다짐했다.

죽여야 한다.

필히 죽여야 한다.

이제껏 보아 온 준의 모습들이 빠르게 스쳐 갔다. 처음 그를 보았을 때부터 함께 규칙을 정하고 밤마다 만나 이야기를 나눴던 순간들. 아름답지 않았다. 악마는 언제나 인간을 유혹하는 모습으로 다가왔으니까. 그와 보냈던 모든 순간들에 진절머리가 났다.

"그만해!"

가까스로 뱉은 내 외침에 그것의 웃음이 그쳤고, 잠시 침묵이 이어졌다. 그것은 가만히 뒤돌아 있다가 나를 향해 홱 돌아보며 무표정하게 말했다.

"뭐 해? 이 애 안 죽이고."

그 말이 끝나기도 전에 나는 검은 돌로 준의 머리를 내리쳤고, 그는 그대로 바닥에 쓰러졌다. 계속해서 돌로 그의 얼굴을 내리찍었다. 피와 살점들이 내 얼굴에 튀었다. 팔을 휘두르면 휘두를수록 죄가 덜어지는 듯했다.

뼈 으스러지는 소리와 함께 자리에서 일어나 바닥을 향해 돌을 내던졌다. 눈을 감고서 두 손을 마주 잡고는 기도문을 외우려 했으나 차마 목소리가 나오지 않았다. 오직 내 숨소리만이 들려왔다.

"고마워."

눈을 뜨니 준의 턱이 너덜거리고 있었다. 그럼에도 그의 목소리는 계속해서 들려왔다.

"이제 난 너와 영원히 함께할 수 있게 됐어."

04. 1998

"검은 머리가 파뿌리가……"

지루한 주례사에 술에 취한 사람들은 고개를 주억거리고 있었다. 술에 취하지 않은 사람들도 부동산이나 주가가 얼마나 올랐는지, 자기 아이가 어느 대학에 갔는지 등 결혼식과 관련 없는 이야기만 나눌 뿐이었다.

이윽고, 사회자의 너저분한 장난이 섞인 축사와 함께 결혼 행진곡이 울리면서 식은 마무리되었다. 민경은 가족들을 향해 미소를 지었으나 한은 줄곧 무표정했다. 그의 시선은 다른 곳으로 향했다. 결혼식장 입구 쪽에서 친척들 중 하나가 술에 취해 주사를 부리고 있었다.

"이야 잘 산다. 잘 살아. 누구는 신병 앓고서는 정신 병원에서 뒈져 가고 있는데?"

호텔 측 경호원들이 나타나더니 그를 붙들고는 어딘가로 끌고 나갔다. 그는 끌려 나가면서도 민경을 향해 삿대질을 하면서 소리쳤다.

"재수 없다! 재수 없어!"

민경의 아버지는 본인 집에서 잔치가 있을 것이라며 어수선한 분위기를 수습하고자 애를 썼다. 그러나 식어 버린 분위기는 쉽사리 다시 달아오르지 않았다. 친척들은 눈치를 보며 자리를 피하거나, 몰래 자기들끼리 식당을 예약하고는 그곳에서 술자리를 이어 가기로 했다.

◇◇◇◇◇

결혼식을 마친 한과 민경은 함께 웨딩 카에 올라탔다. 운전석에 앉아 시동을 건 한은 벅차오르는 듯 눈물이 가득한 눈으로 숨을 고른 후 혼잣말하듯이 말했다.

"고생했어."

"오빠도."

그러나 둘이 나눈 말은 대화가 아니었다. 한은 룸 미러를 한 번 보더니 엑셀을 밟았다. 도로에는 둘을 배웅하는 사람들로 가득했다. 민경의 얼굴에서 웃음기가 가셨다. 한 무리의 사람들이 굳은 표정으로 민경을 보고 있었다. 한의 친구들이었다. 그들의 시선은 차갑고 매서웠다. 손에는 뒤집힌 십자가를 쥔 채로, 다른 한 손에는 검은 돌을 든 채로. 민경은 그들에게서 기시감을 느꼈다. 마침 달리던 차가 신호에 걸려 멈춰 섰다.

"미안해. 미안해……."

민경은 한을 향해 고개를 돌렸다. 한이 머리를 핸들에 파

묻은 상태로 혼잣말을 이어 가고 있었다. 조수석에서 민경이 떨리는 목소리로 물었다.

"왜? 나한테 왜 미안해?"

민경은 한의 등에 손을 올리려다 말았다. 한의 입술이 파르르 떨리고 있었다. 그는 고해 성사를 하듯이 두 손을 모았다.

"다들 죽었어. 잭도, 폴도, 피트도……. 잭은 약을 하고 찻길에 뛰어들었고, 폴은 이상한 게 보인다면서 자기 눈을 파 버렸어. 제일 미친 건 패트릭이었어."

한은 온몸을 떨기 시작했다.

한국에 오기 직전, 한은 패트릭을 찾아갔다. 패트릭은 한의 부모님이 머물고 있는 교회 병원의 지하에 있었다. 우직한 철문이 세 개나 됐고, 내부에는 그 어떠한 외부 물건도 반입할 수가 없었다. 영원히 벗어날 수 없는 감옥 같았다. 의외로 복도는 조용했다. 동굴에 온 것처럼 한과 교도관 같은 간호사의 발소리만 울릴 뿐이었다. 간호사가 창살 달린 방의 문을 열어 주며 속삭였다.

"조심해요."

한이 그녀를 노려보았다. 그녀가 얼굴을 그에게 가까이 대며 말을 이었다.

"악마가 들어섰거든요."

방 안으로 들어서자, 침대에 묶여 있는 한 사내가 보였다. 줄로 온몸이 결박된 상태에다 입에도 구속구가 채워져 있었다. 그러나 그의 빛바랜 오드 아이는 이미 많은 것을 말하고 있었다. 간호사가 그의 입에서 구속구를 제거하자 그가 한에게 소리쳤다.

"너도 우리와 같아!"

운전대를 잡고 있던 한이 울먹이는 목소리로 말했다.

"교회 때문에 그랬다고…… 아멘이란 소리를 들으면 자기 귀를 찢고 싶었다고……."

패트릭에게 과거의 모습이라고는 찾아볼 수 없었다. 머리카락은 모두 빠져 있고, 몸을 비롯해 얼굴을 손톱으로 자해하듯 긁다 보니 상처들로 피부가 짓물러 있었다. 마치 교회 지하실에서 보았던 베티를 마주한 것 같았다. 민경이 한을 향해 소리쳤다.

"오빠!"

그러나 한의 말은 민경을 향하고 있지 않았다. 민경은 핏기가 가신 한의 얼굴을 보고는 말을 잇지 못했다. 그 순간, 민경은 아까 본 한의 친구들을 어디서 보았는지를 기억해 냈다. 과거 한을 다시 만났던 그 골목에서 그들은 한을 향해 소리치고 있었다.

'놈들을 찾아내.'

한은 반복해서 눈을 감았다가 뜨기를 반복했다. 마치 꿈에서 깨려는 듯이. 안 될 것을 알면서도, 약속을 깨고서 자신의 손으로 죽여 버린 '나'라는 지독한 과거로부터 달아나기 위해, 교회의 지하실에서 금식하며 고문에 가까운 기도를 하고, 심지어는 피부 일부를 도려내는 고행을 하면서 밤낮없이 기도했으면서도. 한이 소리쳤다.

"제발, 그만!"

민경이 조심스럽게 한의 어깨에 손을 올리려 했다.

"오빠, 왜 이래?"

그런데 한이 거칠게 민경의 손을 뿌리치더니 민경의 얼굴을 향해 경고하듯 삿대질을 하며 힘주어 말했다.

"더러운 손 치워."

민경은 몸을 움츠렸다. 자상하고 배려심 많던 한은 어디에도 없었고, 충동적이고 핏발 선 눈을 이리저리 굴리면서 자신을 향해 욕설을 퍼붓고 있는 한 성난 짐승만이 그 자리에 있었다. 민경이 혼잣말을 했다.

"오빠, 미쳤어."

그러나 민경의 우려와 달리 한은 전혀 미치지 않았다. 그는 룸 미러를 반복적으로 확인하며 뒷자리를 보고서 말했다. 자신을 오래도록, 아주 오래도록 바라보고 있던 '나'에게. 나는 너 덜거리는 턱을 가지고도 한의 입 모양을 정확하게 따라 했다.

네 이름이 뭐야?

◇◇◇◇◇

누구도 말하지 않으면 없던 일이 된다.

누가 말했는지는 기억이 나지 않는다. 내가 죽은 날의 기억은 단편적으로만 남았다. 멍하니 차고에서 기도문을 중얼거리며 서 있던 한은 그의 아버지에 의해 내 집에서 밖으로 끌려 나갔으며, 그와 동시에 집에는 큰 불이 났다. 마을 사람들은 내 집에 치솟은 불길을 가만히 바라보았다.

한은 아버지의 품에 안겨 울었다. 검은 연기와 함께 하늘로 치솟는 불길 속에서 무언가 뛰어나올 것만 같았기 때문이다. 지옥의 풍경 속 불과 함께 온몸에 그을음을 안고 다가온 그것은 마을 사람들을 향해 저주하겠지. 한의 머릿속에서 그것은 내 얼굴을 따라 하고 있었다.

그러나 불길 속에서는 무엇도 나오지 않았다. 동이 틀 때까지 타오르던 불길은 이내 할아버지를 비롯한 네 사람의 시체와 넓적한 칼과 방울 다발, 그리고 옻나무로 만들어진 할아버지의 관조차 형체도 알 수 없게 불태워 버렸다. 마을 사람들은 묵은 얼룩을 씻어 냈다는 듯이 희미한 미소를 지으며 자연스럽게 하나둘 자신의 집으로 돌아갔다.

'경제적 문제로 인한 일가족 자살.'

마을 신문에 사건은 한 줄로 기록될 뿐이었다. 장례는 치러지지 않았다. 한의 아버지는 기자와의 인터뷰에서 같은 한인으로서 우리들의 죽음이 안타깝다고 말했으나 맺음말로는 지역 커뮤니티에 더욱 도움이 되는 사람이 되겠다고 약속하며 추도사 같지 않은 추도사를 남겼다

교회에서는 한동안 기도 소리가 계속해서 들려왔다. 아침부터 밤까지 자리가 가득 차다 못해 바닥에 꿇어앉아 기도하는 사람들도 많았다. 사건 직후 마을 사람들은 매일같이 교회를 찾아와 목사의 설교를 들었다. 그들은 전보다도 더욱 악을 쓰고, 소리를 질러 댔다. 그들은 틀리지 않아야 했으니까. 그들이 믿는 것은 옳아야 했으니까. 그래야 우리를 죽인 사실을 합리화할 수 있었으니까.

한은 목사에게 그가 그간 겪었던 일들에 대해 고백했다.

간증하듯 목사의 발치에 엎드려 구원을 갈구했다. 목사는 가만히 한의 간증을 듣고 난 후 그의 머리를 쓰다듬으며 그에게 치료가 필요하다고 말했다. 교회에서의 치료만이 한과 한의 가족이 엔젤타운에서 저지른 죄만이 아니라, 그의 조상들이 저지른 지독한 사슬을 끊어 낼 수 있다고. 한은 주저하지 않고 치료를 받아들이기로 했다. 그가 지하실로 내려가기 직전에 목사가 한에게 물었다.

"그들이 여기 있니?"

한은 조심스럽게 목사의 어깨 너머를 바라보았다. 우리는 목사의 등 뒤에 자리하고 있었다. 아버지는 머리가 부서진 상태로, 어머니는 내장을 쏟아 내면서, 그리고 나는 부서진 턱을 너덜거리면서 계속해서 한에게 말을 걸었다. 목사는 한의 대답을 미처 듣기도 전에 그를 지하실로 이끌었다. 목소리가 들려왔다.

"죄에서 멀어지려 할수록 죄와 가까워질 것이다."

지금도 여전히 나를 비롯한 내 가족은 한을 지켜보고 있다. 한의 시선이 닿는 곳에서 우리는 늘 고향에서의 일들을 끊임없이 말했다. 한이 일을 할 때도, 잠을 잘 때도, 사랑을 나눌 때에도. 자동차 뒷좌석에서 머리에 피를 흘리면서, 누구는 난간에 걸터앉아 배가 난도질당해 창자를 내보인 채로, 또 누구는 결혼식 무대 한가운데에서 무당의 화려한 옷을 입고 한 손에는 칼, 한 손에는 방울을 든 채 짓이겨진 얼굴로. 각자 이야기를 하면서 한을 지켜보고 있었다. 한은 룸 미러로 우리 가족을, 그 중에서도 나를 보며 핏발 선 눈을 부릅뜨고 외쳤다.

"내, 내가 너, 널, 처, 처음 봤을 때 직, 직접 죽여야 했어. 이단자 새끼."

한은 룸 미러에 매달린 십자가를 거꾸로 붙잡았다.

"내, 내가 겁먹을 것 같아? 네 더, 더러운 핏줄들을 이, 이제 다 찾아냈어."

한은 다른 한 손으로 민경의 머리를 잡아챘다. 민경이 한의 손목을 붙잡고는 놓으라며 소리쳤으나 한은 놓지 않았다. 나는 계속해서 한에게 말했다.

나는 기억하고 있어. 모든 걸.

민경의 얼굴에는 두려움이 한껏 드리워져 있었다. 한의 입장에서는 마땅히 그래야만 했다. 그녀는 내 핏줄이었으니까.

◇◇◇◇◇

"한."

교회에서의 치료가 끝난 후 목사님께서는 나를 다시금 찾아오셨다. 나는 교회 지하 바닥에 발가벗은 상태로 엎드려서 그를 맞이했다. 목사님께서는 치료를 받으면서 생긴 내 상처들을 어루만지더니 짧은 기도를 해 주셨다. 감사함에 눈물이 쏟아졌다. 목사님께서는 기도를 마친 후에 내 머리맡에 검은 돌을 놓으시고는 말씀하셨다.

"방황하는 이들을 찾거라. 그리고 내가 너에게 했듯이 그들을 인도하거라. 신의 전사들이 너를 도와줄 것이다."

목사님께서는 이 땅 위에서 기생하고 있는 그들과 관련된 싹들을 모두 없애 버려야 한다고 말씀하셨다. 나는 엎드려 울부짖었다.

"길 잃은 양들을 기꺼이……."

그리고는 내 머리맡에 놓여 있던 검은 돌에 손을 올리고 기도를 올렸다. 신음이 들려왔다. 고개를 돌려 보니 베티 또한 검은 돌을 향해 기도하고 있었다. 바닥에 양팔과 다리가 포박된 채 죄를 말하고, 보지 못하게 혀와 눈이 뽑혀 있었다.

이후 나의 삶은 목사님의 계시를 따르는 것에만 집중되었다. 준의 핏줄을 찾는 것은 쉬웠다. 신의 전사 동료들이 나를 도와주었다. 미국 정계와 금융계 등 사회 곳곳에 자리 잡고 있는 그들은 내게 준의 주민등록번호부터 과거에 살던 집 주소, 출신 학교 그리고 친척들의 신상명세서를 비롯한 여러 정보를 건네주었다. 그때 나는 처음으로 민경이라는 사람에 대해 알게 되었다. 준의 친척들에게 전화를 걸어 나 자신을 준이라 소개하고는 민경에 관해 물었다. 친척들은 준은 물론이고 민경에 대해 잔뜩 성을 내며 말했다.

민경 역시 준과 마찬가지로 조상신을 피해 도망친 것이라고.

민경은 준과 6촌 관계로 준보다는 살짝 늦게 미국으로 왔다. 민경의 존재에 대해 알게 된 후로 나는 도시로 나와 그녀를 오래도록 지켜보았다. 작은 키에 검은 머리, 특히 눈빛이 준과 닮아 있었다. 그녀만을 해할 생각은 없었다. 나는 단순히 그들을 찾아내는 것에 그치지 않고 그들의 일원이 되어 그들 전체를 뿌리 뽑으려 했으니까. 그러기 위해 나에게는 그럴듯한 집과 차 그리고 그들의 구미를 당기게끔 할 권위가 필요했다.

그간 민경과 나 사이에 있었던 지리한 과정들은 오직 한순간, 이 결혼식을 위해서였다. 나는 결혼식을 통해 준의 친척을 비롯해 조금이라도 그의 가족과 관련된 이들의 정보를 얻었다. 신의 전사들이 모두 그들을 뒤쫓고 있을 것이다. 민경이 내 손아귀를 벗어나려 창문을 향해 손을 뻗으며 외쳤다.

"내려 줘!"

나는 민경의 목덜미를 붙잡고는 그녀의 귀에 속삭였다.

"내가 이겼어."

이 사탄의 자식들. 내가 모를 줄 알았는가? 분명 목사님께서는 나를 시험하기 위해, 아니, 준의 머리에다 총알을 박아 넣지 못한, 그 이전에 그가 악마임을 알고 있으면서도 그를 죽이지 못한 나를 벌하기 위해, 아니, 마지막 구원의 손길을 내밀기 위해 이런 시련을 내리고 계신 것일 테다.

준의 벌어진 턱이 다시금 움직이기 시작했다. 지겨운 이야기들이 쏟아졌다. 엔젤타운의 지루한 나날들과 처음 나를 만났을 때의 이야기, 밀고 당겨지는 과정 속에서 내가 알고 싶지 않던 그의 할아버지와 정과 희 그리고 준만이 알 수 있는 사실들. 그리고 끝내 내가 그를 향해 방아쇠를 당기고, 검은 돌로 그의 얼굴을 짓이겼을 때의 감각.

나는 가로등을 향해 있는 힘껏 핸들을 꺾고 고개를 돌려 뒤를 바라보았다. 준과 그의 가족이 보였다. 그들에게 똑똑히 보여 주고 싶었다. 내가 어떻게 너희 사탄의 자식들을 개화하고 또 벌하는지를.

작품해설
한국과 미국, 죽음과 삶 사이에서 방황하는 이민자

김봉석
대중문화평론가. 전 《씨네21》 기자,
부천국제판타스틱영화제 프로그래머.
『하드보일드는 나의 힘』, 『나의 대중문화 표류기』 등의 책을 썼다.

1. 미국인이거나 한국인이거나

　한국인에게 미국은 어떤 나라일까?

　일본이 패망하고 한반도에 들어와 3년간 남한 지역을 통치한 나라. 남한과 북한에 각각 독자적인 정부가 수립된 후 미국은 떠났다. 하지만 1950년 6월 25일 북한의 군대가 남한을 침공하면서 미국은 다시 돌아온다. 미국과 UN군이 없었다면, 소련의 군사적 지원을 받고 중국의 병력이 더해진 북한에게 아마 남한은 패배했을 것이다. 미국은 남한의 자유를 지켜 준 우방으로, 국가와 민족의 해방자이고 구원자였다.

　36년의 식민 지배에서 벗어나 겨우 나라를 되찾았지만, 다시 민족상잔의 전쟁을 겪은 한국은 최빈국이었다. 많은 나라의 원조를 받으며 조금씩 성장했지만, 자원도, 기술도 없는 한국의 발전은 쉽지 않았다. 한국은 독일에 광부와 간호사를 보내고, 베트남에 군인을 보내고, 중동에 건설 노동자를 보내면서 외화를 벌어들였다. 5·16 군사 쿠데타로 정권을 잡은 박정희는 3선 개헌으로 장기 집권을 하더니, 다시 영구 집권을 꿈꾸며 친위 쿠데타로 10월 유신을 감행해 북한의 김일성 못지않은 독재자가 되었다. 이승만, 박정희와 전두환 군사 독재 시절, 많은 한국인이 해외로 떠났다. 가난에서 벗어나기 위한 탈출도 있었고, 지독한 사회적 억압에 숨이 막혀 도망친 사람도 있었고, 폭력적인 독재 정권과 싸우다가 겨우 목숨만 부지해 망명하는 이들도 있었다.

가장 많은 한국인이 이주를 시도한 나라는 미국이다. 미국은 우리의 구원자이며, 세계의 중심이고, 가장 앞서 있는 선진국이었다. 이민자들에 의해 탄생했고, 지금도 세계 각지의 수많은 사람들이 선망하며 향하는 나라다. 미국에서 아메리칸드림을 이룰 수 있을 것이라 생각한 많은 사람들이 고향을 떠나 바다를 건너 새로운 생활을 시작했다.

미국의 이민사는 장대하다. 1600년대에는 주로 영국, 독일, 네덜란드 등 서유럽에서 온 이민자들이 정착했다. 종교의 자유와 경제적 기회를 찾아온 사람들이 많았는데, 한편으로는 아프리카인들이 강제로 끌려와 노예가 된 시기였다. 자유를 상징하는 나라, 미국은 흑인 노예의 피와 땀으로 만들어졌다.

19세기 중반부터 아일랜드의 대기근, 독일의 정치적 혼란 등을 이유로 아일랜드인과 독일인이 대거 유입되고 이후 남유럽(이탈리아, 그리스 등)과 동유럽(폴란드, 러시아 등) 출신 이민자들이 그 뒤를 이었다. 그리고 캘리포니아의 골드러시 등으로 인해 중국인 이민이 증가하자, 1882년 중국인 배제법 같은 인종 차별적인 이민 제한 정책도 생겨났다. 1863년 공식적으로 노예 해방령이 선언되면서 힘든 일에 투입할 노동력이 부족하여 중국인을 대거 받아들였으면서도, 유색 인종에게 백인과 동등한 자격을 주기는 싫었던 것이 그 이유였다. 중국인 배제법은 1943년에 폐지되었다.

미국의 국가 체제가 확고하게 갖추어진 1920년대에는 특정 국가 출신의 이민을 제한하는 할당제가 도입되었다. 주로 남동유럽 이민자를 억제하고 기존 서유럽계 이민자의 비중을 유지하려는 목적이었다. 1965년에는 이민 및 국적법(Immigration and Nationality Act)이 제정되면서 인종 차별적인 할당제가 폐지되고, 가족 재결합과 전문 기술 이민이 우선시되는 정책으로 전환되었다. 이후 아시아와 라틴 아메리카 출신 이민자들이 크게 늘었고, 미국의 이민자 구성을 다양하게 만드는 데 많은 영향을 미쳤다. 한국인이 대거 미국으로 이주한 것도 이 시기였다.

2000년대 들어서는 불법 이민 문제, 국경 안보 강화 그리고 경제적 기여도를 중시하는 이민 정책으로의 변화가 이루어지고 있다. 특히 트럼프의 2차 집권기에는 이민 규제를 강화하고 폭력적인 국외 추방이 이루어지는 등 강력한 반이민 정책이 펼쳐지고 있다. 미국이라는 나라는 1776년 건국한 이래 다양한 이민을 통해서 풍부한 재능을 받아들이며 20세기 최고의 국가가 되었지만, 지금은 애매한 상황에 처해 있다. WASP[49] 중심의 지배 체제는 견고했다. 그들은 모든 인간이 평등하다고 말하지만, 특히 유색 인종에 대한 편견과 부정적 시선 그리고 혐오는 지금도 미국에서 많은 문제를 일으키고 있다.

김준녕 소설 『제』의 한과 민경도 미국 이민자로서 지난한

---

49) White Anglo-Saxon Protestant. 앵글로 색슨계 백인 개신교도.

투쟁의 과정을 거쳐야만 했다. 한은 미국에서 나고 자란 한국계 미국인이다. 정식 이름은 박한영이지만 백인들은 모두 그를 한이라고 부른다. 그들의 입장에서 '한영'은 발음하기 어려우니까. 미국 이름 같지 않으니까. 반면에 한국인이라면, '한'이라는 한 글자만 들어도 그가 한국인이라는 것을 확신할 것이다. 미국에서 태어나도 미국인으로 인정받지 못하는 한. 그의 할아버지는 언제나 미국인이 되기를 원했다. 자신의 부를 지키기 위해서. 더 많은 부를 얻기 위해서. 그의 할아버지에게 조국인 한국은 단지 돈을 벌어 주는 수단에 불과했다.

한은 자신의 가족에 대한 이야기를 꺼내며 말을 더듬기 시작했다. 태평양 전쟁이 터질 무렵 산기슭에 숨어 있는 남자들을 잡아다 징용을 보내고, 집에 멀쩡히 있던 여자들을 끌고 가 정신대로 보내던 증조부와 미국이라는 먼 타국의 땅에서 동포들의 고혈을 짜내 가며 재산을 키웠던 할아버지.
_ p.150

민경은 한과 다르다. 그는 도망치듯 미국으로 왔다. 민경의 집안은 대대로 무당이었다. 민경의 가족은 기꺼이 신을 받아들이고 대를 잇지 않으면 벌을 받아야만 한다. 신에게 자신의 인생을 바쳐야만 한다. 민경의 부모는 고통스러운 대물림을 하고 싶지 않았다. 운명을 피하기 위해서는 떠나야 한다고 믿었다. 민경에게 미국은 도피처였다. 살아남아야만 하는 곳이었다. 하지만 미국은 쉽게 민경을 받아들이지 않았다.

지옥 같은 삶에서 민경은 어떻게든 벗어나려 했다. 맨손으로 이 기회의 땅에 도착해 마트, 세탁소, 세차장 등 어엿한 사장이 된 주변 한인들을 보며 민경 역시 이 땅에서 성공하고자 마음먹었다. 그러기 위해서는 냉정해야 했다. 죽어 가는 아이가 집에 있다며 매대 물건을 도둑질하다 걸린 이를 경찰에 넘겨야 했고, 추위에 몸을 떠는 노숙자를 한밤중에 쫓아내야 했다. 총을 들고 상점 지붕 위에 모여든 사람들처럼 내 것을 챙겨야 했다. 사회를 완전히 무너뜨리지 못할 것이라면 사회에 올라서야 한다는 것이 민경의 생각이었다.
_ p.27~28

윤여정에게 아카데미 여우 조연상을 안겨 준 정이삭 감독의 영화 〈미나리〉는 1980년대에 미국으로 이주하여 정착한 한국인 가족의 이야기를 그리고 있다. 영화 속에서 제이콥(스티븐 연 분)과 모니카(한예리 분)는 미국의 대도시에 적응하지 못하고 아칸소의 한적한 시골로 이주했다. 제이콥이 도시에서 할 수 있는 일은 병아리 감별사 정도였다. 제이콥은 지루하고 반복적인 일에서 벗어나 자신의 꿈을 펼칠 목장을 가지고 싶었다. 모니카는 제이콥의 도전에 불안감을 가지고 있지만, 그녀 역시 도시의 한인 사회에서 잘 어울리지 못했다. 한적한 시골은 낯설고 불편하지만, 부부는 노력한 만큼 자신들의 농장을 가꿀 수 있을 거라고 생각했다. 부부의 할 일이 워낙 많아, 모니카의 엄마인 순자(윤여정 분)가 미국으로 와서 아이들을 돌보게 된다. 하지만 쉽게 풀리는 일은 없다. 제이콥과 모니카의 고난은 한국인만이 아니라 유럽이나 아시아의 많은 이민자들 역시 공감하며 동의할 만한, 보통의 미국 정착기였다.

제이콥과 모니카도, 한과 민경도 완전한 미국인이 되고 싶었다. 하지만 미국은 결코 호락호락하지 않다. 특히 유색 인종에게 미국인이 된다는 것은 결코 쉬운 일이 아니다. 생업도 힘들지만, 가장 어려운 일은 지역 공동체에 녹아드는 것이다. 다행히 제이콥과 모니카가 이주한 아칸소의 시골은 평화로운 곳이었지만, 한의 가족이 살아야 하는 엔젤타운은 이름과 정반대의 지역이었다. 폐쇄적이고 폭력적인 그곳에서 한의 가족은 백인 공동체의 일원이 되기 위해 지옥을 경험해야 했다.

멀리서 보았을 때 엔젤타운은 지극히 평화롭고 아늑한, 향수 가득한 공간이었다.
그러나 가까이에서 봤을 때는 전쟁터였다. 평화로운 풍경 속 살을 베는 식물들, 먹고 먹히는 동물들, 술에 취한 가장에게 매 맞는 아내와 아이들, 은행과 기업에 착취당하는 농부들, 그들은 절망을 삼켜 내며 하루를 가까스로 버티고 있었다. 그들의 평화는 보이지 않는 이들을 향한 폭력으로 지탱되었다.
_ p.92

한의 아버지는 1979년에 가족과 함께 엔젤타운으로 향한다. 그는 농장을 성공적으로 운영하여 자신의 아버지에게 인정받아야 했다. 그러기 위해서는 먼저 반드시 지역에서 자리 잡아야 한다. 하지만 도시가 아닌 시골은 더더욱 백인들만의 공동체였다. 그런 곳에서 한국인, 유색 인종이 어엿한 미국인으로 인정받기 위해서는 여러 가지가 필요했다. 돈도 있어야 하고, 신망도 있어야 한다. 돈은 농장을 운영하며 나오는 돈으로 충당할 것이지만, 신망을 위해서는 교회에 나가야 한다. 도시가 아닌 시골 공동체의 일원이 되기 위해서는 종교가 반드시 필요하다. 신의 종이 되어야 하고, 목사의 가르침대로 살아야 한다.

목사님께서 말했다.
"여러분이 구원받기 위해서는 여러분들의 조상들이 얼마나 오래 신을 믿었는지도 중요합니다. 모태 신앙이 아닌 자, 혹은 조상들의 믿음이 적었던 자들이 지옥에 떨어지지 않기 위해서는 교회에 더욱 성실하게 나와야 할 것이며, 진심으로, 단 한 순간도 흐트러짐 없이, 기도를 이어 가야 할 것입니다."
분명 우리를 겨냥한 말씀이었다. 그들 입장에서 백인이나 흑인들과 비교해 우리들은 신을 마주한 지 얼마 안 된 '미개한' 인종이었으니까.
_ p.124~125

한과 부모는 미국인만으로 이루어진 공동체의 일원이 되기를 간절하게 원한다. 그들에게 고국은 중요하지 않다. 미국과 한국 중에서 하나를 택해야만 한다면 그들은 기꺼이 미국을 택할 것이다. 다른 한국인과의 관계를 묻는 질문에, 한의 아버지는 단호하게 관계가 없다고 대답한다. 아무런 의심이 없고, 아무런 두려움도 없다.

마을 사람 중 누군가 손을 들고는 물었다.
"당신과 같은 나라 사람인가요?"
그때만큼은 아버지도 감정을 숨기지 않았다. 불쾌하다는 듯이 고개를 세차게 저었다.
"아닙니다. 우린 서로 달라요. 난 미국인입니다."
_ p.121

자신을 부정하는 자는 결국 스스로를 파괴하고 분열된다. 가족이 붕괴하고, 자아가 쪼개진다. 그들은 어디에서도 완전할 수 없다. 아버지, 할아버지의 죄는 한에게 대물림된다. 아무리 미국인이 되고 싶어도, 그들은 백인이 아니다. 결국은 이용당하고 버려질 운명이다. 무당이 신을 거부하고 벌을 받듯이, 자신의 뿌리와 정체성을 부정하고 나선 길은 그야말로 지옥이다. 한의 아버지 밑에서 일하는 중국인 챤 아저씨는 역사의 법칙을 말해 준다.

"金山."
나는 흠칫 놀랐다. 준이 교실에서 반복해서 뱉던 말이었다. 챤 아저씨는 그 말이 골드 마운틴(gold mountain)과 같은 말이라고 했다. 아저씨의 설명에 따르면 광기에 사로잡혔던 골드러시의 바람은 미국과 유럽을 넘어 중국을 비롯한 동아시아 국가들로까지 이어졌다고 한다. 모두가 희망을 가지고 미국을 향해, 서부를 향해 나아갔다고. 아저씨가 속삭였다.
"그런데 황금산은 무슨. 그때 여긴 지옥이었어. 동양인들이 미국을 삼킬지도 모른다고 하면서, 황색 위협(Yellow peril)이라는 말까지 만들어 호들갑을 떨 때였거든. 그것도 《뉴욕 타임스》에서 말이야."
이주민들은 금을 캐는 대신 철을 땅에 박아 넣었다. 그들은 미국의 동부와 서부를 잇기 위해 철로를 깔았다. '야생'이라 불리던 땅 위에서 백인들이 희망을 쫓아갈 수 있도록 발판이 되었으나 정작 그들이 받은 대가는 최소한 집과 식사는 보장받는 노예보다도 못한 대접이었다. 챤 아저씨가 눈을 크게 뜨더니 말했다.
"철도가 완성되자마자 학살이 벌어졌어."
_ p.366~367

값싼 노동력으로 쓰기 위해 중국인을 대거 받아들여 캘리포니아 개척에 사용한 미국은, 중국인 배제법으로 더 이상 중국인이 이민을 오지 못하게 막았다. 학살을 자행하고, 백인들의 공동체에 들어오지 못하게 막았다. 유색 인종은 미국의 중심에 들어올 수 없다는 명백한 신호였다.

그러나 한과 민경은 미국인이 되어야만 했다. 그래야만 살아남을 수 있다고 믿었다.

2. 우리의 신은 어디에 있는가.

비극은 자신에게 주어진 것 이상을 원하고 욕망할 때 일어난다. 능력 이상을 바라거나, 금기를 어기거나, 뒤틀린 욕망을 가질 때.

한의 가족은 미국인이 되고 싶다. 그리고 할아버지에게 인정받고 싶다. 둘 다 가능한 일이다. 하지만 미국인이라는 개념은 모호하다. 국적만으로는 안 되는 것일까? 사실 한의 아버지도, 할아버지도 국적은 그리 중요하지 않다. 한국인이건 미국인이건 그들은 돈만 벌면, 성공하기만 하면 아무 상관이 없다. 미국에서 돈을 벌기 위해서 시민권이 필요하고, 한국인을 등치기 위해서 한국인이라는 동질감이 필요할 뿐이다. 한의 아버지가 할아버지에게 충분히 사랑받고 인정받는 아들이었다면 엔젤타운까지 올 필요는 없었다. 한이 도시에 있었다면 고급 사립 학교에 갈 수도 있었고, 한의 아버지도 지역의 보수적인 교회 공동체가 아니라 상류층의 사교 파티 일원이 되었을 것이다.

그러나 지금 한의 가족은 엔젤타운에 있다. 여기에서 비극이 시작된다. 그들이 미국인이 되기 위해서는 엔젤타운의 규칙에 철저하게 동조해야만 한다. 미국 남부를 비롯한 시골의 교회는 보수적이고 폐쇄적인 경우가 종종 있다. 목사가 어떤 사람인가에 따라 크게 좌우된다. 엔젤타운의 목사는 극우 근본주의 성향을 보인다. 마을 사람들도 비슷하다. 폭력을 써서라도 사탄이라고 믿는 자들을 물리치고 내쫓아야 한다고 생각한다. 그들의 사탄은 주로 유색 인종들이다.

"주님을 믿지 않는 것들은 짐승이지만, 주님을 욕보이는 것들은 사탄입니다."
목사님께서 우리 하나하나를 검지로 가리켰다.
"여러분들은 모두가 신의 전사들입니다. 이단에 맞서서 하나님을 지킵시다.
_ p.78~79

엔젤타운의 목사가 말하는 사탄은 준이고, 민경이고, 무당이고, 백인이 숭배하는 하나님을 믿지 않는 모든 이들이다. 여기에서 충돌이 일어난다. 하필, 이라고 해야 할까? 하필 준은 무당의 내력을 타고난 소년이다. 그 역시 무당이 되지 않기 위해서 태평양을 건너 낯선 땅으로 왔다. 미국이라면 준이 섬겨야 하는 신이 따라오지 않을 것이라고 믿었다. 하지만 신을 거역한 자는 또 다른 신의, 어쩌면 악신의 사도들과 싸워야만 한다.

"우리 집은 대대로 무당이었어. (…중략…) 이 세상 모든 것에는 신이 있어."
준은 공책을 다시 펴더니 펜으로 무수히 많은 원을 그린 후 서로를 연결하는 기다란 곡선을 그렸다.
"신들은 모든 것에 영향을 미쳐. 죽고 사는 모든 것에 말이야.

(…중략…) 원래 나도 무당이 되어야 할 운명이었어."
_ p.263~264

  한국과 미국 사이에서 흔들리는 이민자의 정체성을 그리는 『제』는 이렇듯 다른 신을 섬기는 자들 간의 무모하고 지독한 싸움을 다루는 호러 소설이다. 기독교의 신을 섬기는 무지한 전사들과 한국의 신을 받아들인 가족이 뒤얽힌 원한과 전쟁. 한은 엔젤타운에 와서 아버지 밑에서 일하는 정이라는 남자의 가족과 만난다. 정의 아들 준에게는 무언가 비밀이 있었다. 준은 백인 아이들에게 괴롭힘을 당하다가 갑자기 다른 사람의 목소리를 낸다. 그것은 준이 알지도 못하는 죽은 아이의 목소리였다. 준의 신비한 힘이 드러날수록 괴롭힘이 더욱 심해지지만 준은 도망치지 않는다. 한은 준을 외면하고 싶지만 그럴 수 없다. 준의 기묘한 능력이 거짓이 아님을 예감하기 때문이다. 한국인만이 느낄 수 있는 무언가가 준에게는 존재한다. 알 수 없는 무엇. 유일신이 아니라 신적인 어떤 존재들. 혹은 악령이나 마물 같은 것.

  알 수 없는 무언가는 백인들에게도 두려운 존재다. 준이 뭔가 이상하다는 사실을 알면서도 더욱 집요하게 괴롭히는 이유는, 사실 두렵기 때문이다. 두려움 때문에 공격하고 괴롭힌다. 준은 결코 그들에게 굴복하지 않았다. 아니 할 수가 없었다. 준의 운명은 굴복하고 외면한다고 사라지는 길이 아니었다. 엔젤타운의 아이들이 준을 괴롭히는 모습은, 아메리카 대륙을 침범한 서양인이 원주민을 학살하는 양상과도 흡사하다. 서양인들은 원주민의 관습이나 종교를 이해할 생각이 없었다. 무조건 파괴하고 말살했다. 부숴 버린 원주민의 성지 위에 거대한 성당과 교회를 지었다. 그러면 이길 수 있다고 믿었을 것이다. 하지만 원주민의 영혼도, 종교도 파괴되지 않았다. 무속은 종교로서 성장하지 않아도 여전히 생활의 일부로서 남아 있다. 백인들은 언제까지나 이방인이다. 백인들이 유색 인종을 경멸하고 폭력을 가하며 내치는 것은, 그들도 내심 자신들이 이방인이라는 것을 알기 때문이다.

만약 그때 준이 굴복했더라면, 고개를 숙이고 가지고 있는 것을 내놓으며 그들의 규칙을 따랐더라면 그런 일들이 벌어지지 않았을지도 모른다고.
내 마음의 목소리는 아니라고 말한다. 그들은 우리가 이 땅 위에 얼마나 오래 살든 피부에 박힌 가시처럼 이질적인 존재로 생각할 뿐이니까. 과거에도, 오늘날에도, 미래에도. 준을 만나기 전부터 내 목적지는 이미 정해져 있었다. 그렇게 오래도록 준의 뒷모습을 바라보았음에도 그가 고개를 돌려 나를 바라보는 순간, 나도 모르게 준에게서 고개를 돌렸다.
_ p.74

결코 물러설 수 없는 준을 보면서, 한이 택할 수 있는 길은 하나다. 한국과 미국이라는 두 개의 선택지가 있는 것처럼 보이지만, 애초에 미국이라는 공간에서 한국인으로서 준의 편에 서는 것은 불가능한 일이다. 한은 정체성을 버리고 미국인이 되어야만 하는 존재다. 그렇게 할아버지에게, 아버지에게 배웠고, 맹목적으로 따랐다.

함정에 걸린 것 같았다. 회색 지대에 있던 우리 가족은 이제 한중간에 서 있게 됐다. 이쪽이 아니면 저쪽, 저쪽이 아니면

이쪽. 이제는 생존을 위해 선택해야 했다. 거절한다면 준의 가족과 함께 분류될 것이었다. 나는 총을 받아 들었다.
_ p.377

한은 미국의 일부가 되는 것을 택했다. 애초에 길이 달랐다. 미국에서 태어난 한은 자신이 미국인이라고 굳게 생각하고 있지만, 백인들은 동의하지 않았다. 한은 진실을 외면하고 살아가려 하지만, 이미 다른 세계를 경험한 준은 한에게 진실을 알려준다.

"한국에서 산 적이 없으니까. 난 한국인이 아니야."
그런데 준이 내 얼굴을 빤히 쳐다보았다. 내 속에 있는 깊이
잠들어 있는 무언가를 끄집어내려는 듯이.
"넌 한국인이야. 그건 선택할 수 있는 게 아니야."
_ p.226

한국인에게 『제』는 특별히 무서운 이야기가 아니다. 어디에나 있는 신, 거역하면 더 달라붙는 귀신은 언제나 한국인의 일상이었다. 한이 끔찍한 악몽을 꾸다가 준을 배신하고, 결국 악몽의 무간지옥에 갇히는 이유는 한국인에게 너무나 익숙하고 명명백백한 사실을 외면했기 때문이다. 한은 그저 두려워서 피한다. 그리고 믿는다. 백인들이 그랬듯 두려움에서 벗어날 수 있는 유일한 방법은 준의 가족을 몰살시키는 것뿐이라고. 하지만 한이 택한 폭력적인 방법은, 정체를 알 수 없는 그들을 영원히 살게 만드는 길이었다. 한이 죽인 준은, 영원히 한의 곁에 남게 된다. 어른이 된 한은 준으로부터 벗어나기 위해 악마를 직접 찾아 나선다. 유사 백인이 된 자신이 섬기는 신을 모르는 이단자들, 다른 신을 섬기는, 여전히 미개한 한국인들. 그들을 물리쳐야만 자신이 인정받을 수 있다고 믿는다. 신에게, 백인에게.

하지만 역사는 말해 준다. 결국 그들은, 원주민은, 영혼은, 이방의 신들은 살아남는다.

그렇기에 우리는 계속해서 역사를 보고 들어야 한다. 그들이 어떻게 살아남았고, 어떻게 영혼을 지켰는지. 어떤 방식으로 정체성을 유지하려 투쟁했는지 보고 또 들어야 한다.

촨 아저씨가 말했다.
"역사는 보지 않고, 듣지 않으면 사라져."
_ p.367

준도, 민경도 보고 듣고 말하는 자였다. 무당은 죽은 자의 이야기를 들려준다. 억울함, 분노, 원한, 남기고 간 모든 것을 산 자에게 알려 준다. 그렇게 전해지는 것이 역사가 된다. 무당은 역사의 증인이며, 체험자이며, 발화자다.

『제』는 한의 이야기를 통해 자신을 버리고 '악'에 투항한 자의 고백을 들려준다. 이제 듣고 싶은 것은 민경의 이야기다. 소설의 마지막, 한은 민경을 죽이려 한다. 힘과 의지, 능력의 차이로 짐작한다면 아마 한은 민경을 죽이는 데 성공했을 것이다. 하지만 그렇게 이야기가 끝나 버린다면, 미래가 너무 암울하다. 『제』를 읽으면서, 솔직히 나는 민경의 이야기를 더 자세하게 알고 싶었다. 한국에서 겪은 이야기, 미국에서 경험한 사건들을 세세하게 듣고 싶었다. 다만 한과 민경의 관계가 드러나면서, 과거보다는 미래가 궁금해졌다. 민경의 과거보다, 민경의 미래를 듣고 싶다. 무당으로서 살아남은, 자신의 미래를 개척해 가는 여성의 길이 무엇인지, 어떤 길을 걷게 될 것인지 정말 궁금하다.

대담

문학의 쓸모
정지은 × 김준녕

정지은

문화평론가. 지역문화재단을 비롯한 비영리영역에서 일하고 있다. 디아스포라영화제 자문위원으로 활동 중이다. 2012년 등단 이후 문학과 문화를 중심으로 다양한 글을 쓰고 있으며, 행정과 기획, 지원과 실행 사이를 오간다. 참여한 책으로 『확장도시 인천』, 『공간의 공간』 등이 있다.

『제』가 조명하고 있는 사회적 문제는 '다문화 혐오'입니다. 텍스티는 해당 사회적 문제와 깊이 관련된 전문가 1인과 작가가 나눈 대담을 통해 소설과 현실을 잇고, 그 현실의 측면을 더 자세하고 뚜렷하게 보여드리고자 합니다.
이번 대담의 진행은 디아스포라영화제 자문위원으로 활동하고 있는 문화평론가 정지은님이 맡아 주셨습니다.

본 대담은 2025년 6월 27일에 진행되었습니다.

정지은 안녕하세요, 처음 뵙겠습니다. 저는 평론가 정지은이라고 합니다.

김준녕 안녕하세요, 소설 쓰는 김준녕이라고 합니다. 반갑습니다.

정지은 독자분들과 작품에 관해 얘기하는 자리나, 이런 경험은 전에도 있으시죠?

김준녕 인터뷰나 이런 자리는 좀 경험이 있긴 한데, 뭔가 대담 형식으로 한 작품에 관해서 깊게 이야기하는 건 거의, 네, 처음입니다. 특히나 평론가님과 함께 이렇게 대화하는 건 처음이라 조금 긴장이 되네요.

정지은 그러시군요. 그렇지만 제가 문학을 전문적으로 다루는 평론가라기보다는 이것저것 다 이야기하는 편이니, 너무 부담 가지지 않으셨으면 좋겠어요.

김준녕 자연스럽게 제 소개를 드리자면 저 역시 이것저것 다

이야기하는 작가입니다. 작품마다 장르나 색깔이 되게 많이 다르거든요. 블랙 코미디도 있고, SF도 있고. 『제』 같은 경우에는 좀 무거운 느낌이 있지만 가볍게 읽기 좋은 작품도 많거든요. 그래서 그런지 독자님들이나 평론가님들이나 이렇게 만나서 이야기 들어 보면, '어떤 사람인지 아직 모르겠다'라고 하시는 분들이 좀 있기는 해요. 아무튼 이런 자리가 좀 낯설어요.

정지은 그러면 우선은 간단한 이야기로 시작해 볼게요. 이 작품에 대한 소개를 작가님께서 먼저 해 주시면 좋을 것 같아요.

김준녕 『제』를 간단하게 요약하자면 1970, 1980년대 미국에 정착한 한인 가족이 신내림과 종교적 광신을 겪는 이야기입니다. 지금까지 제가 쓴 작품 중에서 가장 메시지가 강조된 작품이에요.

작품 집필은 '텍스티' 쪽에서 먼저 저한테 사회파 호러에 대한 제안을 주셔서 시작하게 되었습니다. 제안을 받았던 당시에 쓴 에세이가 있어요. 그 에세이의 첫 문장이 '사회파 호러라는 건 없다'였거든요. 왜냐하면, 호러라는 장르에는 사실 사회와 관련된 인간의 공포심 같은 것들이, 말하자면 생존에 위협이 되는 사회적 문제들이 직결되어 있잖아요. 그래서 결국에는 모든 호러가 사회적으로 연결되어 있을 수밖에 없고, 이런 흐름으로 '사회파 호러'가 없다고 생각했었습니다. 요약하자면 『제』가 제 작품들 중 가장 메시지가 드러난 작품이기는 하지만 특정 메시지를 드러내기 위해 썼다기보다는 호러라는 장르 자체를 쓰다 보니 자연스럽게 메시지가 강조되었다고 말씀드릴 수 있을 것 같아요.

쓰면서는 배경이 국내가 아니라 미국에 있는 한인 가족들에 대한 이야기다 보니, 한국에서 글을 쓰는 작가로서 자료 조사나 인터뷰 등에 신경을 많이 썼어요. 저 나름대로 좀 새로운 도전을 했던 작품이다, 이렇게 말씀드릴 수 있을 것 같아요.

정지은 작가님께서 실제 미국에 사셨던 경험이 있으실까요?

김준녕 방문을 한 적은 있지만 제가 직접 살지는 않았습니다. 미국에 살고 있는 가족들이 있어서 도움을 많이 받았어요. 유럽이나 아시아 등 외국을 오가며 느꼈던 제 개인적인 경험을 담아내기도 했고요. 꼭 미국이라는 나라에서 살았던 경험이 없어도 해외에 나가 본 경험이 있는 한국인, 아시아계 사람들이라면 누구나 한 번쯤은 그 수위가 다르다고 하더라도 인종 차별을 받아 본 경험이 있을 테니까요. 이런 여러 경험들이 다층적으로 쌓여 탄생한 작품입니다.

정지은 제목으로 정하신 『제』에는 어떤 의미가 있는지 궁금해요. 제 생각에는 개인의 죄로부터 시작된 업보를 청산하거나 계승하는 방식으로서 '제(祭)'를 의미하는 것 같아요. 희생양을 바치며 대대로 이어 오던 폭력을 완성시키는 수단이요. 한이 준을 죽인 이후에 준의 영혼이 한에게 빙의되는 것처럼 나오잖아요. 그게 사람의 목숨이 다해도 업보가, 어쩌면 업보라고 할 무언가가 사라지지 않고 타인에게 전이돼서 감염시킨다는 느낌을 받았어요. 한의 입장에선 준을 죽여서 나름의 '정화'를 하려고 했지만, 결국 자신이 저지른 새로운 죄로 인해 준의 오염된 영혼에 희생되는, 그런 식의 대물림을 '제'로 명명하신 것 아닐지 생각했어요.

김준녕 일단 먼저 말씀을 드리고 싶은 건, 저는 항상 작품의 해석 범위를 넓게 열어 놓으려고 많은 노력을 기울이고 있어요. 그래서 뭔가 명확한 설명, "아, 제 작품은 이런 내용입니다"라고 덧붙이길 꺼리는 경우가 많은데요. 드물게 『제』 같은 경우에는 좀, 제가 소속된 에이전시에도 그렇고, 제 나름대로 '이런 의미로 썼다'는 걸 명확하게 많이 밝힌 편이에요. 그래서 말씀드릴 수 있는 건데, 평론가님께서 하신 말씀도 상당 부분 맞아요.

일단 제가 제목을 『제』라고 지은 건 사실 대부분의 문화권에 이름과 형태는 다 다르지만 '제'라는 의식이 있잖아요. 그것은 주로 죽은 사람 혹은 사람보다 상위의 존재에게 무언가를 바치는 형태로 이루어지고요. 저는 '제'가 결국에는 그런 높은 차원의 존재와 더불어서 역사적인 흐름을 받아들이는 어떤 행위라고 생각하거든요. 역사적인 흐름 속에서 우리가 계속 잊고 있었던 것들을 '제'라는 의식을 통해 강제로 소환시키는 것. 말하자면 재현인데, 제가 『제』라는 제목을 통해 강조하고 싶었던 건, 과거의 사건 혹은 사람이 현재의 사람들한테 미치고 있는 영향에 대한 것이었어요. 한국의 제사를 비롯해 여러 문화권의 제례 의식은 계속해서 과거를 생각하고 기억하기 위한 것이기도 하니까요.

정지은 그렇군요. 제목에 대한 말씀 잘 들었습니다.

이제 주제적인 측면으로 넘어가 볼게요. 죄와 벌, 구원, 폭력. 이런 주제들이 작품 속에서 계속 강조되고 있는 것 같아요. 그래서 소재를 떠나 주제적으로도 더 종교적인 느낌을 풍기는데, 이런 것들은 전통적으로 문학에서 굉장히 많이 다루는 주제잖아요. 하나하나가 다 무게감 있는 이 주제들이 단일한 서사로 관통되는 게 흥미로웠어요. 주요 인물마다 주제와 관련된 역할이 부여되고 마지막에 한과 준, 민경까지 주제 안에서 연결되는 구조니까요. 그런데 준은 물론이고 민경 역시 신내림을 피해 해외로 도망가는 인물로 등장하잖아요. 제가 잘 몰라서 그러는데, 해외로 도피하면 실제로 신내림을 피할 수 있나요?

김준녕 이번에 『제』를 쓰게 되면서 직접 무당분들도 만나고, 인터뷰를 많이 했는데요. 안 된다고 하시더라고요. 벗어날 수 없다고. 그래도 물리적 거리가 멀어지면 신병이 좀 약해진다고 하긴 하더라고요. 물론 사람마다 좀 다르긴 하겠지만요.

신내림을 피하기 위해 많이들 하시는 또 하나의 선택이, 교회에 나가는 거예요. 물론 교회에 나간다고 해도 모두가 신내림을 피할 수 있는 건 아니지만, 높은 확률로 피할 수 있다고 하더라고요.

근데 제가 만나 봤던 무당분 중에서는 교회 신자였던 분들도 있었어요. 모태 신앙이 기독교였는데 신병을 앓으시고는 무당이 되셨죠. 그래서 제가 인터뷰를 위해 신당에 방문했을 때 한구석에 십자가가 걸려 있더라고요. 조사를 하다 보니 무속을 명확한 하나의 범주로 묶는 건 힘들 것 같다는 생각을 했어요. 무당이나 샤머니즘에 대한 기록, 서술은 개인적이고 주관적인 경험에 의존하는 경우가 많으니까요.

정리를 하자면 해외에 나갔다고 해서 피할 수 있는 것은 아니지만, 경우에 따라 거리가 멀어질수록 증상이 좀 덜할 수 있긴 하다. 제가 조사한 바로는 그랬어요.

정지은 『제』에는 신내림과 빙의라는 무속적 현상이 기독교와 대비되는 형식으로 서술되고 있는데요. 준과 민경의 신내림, 그리고 한의 빙의까지. 기독교 기반의 커뮤니티가 형성된 마을에서 개인을 철저하게 외로운 상태로 만드는 그런 현상들을 보면서, 저는 무언가를 믿는 마음이 어떻게 보면, 디아스포라적인 의미가 있다고 생각했어요. 작가님께서는 디아스포라에 관해 어떤 시선을 갖고 계신지 궁금했고요. 좀 다른 얘기지만 무속과 관련된 취재를 많이 했다고 하셨는데, 아마 못지않게 기독교에 대해서도 많은 공부를 하셨겠죠?

김준녕 네, 맞습니다.

정지은 기독교와 관련해서는 어떻게 조사를 하셨는지. 그리고 이 작가님은 어떤 종교를 가지고 계실지. 또, 그 관점이 작품에는 어떻게 반영되었는지도 궁금했어요.

김준녕 우선, 디아스포라적인 관점에 관해 먼저 말씀을 드리면, 유학 생활을 해 보셨거나 외국에 나가서 살았던 경험이 있으신 분들은 아시겠지만 이주민들은 차별과 고립에 굉장히 취약하거든요. 아무리 유학 생활을 오래 해도, 그러니까 10년, 20년쯤 했다고 하더라도 결국 마지막에는 이방인으로 남는, 그런 경험을 되게 많이 하시더라고요. 『제』에서는 그런 사람들, 이방인이 된 이주민들이 겪게 되는 차별과 고립에 관해 이야기하고 싶었어요. 배경을 미국으로 설정한 것도 그래서였어요. 실질적으로 이주민의 역사를 제일 많이 담아낼 수 있고 효과적으로 보여 줄 수 있는 곳이 미국이라고 생각을 했거든요. 『제』의 주요 배경은 1979년과 1982년의 미국이에요. 그 시대의 감성과 문화를 반영하려고 음악이나 영화, 드라마 등을 작중에서 자주 언급하기도 했어요. 그때의 미국이 그랬듯 오늘날 한국 역시 세계적으로 문화를 선도하는 국가가 되었고 난민과 이주민, 디아스포라에 대해서 생각해 보아야 하는 중요한 시기라고 생각해요. 사람들에게 무언가를 생각하게 하는 가장 좋은 방법은 타인의 일을 당사자의 일처럼 느끼게 하는 것이라고 믿어요. 그래서 그곳의 과거와 지금 여기의 현재가 연결되도록 쓰려고 노력했습니다.

두 번째 질문은 기독교 취재에 관한 것이었죠. 일단 제가 『제』를 쓰기 전에 '밀리의 서재'에서 독점으로 발표한 「당신이 지나간 자리」[50]라는 종교 소설이 있어요. 그 소설의 집필을 위한 취재를 진행하면서 정말 많이 힘들었어요. 어떤 일까지 했냐면 길거리에서 '도를 아십니까?'라고 묻는, 그분들을 제가 막 따라가고 그랬었거든요. 제사를 지내야 한다고 하고, 악귀 쫓아낸다면서 빗자루로 머리를 마구 때리고 그랬죠. 당시 종교 교리나 제의 등도 직접 살펴보고 신도들과 개인적으로 인터뷰도 했었는데, 그때의 경험도 도움이 된 것 같습니다.

그리고 옛날부터 개인적으로 종교에 관심이 되게 많았어요. 종교를 믿음의 대상으로 보기보다는 종교학의 관점에서 호기심이 많았고, 성당이나 교회, 절에도 많이 다녔습니다. 관련된 경전이나 이런 것들도 되게 많이 봤었고 특히 성경이야 많이 볼 수밖에 없었고요. 인용할 일이 굉장히 많고, 『제』만 해도 성경 인용을 많이 한 작품이니까요. 근데 오해하시면 안 되는 게, 물론 아시겠지만 『제』에 나오는 기독교는 기독교가 아니에요. 제가 경험하고 조사했던 여러 종교의 특성을 많이 버무린 전혀 다른 종교입니다. 서양 문화권에서 동양을 바라보는 잘못된, 단편적인 시선을 담아 내기 위해 제가 만든 종교입니다.

정지은 호러적인 색채를 내려고 의도적으로 그런 종교를 만

---

50) 김준녕, 밀리의 서재, 2023

드셔서 작품에 사용하신 거죠?

김준녕 네, 그런 이유도 있죠. 또 제 생각에 종교가 극단적인 방향을 추구하면 최근 일어난 가자 전쟁처럼 타인과 타 집단에 대한 배척이 아무렇지도 않게 발생하는 경우가 많은 것 같아요. 그래서 디아스포라나 다문화 혐오에 관해 이야기할 때 종교 이야기가 빠질 수는 없지 않을까, 그런 생각도 했습니다.

정지은 제가 『제』를 읽은 다음에 『미래를 먼저 경험했습니다』[51]라는 책을 봤어요. 울산에 사는 아프가니스탄 기여자들을 취재한 책인데요. 그 책에서도 아프가니스탄 기여자와 우리의 핵심적인 차이로 종교를 고르더라고요. 서로의 금기가 다르고, 사소하다면 사소한 그 차이가 모여 갈등을 만든다고요. 『제』에서도 처음 엔젤타운에 도착한 한국인들이 정착하기 위해서는 교회에 가야 하고, 그곳의 신을 믿어야 하고, 기존에 지내 왔던 집안의 제사 같은 것들도 숨겨야 하는 금기로 다뤄지잖아요. 작가님 말씀하신 것처럼 그때의 미국이 동양인들을 받아들이는 방식이나 상황이 지금 한국의 상황과 꽤 비슷하다는 생각을 했던 것 같아요.

김준녕 맞아요. 한국에 사는 이슬람교도들 대부분은 한국인이 아니라 이슬람 국가에서 한국으로 오신 분들인데,

---

51) 김영화, 메멘토, 2024

그런 분들과 대화해 보면 그분들은 종교 없는 삶에 대한 경험을 해 본 적이 없으세요. 그런데 한국은 무교 비율이 높은 나라잖아요. 종교가 일상을 지배하는 경험을 해 본 적이 없는 사람이 종교인을 바라보는 시각은 한정될 수밖에 없고요. 그걸 특정 종교에 대한 이야기가 아니라 인간 보편의 관점에서 바라보는 시도를 하려고 했던 것 같아요.

정지은 성공적인 시도였다고 생각합니다. 『제』에 관해 쓰신 에세이의 마지막에 "우리는 우리의 이웃을 사랑하고 있는가?"라고 물으셨잖아요. 이 질문이 『제』를 통해 작가님께서 독자분들한테 던지고 싶었던 최종적인 질문이라고 이해해도 될까요?

김준녕 네. 지금 우리가 먹고사는 생활의 전반적인 수준이 높아진 것은 한국으로 이주해 근무하는 외국인 노동자분들이나 현지에서 노동하는 분들의 생산력 덕분이잖아요. 그런데 역설적으로 생활 수준이 높아진 지금 우리는 생산 현장과 다소 멀어져 버린 상황이고요. 정서적으로든 물리적으로든 거리가 멀어지다 보니까 서로에 대한 배려나 생각을 못 하게 된 것은 아닐까요. 그런데 저는 아직 인간을 믿거든요. 의식적으로라도 문학을 비롯한 책들을 접하고 그런 생각을 하게 되면 지금보다는 더불어 살아가는 문화가 이 땅 위에 자리 잡지 않을까 생각합니다. 독자분들이 『제』를 읽으시면서 무섭고 읽기 힘든 이야기라고 생각하실 수도 있지만, 그럼에도 저는 이런 이야기가 지금 우리에게 필요하다는 생각으로 이 소설을 썼어요.

정지은 조금 다른 얘기지만 대화를 나누면서 생각한 건데 작가님 굉장히 긍정적인 편이신 것 같아요.

김준녕 맞아요. 사람들이 발표된 제 소설을 읽고 너무 암울하다고도 말씀하시는데, 저는 사실 인간을 되게 많이 좋아합니다.

정지은 네, 그런 것 같아요. 자, 다시 본론으로 돌아와서. 저는 한이 "애초에 저는 제 나라를 떠난 적이 없습니다"라고 말하는 장면이 되게 인상적이었는데요. 해외로 입양되신 분들과 얘기를 나눠 보면 이게 제일 힘들다고 하시더라고요. 자기가 이 나라에 속한 사람이라는 걸 계속 말하고 증명해야 하는 거요. 그런 얘기가 그 한 줄의 문장으로 딱 압축된 것 같았어요. 『제』에서 한이 어렸을 때 인종 차별을 많이 겪잖아요. 그런 과정을 거치면, 엘리트 중의 엘리트로 성장한 캐릭터에게도 여전히 그 증명이 중요하다는 것도 인상적이었고요. 근데 디아스포라적으로 보면 한은 사실 조국, 고국, 모국이 전부 다른 인물은 아니거든요. 등장인물마다도 이 정체성 분열의 정도가 달라서 그 점도 흥미로웠어요.

김준녕 한과 준은 당시 미국의 주류 인종들의 시각에서는 똑

같아 보이겠지만 사회 문화적으로 깊게 들어가 보면 전혀 다른 계층의 사람들이거든요. 준과 민경도 마찬가지고요. 경제적 측면, 성별, 학력 등 사실 다른 점이 더 많아요. 하지만 사회의 주류 계층, 이 작품에서는 인종으로 표현했지만, 그들은 타 인종을 그렇게 보거나 생각하지 않잖아요. 누가 열등하고 누가 우월하고를 떠나서 주류 계층의 그런 평면적인 시각을 부각하기 위해 노력했어요.

정지은 전형성을 좀 깨고 싶은 마음에서 그렇게 하셨다는 말씀이죠? 사실 저는 작중 준의 엄마에게 붙은 '스마일 희'라는 별명이 되게 슬펐거든요. 예전에 서경식 선생님께서 재일 조선인에 대해 얘기하실 때 제가 되게 슬펐던 부분이, 재일 조선인 중에 자살한 사람이 그렇게 많다고 해요. 근데 주변 사람들이 그 죽은 사람들을 떠올려 보면 늘 서글프게 웃고 있었대요. 하고 싶은 말은 제대로 못 하고, 서글프게 웃기만 하고, 그러다 어느 순간 스위치를 끄듯이 사라져 버리는 경우가 많다고 말씀하셨던 적이 있어요. 주변 사람들은 부고를 들으면 슬퍼하거나 분노하거나 이러는 게 아니라 다들 그냥 '역시' 아니면 '그 사람은 어깨의 짐을 다 내려놓았구나' 이런 식의 반응을 한다는 거예요. 저는 『제』에 나오는 '스마일 희'를 보면서 비슷한 느낌이 들었거든요. 아, 그런 죽음이 그렇게 멀리 있지 않구나. 이런 생각이 들었어요.

김준녕 그렇죠. 저도 인터뷰를 하면서 계속 느꼈던 게 그런 분들, 그러니까 70~80년대에 미국으로 가셨던 분들 중에는 한국에서의 삶이 경제적으로든, 사회 문화적으로든 힘들어서, 어떻게 보면 도망치다시피 떠났던 분들도 계시거든요. 그런 분들은 사실상 그곳이 최후의 피난처라 생각해 그 먼 곳까지 가신 거예요. 코너에 몰려 있는 사람들은 사회적인 폭력에 취약할 수밖에 없었고, 그게 다른 인종 대비 높은 미국 내 한인 자살률 등의 현상과 연동되어 나타난 것 같아요.

소설에도 썼지만, 한국인뿐만 아니라 중국인들도 미국으로 이민 가서 철도를 깔거나 다른 노동을 하다가 정말 많이 돌아가셨거든요. 미국 사회에서는 그런 죽음을 제대로 다루지 않고 있고요. 왜 그럴까 하는 의구심이 있었어요.

그런데 특이하게도 미국으로 이민 간 한국인분들은 다른 커뮤니티와 다르게 주류 사회에 자신을 맞추려고 하는 분들이 더 많으신 것 같아요.

정지은 그 얘기 들었어요. 해외에서 한국인이 굉장히 그런, '모범적 소수 민족'[52]이라고.

김준녕 네, 그렇죠. 그런 말을 들으면서, 사실 한인 이민자

---

52) 사회학자 윌리엄 피터슨은 미국 사회에서 일본인의 성취를 추켜세우며 '모델 마이너리티(아시아인은 근면 성실하게 노력해 성공을 쟁취한다는 취지)'라는 표현을 사용했다. 언뜻 찬사처럼 들리지만, 인종적 편견을 강화하고 다른 소수 인종과의 경쟁과 갈등을 유발한다는 점에서 문제다. 동시에 백인 주류 사회로는 편입할 수 없는 '영원한 외국인' 지위에 머무르도록 한다. 《한겨레21》 2022.10.15. 〈노인 그룹 한인 '동양인이 욕 먹을 만하죠'〉 참조

커뮤니티도 어떤 문제점을 가진 게 아닐까 하는 생각을 했어요. 조사를 하다 보니 주류 사회에 자신들을 맞추기 위해 집단 내에서 벌어지는 폭력적인 양상이 한인 커뮤니티 내에서도 되게 많았거든요. 그런 것도 『제』에 등장하는 인물과 집단의 다양한 모습 중 하나로 담아내려고 노력했어요.

정지은 언어에 관해서도 이야기해 볼까요? 한의 아버지가 누군가를 착취할 때, 민경이 한에게 프러포즈를 받은 후 '생각할 시간을 달라'며 고사할 때, 한이 화가 나서 욕을 할 때 등 소설 속에 한국어가 종종 등장하는데요. 특히 한은 자기가 미국인이라고 대외적으로 얘기하면서, 심지어 영어가 더 익숙하면서, 가장 감정이 격할 때는 자연스럽게 한국어로 욕을 한단 말이죠. 작가님께서 한국어를 어떤 장치로 설정하신 건지 궁금했어요. 준과 한이 '살려 줘' 같은 말을 무슨 암호처럼 쓰기도 하잖아요. 언어, 특히 한국어라는 게 이 소설 속 인물들한테 어떤 의미가 있을까요?

김준녕 『제』에서 한국어는 좀 더 내밀한 자기 마음을 보여 주는 장치로 설정했어요. 한의 아버지가 영어를 계속 사용하다가 정에 관해 이야기할 때는 한국어로 심한 욕을 하고, 민경이 거부할 수 없는 한의 제안을 본능적으로 거부하는 그런 순간에 한국어를 쓰도록 만들었죠. 원초적인 내면을 보여 주는 하나의 장치로서 한국어를 이용하고자 했습니다.

정지은 목적에 맞게 잘 쓰인 것 같습니다. 다음으로 구성에 대해 이야기해 볼까요? 이번 소설은 목차 구성이 색으로 표현되어 있어요. 황, 청, 백, 적, 흑, 마지막에 칠흑. 중간에 준의 오방색 주머니가 나오기 하지만 다른 흥미로운 소재들도 많이 나오는데, 목차에 오방색을 활용하신 이유가 궁금해요.

김준녕 오방색 같은 경우는 호러적인 요소를 강화하기 위해 사용했어요. 그런데 계속 보다 보니까 어느 정도 기승전결 같은 서사 구조랑 조금 맞아떨어지는 것 같아서 사용하게 된 것도 있습니다.

정지은 그러면 마지막 챕터의 이름을 '칠흑'이라고 붙인 특별한 의도가 있으신가요?

김준녕 『빛의 구역』[53] 같은 작품에서도 그렇고 다른 작품에도 마찬가지로 담고자 했던 메시진데, 저는 어둠과 빛이 항상 공존하는 부분이 있다고 생각해요. 『제』에서도 작품 말미에 그런 메시지를 전달하고자 해서 설치한 연출적인 장치였어요.

정지은 네, 마지막 반전이 인상적인 작품이죠. 드라마나 영화를 염두에 두고 쓰셨을까 싶을 정도로 디테일한 연출이 많아서 그런 매체로 봐도 재밌겠다는 생각이 들었어요.

---

53) 김준녕, 다산책방, 2024

김준녕 저는 원래 시나리오도 쓰고 드라마랑 영화 제작에 참여하기도 했기 때문에 작품을 쓸 때는 그쪽을 염두에 두고 있긴 합니다.

정지은 작가님 전공은 전혀 그쪽이 아니시더라고요.

김준녕 네, 그렇죠(웃음).

정지은 작품 외적인 질문인데, 어떻게 하다가 글을 쓰게 되신 거예요?

김준녕 사실 제가 원래 소설을 별로 안 좋아했어요. 싫어했다고 말하는 게 맞을 수도 있겠네요. 중고등학교 다닐 때 굳이 뭐 그런 걸 읽나 이런 생각을 했었거든요. 책은 엄청 좋아해서 정말 많이 읽었는데 소설은, 약간 시간 낭비라는 느낌을 받았어요. 그러다 이문열 선생님의 『사람의 아들』[54]이라는 소설을 읽게 되었는데요. 세상에 대한 새로운 인사이트를 줄 수 있겠다는 생각이 들었어요. 지금 생각하면 부끄럽지만, 그때 당시에는 고등학생이었으니까요. 아, 나도 한 번 이런 걸 써 보자. 그런 생각으로 소설을 쓰기 시작했어요. 제일 처음 구상했던 게 『막 너머에 신이 있다면』과 『빛의 구역』이었는데요. 처음에는 써 보겠다는 생각만 있고 어떻게 써야 할지는 몰랐습니다. 글을

---

54) 이문열, 민음사, 1979. 최신 개정판은 알에이치코리아에서 2020년에 나왔다.

쓰기 위한 단련도 전혀 되어 있지 않았고요. 저는 '소설 근육'이라는 표현을 쓰는데, 그게 없다 보니까 단편을 쓰며 글을 쓰는 연습을 하고, 그러다 근육이 좀 붙은 후에는 장편도 쓰기 시작하면서 지금까지 온 것 같아요.

그래서 왜 썼느냐, 라고 묻는다면…… 뭔가 세상에 저만의 답을 좀 내놓고 싶었어요. 제가 상상하고 만든 세상을 파헤치는 게 재밌더라고요.

정지은 따로 수업을 듣거나 하신 건 아니에요?

김준녕 네. 저는 독학으로 공부했어요. 그래서 친한 작가님들도 막 그렇게 많지는 않아요. 상을 수상한 이후에 친분을 맺고 교류하기 시작한 분들은 있긴 한데, 기본적으로는 항상 저 혼자 썼어요. 어떻게 보면 그래서 조금 더 자유로운 이야기를 쓸 수 있는 것 같아요.

정지은 그러니까요. 작가님 글을 읽으면 뭔가 해방감이랄지, 틀에서 벗어난 듯한 느낌을 받아요.

김준녕 네, 네. 많이 다르죠. 선생님들이 싫어하실 것 같은 이야기(웃음).

정지은 아니에요. 그냥, 하고 싶은 이야기가 엄청 많은 사람, 나 이 정도 할 수 있다, 이런 것도 할 수 있다, 이걸 되게 표현하는 느낌이에요.

김준녕 제가 다작하는 편인데 옛날에는 하고 싶은 이야기가 너무 많았어요. 또 글을 쓰는 하루의 루틴을 정해 뒀었거든요. 그거에 맞춰 쓰다 보니까 되게 다양한 작품들을 많이 썼던 것 같아요. 또 게임이나 영화 같은 다른 매체에도 관심이 많아서, 다양한 이야기를 빠르게 만들어 내는 데 에너지를 썼던 것 같고요. 근데 요즘에는 생각이 달라진 게, 한 매체를 조금 더 깊게 파헤치려고 하는 것 같아요. 그러니까 다른 매체와 접목하는 것보다는 '소설만이 줄 수 있는 매력'에 더 집중하는 식으로요. 저는 매체마다 가지는 매력이 다 다르다고 생각해요. 그래서 그런 것들을 좀 더 연구하고 다듬은 후에 응축하고 축약하는 과정을 거치려고 노력하고 있어요.

정지은 다작하시고, 빨리 쓰시는 편이기도 하신가요?

김준녕 네, 그런 것 같아요. 최대한 빨리 써서 좀 더 많은 작품을 발표하고 싶었어요. 왜냐하면, 저는 한국과학문학상을 받기 전까지는 특정 장르로 분류되는 작가가 아니었거든요. 그래서 사람들이 저를 계속 SF 작가라고 부르는 게 어색했어요. SF만 쓰는 사람은 아니니까요. 그런 것들을 좀 증명하고 싶었던 것 같아요.

정지은 그렇군요. 다시 소설로 돌아가 볼까요? 이 소설은 시점이 교차하고 있잖아요. 98년의 민경이랑 한이 있고 79년도, 82년도 등 다양한 연도의 이야기가 나와요.

저는 이 형식이 퍼즐 같다는 생각을 했거든요. 과거가 현재에 미치는 영향을 서서히 드러내면서 감춰진 비밀을 푸는 퍼즐을 맞춰 나가는 느낌으로 읽었는데요. 그런데 자칫 이런 시점과 시제의 혼용이 어떤 독자들에게는 조금 어렵게 다가올 수도 있겠다는 생각이 들었어요. 작가님께서 의도적으로 이런 비선형적인 형식을 선택하신 거죠?

김준녕 네, 『제』뿐만 아니라, 제 작품들 몇몇이 더 이런 교차 시점을 채택하고 있어요. 극적인 효과를 불러일으키고 싶을 때 효과적인 시점인 것 같아요. 그중에서도 『제』 같은 경우에는 주제적으로도 이런 형식이 꼭 필요한 작품이었고요. 제목에 관해 이야기할 때 말씀드렸듯이 다양한 문화권에서 '제'라는 의식은 과거와 현재, 그리고 미래를 잇는 수단으로 이용되는 경우가 많잖아요. 저는 이 시점 기법을 통해 소설 속 각각 다른 시대가 가진 주요한 가치관들을 하나로 엮고 싶었어요. 한의 할아버지, 한의 아버지, 한과 준, 민경, 마지막으로 이 소설을 쓰고 읽는 지금 우리의 시대까지도요. 소설의 시점에서는 미래겠죠.

정지은 그러고 보니 이 소설에서 '현재'에 해당하는 배경을 IMF 이후로 설정하셨죠? 초반부에 한이 부도난 한국 기업들을 인수하고 그런 장면이 있었던 것 같은데요. 그런데 독자의 이입을 고려한다면 조금 더 최근으로 배경을 가져오는 게 도움이 될 수도 있었을 것 같아서요.

김준녕 저는 이 소설이 현재로 채택한 그 시대가 한국 사회의 분기점이었다고 생각해요. 굉장히 큰 분기점이요. IMF라는 비극적 기억과 이후에 만들어진 체제가 지금까지도 큰 영향을 끼치고 있잖아요. 오늘날 한국의 경제나 사회 문화 구조를 이야기할 때 IMF를 빼고 이야기할 수 없다고 생각해요. 그리고 한의 또 다른 속성은 '검은 머리 외국인'을 대표하는 것인데요. 그 시대에 그 사람들이 우리나라에 했던 여러 가지 잘못이 지금까지도 해결되지 않은 채 그대로 남아 누군가에게 고통을 주고 있거든요. 그런 것들을 좀 강조하고 싶었던 것도 있습니다.

정지은 배경을 IMF 직후로 설정하신 이유 잘 들었습니다. 『제』는 미국 배경의 소설이지만 그렇게 설정한 이유는 '그때의 미국이 지금의 우리나라와 비슷하다'고 생각했기 때문이라고 말씀하셨어요. 저 역시 작가님께서 정말 보여 주고 싶었던 것은 지금 우리나라가 이주자들을 대하는 방식이라고 생각하는데요. 에세이에 쓰신 네팔 청년분의 이야기를 저도 뉴스를 통해 본 것 같아요. 그런데 사실 이주 노동자에 관련된 뉴스는 비극적이거나 폭력적이거나, 좋은 소식이 아닐 때가 많아서 소식을 접하는 데 있어 조금 무던해진 분들도 많을 텐데요. 작가님께 그 네팔 청년분을 비롯한 이주 노동자에 관한 이야기, 그러니까 디아스포라적 경험들이 왜 그렇게 와닿는지 물어 보고 싶었어요.

김준녕 일단 이주 노동자와 관련해서 좀 더 관심을 가지게 된 계기 중 하나는, 제가 옛날에 플라스틱 공장에서 일을 한 적이 있거든요. 그때 태국, 필리핀, 캄보디아에서 오신 분들이랑 좀 접점이 있었어요. 당시 환경이 되게 안 좋았거든요. 인격적으로 어떤 이슈가 있다거나 그런 건 없었는데, 그냥 환경 자체가 엄청 힘들다 보니 빠르게 친해질 수 있었어요. 그 과정에서 그분들이 해 주시는 이야기도 많이 들었고요. 이런 개인적인 경험 때문에 좀 더 시선이 많이 가게 됐던 것 같아요.

요즘은 옛날에 비해서 더 자유롭게 외국계 회사에 취직하거나, 한국 회사라고 하더라도 외국 지사에 나가서 일하는 경우가 많잖아요. 그런 걸 생각하면 우리가 아무리 무뎌졌다고 해도 최소한의 날은 서 있어야 한다고 생각해요. 더군다나 문학은 항상 그런 무뎌진 감각을 일깨우는 역할을 해 온 장르잖아요.

사실 저는 문학이 굉장히 쓸모없고, 어쩌면 가장 쓸모없다는 생각도 하거든요. 나아가서는 거대한 사회적 담론을 문학이 꼭 의무적으로 가지고 있을 필요는 없다고 생각하는 사람이기도 하고요. 그럼에도 불구하고 문학이 해야 하는, 그리고 할 수 있는 단 하나의 역할이 있다면 우리가 쉽게 흘려보낼 수 있는 것들을 예민한 시각으로 바라보는 일인 것 같아요. 그게 문학을 창작하는 사람의 의무이자 사명이라고도 생각하고요. 이야기를 만드는 기술이나 미학적인 부분은 개인의 역량이니까 제외하고, 이건 '우리가 왜 문학을 읽느냐'라는 질문과 연관된 얘기인 것 같아요. 사회적인 것에 한정된 이야기가 아니라 우리가 하루하루 살아가면서, 예컨대 그냥 흘려보낼 수 있는 계절의 변화 같은 것들도 서정적인 문학을 통해 '이런 것들을 이렇게 볼 수도 있구나' 하는 생각을 할 때가 있잖아요. 세상을 바라보는 시각을 넓히는 거죠.

정지은 맞아요. 사실 『제』를 읽으면서 들었던 생각이, 저는 혐오라는 것이 모르거나 낯설어서, 내가 겪은 적이 없어서 발생한다고 생각하거든요. 낯설기 때문에 두렵고, 정확히 알지 못하기 때문에 그냥 넘어갈 일도 되게 큰일이 되는 구조로요. 많은 학자들이 다문화주의에서 가장 중요한 것은 상호 인정이라고 얘기하잖아요. 청소년들을 보면 다문화 수용성이 굉장히 높은 경우가 많아요. 일반적으로 성인에 비해 고정 관념이 많지 않은 상태니까요. 이 시기에 다양한 인종과 문화에 대한 '접촉'이 되게 중요한 키워드예요. 이주민, 난민, 성소수자 등에 관한 사회 문제를 이야기할 때 주변에 그런 사람이 있는지 없는지가 굉장히 큰 차이를 만드는 절대적인 요소가 되기도 하고요. 물론 이 당시의 미국은 접촉하는 것만으로 해결될 분위기는 아니었지만, 지금 우리나라 같은 상황에서는 효과가 크죠. 그래서 저는 이 작품이 그 당시 미국의 상황, 혐오로 인해 삶의 끝으로 몰린 사람들을 구체적으로 보여 주는 것만으로도 일종의 접촉 지대를 만들어 주는 느낌을 받았거든요.

김준녕 말씀하신 '접촉'이라는 부분에 대해서 저도 느낀 적이 있어요. 제가 2023년 즈음, 회사를 그만두고 베트남에서 좀 오래 지낸 적이 있는데요. 당시에 친해진 베트남 사람이 한 분 있어요. 그분이랑 이야기를 엄청 많이 나누면서 그때 크게 문화적인 충격을 받았어요. 세계사나 문화를 바라보는 관점, 특히 인종을 바라보는 시각 같은 것들이 저희랑 아예 다르더라고요. 동남아시아 같은 경우에는 예로부터 국경선이나 이런 것이 명확하지 않았고, 다양한 민족들이 섞여 사는 경우가 많았다고 알고 있는데요. 그래서인지 한국이나 동아시아의 웬만한 국가보다 디아스포라적인 감수성이 굉장히 뛰어난 것 같았어요.

간혹 경제적인 배경을 이유로 그들이 우리보다 열등하다거나 하는 왜곡된 사상을 가지신 분들이 있잖아요. 그런데 직접 만나서 이야기해 보면 디아스포라적인 측면에서는 한국인이 그들보다 좀 떨어지는 것이 아닌가 싶은 생각이 들어요. 저는 이게 '접촉'이라는 것의 힘인 것 같아요. 그들이 옛날부터 나, 우리가 아닌 존재와 접촉하며 얻어 낸 유산이겠죠. 조금 전에 말씀드렸던 생산자와 소비자의 거리가 멀어지는 문제도 똑같다고 생각해요.

그래서 저는 이 소설이 미국에서 출간될 수 있을지 없을지는 모르지만, 만약 출간할 수 있게 된다면(웃음) 당시 살았던 분들이 읽었을 때 '아, 그 사람들이 이런 이유로, 이런 마음으로 그때 그렇게 행동했겠구나' 하고 돌아보는 토대가 되었으면 좋겠어요.

정지은 그러니까 얼굴을 마주하는 것, 즉 대상과의 연결이 정말 중요한 것 같아요. 농산물이든 동물이든, 혹은 다른 사람이든 말이죠. 하지만 지금 시대는 그런 직접적인 접촉 없이도 너무나 잘 살아갈 수 있는 세상이 되었고, 그래서 이 단절을 어떻게 회복하느냐가 핵심 과제라고 생각합니다. 이 작품처럼 문학이 낯선 것에 대한 이해를 돕고, 서로에게 '접촉 지점'을 만들어 주는 역할을 하는 거죠. 흔히 문학이 저항에 최적화된 매체라고 하잖아요? 작가님이 이 작품을 쓰신 것도, 그 시대의 혐오라는 큰 흐름에 작가님만의 방식으로 균열을 내려는 저항이 아닐까 싶네요.

김준녕 그렇네요. 저항.

정지은 캐릭터 얘기를 좀 해 볼까요? 일단 작중 주인공은 한인데, 저는 작가님께서 좀 더 애정을 갖고 쓰신 게 아닌가 싶었던 캐릭터가 준이었거든요. 캐릭터 빌딩 차원에서요.

김준녕 저는 한과 준 둘 중에는 준에게 더 마음이 쓰였습니다. 전체 인물 중에서는 사실 희에게 제일 마음이 가요. 어머니와 관련된 정서도 담겼고, 좀 여러 가지가 다 섞여서 이입이 많이 됐었던 것 같아요. 정확히는 정과 희, 두 인물에 정이 좀 많이 갔죠. 정도 인물에게 나쁜 의도가 있었다기보다는, 옛날의 가부장적인 사회 분위기에 휩쓸린 인물처럼 봐 주시면 좋겠어요. 예전엔 그런 분들을 저도 엄청 싫어했거든요. 근데 점점 나이를 먹고 역사적 흐름을 공부하면서 서서히 이해하게 되는 지점이 있더라고요. 미국에서 만날 수 있는 한국인 아저씨의 스테레오 타입이에요. 그, 캐나다 드라마 제목이 뭐였죠? 한국 이민 가족이 편의점 운영하는?

정지은 〈김씨네 편의점〉[55]이요?

김준녕 네. 그 드라마에도 나오잖아요. 가부장적인 아버지 캐릭터. 물론 그 작품에서는 장르 특성상 코미디적인 요소나 인간적인 면을 강조해서 보여 줬지만, 『제』에서는 좀 더 처절한 가장의 모습을 보여 주고 싶었어요. 아무튼 정과 희라는 두 인물에게 좀 몰입을 많이 했습니다.

정지은 그런데 궁금했던 게, 희와 로버트 사이의 서사는 왜 넣으신 걸까요?

김준녕 그건 저도 많이 고민하다가 힘들게 넣은 서사인데요. 동양인 이민자와 관련된 여러 논문과 인터뷰들을 찾아보다가 옛날 미국에서 동양인 여성이 성폭행 피해자가 됐을 때 신고하지 않는 경우가 많았다는 정보를 접했거든요. 신고 절차, 법률 서비스 비용 등 여러 이유 때문에 더 취약하다고 했어요. 물론 읽으시는 분들

---
55) 캐나다 CBC에서 2016년부터 2021년까지 방영됐던 시트콤.

도 읽기 힘들고, 쓰는 저도 쓰기 힘든 서사였지만 당시의 사회 문화적 문제를 더 녹여내기 위해 오랜 고민 끝에 넣게 되었습니다. 차차 개선되고 있다고는 하지만 오늘날도 근무 환경이라든지, 미국에서 동양인 여성들이 갖는 어려움이 많더라고요.

정지은 '옐로우 피버(Yellow fever)'처럼 여전히 동양 여성에 대해 잘못된 환상을 갖고 있는 경우도 많죠. 실제로 연인 혹은 부부 사이에 갈등이 촉발되는 경우에도 '너는 순종적이어야 하는 아시안인데 왜 이렇게 고분고분하지 않아?' 이런 말도 안 되는 말을 하는 경우도 많고요.

김준녕 음. 실제로 제 소설을 읽으신 분들께서 많이 하시는 말씀 중 하나가 적나라하다, 묘사가 기분 나쁘다 등 불편함이 드러나는 장면에 대한 것들이에요. 하지만 저는 불편한 장면을 가리고 숨기는 것보다는 어떻게 잘 말할 수 있을지를 생각하고 그 불편을 직시해야 한다고 생각해요.

정지은 그리고 중간에 이주 노동자들이 많이 늘어나면서 마을 사람들이 대놓고 막 싫어하잖아요. 그 장면 보면서 파독 간부나 간호사들이 생각났어요. 당시 독일도 자기들이 부른 건 노동력인데 도착한 건 사람이다, 이런 얘기를 했잖아요. 자기들이 당장 필요하니 받아들이긴 했지만 일회성으로 사용한 후에는 '너희 나라로 돌아가라고' 이렇게 대우한 건데, 문제는 현재 한국도 실제 이주 노동자 정책이 그렇거든요. 그들이 정착하는 걸 원하지 않기 때문에 어떻게든 이 사람들이 떠날 수밖에 없는 방향으로 정책을 펼치고 있어요. 고용주의 입장에서야 노동력이지만, 그분들도 우리와 똑같은 생애 주기를 갖고 살아가는 사람이잖아요. 우리가 당한 걸 우리가 되풀이하면 안 되는 건데 말이에요. 아무튼 그 장면 보면서 "한 사람이 오는 일은 그 생애 주기가 모두 오는 일"이라는, 그런 부분에 대한 것도 소설에 넣으셨다는 생각이 들었어요.

김준녕 그렇죠. 이런 얘기를 나누면 한국 내 이민자 이야기를 안 할 수가 없는데, 정확한 통계나 자료, 예를 들면 외국인 범죄율이나 건강 보험료 등 관련 팩트를 보지 않고 그분들을 무작정 욕하시는 분들이 있잖아요. 오늘날 커뮤니티가 무너지고, 경제적으로 어려워지면서 『제』에 등장하는 준의 가족들처럼 그분들이 불만을 잠재우기 위한 가장 쉬운 타겟으로 지목된 것 같아요. 물론 당사자가 개인적인 경험이 있다면 그런 것까지는 어쩔 수 없겠지만, 그런 게 아니라 명확한 팩트와 통계에도 불구하고 맹목적으로 비난하는 건 사실 좀 안타까운 일이죠.

정지은 실제로 조선업이나 이런 생산 현장에서는 외국인 노동자가 없으면 돌아가지를 않는다고 하더라고요. 그 사람들이 있어서 산업이 무너지지 않고 견디고 있다는 얘기도 있고요.

김준녕 한 산업이 굴러가려면 여러 계층의 사람들이 필요하잖아요. 자본가만 있어도 안 되고 노동력만으로 유지되지도 않고요. 기술적인 요소도 당연히 충족되어야죠. 그런 총체적인 시각 없이 서로 체리 피킹을 반복하다 보니까 비슷한 문제가 계속 생기는 것 같아요.

정지은 맞습니다.
작품과 관련된 이야기는 이제 많이 나눈 것 같은데요. 혹시 작품에 관해 더 이야기 나누고 싶은 지점이 있으실까요?

김준녕 아닙니다. 작품은 읽어 주신 독자분들께서 더 다양하게 해석하고 접근해 주실 것 같아요.

정지은 그럼 이제 조금 다른 얘기로 넘어갈게요. 작가님 프로필을 보면 하루에 절반은 글을 쓰면서 보낸다고 되어 있더라고요.

김준녕 (웃음) 그건 이제 회사를 안 다닐 때……. 그래서 지금은 그 문구를 뺐습니다. 원래는 정말 매일매일 썼거든요. 3천 자에서 5천 자 정도. 매일 썼어요. 물론 얼마 안 가서 거의 다 버리는 걸 반복했지만요. 장편도 막, 거의 다 썼다가 버리는 경우도 되게 많아요.

정지은 매일 3천 자, 5천 자씩 쓰는 건 얼마나 지속하셨어요?

김준녕 음. 한 7년 정도 한 것 같아요.

정지은 아니, 그게 돼요?

김준녕 힘들었습니다(웃음). 사실 하루키의 영향도 좀 있어요. 하루키가 그런 식으로 작업을 한다고 해서 '아, 나도 작가라면 이 정도는 해야 하는 거 아닐까?' 싶었던. 그러다 제가 위안을 받은 게 장강명 작가님 관련된 기사를 본 뒤였는데요. 장강명 작가님께서도 원래 막 엑셀에다가 집필 시간까지 기록하시면서 매일 쓰고 그러셨대요. 근데 한 몇 개월 전쯤 그만두셨더라고요. 그래서 '나도 그러면 이제 포기해도 되겠다' 하고……. (웃음) 이제는 쓰는 것도 쓰는 것이지만 사람들한테 제 글이 어떻게 다가갈지, 어떤 영향을 줄 수 있을지를 좀 더 많이 고민하는 시간을 갖게 된 것 같아요.

정지은 네. 조금 이렇게, 뭐라고 할까. 글이 숙성되는 시간이 필요할 때도 있는 것 같아요. 쏟아 내는 시간이 필요한 만큼요.

김준녕 지금 제가 만 나이로 치면 20대 마지막이거든요. 그때의 경험으로 쓸 수 있는 건 많이 쓴 것 같아요. 이제 30대가 돼서 여러 가지 새로운 경험을 하게 될 거고, 지금도 하고 있기 때문에 그 새로운 경험으로 또 새로운 작품들을 언젠가 또 많이 쏟아 내게 되지 않을까요?

정지은 맞습니다. 그러면 이제 회사를 다니고 계신다는 말씀이죠? 집필에 필요한 취재나 자료 조사 같은 사전 작업을 할 시간이 별로 없으실 것 같은데요.

김준녕 네, 힘들죠. 그래서 일단은 책을 굉장히 많이 읽고 있습니다. 회사 도서관이 너무 잘 조성되어 있어서 큰 도움이 돼요. 기타 인터뷰 같은 경우, 요즘에는 전화나 화상 미팅 프로그램이 너무 잘 돼 있어서 그런 쪽으로 틀어서 하고 있어요. 제가 할 수 있는 일은 최대한 하려고 해요. 그래도 쉽지 않아요. 왜냐하면, 대학원이나 기관에서 리서치를 진행할 때 대면 조사랑 설문지 돌려서 한 조사랑 실제 갭이 너무 크거든요. 그런 것들도 고려하면 사실 면 대 면으로 라포르를 좀 형성하고 하는 게 좋기는 하죠. 뭐, 그래도 현실은 현실이니까.

정지은 어려움이 많으시겠어요. 그럼, 지금 집필 중인 작품이 또 있으실까요?

김준녕 지금은 옛날에 썼던 것들을 개작하고 있고, 새로 구상하고 쓰려는 것들은 조금 더 내밀한 이야기들이긴 해요. 사람과 사람의 관계에 관한 이야기인데 장르가 뚜렷한 작품은 아닐 것 같고, 그래서 지금까지와는 조금 다른 느낌의 이야기가 되지 않을까 생각합니다. 그리고 먼 훗날에 완성될 계획이지만, 열 권짜리 장편을 구상 중인 게 있는데, 그것도 이제 바로 다음 작품 끝난 후에 쓰기 시작할 것 같아요. 그건 짧아도 한 5년은 걸리지 않을까 싶어요. 근데 이대로 될 것 같지는 않고, 계획이라는 게 항상 바뀌더라고요.

정지은 그렇죠. 내일의 내가 뭘 쓸지는 사실 아무도 모르는 거니까.

김준녕 오늘 쓰고 있는 걸 버릴 수도 있고요.

정지은 그러면 집필 중인 작품에 대해서는 책으로 확인해야겠네요.

김준녕 그렇습니다. 가장 가까이 있는 계획은, 「피클보다 스파게티가 맛있는 천국」이라는 단편의 드라마 방영인데요. 제가 직접 개작에 참여해서 이미 촬영까지 다 마친 상태입니다.

정지은 기대가 됩니다. 그럼 마지막으로, 이 책을 읽게 될 독자님들께 한마디 해 주신다면?

김준녕 네, 독자님들. 저는 보통 제 작품을 좀 가볍게 읽어 주셨으면 좋겠다는 말씀을 많이 드리는 편인데요. 근데 『제』의 경우에는 그런 말씀을 드릴 수 있는 작품은 아닌 것 같습니다. 작품을 읽고, 조금 더 우리 주변을 둘러볼 수 있는 계기가 되었으면 좋겠다는 마음으로 썼어요. 저는 여전히 소설이 읽힌 후에는 재밌는 작품으로 기억되는 것이 가장 중요하다고 생각하지만, 꼭 그렇지 않더라도 유의미한 이야기가 있다는 것을 새삼 느꼈어요. 재밌게 읽어 주시고, 오래 기억해 주시면 감사드리겠습니다.

정지은 네, 감사합니다. 작가님의 다음 작품을 기다리겠습니다.

김준녕 네, 고생하셨습니다.

작가 에세이

우리의 이웃

2020년경 영상 통화가 걸려 왔다. 가족 A의 전화였다.

-길거리에 못 나가겠어.

미국 뉴욕 맨해튼에 사는 A는 과거 N사 잡지에 표지 사진을 내걸 정도로 소위 '잘나가는' 포토그래퍼였다. 그는 대학 졸업 후 뉴욕 곳곳을 돌아다니면서 생동감 넘치는 거리의 사람들을 사진에 담아냈다. A는 다다이즘과 같은 미술 사조, 재즈, 힙합과 같은 음악, 이외에도 패션, 문학 등 다양한 문화의 끝은 뉴욕으로 귀결된다고 믿었다.

그에게 뉴욕은 아메리칸드림의 종착점이었다. 사람들은 농촌에서 도시로, 도시에서 거대 도시로 모여들었다. 뉴욕은 그러한 집단적 움직임에서 최선봉에 위치해 있는 곳이었다. A는 뉴욕에 살고 있다는 사실 하나만으로도 자부심을 느꼈다.

결혼 후 그는 아이를 낳았다. 겉으로 보았을 때 변한 것은 없었다. 잠시 일을 쉬게 되기는 했으나 배우자의 직업은 탄탄했고, 비자는 연장됐으며, 아이는 건강했다. 그러나 세상이 완전히 변해 버리고 말았다.

COVID19라는 바이러스가 세상을 뒤엎었다. 공연장, 체육 시설 등 대부분의 공공시설이 문을 닫았고, 이윽고 몇몇

주에서는 록다운(Lock-down)이라는 사상 초유의 행정 명령이 떨어졌다. 이 과정에서 많은 사람들이 실직했고, 인플레이션에 고통받았다.

백신이 보급되고, 행정 명령이 지속되는 가운데 바이러스가 중국에서 비롯되었다는 뉴스가 사람들 사이에 퍼졌다. 지친 사람들은 변했다. 증오심과 슬픔은 기체와 같아서 압력이 높은 곳에서 낮은 곳으로 흐른다. 가장 분출되기 쉬운 곳으로 몰려들다가 터진다. 그들은 지나가는 동양인을 향해 소리치며 폭행했다.

-Go back to China(중국으로 돌아가).

선거 구호처럼 사람들은 증오심을 발산하고 분출했다. 무관심했던 사람들이, 웃으며 가벼운 이야기를 나누던 사람들이 궁지에 몰린 먹잇감을 발견한 것처럼 순식간에 공격성을 드러냈다. 특히나 동양인 여성과 아이는 성난 군중들의 표적이 됐다. 찾아온 경찰들은 범인을 찾을 수 없다며 길거리를 가급적 돌아다니지 말라는 말만 했다.

불현듯 과거의 기억이 떠오른다. 어린 나를 둘러싸고 눈을 찢는 사람들, 칭챙총이라는 말들이 오가고, 그들은 마늘 냄새가 난다며 코를 막았다. 영어를 잘하지 못했던 나는 그들의 말을 거의 알아듣지 못하고 눈을 질끈 감았다. 툭툭 건드려도 두려움에 반응하지 못하자 장난은 더욱 거세어져 갔다. 길거리를 걷기만 해도 그런 괴롭힘이 유튜브 게임 광고처럼 산발적으로 튀어나왔다.

A는 결국 한국으로 돌아왔다.

아이에게 안전한 환경을 만들어 주기 위해서였다.

◇◇◇◇◇

가족 B는 미국에서 심리학 박사를 취득했으며 특정 주에서 심리 상담을 진행하고 있다. 주로 한인들을 상담하는데, 상담 내용 중 절반 이상이 부모와 자식 간의 갈등이라고 말한다. 이민 1세대 혹은 2세대 부모는 자식들이 "열심히 하지 않는다"라며 이해할 수 없다 말하고, 그들의 자식들은 부모가 "지나치게 성공을 강요한다"고 말하며 소통이 불가능하다고 한다.

한인 부모의 강요는 단지 욕심 때문이 아니다. 그들은 알고 있다. 공부하지 않으면 좋은 대학교에 가지 못하고, 좋은 대학교에 가지 못하면 안정적인 직장을 얻기 어렵다는 현실을. 그들에게 의사, 금융가 같은 직업은 단순한 '성공'이 아니라 '안전' 그 자체다.

이는 한국도 마찬가지다. 한국 사회에서도 수십 년째 언론에서 다루어지고 있는 '입시 지옥'과 '취업 지옥'이라는 단어가 그것을 입증한다. 마냥 부모들을 탓할 수는 없다. 그들은 미국이든, 한국이든 좋은 직업이나 직장이 없다면, 그로 인해 돈이 없다면 과거 자신들이 겪었던 삶을 자식들이 겪을지도 모른다는 두려움에 떨고 있으니까. 자식을 위하는 마음으로 부모는 자식들을 학교에 밀어 넣고 어마어마하게 압박을 가한다.

이에 일부 부모는 자녀가 학교에서든 사회에서든 어떤 문제에 연루되었을 때, 그 문제를 드러내기보단 덮고 지나가려 한다. 그건 그들의 천성이 '잘 참아서', '다른 인종을 두려워해서'가 아니라 그들이 코너에 몰려 있기 때문이다.

가난한 이들에게 기회는 단 한 번뿐이다. 가난한 이들이 실패하면 재기할 수 없는 경우가 많다. 일제 강점기, 한국 전쟁, 군사 독재를 겪으며 살아온 한국의 부모 세대와 문화가 전혀 다른 먼 타국의 땅에서 초기 미국 사회의 이민자들이 마주했던 어려운 상황들을 함께 떠올려 본다면 그 절박함을 이해할 수 있을 것이다.

사회는 그러한 이들에게 "동양인들은 어떻다", "한국인들은 어떻다" 등의 스테레오 타입을 덧씌운다. 더 큰 문제는 우리들이 맞서기보다는 그런 프레임에 맞춰 살아왔다는 점이다. 스테레오 타입의 형성 자체를 막을 수는 없겠지만, 나는 계속해서 그 틀에 저항하며 살아가야 한다고 생각한다.

그런 점에서 문학은 저항에 최적화된 매체라 생각한다. 독자는 자신과는 다른 화자의 시각에서 스토리를 따라가며 책을 덮고 나면 그 시각을 내면화하게 된다. 어느 나라, 어느 인종, 어느 계급의 시선이 아니라, 한 개인의 시각을 말이다. 주류의 시선과 비주류의 시선들, 둘의 충돌과 갈등, 그것을 벗어나는 방식 등. 나는 역사가 담지 못한 개인들의 속삭임을 통해 그 모든 저항의 과정을 담아 보고자 했다. 『제』가 쓰여진 것은 그러한 모든 시도의 일환이다.

◆◆◆◆◆

사실 가족들은 내가 이런 소설을 쓴다는 것에 매우 큰 걱정을 안고 있다. 예전에도 종교 관련 소설을 쓰기 위해 취재를 하다가 스토킹을 당했었고, 살해 협박까지 받은 적이 있었기 때문이다. 그래서 이 글을 쓰기까지 많은 망설임과 함께 시간이 필요했다.

이 작품이 사회에 어떤 물결을 일으킬지 나는 알지 못한다. 거대한 물결을 일으키기는커녕 저기 저 창고 속에 묻혀 버릴 수도 있을 것이다. 게다가 미국에서 벌어지는 이야기를 한국어로 썼기에 더더욱 그럴 확률이 높기도 하고.

하지만 미국을 배경으로 작품이 쓰였다고 해서 미국인들에게만 해당하는 이야기는 아니라는 점을 밝히고 싶다. 나는 내 가족의 이야기에서 영감을 받아 글을 쓰기 시작했으나, 소설을 쓰는 동안 한국에서 벌어지고 있는 다문화 혐오와 이주 노동자들의 죽음에 많은 영향을 받았음을 고백한다.

최근 한국에서 농장주의 괴롭힘에 시달린 끝에 스스로 생을 마감한 네팔 청년의 소식을 들으며 마음이 너무 아팠다. 이주 노동자 40만 시대에 우리가 어떻게 살아가야 하는지를 고민해 볼 때이다. 한국에 사는 우리들 역시 복잡하게 연결된 사회 속에서 비슷한 두려움과 생존의 고민을 안고 사람들과 함께 살아가고 있음을 알아야 한다. 28세 네팔 청년 툴시 푼 마가르의 명복을 빌며 마지막으로 묻겠다.

우리는 우리의 이웃을 사랑하고 있는가?

사이드 뷰

집단 사이에 공감의 반경이 아예 없는 그곳이라면……

영국 버밍엄에서 그리 멀지 않은 곳에 윈스턴 파르바(Winston Parva)라는 작은 마을이 있다. 노동자 계급이 주로 거주하고 특별한 구경거리도 없는, 인구 약 5천 명 정도의 작고 평범한 마을이다. 사회학자 노르베르트 엘리아스는 존 스콧슨과 함께 수년에 걸쳐 윈스턴 파르바 내부를 들여다보았고, 세심한 관찰 결과를 바탕으로 다수의 지위를 차지한 집단이 소수 집단에 대해 취하는 태도를 분석하고 그것을 이론화하였다. 엘리아스는 윈스턴 파르바 지역 주민의 대부분이 노동자 계급이므로 계급적 처지의 동질성이 발휘되어 집단 분화 현상이 발생하지 않으리라는 추측과 달리, 주민이 두 집단으로 분리되어 있음을 발견했다. 엘리아스는 우월한 지위를 차지한 집단을 '기득권자(The

Established)'라 불렀고, 이 기득권 집단에 의해 차별받는 다른 집단을 '아웃사이더(The Outsiders)'라 불렀다.

엘리아스가 발견한 '기득권자'는 다음과 같은 특징을 보여준다. '기득권자'는 '기득권자'의 특징을 지닌 사람만을 '우리'라고 인식하며, '우리'의 범주로 들어온 구성원들은 강한 상호 유대감, 소속감, 공동체 의식을 바탕으로 '내집단(in-group)'을 형성한다. '기득권자'는 '내집단'의 속성을 지니지 못한 집단을 '외집단(out-group)'으로 구분한다. 자신이 '내집단'임을 자각한 윈스턴 파르바의 '기득권자'는 최근 윈스턴 파르바로 이주한 신입 거주자를 일종의 '위협'으로 간주하기 시작한다. '기득권자'는 자신의 생활 양식을 표준으로 삼고, 표준적 생활 양식에서 벗어난 모든 것을 위험하다고 받아들인다. 자신이 감지하는 '위협'이 단순히 불길한 예감이 아니라 사실임을 증명하기 위해, 최근 이주한 사람의 생활 양식에서 사소한 차이라도 발견되면 그 차이를 '위협'의 확실한 증거로 삼는다. 그들만의 확실한 증거를 근거 삼아, '기득권자'는 '아웃사이더'라는 '외집단'을 상대로 일상적인 낙인찍기와 모욕 주기를 되풀이한다. 그리고 그런 되풀이를 통해 자신들은 의심할 바 없이 우월한 존재라는 집합적 믿음을 공유한다. 이러한 분위기에 지배받는 윈스턴 파르바에서, '내집단'인 기득권자와 다른 종교, 관습, 의례, 음식은 호기심을 불러일으키는 이국적 정서가 아니라 낯선 것에 대한 두려움으로 발생하는 '제노포비아(Xenophobia)'[56)]의 원천일 뿐이다.

김준녕의 소설 『제』의 배경이 되는, 미국 어딘가에 있는 끝없이 펼쳐진 옥수수밭을 가진 상상 속의 마을, 엔젤타운은 윈스턴 파르바의 또 다른 이름이다. 모두가 사실상 이민자로 구성된 국가인 미국이건만, 엔젤타운에서는 더 일찍 이주한 사람은 '기득권자'가 되고 최근에 이주한 사람은 '아웃사이더'가 된다. '기득권자'와 '아웃사이더'로의 분리는 더 일찍 이주한 인종과 늦게 이주한 인종 사이에서도 발생하며, 동일 인종 내에서 이주 순서에 따라 분리의 선이 그어지기도 한다. 다른 인종보다 먼저 아메리카 대륙으로 이주한 백인은 그들의 종교인 기독교를 주류 문화로 격상시킴으로써 사실상 이주민인 자신을 '기득권자'로 만들고, 그들보다 이후에 이주한 인종의 문화는 '위협'으로 간주하며 그들과 다른 문화의 모든 요소를 자신의 생활 양식과 행위 규범을 침범하는 행위로 낙인찍는다. 백인-기독교 문화에 의해 '위협'으로 간주되는 문화권 출신 이주자 중 상대적으로 일찍 이주한 사람은 '아웃사이더'로 밀려나지 않기 위해 '기득권자'보다 더 강력하게 자신의 원(原) 문화를 부정한다.

◇◇◇◇◇

나와 타인의 처지를 바꾸어, 상상력을 통해 타인의 처지로 들어가는 것을 '공감'이라 한다. '공감'은 피차일반(彼此一般)의 철학이다. 타인에게 일어날 수 있는 일이 내게도 일어날 수 있음을 역지사지(易地思之)의 원리에 따라 받아들이면, 우리는 상상 속에서 타인의 불행을 나의 불행으로, 타인의 기쁨을 나의 기쁨으로 받아들일 수 있다.

피차일반의 가능성을 부정할 때, 즉 나는 '기득권자'이고 타자는 '아웃사이더'이기에 '기득권자'와 '아웃사이더' 사이에 피차

일반이 발생할 수 없다고 믿는 한 '공감'의 교집합은 불가능하다. 공감의 교집합이 없는 곳에서 인간은 타인에 대한 천성적인 연민이나 동정심을 잃어버린, 그저 이기적인 존재에 불과하다. 애덤 스미스가 『도덕감정론』[57]에서 힘주어 강조했던 세상을 공평한 관찰자(impartial spectator)의 관점에서 볼 수 있는 능력을 상실한 인간은 오로지 세상을 자신만의 이익 확보라는 관점으로만 바라본다.

'기득권자' 구성원의 '공감의 반경'은 선택적이다. '기득권자'는 자신이 속한 집단에는 쉽게 공감하지만, 자신이 속하지 않은 집단에는 공감의 원리가 적용되지 않는다. 이질성을 바라보는 관점도 편향적이다. 내가 속한 집단의 이질성은 사소한 것으로 받아들여지지만, 아웃사이더의 사소한 이질성은 침소봉대되어 기괴한 일의 전조이자 다스려지지 않으면 결국 파국이 도래할 것이라는 경고로 해석된다. '기득권자'와 '아웃사이더' 사이에 공감의 반경이 없기에, 두 집단의 교류 양식은 상호 이해가 아니라 편견 확인이라는 결과를 낳는다.

'기득권자'는 오로지 '기득권자'를 향해서만 공감한다. '기득권자'는 자신을 향해서는 우월성을 과대평가하는 '사랑-편견'의 시선을, '아웃사이더'에게는 타자의 열등성을 확인하는 '증오-편견'의 시선을 내리꽂는다. '사랑-편견'과 '증오-편견'의 대립이 격화되어 최소한의 공감 반경이 자리를 확보하지 못한 곳에서는 애초의 불길한 예감이 결국 실현된다. '아웃사이더'를 부르는 차별적 용어 사용과 낙인찍기로부터 시작된 집단 편견은 빠른 속

---

[57] 원서는 1759년에 출간. 한국에서는 비봉출판사에서 1996년 박세일, 민경국 역본을 발행했고 2009년에 개역판이 나왔다.

도로 악화 일로를 걸어 종국에는 타자의 절멸을 목표로 삼는 파국의 순간에까지 도달하기 때문이다.

타자의 절멸을 획책하는 수준까지 '증오-편견'이 상승할 때, '아웃사이더'로 내몰린 집단은 '증오-편견'에 굴복하거나, '증오-편견'에 의한 희생자가 되지 않기 위해 자신만의 방식으로 무장해야 하는 양자택일의 상황으로 내몰린다. 공감의 반경이 없는 그곳에서는 누군가 죽어야만 극이 끝난다. 공감의 반경이 없는 그곳의 유일한 엔드게임(Endgame)은 공생이라는 해피엔딩이 아닌 누군가의 죽음뿐이다. 소설 『제』 속의 엔젤타운이 그러하듯이.

노명우

아주대학교 사회학과 교수 겸 연신내 골목길의 독립 서점인 '니은서점'의 마스터 북텐더. 『세상물정의 사회학』, 『인생극장』, 『노명우의 한 줄 사회학』, 『이러다 잘될지도 몰라, 니은서점』, 『왜 우리는 쉽게 잊고 비슷한 일은 반복될까요?』 등 다수의 책을 썼고 『구경꾼의 탄생』, 『사회학의 쓸모』 등 다수의 책을 번역했다.

같이 읽고 싶은 이야기
텍스티(TXTY)

텍스티는
모두가 같이 읽고 싶은 이야기를
만들고 제안합니다.

읽고 나면
주변에서 벌어지는 일에 관심이 생기고
다른 이들과 나누고 싶어지는 이야기를 만들겠습니다.

계속해서
이야기의 새로운 재미를 발견하고
이야기를 통한 공감이 널리 퍼지도록 애쓰겠습니다.

텍스티의 독자라면 누구나
이야기 곁에 있도록 돕겠습니다.

제

초판 1쇄 발행	2025년 9월 9일
지은이	김준녕
책임 편집	이원석
IP 제작	조민욱 신소윤 김하명
출판 마케팅	최연욱
IP 브랜딩	홍은혜 텍수LEE
IP 비즈니스	조민욱 김하명
경영지원	장윤석 옥민주 손혜림
교정·교열	이원석
예타단 3기	모혜진 신나라 전지혜
디자인	그리너리케이브
북-콘텐츠	유수정
인쇄	올북컴퍼니
배본	문화유통북스
사업 총괄	조민욱
발행인	유택근
발행처	㈜투유드림
출판등록	제2021-000064호
주소	(02810) 서울특별시 성북구 종암로13길 16-10
대표전화	02-3789-8907
이메일	txty42text@gmail.com
인스타그램	@txty_is_text
홈페이지	https://www.toyoudream.com
ISBN	979-11-93190-43-2(03810)
정가	21,800원

* 이 책은 저작권법에 따라 보호받는 저작물이므로 무단전재와 무단복제를 금지하며, 이 책 내용의 전부 또는 일부를 이용하려면 반드시 저작권자와 ㈜투유드림의 서면동의를 받아야 합니다.
* 이야기 브랜드, 텍스티(TXTY)는 ㈜투유드림의 임프린트입니다.